死にたくないので英雄様を育てる事にします

～女神様に放り込まれた先は始まりの村でした

ヨモギノ
イラスト 高比良りと

この物語はフィクションであり、
実際の人物・団体・事件等とは、いっさい関係ありません。

登場人物紹介

Character

逢坂 直

天涯孤独で就活中の
大学3年生。

右 リアン・オーウェン

逢坂直がゲーム《アーケイディア》を元に造られた世界に転生した姿。未来の英雄のライバル的存在。村の領主の息子。

左 アルフレド・フラム

教会の小さな孤児院で暮らしている少年。将来英雄になる、ゲーム《アーケイディア》の主人公。

女神様

就活生の逢坂をゲーム《アーケイディア》を元に創造した世界に転生させる神様。

マリエ

アルフレドが暮らす教会の尼僧。

（左より）

ジャーノ、ジャイド、スネイ

リアンを慕う悪ガキ3人組。

孤児院の3兄妹

孤児院で暮らす、くりくりカールの栗毛で、赤い目、黄色い目、緑の目の3つ子の兄妹。

死にたくないので英雄様を育てる事にします

～女神様に放り込まれた先は始まりの村でした

0話　オープニング

　気がつくと真っ白な空間が、どこまでも、どこまでも広がっていた。

　なんにもない、ただ、真っ白いだけの空間。

　俺はその中に、ふわふわと浮いている。

　そして目の前には、全体的に白っぽい女性が、俺と同じようにふわふわと浮いていた。

　女性は柔らかそうな真っ白い布を真っ白い身体にくるくると巻きつけたようなデザインの、ひらひらとした服を着ている。長くてたおやかに波打つ髪は、足下までふわふわと流れている。唯一色がついているのは、淡い薄紅色をした唇と頬と瞳だけ。

　優しげな微笑みを浮かべた、とても綺麗な女性だった。

　ただ、その女性には一つだけ、ありえない……異質なパーツがついていたけれど。

　彼女の背中には、真っ白い大きな羽根がついていた。


「……うーむ」

　ゆったりと動く羽根とフワフワと舞う光の粒を眺めながら、俺は唸った。

　なんだろう。俺は夢でも見ているのだろうか？

　いや、これはどう考えても夢だろう。

　なんだかとっても神々しい女の人は、桜色の瞳を細めて小首を傾げ、にっこりと微笑んだ。

『――お初にお目にかかります。私は、女神クロートゥアと申します』

「ふあっ!?」

　うおお話しかけられた！　びっくりした。

　ていうか、この人、今自分で《女神》とか言っちゃってなかったか？　うわあ。自分で自分を女神とか言えるなんてすげえ。なりきりロールプレイは個人の自由だと思うけど、勇気あるな……。

『あのう。もしもし？　聞いておられますか？　聞こえてなかったのでしょうか……仕方ありません。仕切り直しましょうか。お初にお目にかかります。私は、女神クロートゥアと申します』

「女神、くろーとぅあ？」

『はい』

んだ。

自称女神様が、真っ白い髪をふわりと揺らして微笑

……女神？

え、本当に？

俺は改めて、自称女神様の姿を確認してみた。

確かに背中には本物っぽい羽根を背負っている。そして整いすぎた綺麗な顔とパーフェクトに美しい身体、人ではありえない薄紅色をした瞳。

ふと、この自称女神様をどこかで見たことがあるような気がして、俺は記憶を辿った。

白い翼。白くて長いふわふわの髪。薄紅色の瞳。白い布を巻きつけたようなデザインの服。優しげな微笑み。

「あ」

俺は該当の記憶に辿り着いた。

分かった。あれだ!!

ものすごく俺のツボに嵌まって、四周もしたゲームに出てきた女神様によく似ているんだ！

タイトルは《アーケイディア》。

いくつになっても心躍る、剣と魔法の世界を舞台に重厚な物語が展開する、ロールプレイングゲームだ。

その世界観は細かい部分までよく練り込まれており、システム面もしっかりと作り込まれていて、好感が持てた。

難易度に関しても、比較的楽にクリアできるゲームが多い昨今、なかなかに高い部類に入る。ちゃんと武器や技の効果を考えて戦わないと敵が倒せなかったり、選択や行動を間違えると救うべき人を助けられなかったりする。だからこそ、クリアできた時の達成感は大きいけれど。

ストーリーの冒頭部分を、ちょこちょこかい摘んで語ると、こうだ。

――あるところに、親を失い、身寄りもなく、独りぼっちになってしまった少年がいました。

周りの人々は茶色の髪に茶色の瞳をしている人ばかりで、金色の髪に空色の瞳をしている少年は、とても珍しがられておりました。

独りになってしまった少年は、旅に出ることにしました。

長く辛い旅路の果てに――小さな村に辿り着きました。

その村には、年老いた尼僧がたった一人で営んでいる、小さな教会と孤児院がありました。

そこでは、病や戦で親を亡くした子供たちを尼僧が引き取り、育てておりました。

少年が身寄りもなく独りぼっちなことを知った尼僧は、少年を引き取り、家族の一員として迎え、育てることにしました。


数年経ち、少年は十八歳になりました。

大陸には大きな国が三つあり、その中の一つの国の王が、世界を手に入れようと魔の王を呼び出しました。

ただ、呼び寄せた魔の王はあまりにも強すぎました。

魔の王の悪しき力は大陸中に広がり、周辺の魔物を活性化させてしまいました。

凶暴化した魔物たちは次々と村や町を襲い始め、魔の軍勢は周囲の国々へと攻め込み始めました。数えられないくらい多くの人が死に、地は荒れました。

そんなある日、小さな村に、美しい尼僧の少女がやってきました。

年老いた尼僧のもとで、引き継ぎと修業をするために派遣されてきたのです。

その少女は、少年と同じ金色の髪に、空色の瞳をしていました。

癒しの力を惜しみなく使い、誰にでも分け隔てなく手を差し伸べる心優しき少女は、いつしか人々から聖女様と呼ばれて、親しまれるようになっておりました。

穏やかだった小さな村にもある夜、とうとう、凶暴化した魔物の群れがやってきてしまいました。

日々のんびりと暮らしていた村人たちが、凶暴化した恐ろしい魔物たちに立ち向かえるはずなどありません。

村人は次々と殺されていきました。

目を閉じ耳を塞ぎたくなるような惨劇の夜。

少年と少女だけは、その恐ろしい夜を越え、生き残りました。

少年と少女は、神様の祝福を身に受けた、古き民の血を引いていたのです。

二人は、人並外れた力と神力を持っており、村を守るために一晩中戦い続けましたが、魔物の数があまりにも多すぎました。

育ててくれた年老いた尼僧も、きょうだいのように一緒に育った子供たちも、死んでしまいました。

村人のほとんどが、死んでしまいました。

とうとう村中に火が回り、なにもかもが焼け落ちてしまい、村はなくなってしまいました。

全てを失ってしまった少年は、皆の無念を胸に、魔の王を討ち滅ぼさんと心に決めて、少女とともに旅立つのでした——。


——という、ヒロイックでファンタジーなストーリーだ。

その後はどうなるかというと、世界を飛び回って仲間を集めて、悪い国の王様も倒して、魔の王も倒して、聖女様とくっついて、大団円のエンディングを迎える。

これぞ王道懐古ファンタジー！　という感じが俺の心にヒットした。

それに主人公が、俺が皆を、世界を救うんだ！　みたいな、ちょっと背中がむずむずする性格じゃないのもよかった。

物事を淡々と見てるっていうか、シビアに現実を見てるというか。ダークヒーローとまではいかないけれど、どことなく陰のある主人公だった。

すっかりのめり込んでしまった俺は、サブクエストも全てコンプリート。

エンディングもいくつか用意されていて、自分の行動によって結末が変わるマルチエンディング方式になっている。

そしてつい先日、条件がなかなか厳しすぎると批判されていた真のエンディングを、ようやく見ることができた。

登場人物全員の生存は絶対条件として、女神の祝福アイテムを十三個全て見つけ出し、裁定者たる女神の試練に打ち勝てば最強の剣を手に入れることができる。

その剣を入手することで隠されたストーリーが解放され、真の最終ボスと戦うことができるようになり、ボスを倒すことで真のエンディングを迎えられるのだ。

これが、なかなかに大変だった。

出てくる敵は、レベルをマックスにしていても戦略を練らないと負けてしまうほどに強い。

その上、女神たちが課してくる試練も頭を悩ますようなものが多く、時間と手間がものすごくかかった。

哲学的で難解な問いかけをしてくる者や、いきなりこちらを不利な状況に陥れて攻撃してくる者、そもそも会うまでにものすごく時間と手間がかかる者、トラップ盛りだくさんな迷宮に放り込んでくる者、等々……時間と忍耐力と精神力と持久力がものすごく必要な試練の数々だった。

それが十三個もあるのだ。

だから、クリアした時の感動と達成感と疲労感は大きかった。


『あのう……もしもし？　すみません、聞いておられますか？』

「はっ。あ、すみません。聞いてませんでした。えーと、なんでしたっけ？」

女神様が俺を見て、残念そうに溜め息をついた。

『聞いておられなかったのですね……残念です。仕方ありませんね。もう一度言いますから、今度はしっかり聞いていて下さいね？　いいですか？　頼みますよ？　お願いしますよ？』

「ああ、はい。すみません。もう一回お願いします」

女神様が仕切り直すように、こほん、と一つ咳払いをした。

『では、もう一度言います。――どうか、お願いします。世界をお救い下さい』


俺は数秒間、沈黙した。


「はい？」

なんだか今、ゲームでよくあるこれから始まるよ的な定番セリフを言われた気がするが、ありえないので聞き間違いか、気のせいだろう。

「うーん。しかし、妙な夢を見てるなあ俺……。昨日は遅くまでゲームしてたからかなあ」

『いいえ。これは夢ではありません』

即否定された。

「いやいやいや。夢でしょう。どう考えてもこれ。ありえないですもん」

『ですから、これは夢ではありません』

「ええー？　そうかなあ。だって、あなた。ゲームの中に出てきた女神様じゃないですか？」

『違います！　た、確かに、あのゲームに出てくる女神にめっちゃ似ているよね、とは言われますけど……』

「え、違うんですか？　そんなにものすごく似てるのに？」

『ええ。違うんです。似ているけれど私はあの女神様ではありません。話を戻しますね。それでですね、私はこのたび、神格昇級試験を受けておりまして』

「昇級試験」

……なんだろう。

いきなりの展開だな。どういう話の展開になるのか、まったく先が読めない。

まあ夢って、たいてい支離滅裂だからな。ていうか、シンカク昇級試験って、なんだろう。検定試験みたいなもんなのかな。テストを受けないといけないなんて、神様の世界も大変なんだなあ。うんうん。

『——最終試験は、自らの治める最初の世界を一つ、創造することです』

「ほう？」

『ですが……世界を創造するということは、とても難しい神業なのです。先輩神様の方々も、何度も何度も何度も失敗して、苦労されておられます。百回以上失敗している方もおられます』

「百回。それはちょっと失敗しすぎでは」

『そうですね。私もそう思います。それでですね、私、ゲーム好きの神友達がおりまして。その方がおすすめして下さった、《アーケイディア》というタイトルのゲームが、とってもとっても気に入りまして』

アーケイディア！

「あ！　それ！　俺もやりました！　いいですよね！　これぞ王道ファンタジーって感じで！」

『ですよねですよね！　これぞ、古きよき、正統派って感じで！』

「そうそう！」

おおおこんなところに同志がいたよ！　嬉しいな！

『私はあのゲームのストーリーと世界観がとっても気に入りまして、その《アーケイディア》を元にして、再現に近い形で、世界を創造してみようと思い立ったのです』

「おおおお！　それは素晴らしい！　いいですね！」

『そうでしょうそうでしょう！　きっと素晴らしい世界になる！　そう、思っていたのですが……』

女神様の表情が、暗く曇った。

『……世界創造とは、本当に難しい神業です。私の持てる力を全て使って、完璧と思えるほどの完成度で世界を再現したというのに……。何度やり直しても、どんなに囁き導いても、どうしてなのか……あのゲームのようなストーリーになってくれなくて……』

「ふむ」

『なにゆえなのでしょうか……』

「うーん……。俺もよくは分かりませんが、同じにならないのは、まあ、仕方のないことかと」

『仕方のないこと、ですか？』

「はい。人の心は、とても複雑ですから。同じ状況下であったとしても、ゲームの登場人物と同じように考えて行動するとは限らないでしょう。ほんの些細な一言や、ちょっとしたことでも、人の気持ちは変わってしまうものですから」

『……ええ。確かに……そうです……そうですね。貴方様のおっしゃる通りです。私もこの試験を通して、そのことを痛感いたしました。――それでも』

　女神様の薄紅色の瞳が苦しげに揺れ、それでも強い光を奥底に宿して、俺を見つめてきた。

『私は諦め切れないのです。どうしても、私の生み出した、この愛しい世界をどうにかしてよい行き先へ導きたい。失いたくない。守りたいのです。ですから、お願いです。お助け下さいませんでしょうか？　どうか、世界をお救い下さい』


「世界を救う」


　うわあ。壮大すぎて、首の後ろがむずむずする。

　そんなセリフ、俺なんかに言うべきではないと思う。もっとこう、目をキラキラさせた少年とかのほうがいいんじゃないかな。俺みたいな疲れ切った就活中の大学生じゃなくてさ。

　そうだよ、もっとこう、カリスマ性のあるすごい人に言うべきセリフだよ。なんかこう、力持ってそうな人に。そう、例えば、あれだ。あれ。

　勇者とか、救世主とか。そういう人たちに。

「うーん……。お救い下さいって言われましても。残念ながら、俺にはなんの力もありませんよ。ごくごく普通の一般庶民です」

　天涯孤独の。

　両親は俺が小学生の時、旅行中の事故であっさりあの世へと行ってしまった。

それからは、母方の祖父(じい)さんの家に引き取られて暮らしていた。

祖父さんは、孫の高校入学を見届けるまでは生きとくけえのお、と言って、俺を養ってくれた。

そしてその言葉通り、俺が高校に受かって、入学式を迎えた次の日に——安心したかのように、祖父さんもあの世へ行ってしまった。

親戚というものがいない俺は、それからはずっと、ひとりで生きてきた。

でも、別に寂しくはないし、困ってはいない。祖父さんが、大学を出るまでに必要な額のお金と住む家を、俺に遺(のこ)してくれたから。

大学三年の今問題なのは、就職だ。人間、働かなければ食べていけない。

就職難の状況はだいぶ落ち着いてきたとニュース番組では言っていたが、俺たちのような当事者側から言わせてもらえば、厳しい状況はまだまだ継続中だ。

ああ……昨日受けた会社からも、不採用の通知が来てたなあ……。いや、諦めるのはまだ早い。まだ通知の来ていない会社が三つある。あの中の、どれか一つでも引っかかっていればオッケーだ。頼む、引っかかってくれ。一つでいいんだ。一つでも受かっていれば。

頼む。お願いします。神様。仏様。女神様。

『あのう。もしもし？　聞いておられますか？』

「はっ！　あ、すみません。ええと、なんでしたっけ？」

『もう……ちゃんと聞いていて下さいね。——貴方様に、世界を救い、導いて欲しいのです』

「うーん。そう言われましても、俺にはどうしたらいいのやらさっぱり。残念ですが、俺には、なんの力も、そんなことをする気力もないです。もっとこう、世界を救えそうな人にお願いされたほうがいいのでは？」

至極(しごく)まともな提案をしてあげたのに、女神様は首を横に振った。

『いいえ。貴方にお願いしたいのです。貴方であるだけで、力になるのです』

「ええー」

頑固だなあ。一度決めたら、テコでも動かないタイプの人か。いや、女神様か。

さて困った。どうやったら、諦めてくれるんだろうか。

再現されたリアルな《アーケイディア》の世界を見

てみたい気はするが、見に行ったら世界を救わないといけない。でもそんなことは俺にはできない。

「いやいや。そうは言われましても。すみませんが、俺には世界を救うなんて大それたことはできません。それに今は就活で忙しいし、そんな面倒な――いや、時間が膨大にかかりそうな冒険をしてる余裕もないいんです」

『なんだか後半本音が漏れていましたが、そんな悲しいことをおっしゃらないで下さい！　貴方様は、私と同じように、《アーケイディア》をとても愛し、強く想っておられました。あたたかな想いは、私の心にも届き、強く共鳴いたしました』

「へ？」

なんてことだ。

想いは届くって感じですか？　ちょっと赤面してしまうほどロマンチックなセリフを言われてしまった。まあ嫌いじゃないけど。

『お願いします。情けない話ではありますが、もう……貴方様におすがりするしかないのです。どうやっても、どうしても、悲しい結末に行き着いてしまうのです。私にやれることは全てやりつくしましたが、私には……変えられなかった。ですから、どうか、お願いです。あの世界を、よりよき未来へとお導き下さい……！』

「いえ、でも、俺には」

『お願いします。どうか、どうか、お助け下さい……！』

女神様がとうとう両手を顔に当てて、泣き出してしまった。

ああ。なんか自分が泣かせてしまったみたいで、心臓に悪い。

「そ、そんな、泣かないで下さい。そりゃまあ、俺にできることでしたら、お手伝いさせていただくのはやぶさかではないです。世界を救うなんて壮大なことはできませんが、俺にもできるような簡単なことでしたら、お手伝いぐらいはできるとは思いますが……」

『ほ、本当ですか？』

女神様が、涙を流しながら顔を上げた。

『あ、ありがとうございます！　やっぱり、やっぱり、あの時伝わってきた、あたたかい想いは間違いではありませんでした。貴方は、とてもとても、お優しい方です。ああ、貴方様なら……』

「でも先ほどもお伝えした通り、大したことはできないですからね？　簡単なことぐらいしかできませんよ。お役に立てるかどうかも分かりません」

『いいえ。いいえ。そんなに気負わないで下さいませ。大丈夫。貴方様の思うように、したいようにしていただけたら、それだけでもう十分ですから』

女神様が涙を拭って、微笑んだ。

泣きやんではくれたけど、困ったことになったなあ。

「それで、なにをして欲しいんですか？」

『はい。……物事は何事も最初が肝心、と言われております』

「あー。まあ、そうですね。それは同感です。最初にケチがついたものは、最後までケチがつきますからね」

『そうなのです！　ですので、今回は始まりの村の辺りを、もっと重点的に改善してみようと思っております』

「ふむふむ？」

『私にできることは、もうやりつくしてしまっておりますが……貴方様ならば……』

「俺？」

『はい。凪いだ水面に投じる小石のように。——貴方様が行くことで、きっと、なにかが変わるはず。貴方様のあたたかな想いが、あの世界を変えてくれると……思うのです』

「えぇー？　俺なんかが行ってもなにも変わらないと思うけどなあ……。で、なにをすればいいんですか？」

『はい。私の創成した世界に行っていただいて、貴方様の思うままに——英雄様を導いて下さいませ』


俺は固まった。


「は、はい？」

今なんて言った。

待ってくれ。ちょっと待ってくれ。

英雄を、導く……？

「待って！　いやだからそれ、全然簡単なことじゃないよね⁉　俺の話、ちゃんと聞いてました⁉」

『それではよろしくお願いいたします。大変お忙しい中、ご助力いただいて心苦しいところではございますが、英雄様が始まりの村を旅立つ前までで構いません。どうかあの御方を——英雄様をお導き下さい』

女神様は胸元で両手を組み合わせて、にっこりと綺麗に微笑んでみせた。

「ちょ、ちょっと!?　待ってくれ！　構いません、って、俺は構うよ!!　すげえ構う!!　それ、全然簡単なことじゃな――」

視界が、どんどん白くなってきた。

女神様の姿も、どんどん白くなって、フェードアウトしていく。

女神様が、小さく欠伸（あくび）をしたのが見えた。ああこれで今夜は少しゆっくり眠れそうです、とか呟（つぶや）いているのも聞こえた。

俺は全然眠れねえよ！

「おいいいい!?」

とうとう全てが真っ白になって、俺の意識も真っ白に塗りつぶされた。

1話　女神様に放り込まれました

目が覚めると、落ち着いた色合いの、それでいて高そうな内装の天井が見えた。

　俺の部屋ではないことだけはすぐに分かったけれど、だとしたらどこの天井なのかと思い出そうとして、全く思い出せなかった。

　見覚えのない部屋の中、俺は恐る恐る、辺りを見回してみた。

　広かった。俺の部屋の四倍ぐらいはありそうな部屋だ。

　壁際に本の詰まった本棚が二つ並んでいて、その横には流線型をした脚が高級そうな、ぴかぴかに磨（みが）かれた木の机が置いてある。その机の上には革製の肩掛け鞄（かばん）が置いてある。大きさは全体的に小さめで、大人が使うというよりも子供にちょうどいいようなサイズ感だ。

　視線を更に横に動かしてみると、大きな、いや大きすぎるクローゼットが見えた。

　その近くの壁には、花や鳥が彫り込まれた立派な額縁に入れられた、長閑（のどか）な草原の景色を描いた風景画が掛けてある。

　風景画の下に置かれたミニテーブルの上には、金銀の線で彩（いろど）られた陶製の花瓶に花が飾られていて、花の柔らかないい匂いが俺のところまで香ってきていた。

　ヨーロッパの貴族が住むお屋敷のような、高級感の漂う部屋だった。

　そして、ここが俺の部屋でないことだけは確かだった。

　どこなんだ、ここは。

　部屋の中は明るいが、今が朝なのか昼なのかまでは分からない。

　顔を横に向けると、窓が見えた。カーテンは半分ほど閉められている。少しだけ開けられた窓の隙間から、カーテンを揺らしながらさわりと風が吹き込んできて、俺の頬を撫でていった。

　風に乱された前髪が目に入りかけて、俺は指で払い、目を擦った。そして、硬直した。

　視界に入ったその手は、驚くほど白くて細くて――小さかった。

「ふおわっ⁉」

なんだこれ!? なんでなの!?

俺は、小さい――小さすぎる手で、グーパーしてみた。

誰が見ても分かる。これは、子供の手だ。赤ちゃんほどではないけれど、小さい。元の俺の手の三分の一ぐらいしかない。

いくつぐらいの手だろうか。十歳ぐらいだろうか。小学生ぐらいの手の大きさしかない。それに、西洋人のそれみたいに肌の色がやけに白い。

俺は飛び起きた。

心臓がバクバク動いて暴れている。呼吸が苦しい。

「なんだこれ……なんなん――え!?」

思わず両手で咽(のど)を押さえた。漏れた声も高かった。子供特有の高い声。

触れている首も、やけに細い。

状況から推測するに、俺はベッドで寝ていたようだ。

着ているパジャマは軽くてさらさらしていた。なんだかシルクっぽい。いやシルクか? 破ったらまずいな。汚してもまずい。弁償できないぐらい高かったらどうしよう。

高級そうなパジャマを破らないように注意しながら、そっとベッドを下りてみる。

そこには、スリッパが用意されていた。それも、――小さな子供用のスリッパが。

足を通すと、ぴったりだった。

ものすごく、嫌な予感がする。

壁際のクローゼットの横には、床の上に縦長の楕円形をした薄板を左右から棒で支えて立てている物が置いてあり、その前に小さな丸椅子が置いてあった。楕円形の板の部分には布が掛かっていたけれど、隙間から鏡面が僅(わず)かに覗いて見えたから、姿見だと分かった。

俺は唾を飲み込んで立ち上がり、震える足で、そこへと向かった。

姿見の前に立つ。

俺は飛び出しそうな心臓を押さえながら、姿見のカバーの端に手をかけ――めくった。

そこには、少年が立っていた。

細い手足に、真っ白い肌。少しウェーブがかかった銀色の髪。アイスブルーの瞳。

子供らしい丸みを帯びた頬には、うっすらとそばかすが浮いている。

男の子にしては、やたらと長い銀色の睫毛。眉尻と目尻だけは、生意気そうに少しだけ上に跳ねている。

子供が立っていた。

日本人では絶対にありえない色合いの容姿をした子供だ。その顔は、ひどく青ざめている。

「だ、誰……？」

これは俺じゃない。

なんで俺、子供になってるの。しかも、銀の髪とアイスブルーの瞳をした子供の姿に。

ドアがノックされて、俺は跳び上がった。

「ぼっちゃま？　そろそろお起きになりましたでしょうか？」

「は、はい？」

思わず返事をしてしまうと、ドアが開いて、メイド服を着たふくよかな女性が入ってきた。

「あらあら。そんな格好では、お風邪を召しますよ？早くお着替え下さいませ。学校に遅れますよ」

「へ!?」

確かに今はまだ大学に通っている。だけど来年には卒業の予定で、現在は鋭意就職活動中の身だ。

それに今日は面接を一社、受けに行く予定だったはず……なんだけれども。

「が、学校に……行くの？」

「そうですよ。あらあら。まだ寝ぼけていらっしゃるのですか？　もしかしてご気分でも……ぼっちゃま、大丈夫ですか？」

「だ、大丈夫です！」

「そうですか？　ならいいんですけれども……お着替えをお手伝いいたしましょうか？」

「い、いいえ！　いいです！　自分でできます！」

壁には、ジャケットとズボンとブラウスと蝶結び用と思われるネクタイがハンガーに吊られていた。あれに着替えたらいいんだよね？

「そうですか？　では、ご起床されたことを旦那様たちに伝えて参りますね。リアンぼっちゃま」

ふっくらしたメイドさんは、にっこりと笑顔でお辞儀をし、部屋を出ていった。

「っ!?」

り、リアンぼっちゃま!?　リアンって言った!?　今!?

ものすごく、聞き覚えのある名前だった。

あれだ。村一番の金持ちである領主の二番目の息子が、そんな名前だったはずだ。

リアン・オーウェンっていう――……。

――え!?

俺、リアン!?　なんでリアンなの!?　なにゆえリアン!?

俺の名前は、逢坂直です！　リアンじゃないです！　てことは、ここは、やっぱり始まりの村なのか！

「め、女神様！　ちょっと、なあ、待ってくれよ！　これ、こんなの俺、聞いてないよ!?」

天に向かって、叫んでみた。

「これは無理！　俺、無理だから！　元の世界に帰して！　手伝いをしてもいいとは言ったけど、これは無理！　内容がハードすぎる！　もっと簡単なものにして！」

静まり返る部屋。小鳥のさえずり。

いくら待ってみても、返事は返ってこなかった。

「ど、どうしたら……お、落ち着け、俺。落ち着くんだ。そうだ、服。とりあえず、服、服着よう……」

このパジャマ、サラサラしすぎてて落ち着かないし。

俺は、普通の安いパジャマでいいです。綿とかで。破っても汚しても、簡単に買い替えられるやつがいい。これ、着てるのすげえ怖い。破ったり汚したりしたらめっちゃ怒られそうだ……。

俺は震える小さな手で、ハンガーに吊られていた服を取った。

リアンってなんだっけ。なにするんだっけ。

村一番の金持ちで、領主の二番目の息子。

「あっ」

思い出した。あれだよ。あれだ！

――主人公をいじめる、主人公と同学年の悪ガキ四人組の、リーダーだった奴だ。

身寄りもなく、教会の小さな孤児院で暮らしていた主人公に、事あるごとにちょっかいを出してくる、小生意気なおぼっちゃん。

同年代の子供たちに比べて主人公の能力はずば抜けてハイスペックで、頭もよく、運動神経も抜群で先生たちによく褒められていたから。それが気に入らないリアンは、子供の嫉妬心丸出しでなにかと意地悪をするのだ。

まあそれは、ストーリー的には主人公をちょっとずつ強く成長させていくための試練で、ドラマチックな成長物語に彩りを添えるには、必要な役割のキャラではある。

リアンは物語の初期に主人公に出会うキャラクターだが、一緒にいる期間は一番短い。

始まりの村を主人公が旅立つまでだ。

そういえばそんな奴も昔いたなあ名前なんだったっけ忘れちゃったけど、ぐらいのキャラだ。ライバルと呼ぶにも微妙で、最初にしか登場せず、いないと話が盛り上がらないし？　みたいな軽い役どころだ。

そこまでは思い出した。

だけど、どうして。なんで、俺がその役なんだ‼

やれってか！

正直なところ、全くもってできる気がしない。

自慢じゃないけど、演技は下手だ。演劇部の友人の手伝いをした時、めっちゃダメ出しされたからな！才能マイナスとか言われたからな。マイナスってひどい！

ていうか、女神様。

説明、足りてないよね？　俺に。全然、足りてないよね？　丸投げはよくない。だめ。絶対。

「うう……」

子供サイズの服は、憂鬱（ゆううつ）な気分になるぐらい、俺にぴったりだった。

ボウネクタイってどうやるの。したことないよ俺。蝶々結びでいいのか。

靴もきちんと揃えてトレイの上に置いてあった。ピカピカしている。磨きは完璧だ。革靴だ。うわあすげえ高そう。いくらするんだろう。履くの怖い。これも、汚さないようにしなければ。

「ああっ！」

俺は、もう一つの重要なことを思い出した。

そして、血の気が引いた。


ここは、始まりの村だ。


始まりの村は、あれだ。あれになるんだ。あれになるんだよ。

足下から震えが走る。

まずい。この村にいたらだめだ。危険だ。逃げたい。逃げたいけれど、どう考えても今すぐには無理だ。だって、今から走って逃げたって、どこに逃げればいいのか、どこなら安全なのかも分からない。

ここは。始まりの村は——。

未来の英雄が十八歳の誕生日を迎えた日、三大国のうちの一つ、野心家な王が統べる国が魔の王を召喚して、魔の王の魔力を受けて凶暴化した魔物の大群が、村に押し寄せてきて——。

——この村は、壊滅する。

のちに、《ルエイス村の災厄》と吟遊詩人に語られる魔物の襲撃によって、リアンも命を落とすのだ。だから、リアンには始まりの村までの役目しかない。

リアンは、もう本当にモブに限りなく近い存在だったから、ゲーム内での扱いも適当だった。リアンの最期も、道ばたに倒れていただけだった気がする。

話しかけると、『まさか魔物が襲ってくるなんて……』と、ありきたりなセリフを吐いて、それ以降はもういくら話しかけても『……』しか表示されなくなってしまい、ああ死んでしまったんだなと分かる。そんな感じの、非常にあっさりとした終わり方だった。

嫌だ。冗談じゃない。死んでたまるか。

俺は殺されたくない。痛い思いもしたくない。こんな訳も分からない世界に勝手に放り込まれたまま。

女神様には悪いけど、俺は、俺が思うようにやらせてもらう。死なないために。

ここは、始まりの村。

俺は、リアン。

そうか！　分かったぞ！

女神様が俺にして欲しいことと、俺の役目がようやく分かった。分かりたくはなかったが。

この村にいる主人公——のちの英雄を、まっとうに育て上げて、始まりの村から立派に旅立たせて欲しいってことか。

リアンの役目は、言うなれば、幼少時代の英雄にちょっとした刺激と試練を与えて育てることだからな。

これから先、敵と戦いながら旅をしていけるように。

そうなんでしょう？　女神様。

いいかげん説明しに戻ってきて欲しい。頼むから。

依頼内容は分かったけど、だからといってどうしたらいいんだ。どうしよう。どうすればいい。

とにかく、あの災厄の夜を、生きて、乗り切らねばならない。

魔物になんて殺されたくはない。怖すぎる。嫌だ。

もし俺が、この世界で死んだらどうなるのだろうか？

はっ！

もしかして死んだら、元の世界に戻れる——んだろうか？

そうであってほしい。頼むから。だって、これ、お手伝い、なんだよね？　なんですよね？

でもあの女神様、なんかぼんやりしてたからな……どうにも不安で信じ切れない……。

とりあえず、落ち着いて、考えを纏めよう。

一番は、魔物に殺されたくない。そして、村の人たちが目の前で殺されていくのを見たくもない。

あれはゲームの中でも、とてつもなく切なくて、悲しくて、そして怖いシーンだった。血まみれの遺体が、村中にいっぱい散らばっていて。

あんなヘビーなシーン、リアルでなんて体験したくない。

あの未来だけは変えねばならない。

その影響で本来のシナリオ通りにいかなくなってしまったとしても、俺の知ったことか。俺は死にたくない。

そうだ、まずは今の俺にできることから、ちょっとずつでもやっていこう。

いっぺんになにもかもはできない。今はまだガキだし。ちょっとずつでいい。ちょっとずつ。

まだ、時間はたっぷりある。

そして主人公である未来の英雄は……あのストーリー通りに、育てなければならないだろう。

でないと魔の王を倒す奴がいなくなってしまう。

未来の英雄を鍛えて強くすれば、村を襲う魔物の群れを倒してくれて、村の皆も助かるかもしれない。希望的観測ではあるが、何もしないよりはマシだ。

よし。決めた。というか、やらねばならない。

俺は決意した。

——主人公を十八歳の誕生日までに、強く、たくましく育て上げることを。

2話　未来の英雄に会いました

リアンの部屋を出て、迷いながらも階下に降りてみた。

するると、別のメイドさんが僕に気づいて、笑顔で寄ってきた。

「あら、リアン様。食堂へ行かれるのですか？」

「え？　あ、はい！」

よく分からないまま、思わず肯定してしまったが、まあ、食堂の場所は知っておきたい。

「皆様、お待ちですよ。さあ、こちらへ」

皆様!?

え、待って。皆様ってなに？　いきなり大人数に遭遇するには心の準備ができてないんだけど！

メイドさんが笑顔でエスコートしてくれようとするので、断れず、俺は内心動揺したままついていくしかなかった。

食堂は、想像以上に、広かった。

テレビのお屋敷訪問番組でしか見たことがないような、縦に長すぎる白いテーブル。

そして上座では、おしゃれに跳ねた鼻ヒゲが特徴の、頭髪は綺麗にオールバックにしたおじさんがコーヒーを飲んでいた。

ちょっとでもなく偉そうな雰囲気を醸し出している
——あ、もしかして。

あれがリアン父なのかな。

その斜め前の席では、お化粧をばっちりして、宝石を胸元や指や頭に飾った女の人が優雅にカップを口元に運んでいる。中央にいるのがリアン父なのだとしたら、あれがリアン母だろうか。綺麗だけど、ちょっと吊り上がった眉と目尻が神経質そうだ。

そのリアン母の向かいには、長めの銀髪に緑の瞳をした青年が座っている。父、母、ときたら、あれがリアン兄だということになる。

リアン兄は俺を見ると、満面の笑顔になって手招きしてきた。それから隣の椅子を引いて、ぽんぽんと叩く。ここに座れといっているようだ。嫌すぎる。俺は末席で構わないというのに。

リアン兄が、さあ来なさい、という無言の圧力をものすごい感じる笑顔で待っている。

俺は息を呑み、震える足をそちらへ向けるしかなかった。

料理はすごく豪華で、びっくりするほど美味しかった。

高級ホテルの朝食みたいだった。まあ俺はそんなところ行ったことないんだけど。

白いピカピカの大きなお皿に綺麗に盛りつけられたハムとスクランブルエッグとサラダ。山盛りの果物。ふわふわのパン。デコレーションが美しい焼き菓子類。しかも食べ放題だ。

だがしかし、俺はナイフとフォークで朝ご飯を食べたことがない。

めちゃくちゃに緊張した。

手が震えて、あまりにも緊張してフォークを落としてしまったりした。恥ずかしい。マナーもよく分からなくて、隣に座っているリアン兄の手元をガン見した。

そうしたら、すげえキラキラした笑顔で名を呼ばれ、にっこり微笑まれた。バックに花が舞う幻覚が見えた。リアン兄はすこぶる顔がよかった。イケメンか。爆発しろ。

見た目から推測するに、高校生ぐらいの年齢だろうか。

「どうしたんだい僕の可愛いリアン、今日は随分と大人しいねえ」

「えっ、あ、そ、そうですか？」

「そうだよ。気分でも悪いのかい？　今日は学校休む？」

やたらといい声で問われながら、頭を撫でられた。なぜか頬まで撫でてくる。続いて首筋も撫でてきた。しっとりとした手で。

俺は背筋に震えが走って、無性に逃げ出したくなった。脳内で赤信号とアラームが鳴っている。本能がなにかを察したのかもしれない。こういうのは経験からいって素直に従ったほうが賢明だ。

「いえ、行きます！　学校！」

「そうかい？　残念だな。今日は一日中、リアンと遊べると思ったのに……」

まだしつこく俺の頬を撫で続けている。顔も寄せてくる。なんか怖い！　いいかげん離れて欲しい。ていうか離れろ。

俺は今後リアン兄には、あまり近づかないようにしようと心に決めた。

屋敷を出ると、ちょうど門のところに子供が三人、並んで立っていた。

三人組の中で、真ん中が一番背が高くてぽっちゃりしていて、左がそれを一回り小さくした感じで、右はひょろりとして前髪と鼻が少し尖っている。

「おはようございます！　リアン様！」

「おはようございます〜、リアン様！」

「おはようございまっす、リアン様！」

なんだろう。なにかに似ている。あ！　あれだ！　ジャイア○とジャ○子……いや、ズボンはいてるから男の子かな。ジャイ男？　ミニジャイ○ン？　そしてほそっこいミニス○夫か。

三人仲良く並んで、俺に気づくと、満面の笑顔を向けてきた。

あ、思い出した。

こいつら、悪ガキ四人組のうちの三人だ！

リアンの舎弟——違った、仲の良い友達でもある。

そして俺は、嫌だけど、今はリアンの姿をしている。

ということは、ここは、リアンらしく振る舞わねばならないということだ。怪しまれないように。できる限りトラブルは避けたい。俺の心の安寧のために。

けど、リアンらしく……リアンらしくって、どうやるんだよ。ああリアンってどういう奴だったっけ。

思い出せ。思い出すんだ俺。頑張れ。

そうだ、ちょっと小生意気な感じだったよな？　うんそうだ。そうだった。小生意気な態度が鼻につく感じの、金持ちのおぼっちゃんだ。

だから生意気そうな態度を取ればいいはずだ。……多分。

「お、おはよう。皆」

とりあえず、まずは軽く、にこりと笑顔を向けてみた。できるだけ上品に、優雅に見えるように注意して。

三人の顔が、同時に赤くなった。

「は、はいい!!」

「ああ〜、今日もリアン様は美しいです〜！」

「美しいでっす！」

美しいのか？

美しいっていうのは、リアン兄ぐらいの顔レベルをいうんだと思う。けど反応から察するに、リアンもぎりぎりそのイケメン枠に入っている、ということだろうか……？

いや、待てよ。ここは辺境と言っても過言ではないほどの田舎村だから、イケメンの水準は限りなく低いのかもしれない。それに確か、三人ともリアンに心酔してるっていう設定だったはずだし。

三人組は、まだ俺を見つめたまま頬を染めている。

それを見て、俺は安堵（あんど）した。

今のところ怪しまれてはいないようだ。ひとまずは大丈夫そうだ。うむ。今後はこんな感じでやっていけばいいようだ。しかし。演技、疲れるな……。

さりげなく、周囲を見回してみた。

緑の山野、小高い丘。舗装されていない道、遠くに牧場。とても長閑でほっとする、田舎の風景が広がっている。

やはり、認めたくはないが、ここは間違いなく始まりの村のようだ。

そういえば、確か、ゲームは二部構成になっていた。

《始まりの村編》と、《本編》。

始まりの村編はストーリーだけ急いで追っても、軽く五時間以上はかかるぐらい、しっかり作り込まれていた。

長いムービーもたくさんあって、プレイヤーがちゃんとゲームとして動かせるようになるのは、主人公が十二歳になってからだったはずだ。

ということは。

今この時点ではストーリーの時系列的に、どの辺りなんだろうか？　俺、今、いくつなんだ？

そういえば、学校に遅れますよってメイドさんが言っていた。おそらくそれは、村の学校のことだろう。

村の学校は初等教育までで、十二歳で卒業だ。それを考えると、俺は今、十二歳以下ってことになる。

確か、十三歳から十六歳までは、隣町の町立学校へ行くことになっているはずだ。

十七歳からは、リアンは村に戻って、領主である父親の仕事の手伝いをするようになる。

　主人公はといえば、教会と孤児院を手伝いながら、村の牧場とかで働いていていた。朝の牛乳配達も引き続きやっていいた。働き者だ。お兄さんは涙が出てきそうです。ということは――。

　少なくとも……リアンと同じ歳である主人公が十八歳になるまで、あと六年以上はあるという計算になるのか。

　うわあああ。マジか……!?

　まさか、六年間もこの世界にいろってこと!?　長すぎるってレベルじゃない。俺は気が遠のきかけた。

　ひどすぎるよ、女神様！　仕事内容の詐偽で訴えますよ！

「り、リアン様!?　お顔が青くなっていますけど、具合でも悪いんですか!?」

「お、お顔の色が～」

「だ、大丈夫ですかっ？」

「い、いや、なんでもないんだ。ちょっと、意識が飛びかけ――いや、眩暈（めまい）がしてしまっただけだから。大丈夫だよ。心配してくれてありがとう」

　とりあえず、笑顔を向けておいた。スマイルは０円だ。大盤振る舞いだ。こいつらとは今後長い付き合いになるはずなので、友好な関係を維持し続けていかねばならない。

　三人の顔がまた赤くなった。

　なんだろう。

　もしかしてもしなくても、リアンの笑顔、なかなか使えるのか？

　ああでも三人組限定、とかだったりするかもしれない。今のところはまだ効果のほどは分からない。

　とりあえず、今はとにかく上流階級っぽく優雅に、上品に見えるように心がけよう。ボロを出さないように気をつけなければ。ああ、気が抜けない……疲れるな……。でも、頑張らないと。

　俺は魔物に殺されたくない。

「さあ、皆。学校に行こうか」

「はい！」

「はい～！」

「はいっ！」

＊　＊　＊

学校への道程がはっきり言ってよく分からなかったので、三人組と並ぶようにしながら、さりげなくついていってみることにした。

記憶の中にあるマップとは微妙に違っていて、内心とても焦った。

やっぱり、リアル世界になると、ゲームと違ってたくさんの細い道や広い道があって、民家も建物も格段に数が多いようだ。当たり前のことなのだろうけれども。お陰でゲームで知ってる村の地図があまり役に立たなくて、道がさっぱり分からない。

しばらく道なりに歩いていると、ぽつりぽつりと民家やら店やらが並ぶ長閑な道の先に、教会が見えてきた。

あ、あれは……!!

俺は息を呑んだ。

見覚えのある、苔むした石造りの古い教会。

あの教会には孤児院があって、優しい年老いた尼僧が、身よりのない子供を引き取って育てているのだ。

主人公も、その子供のひとり。

「あっ」

教会に入っていこうとしている、背の低い少年の姿を見つけた。

いたあああああー!!

あれは主人公……未来の英雄だ!!

いやまあ、いて当たり前なんだけど。当たり前なんだけどな！

マジか。あいつを、十八歳までに立派に育て上げなければいけないのか。俺が！

口の中にじわりと湧いてきた唾を、ごくりと飲み込んだ。

俺に、できるのだろうか？　いやでも、やらねばならない。やれる。俺ならやれる。

そうだ、リアンになり切るんだ。

俺はリアン。リアンだ。やれる。行くんだ俺。為せばなる。

しかし、小さくてもやっぱりイケメンはイケメンなんだな。ミニチュアイケメンだ。

キラキラした金髪に、澄んだ青色の瞳。健康そうな肌色。ただ残念なことに、表情がない……というか無表情なので、どこか冷たい印象を受ける。

大きくなれば、さぞやモテる男になるだろう。うらやまし、くなんてないぞ。ないんだからな。奴は未来の英雄で主人公だからな。今はまだ子供で、身長だって俺より頭一つ分低いけどな。


小さな少年は、肩から大きな茶色い袋を下げている。もしかして朝の仕事の帰りなのだろうか。

確か、この教会には引き取った子供が十人ぐらいいて、なかなか厳しい経済状況だったはずだ。それを助けるために、主人公は朝と夕方、子供でもできる簡単な仕事をしていた。

そう、この世界には労働基準法なんて存在しないのだ。改めて考えると、なんて恐ろしい世界だ。震える。何歳からでも、動けるなら働けるのだ。働き口さえあれば。それがいいのか悪いのかは、分からないけど。


主人公は確か、朝は牛乳配達の仕事をしていたはずだ。勤労少年だ。

根は、とてもいい奴なのだ。頑張るんだぞ。俺は応援してるからな。心の中で！

どうにか始まりの村編を耐え抜いて、立派な英雄になってくれよ。頼んだぞ。全ては、お前の肩にかかっている。頼んだぞ。

ああでも、俺もできるだけバックアップはしてやるからな。表立ってはできないから、裏方で。子供に全て任せたまま放っておくなんて、大人としてどうかと思うしな。

さて、そろそろ話を進めてみよう。

主人公の名前は、なんだったっけ。

始まりのストーリー。

……あああああ!?　思い出したぞ！　思い出した！


これ、ゲームの始まりのシーンじゃないか!?

プレイヤーが、やっと自分の手で主人公を動かせるようになる場面だ！

四周もやったから、リアンのセリフも、だいたいは覚えてる。

よしきた。演技タイムか。

俺はリアン。リアンだ。生意気そうに言うんだ。なり切るんだ。

腕を組んで、顔を少し上げて、斜めにしてみようか。どうだろう。生意気そうに見えるだろうか。

よし。い、行くぞ。とりあえずは行ってみよう。俺は心の中で深呼吸した。

主人公の名前は、知ってる。アルフレドだ。

「お、おはよう。アルフレド。今日も朝からお仕事なのかい？　大変だねえお金のない人たちは」

澄んだ青空色の瞳が、こちらを向いた。

無表情だから、喜んでいるのか、それとも、うざがっているのかすら分からない。

ジャイ〇ンことジャイドと、ミニジャイア〇のジャーノと、ミニス〇夫ことスネイが未来の英雄——アルフレドの前に駆けていき、行く手を塞ぐように並んだ。

「ぶぶぶ。貧乏人は辛いな！」

「辛いな～！」

「かーわいそうっ！」

ああもう、ガキだなあ。

ジャイドがアルフレドの胸をドン、と押した。

リアンや三人組よりもずっと背が低くて身体も細いアルフレドは、簡単にすっ転んでしまった。

なんてことを。ああでも、俺は主人公を助けたらいけない。俺は今、リアンなのだ。ううう。もうすでに胃が痛い。

俺は倒れたアルフレドの頭の近くに立って、腕を組み、見下ろした。

「よ、弱いねえ君は。背も低いし、ガリガリだよね、枯れ枝君。もっと食べたほうがいいんじゃないかな？」

そうだ、もっとしっかり食べるんだぞ。

三人組が、枯れ枝君、と俺のセリフを復唱している。

「ちょっとジャイドに押されただけで、コロンと転んじゃうなんてね。男なのに、情けないね。細いし。女の子みたい！」

女の子みたい！　と三人組が復唱した。綺麗にハモっている。おまえら、ユニット組んで歌手にでもなったらどうだ。売れるんじゃないか。

アルフレドの瞳の色が変わった。

澄んだ青色は夜のような藍色に沈み、星のような金色の砂粒が、虹彩全体に散って混じった。視線が鋭くなる。

かなり怒っているようだ。

そうだ、怒れ。もっと怒れ。怒りは、力になる。

「ふ、ふん。悔しかったら大きくなって、押されても、情けなく転ばないようにしたらいいよ、枯れ枝ちゃん？」

鼻で笑ってみた。我ながら、嫌な奴だ。

金色が混じった藍色の瞳が鋭く細められ、俺を射ぬいた。

うおお。こえええええ。こ、子供だけど、眼力あるな！

でもここで怯んではいけない。なめられたら終わりだ。

俺は内心冷汗をかきながら、顎を上げて、目を細めて笑い返してやった。確か、これでいいはずだ。これでいいんだよね？　誰かいいと言って！

「じゃあ、僕たちはお先に。君も遅刻しないようにね。さあ、行くよ皆」

「はーい！」

「はい〜！」

「はいっ！」

俺はアルフレドに背を向けて、歩き出した。俺の後を追って、三人組が駆けてくる。

俺は内心で叫んだ。

うわあああ疲れた……!!

でも主人公——アルフレドとのファーストコンタクトは、無事クリアだ！

どうにか上手くいった。と思う。うん。

最初のストーリーをゲームと同じようになぞれたはずだ。これで間違ってはいない。はず。……多分。

誰にも聞けないから、自己判断するしかないけど。

なんとかボロを出さずにすんだことに、俺は胸を撫で下ろした。

3話　書いておくことにしました

俺はリアンの部屋に戻って、学校用の鞄を机に放り投げるように置いてから、そのまま倒れるようにベッドに突っ伏した。

「つ、疲れた……」

どうにかこうにか、一日目は無事終了することができた。

しかし、疲れた。ものすげえ疲れた。

これがあと六年も続くのかと思うと、気が遠くなってくる。

ていうか女神様。あれからなんの連絡もないんですが、どうなってるんですか。まさかとは思うけど、俺のこと、忘れていませんよね？　大丈夫ですよね？　ちゃんと帰してくれるんですよね？

ほわわんと笑みを浮かべる女神様の姿が脳裏をよぎり、俺は一抹の不安を感じた。

いや、信じるんだ。信じるものは救われる。

あの時、始まりの村編まで、って言っていたから、六年経って、村編が終わったら俺を元の世界に帰してくれるはずだ。うん。きっとそうだ。

それにしても女神様。ちょっとこれはひどすぎない？

俺、ちゃんと最初に言ったよね？　簡単なお手伝いならいいですよって。でもこれ全然簡単じゃないよね？

それに六年間もこの世界にいなきゃいけないなんて。はっきり言って、俺はこんなことしてる場合ではないのに。この間面接受けに行った会社からの採用通知がそろそろ届くはずなのだ。摑みはオッケーな感じがしたから、受かってるような気がする。受かっててくれ。頼む。だめだったら泣く。

俺は大きな溜め息を一つ、ついてから、身体を起こした。ベッドから下り、よろよろとした足取りで机に向かう。

今日、村の学校に登校したことで、確定したことがある。

やはり俺――リアンの年齢は現在、十二歳だ。

となると、来年には村の初等学校を卒業することになる。その後は、隣町の町立学校へと入学するはずだ。

それはつまり。主人公のアルフレドが十八歳になるまでにはまだ残り六年の猶予がある、ということでもある。そして――

――この村と、俺の命のリミットも。

故に、俺と村が生き残るためには残り時間全てをかけて、策を講じて、できることは全てしておかなければならない。

まず一つ目は、災厄の日までに未来の英雄を立派に成長させること。二つ目は、それと平行して、あの恐ろしい惨劇の夜を乗り切るための防衛策を考え出し、準備しておくことだ。

どこまで俺にできるのかは分からないけど、やれることはできる限りやっておかなければならない。自分が殺されるのも、誰かが殺されるのも見たくはない。

俺は子供サイズの椅子に座って、鞄の中から分厚い日記帳を取り出した。執事のおじいさんにどこに行ったら買えるか尋ねたら、くれた。ありがたい。

今日からこの日記帳に、こなしたイベントと、これからやってくるイベントを書いていこうと思う。進行状況の記録と確認と、自分が忘れないために。

俺はペンを手に取った。

ああ、これが遺書になりませんように。頼みますよ、女神様。

ていうか、なんで連絡くれないんですか。投げっぱなしとか絶対やめて下さいよ。それ、だめな上司の特徴ですからね！　そうだったら絶対訴えますよ。でも苦情ってどこに言ったらいいんだろう。相談窓口って……相手は女神様だから……神社……？　違うか。この世界なら教会か？　よし、明日にでも教会に行ってみよう。主人公がいない時に。苦情を言いに。

ページをぱらぱらとめくり、真っ白な最初のページを開く。

転移モノでよくある補整がかかっているのか、俺にもこっちの世界の言葉が話せるし、分かるし、文字も書けるようだった。

だけどこの日記は、俺はあえて日本語で書くことにした。誰かが読んだりしたら、まずいからだ。

俺はまず最初に、覚えている今後のストーリーを思い出せるだけ書き出すことにした。

書き出している途中で、リアン兄に風呂に誘われた。

これはとても助かった。西洋式のお金持ちのリッチな風呂の入り方なんて知らないからな。置いてあるたくさんのボトルの中身がなんなのか分からんし。テンパってなにか破損とかしたら、弁償の金額が恐ろしい。

しかし。

風呂はつるつるした陶器製でとても大きく、湯加減はほどよく、いい匂いもして気持ちよかったけど……兄がやたらと俺の隣にすり寄ってくるのには参った。

なんで密着してこようとすんの!? 怖いんですけど!?

俺はできるだけ兄と距離を取りながら、じりじりと風呂の中を移動して回るはめになった。

非常に疲れた。やたらと俺の身体を洗いたがるのにもちょっとではなくかなり引いた。自分の身体は自分で洗うからと丁重にお断りをしたら、ものすごく残念な顔をされた。なんでだ。

今後、リアン兄と風呂に行くのは絶対にやめようと心に誓った。

どうもリアン兄は、弟をめちゃくちゃ溺愛しているようだ。それははからずも身をもって知ってしまったが……ぜひそこで止まっていてもらいたい。頼むぞ。

いや、大丈夫だ。あのゲーム――《アーケイディア》は、ストイックな本格派王道ファンタジーだったはずだ。だからこのままストイックに進むはずだ。全年齢対象だったし。いや、残酷な表現あり、がついてたから、R15ぐらいだったっけ? まあなんでもいいけど――頼むぞ!

エロゲなルートは勘弁してくれよ! 近親相姦フラグとか立たないでくれよ!! しかもビーとエルがつくような話はノーサンキューです! 無しでお願いします!

力みすぎてページに皺(しわ)が寄ってしまった。俺は丁寧に皺を伸ばした。

そうだ。忘れないうちに今日こなしたイベントやら気になったこととかを書いておかねば。それから今後気をつけておいたほうがいいこととかもメモしておこう。

村の学校は、なかなかいい先生が揃っていた。

殺伐(さつばつ)とした王都に疲れて田舎に越してきた魔道士の

先生の授業は、教える内容は丁寧で分かりやすかったし、体育の先生は暑苦しいけど熱心で、教え方も上手だった。

実はこの体育の先生は大陸の西にある大国からやってきた元騎士で、民の生活よりも軍備の増強を優先する祖国のやり方に嫌気がさして、こんな東の小さな国の辺境の村までやってきたという裏設定があったりする。設定資料集に載ってた。

だから武器の扱い方の指導はかなり本格的だ。まあでもこんな長閑な村の子供たちに本格的な戦術指導なんて必要ない。それが分かってるからか、教えられるのは専ら簡単な護身術レベルの剣術と体術と、身体を整えるストレッチ方法、とかそんな程度だ。

そんな本日の、木製の模擬刀を使った剣術の授業で。


俺はどうにか、アルフレドとの打ち合いに勝てた。


アルフレドが俺よりも小さくて、力も弱かったから、どうにか勝てた。

助かった。剣術なんて生まれてこのかたしたことなんてない、俺のめちゃくちゃ剣術でもどうにかなった。

当分の間はまだ体格にものを言わせたゴリ押し戦法でもどうにかなりそうだ。

でもアルフレドが大きくなってくれば、そうもいかなくなってくるだろう。

勝ち続けるためには、学校の稽古だけでは足りないのは明白だ。今後のことを考えると、家で剣術の先生を雇ってもらい、地道に稽古をしていくしかない。

……辛い。辛すぎる。俺、インドア派なのに。屋外よりも部屋の中にいたい派なのに。

だがここは、頑張るしかない。

なぜなら俺は、主人公に勝ち続けなければならないからだ。

リアンは、この始まりの村編での、アルフレドのライバル役だ。故に、絶対に途中で負けるわけにはいかないのだ。

主人公であるアルフレドが、リアンにこてんぱんにのされ続けた末に、いつか倒してやる！　みたいな感じになってくれればベストだ。

午後の呪物の授業は、なかなかに面白かった。

俺はインドア派だからな。肉体労働よりデスクワークのほうが向いている。

札みたいな紙に、呪文や文様を書いて、力を持たせたり、石に刻んだり。

今日は簡単なお守りの作り方を教えてもらった。それが呪物作成。明日天気になるようにお願いするやつを作った。テルテル丸というもの。太陽の光に一日当てないといけないから完成までに三日かかるようだ。

来週の授業内容は、魔除けの作成らしい。


魔除けか。

魔物を除けるもの……うむ。しっかり勉強しておこう。きっと今後、役に立つ気がする。すごくする。俺の勘がそう告げている。

この世界、魔法というものが使えるけど、その能力は人それぞれだ。まったく使えない人もいる。先天性の素質がないと使えないのだ。

リアンは残念ながら魔法の素質は低い。だから魔力が低くても使える、呪物や魔法道具系方面をできるだけ伸ばしていこうと思う。

そうだ、いいことを思いついた！　村の周りに魔除けを貼りまくるのはどうだろうか!?


よし。今度じっくり考えてみよう。

ああ、それにしても疲れた。今日は、もう寝よう。

俺はペンを置いて日記帳を閉じ、欠伸をしながらベッドに潜(もぐ)り込んだ。

4話　一年経ちました

あれから、さくっと一年が経った。

特にこれといったイベントもないから、今後のための下準備がいろいろとできたように思う。


始まりの村編は一、二年単位で次のイベントへと飛んでゆき、サクサクっと進んでいくからな。でないと始まりの村編がいつまで経っても終わらなくなってしまう。


俺は現在、十三歳だ。

十三歳から十六歳まではまだ義務教育期間だ。まあ、農家の子供たちは十二歳ですでに働き始めたりしているけれども。

俺と三人組は一緒に、隣町の町立学校へと進学した。もちろんアルフレドも一緒だ。

未来の英雄はすぐにでも働きたかったようだけど、教会の尼僧の強い勧めとお願いと説得があったようで、しぶしぶ進学することにしたようだ。

未来の英雄は、順調に成長している。

朝夕の仕事も続けているようだ。子供が苦労している姿を見ると、どうにもこうにもやるせなくて涙腺が緩んできてしまう。頑張れ勤労少年。俺は心の中で応援し続けてるからな。あいつの姿を、苦労のくの字も知らない金持ちボンボンどもに見せ、勤労の尊さを叩き込んでやりたいと心から思う。


さて、最近の俺の未来の英雄育成カリキュラムは以下の通りだ。

まあ……まだ子供なので、大したことはできないけれども。

俺より成長の遅いアイツは、一年経ったが俺よりもまだ頭半分ほど背が低い。そしてまだ俺よりも力が弱い。それをネタにして対抗心を煽ってみたりしている。

たまにつむじをこづいてみたり、悔しかったら負かしてみろ的な定番セリフを言ってみたりして、強くなろうと思ってくれるように促しているところだ。心の師匠はジャイ○ンです。

不足気味な栄養面は、町の学校に入ってからは女の子がなにかと菓子や食い物をあいつに差し入れしたりしているから以前よりは改善された感じだ。う、うらやましくなんて、ないんだからな！

今のところ俺が胃を痛め、いや、頭を悩ませているのは……剣術の授業だ。

　村の学校に引き続き、町立学校でも剣術の授業がある。そしてストーリーの都合上、俺はなにがあろうと主人公との最終決戦の日まで、勝ち続けなければならない。

　今日の練習試合も……どうにかアルフレドに勝てた。

　今のところは順調に、連勝記録更新中だ。まだいける。まだまだ大丈夫だ。俺のほうが今のところは身体も大きいしな。もうしばらくは体格にものをいわせて押し通せるはずだ。

　片や連敗記録更新中のアルフレドは、最近、村の学校の元騎士の先生に剣の稽古をつけてもらい始めたようだ。全戦全敗はさすがのアイツも悔しいのだろう。よしよし。いい傾向だ。そのまましっかり励むんだぞ。

　それにしても。あともう少ししたら、ゲームのストーリー通りに卑怯な手を使っていかないと勝てなくなってきてしまうのだろうか……。

　確かリアンは、滑る油とか。反則技とかも使って勝っていた。嫌すぎるな……俺、やらないとだめなのかな、あれ。

　俺は先行きを思い、溜め息をついた。

＊　＊　＊

　町にはそこそこ大きな町立図書館があり、誰でも自由に本を借りられる。

　これはとても助かった。

　魔法についてだけでなく、魔法道具や魔除け、魔法陣、魔物への対処法に関する本を片っ端から借りて帰れるからだ。目いっぱい借りて帰って、夜、時間の許す限り読みふけるのがここ最近の日課になっている。

　調べてみると、魔法道具や魔除けに描く呪文や図形は、一文字でも一本の線でも間違えたら効果が出ない、とても繊細なもののようだ。

　しかし幸いなことに、俺はちまちまとした細かい作業はあまり苦にならない。というかむしろ楽しい。根っからのデスクワーク派だからな。

　リアン自身の魔法の素質は、はっきり言って高くはないから、そういう方面でのスキルアップをしていこうと思っている。

どんなに頑張って魔法の訓練をしても、リアンがハイクラスの魔法が使えるようになることはない。超序盤の始まりの村編の間だけのささやかなライバル役なので、基本能力はかなり低めに設定されている。俺は知っている。設定資料集に載ってたからな！　あの通りならば、村人よりはちょっといいかな、ぐらいの能力値のはずだ。泣ける。

故に、来るエックスデーのために、俺にも可能で有効な魔法スキルや、戦う術をたくさん身につけておかなければならない。……生存率を少しでも上げておくために。

一方アルフレドは、さすがは主人公、他の生徒たちに比べて魔法の素質もずば抜けて高いようだ。

先日偶然にだけれども、学校の廊下で先生に呼び止められて魔道士の王立養成学院へ行くように勧められているのを見かけた。速攻で断っていたけれども。

さすがは未来の英雄だ。最初からすでにハイスペックだ。でもまだまだ俺のほうが上だけどな。

まあ……それも、そのうちには抜かれてしまうんだろうけれども。


俺は図書館の入り口横の壁に貼られた新刊情報と館内マップを鼻歌を歌いながら見上げ、今日はどのジャンルの棚に行ってみようかと思案した。

今はひとりだから好きなだけ、自由に、時間の許す限り本を探して読める。

三人組は一緒ではない。図書館に寄って帰るから、と学校を出る時に別れた。ものすごく悲しそうな顔をしていたけど、俺だってたまにはひとりになりたい。

それに今日は、お気に入りの推理小説の続きが図書館に届く日なのだ。鼻歌だって漏れてしまう——いや、まあ、いいじゃないか！　それぐらいのささやかな娯楽は許されると思う！　でないとストレスで死ぬ。

俺は新刊情報を見て、目当ての新刊が置いてある場所を確認した後、足早に目的の場所へと直行した。

そこには目当ての本の特設コーナーがあり、平台の上には凝ったポップも飾られていたけれど、すでにもう、一冊しか平置きされていなかった。人気シリーズだからな！

でもぎりぎり間に合ってよかった。セーフだ。

誰かに取られないうちにと手を伸ばした時、横から同じように手を伸ばしてきやがる奴がいた。

誰だ!!　俺がタッチの差で早かった！　てことで譲れやこの野郎！

横から手を出してきた不届き者は誰だと顔を横に向けると、そこには。

キラキラ光る金髪に、青空色の瞳の少年が立っていた。

いつも無表情の奴にしては珍しく、こちらを見て、目を見開いている。

アルフレドだった。

そして、なぜなのか服は埃まみれで、顔と腕には赤くなった擦り傷や殴られたような痕がある。傷からは血も滲んでいる。

俺は思わず悲鳴を上げてしまった。

「おまっ、お、お前……!?　ちょっ、どうしたんだ、その格好……!?」

「……上級生に絡まれた」

「絡まれ……!?」

「ブチ倒してやったけど」

「そっ」

そうか。

さすがだな、未来の英雄。最近アルフレドはよくも悪くも目立つから、目をつけられてしまったのかもしれない。

殴られて切れたのだろうか。アルフレドのこめかみから、血が一筋、流れ落ちていくのを見てしまった。

それを見て俺はまた悲鳴を上げた。

「あわああっ!?　血が……っ！　て、手当てしなきゃ、」

「いらない。ほっとけば治る」

目に入りそうになった血を、アルフレドが無造作に手の甲で拭った。それを見て、想像するだけでも痛そうで、俺は震えた。そ、そりゃそうだろうけども！

俺は、血は、苦手だ。

両親が不慮の事故で亡くなった時に、祖父さんと一緒に見た、見てしまった、現場検証の時の写真。地面に残っていた血が。

赤く広がって――

俺は口元を押さえた。吐き気が胃の底から込み上げてくる。

「おい。大丈夫か」

「だ、大丈夫……って、いうか、それは俺の、セリフだ！　ちょ、ちょっと来い！」

俺はアルフレドの腕を摑んで引っ張り、洗面所へと駆け込んだ。


ハンカチを濡らしてアルフレドの顔を拭いた。こめかみを流れる血も、傷に気をつけながら拭き取った。傷から血が新たに流れてくることはなくて、ホッと安堵する。思ってたほどにはひどくないようだ。まあ、頭はちょっとした傷でもたくさん血が出るからな。でも俺の心臓には悪い。

ハンカチがじわりと赤く染まっていくのを見て、俺はまた吐きそうになった。手も震えてくる。

「血が、いっぱい……」

「もう止まった」

「そう、か……」

俺は鞄の中を漁(あさ)り、白いあめ玉みたいなもの——癒しの結晶石を二つ取り出した。

これは使うと傷が治るアイテムだ。今日の選択科目の初級魔法アイテム作成の授業で習って作った。所詮(しょせん)、初心者が作った試作品だから込められた力は弱いけど、軽い傷を治すぐらいならできる。タイミングよく持っててよかった。

一つを片手に握って軽く力を込めると、ぱりんと割れた。キラキラ光る白い砂みたいになる。そのキラキラの粒がついた掌(てのひら)を、アルフレドのこめかみに軽く当てた。

光はすぐに消えてしまった。手を離すと、傷は塞がっており、傷痕周辺の皮膚の赤みもさっきよりは少し引いているようだった。よかった。試作品の回復薬だけど、どうやらちゃんと効いたみたいだ。

「他に、傷は？」

「ない」

「そうか……左腕、動かせるか？」

アルフレドが肘と手首を動かしてみせた。

動かせるなら大丈夫だろう。でも擦り傷についてる泥は洗っといたほうがいい。菌が入ったら悪化するし。

「傷口、洗っといたほうがいい。化膿(かのう)すると怖い」

俺はアルフレドの左手首を摑んで流し台に引っ張っていき、流水で洗ってやった。

ふと視線を感じて顔を上げると。

アルフレドが不思議そうな顔で俺を見ていた。

俺は、ここでようやく現状を把握して、硬直した。


しまった。

思わず手当てしてしまった。リアンなのに。リアンはこんなこと絶対にしない。

やばい。だって、放っておくのはまずいだろう。怪我してる奴を。当たり前じゃないか。でもこれは非常にまずい。明らかにリアンらしくない振る舞いだった。

どうする。どうにかごまかさなければ。

「っ、たっ」

「た？」

「試したんだ！　試作品の！　ちょうどいい被験対象が目の前にいたからね！　効いたみたいだ！　さすが僕だね！」

アルフレドが不思議そうに、じっと俺のほうを見ている。

「運がよかったね、君！　つ、ついでだから、これもあげるよ！　試作品だ！　ありがたく受け取りたまえ！」

俺は残りの一つの回復薬をアルフレドの手に無理矢理握らせると、洗面所を飛び出した。

やばかった。

変に思われなかっただろうか。思われててもなにもなかった風を装う。そうしよう。そして速やかに本を借りて家に帰ろう。

俺は新作コーナーに駆け足で戻った。

そして、がく然とした。最後の一冊が、なくなっていた。

「えええ〜……!?」

誰だよ!!　俺の本取ったの!!　俺の唯一のささやかな楽しみを奪いやがった奴は誰だ！　なんか吐き気も治まらないし！　うう、最悪だ。

俺はよろよろと、机に手をついた。

「おい」

「ふわあっ!?」

いきなり肩を叩かれて、俺は思わずびくりと跳び上がってしまった。

心臓を押さえながら振り返ると、そこにはアルフレドが立っていた。いつもの無表情のまま、手に持った一冊の本を俺に向けて突き出してくる。

「あ……」

それは最後の一冊だった、俺が楽しみにしていた推理小説シリーズの最新作。

お前、すごいな！　ていうかいつ確保したんだ。早業すぎる。さすがは主人公。抜け目がないな！

「これ。お前も、借りたかったんだろ？」

「え？　あ、う……うん……」

「じゃあ、先に借りていい。さっきの、礼」

ずいずいと強く俺の胸元に押しつけてくる。ちょっと痛い。受取れという無言の圧力と痛みと勢いに負けて、俺は受け取ってしまった。

子供の両手には少しだけ重い、楽しみに指折り数えていた新刊からは、新しい紙の香りがした。

思わず礼を言ってしまったら、アルフレドがまた少し目を開いて。

「あ、ありがとう……」

ゆっくりと――珍しく、笑みを浮かべた。

それを見て俺はまたハッとして、内心焦った。

なにお礼なんか言っちゃってんの、俺！　アルフレドとは気に食わないライバル同士でいないといけないんだぞ！　仲良くなんかなったりしたら駄目ではないか！

「お、俺、じゃなかった、僕はもう行かないといけないから！　君と違って、僕はこれでも忙しくてね!?　じゃ、じゃあ！」

俺は急いで貸し出しカウンターに向かって走り、借りる手続きをすませてから、図書館を飛び出した。

危なかった……!!

イレギュラーな接触は非常に危険なことが判明した。今後、気をつけなくてはならない。主に俺がな！　演技し切れなくてな！

ああもう。

俺はドッと疲れが押し寄せてきて、帰る道すがら、大きな溜め息を吐き出した。

5話　二年経ちました

ほわほわ女神様に異世界に放り込まれてから、さくっと二年が経過した。

学校に通いながら日々黙々と来たるべきエックスデーのために、日夜寝るのも惜しんで調べたり訓練したり対策を練ったりしてたら、あっという間だった。月日が経つのって、早いですね。

でも俺が帰れる日までまだ残り四年もあるけどね！　遠いね！

ていうか最近四年後のことを考えると胃が痛いです。キリキリします。完全にストレス性ですね。女神様、労働内容相違による心因性疾患で労災請求しますよ。

ていうか、まだ女神様からの連絡が一度も入ってこないんですけど。どうなってるんでしょうか。めちゃくちゃ不安なんですけど。まさか、忘れられたりしてないですよね？

ありそうなのが恐ろしい……あの女神様、どうもぽややんとしてたからな……。

いや、信じよう。信じる者は救われる。それに信じないと心が折れる。

そして俺は、今年で十四歳になった。

今年中にやっとかないといけないイベントって、あと残り、いくつだったっけ。後で確認しておかねば。

次の大きなメインイベントは……俺の記憶が確かならば……来年あるはずだ。

そう。来年の夏、少々……でもなく頭の痛い、序盤なのにやたらと難易度が高すぎる戦闘イベントが発生する。

今からすでに気が重い。憂鬱だ。

しかもそれを一発でクリアしなければならない。でないとゲームオーバーになってしまうのだ。嫌すぎる。

頼むぞ、未来の英雄よ……お前だけが頼りだ。

それまでに、しっかり奴を鍛えておかなければならない。

俺は図書館から借りてきた剣術についての本を机の上に積み上げてから、椅子に座り、その山からまずは一冊、手に取った。

＊　＊　＊

本日の剣術の授業は屋外で、刃を潰した練習用の剣を用いた二人一組での簡単な打ち合いだった。

俺の対戦相手が持っていた練習用の剣が、綺麗な弧を描いて青空を舞う。

それを視界の端で確認しながら、剣先を目の前で尻餅をついている俺の対戦相手——アルフレドに向けた。

それから、ちょっと顔を上げて笑みを浮かべてみせた。小生意気に見えるように。どうだ、この演技力。多少は堂に入ってきただろう。二年もやってきてるからな！

外野で見ていた三人組とクラスの女の子たちと、一部男子から黄色い悲鳴が上がった。三人組は分かるけど、なんで一部男子も赤い顔してるんだろう……なんか怖い……。

この世界、どうもその辺り、緩いっぽい感じなのだ。

というのも学校の構内で、いくつかの同性カップルを目撃してしまったからだ。さすがゆるふわ女神様が造った世界だ。その辺もゆるふわなのだろうか。それがまずいんじゃないのか。分かんないけど。

まあ、好きになっちゃったんなら仕方ないし、別に俺は好きにすればいいと思うけどな。本人同士が幸せならそれでいいんじゃね、とは思ってるけど。ただし、俺は巻き込まないでくれよ!? 俺は綺麗系お姉さんが大好きです!!

少し取り乱してしまった。落ち着こう。

そうだ、セリフ。ここ、ちょっとした対決イベントで、リアンのセリフがあったんだった。

「ふ、ふふん。まだまだだね、アルフレド！ 弱すぎるよ君は！ 僕の足下にも及ばない！」

アルフレドが眉間に皺を寄せて口を真一文字に引き結び、非常にむすっとした表情で俺を見上げてきた。

見るからに機嫌は悪そうだが、ただ、その瞳の色は——いつもの青空色のままだ。

……うーむ。なんだろう。

最近、アルフレドの本気で怒った顔を、あまり見なくなったような気がする。

アルフレドは古き民の特徴で、怒ると虹彩に金色が混じる。マジ怒りの時にはそうなるのだ。とても分かりやすい特徴だ。

それを見なくなってきたということは、成長するにつれて多少は沸点が高くなってきて、大人になってきたということなのかな。

しかし、なにはともあれ、今日も勝ててよかった。

俺は胸を撫で下ろした。

最近はアルフレドも剣の腕前が上達してきたみたいで、勝つのに少し苦労するようになってきた。

絶対に負けるわけにはいかない俺は、考えた末、リアン父に頼み込んで、王都で有名な剣術の師匠を雇ってもらうことにした。この時ほどお金持ちなリアン父に感謝したことはない。

師匠を雇うのにかかった費用を聞いて俺は震えた。そして必死で頑張った。だってお金がもったいないからな！　無駄にするわけにはいかない。バチが当たる。俺は分不相応な大金に恐怖する一般庶民だ。お金は大事に使わねばならない。

特にリアン母と兄に、声を大にして言ってやりたい。あいつら金を湯水のように道楽に使いやがるからな……。金は天下の回り物なんだぞ！　いつまでも潤沢にあるとは思うなよ!?

まあ、そういうことがあり、頑張った甲斐もあって、このように成果は今のところ出ているようだ。よかった。まだ俺は負けるわけにはいかないからな。

俺は剣を振ってから鞘に収め、アルフレドを見下ろして腕を組み、やれやれと溜め息をついた。

教会の厳しい財政状況を助けるためには、そりゃ仕事も大事だろうけど、それに明け暮れられても困る。アルフレドには、もっと剣術の練習をさせなければ。

もっともっと、強くなってもらわないと困るのだ。

仕事を増やさないといけないぐらいお金に困っているのなら、来月から、リアンの家から毎月している教会への寄付の額を、俺のおこづかいから――俺の名前だとまずいから、匿名で、増額してみようか。そうしたら、アルフレドも剣の練習をもっとできるようになるかな。うむ。いい考えな気がする。そうしてみよう。

「アルフレド。僕に勝ちたいんなら、もっと練習したまえよ？　君は動きに無駄が多すぎる。隙だらけだ。力任せに来るから隙が大きくなるんだよ。君はなにを勉強してきたんだい。剣の重さと動く速さ、その剣筋をよく考えて、ただそっと力を添えればいいだけなんだよ。流れるままに動かせば、そんなに力は必要じゃない」

……らしい。そう、剣術の師匠も言っていたからな。

師匠の言葉の受け売りだ。こうして時々、未来の英雄に剣の師匠の言葉を横流しして指導しているのだ。

アルフレドがゆっくり立ち上がって、服についた埃を払い、俺を見た。

目線が同じ位置に来る。

身長は、とうとう俺と同じになってしまった。くそう。奴にも成長期が来てしまいやがったのか……。抜かれるのも時間の問題のようだ。

リアンは成長が早すぎたせいか、最近は伸び悩んでいる。もっと頑張ってくれ、俺の身体（リアン）！

「いいかい。君の無駄な馬鹿力でゴリ押しするのも、限界があるんだよ。その馬鹿力で他の人は叩き伏せられても、僕には通用しない」

「……ふーん」

なんとも気のない返事が返ってきた。

ちゃんと聞いてんのかこの野郎！　せっかく教えてやってんのに！

小言の一つでも言ってやろうと口を開こうとしたら、アルフレドがなぜか無言で近づいてきた。

怒っているのだろうか。俺は身構えながら、奴の動向に注視した。前の細かった頃が嘘だったかのように急激に筋肉をつけてきた奴の馬鹿力で殴られたら、さすがにただではすまない。

「な、な、なんだい？」

返事はない。

アルフレドは無表情で無言のまま（怖い！）俺の目の前に立つと、いきなり――俺の右手首を摑んできた。

「ふわっ!?　いっ……っ……！」

痛みが走って、俺は呻（うめ）いた。

アルフレドの無駄に馬鹿力な打ち込みを受けたから、右手首を少し痛めたようだ。赤くなって腫（は）れかけている。本当に馬鹿力だからな！　最近特に！　俺の身体はデリケートにできてるんだから、気を遣って欲しい！　無理だろうけどな！

「い、たい……！　は、離っ……」

アルフレドは俺の右手首を摑んだまま持ち上げると、ポケットから白いあめ玉みたいなものを取り出して、ぱりんと割った。

それが癒しの結晶石だということは、俺にもすぐに分かった。この世界では絆創膏（ばんそうこう）並にポピュラーな回復薬だから。

アルフレドはきらきらした白い光の砂のように見え

るそれを掌に乗せ、塗るように俺の右手首を覆った。

あたたかい掌から、じんわりと熱が伝わってくる。

それと同時に、痛みも徐々に引いてきた。

痛みが消えて、俺は無意識に強張っていた身体の力が抜け、ほっと息をついた。

殴られるのかと思ったら、どうやら違っていたようだ。なんだ、そうか。俺が手首を痛めたのに気づいて、治そうとしてくれたらしい。

「あ、ありが…………」

俺は慌てて片手で口を押さえた。

しまった。思わず礼を言いそうになってしまった。

だって仕方がないじゃないか。どんな時でも礼だけは失するんじゃないぞ、と祖父ちゃんに叩き込まれてすり込まれ続けてたから、どうしても条件反射で言ってしまうんだ。ああああもう。

内心焦りまくっていると、アルフレドがゆっくりと顔を上げた。

じっと俺を見ている。なに見てるんだよ。俺の顔になにかついてるのか。無表情だから、なに考えてるのか全く読めない。怖い。そしていたたまれない。

「な、なに?」

視線に耐え切れなくなって問うと、眉尻を少し下げ、どこか困ったような感じのする笑みを見せた。

「……いや。これは、俺のせいだし。いつも加減できなくて、悪い……」

なんか、謝られた！

「な、なに、言って」

「……最近。自分で、自分の力が、制御できない時があって……」

アルフレドが目を伏せ、小さく溜め息をついた。

「え？　そ、そうなのか？」

こくん、と頷く。なんだろう。体調でも悪いんだろうか。

「……いろいろ、壊しそうになって……困る」

若さ故の暴走、とかなのかな。違うか。よく分からんけど。なんにせよ、力、ありあまってるもんなお前。

アルフレドが俺の手首に目を落としたまま、眉間に皺を寄せて、また溜め息をついた。なんだかちょっと、疲れている様子だ。よく見ると少し顔色が悪い気もする。

「……アルフレド？　大丈夫、か？」

アルフレドが顔を上げた。驚いたように目を見開いている。

その表情を見て、しまった、と思った。これは明らかにリアンっぽくなかった。失敗した。

案の定、アルフレドは俺を少し不思議そうに見てから――

ふわりと笑みを浮かべた。

「……心配、してくれるのか？」

「えっ！」

まずい。修正しなければ。

「ち、違、う！　か、勘違いするな！　ただ、気になっただけだ」

「そうか」

「そうだよ！」

「ふーん」

おい。なに微笑んでんだ。俺に笑顔を向けるな俺に！　無駄にイケメンなスマイルを！　女の子に向けとけ！

なんだかこの状況、妙に、いたたまれない。一旦逃げよう。これはまずい。どう対応していいのか分からない。

俺は目をそらして、未だ俺の手首を摑んだままのアルフレドの手を、力いっぱい振り払った。

「しっ、」

「し？」

「し、仕事ばっかしてるから身体も悪くなるんだ！　馬鹿者め！　剣ももっと練習したまえ！　そんなんじゃ、全く僕の相手にもならないよ！　まあ、僕の実力が高すぎるのかもしれないけどね!?」

いつものように、嫌味を混ぜ込んだ小物っぽい捨てセリフを吐いて、俺は足早に逃げ……いや、立ち去った。

更衣室に向かう途中で、駆けてきたジャイドたちが追いついてきて、俺の周りを囲んだ。

「リアン様！　大丈夫ですか!?　あいつ、なにか言ってましたか!?」

「い、いや？　な、なにも……大したことは、言ってないよ」

「そうですか!?　それなら、いいんですけど……」

「最近あいつ、調子に乗ってますからねー！　貧乏人のくせに、気安くリアン様に触ったりしてさー！　うらやま……じゃなくて、身のほどを知れって感じですよねー！」

「そうですよっ！　リアン様もそう思いますよねっ⁉」

「そ、そうだね……」


本当、参った。

最近たまに、こんな風にアルフレドから俺の予想と違う反応が返ってきたりするから、対応に戸惑うことがあって、非常に困っている。いっそ怒鳴り返してくれれば、対応もしやすいし楽なんだけど。

ゲームの中では、主人公とリアンは会えばいつも喧嘩してたし、険悪だったから。似たような状況なら、俺が覚えているリアンのセリフを使い回しすることもできる。

険悪な関係か……

やっぱり、険悪にならないといけないんだろうか？　でもどうやったら、険悪になれるんだろう……？

できる限り、俺はやってるような気がするんだけど……嫌味を言ったり、怒りそうなセリフを言ってみたりしてるはずなんだけどな……。もしかして、アルフレドが慣れてきちゃったのかな……俺の嫌味に順応してきちゃったとか？　それはそれでまずいな……どうしよう。ううう。困った。

ああくそ。アドリブ演技は苦手なんだ！

未だにドキドキして、オタオタしてしまう。

演劇部の友人の練習に、面倒くさがらずにもっと付き合ってやればよかった。コーイチロー、俺が悪かった。反省した。もう二度と面倒くせえなあとか文句言わないから。いつかなにかの役に立つかもしれないだろ、と言ったお前の言葉は正しかった。今度会ったらスペシャル特盛りAランチをおごってやるから。俺と代わってくれ！　お前のほうが絶対、適任だってこれ！　はあ……。

もっとしっかり、ちゃんとリアンをやれるように、今後はもっと気を引き締めて、気をつけていかねば。

話の流れが俺の知らない方向へどんどん進んで収拾がつかなくなったら困るから、できる限りは俺の知ってるストーリー通りになるようにしたほうがいいと思うし。

俺はキリキリと痛み出した胃を押さえて、溜め息をついた。

6話　ある雨の日のこと　前編

赤や黄色に色づいていた木々の葉も、気がつけばはらはらと枝から落ちていく。

そろそろ一年も終わろうとしています。

外に出る時には上着が必要な季節になってきました。だというのに……女神様からの連絡は、未だ、ありません。

あの……本当に、俺のこと、忘れちゃってるとかないよね!?　俺、ちゃんと四年後には帰れるんだよね!?

雲が低くたれ込めた冬の空の下、葉の落ちた木が立ち並ぶ道を寒さに身をすくめて俯(うつむ)きがちな人々が行き交う町の風景も相まって、最近ちょっと気分が低空飛行な俺です。


町立学校の教科の一つである《魔法術式中級》は、限られた生徒しか受講できない特殊講義だ。

だというのも、たとえ受けたとしても、魔法の素質がなければ何もできないからだ。

《魔法術式初級》は、それほど素質のない子でも受けられる。マッチぐらいの小さな火を灯(とも)したり、濁った水を飲み水にしたり、そんなささやかな術式を教えてくれるぐらいのレベルだからだ。それはそれで日常生活で役立ちそうではあるけれども。

中級ともなれば、途端(とたん)にレベルが跳ね上がる。丸太ぐらいの大きなものを燃やしたり、突風を起こしたり、対象物を凍らせたりして、なんだかいきなり魔法使ってるっぽくなるのだ。

よって受講できる生徒は非常に少ない。全校生徒の中から対象者をかき集めてみても、一学年九十人中、五人いれば多い方で、全部合わせても二十人にも満たないぐらいだ。そんな感じで一クラス分しか集まらないので、その授業のみ上級生との寄せ集め混合授業となっている。ちなみに三十人いる俺のクラスからは、俺とアルフレッドの二人だけだ。

ジャイドたちは残念ながら素質が初級止まりだったみたいで、泣く泣く農学の実地授業に行っている。

俺が聞いた話では、時々王立魔道士養成学院から数人が視察にやってきては、受講者の中から将来有望そうな生徒をチェックしてスカウトしていくらしい。

スカウトされなくてもこの授業の履修証明書があれば先生に王立魔道士養成学院への推薦状を書いてもらえる。その場合は入学試験があって、受かるかどうかは本人次第だ。そして無事養成学院を卒業できれば、もう就職先もほぼ決まったようなものだ。

潜在的に素質が必要な魔道士は、なれる者の数が少ない。だから国も躍起になってかき集めているので、はれて魔道士になれた折には、どこへいっても優遇され、引く手数多だ。

そういう訳で受講資格を得た者は、王都での華々しい生活が約束されている。らしい。よって《魔法術式中級》は、選ばれた者だけが入れる、誰もがうらやむスーパーエリート特別クラスみたいな感じなのである。


俺はいつもこの授業の時には、真ん中の前から三列目に座るようにしている。黒板が一番見やすいからな。

しっかり勉強して、村に設置する魔物用のトラップを大量に自作できるようにするのが目的で目標だ。

トラップを村の周辺に大量に設置しておけば、村を襲ってくる魔物の数を減らすことができる。はずだ。

減らせないまでも長時間、いや、一晩でも足止めできれば、町立騎士団に救援を求めに行くことも可能になる。

魔物の大群がやってくる方角も俺は知っているから、その辺りに二重三重、いや四重以上、重点的に設置するつもりだ。

……ゲームと展開が同じならば、だけれども。これぱっかりは、そうだと信じるしかない。頼む。そうであってくれよ。

アルフレドがいつも座ってる席は、窓際の一番後ろだ。

他の生徒の陰になって先生からは見えにくく、寝るのには最高の席だからな！

教会のばあさんにお金を出してもらってる手前、気乗りはしないけど渋々出ているのが丸分かりの席のチョイスだ。

ちゃんと受けろやこの野郎！　お前の今後のためになる授業なんだぞ！　始まりの村を出て本編が始まったら、即必用になるんだからな！

でも——今日は、いつもの席に、アルフレドはいなかった。

面倒そうにしながらも講義をさぼったりすることはなく、律義に毎回出席してはいたんだが。いないなんて初めてだ。どうしたんだろう。

そういえば、今日はアルフレドの様子が少し、おかしかったような気がする。

目元にうっすらクマができてたし。欠伸もしてた。相変わらずの無表情だから、分かりにくいけど。なんだか調子が悪そうだった。

こないだ図書館で会った時、最近ちょっと夢見が悪くてな、みたいなことも言ってたし。

俺は図書館での諸々を思い出して、はあ、と溜め息をついた。

……奴も本好きらしく、町立図書館で時々……でもなく遭遇してしまう。

主人公と不用意に接触するのは避けたいところだが、俺も本が借りたいから、行かないわけにはいかない。

なのでどうにか顔を合わせないように、奴の姿を見つけたら本棚の陰に隠れたりしているのだが……なぜか、すぐに見つかってしまう。

奴も俺と同じく推理物や冒険活劇系が好きらしい。あと古代歴史探訪系。なんで分かったかというと、その辺りの棚でよく遭遇するからだ！　読む系統が似ていると、自ずと遭遇率も上がってくる。

そして、奴がなぜか話しかけてくるから、俺もつい答えてしまう。

読んだ本の内容についてあーだこーだと言い合って、やべえ語りすぎたまずいと思って逃走する（俺が！）。

ああもう、イレギュラーな接触はできる限りしたくないのに。ボロが出そうだからな！

変に思われたり、怪しまれたりしたら困る。

だから近頃は図書館に行くと、まずは奴がいるかどうかを確認する作業をせねばならなくなった。接触を回避するために。ああもう。

ただ、その日は――結局。

授業が終わっても、アルフレドは教室に戻ってこなかった。

いつもアルフレドにやたらと絡んでた、金持ち御曹司上級生二人組まで休んでいるのが、なんだか少しだけ気になった。

空は、朝からどんよりと曇っている。

俺は、村から町立学校まではリアン家御用達の馬車で通っている。なんと御者付きだ。しかも車体は箱型で、前後に備え付けられた座席はビロード張り、両側にはガラスの小窓とドアもついている。金持ちってすごい。

アルフレドと三人組は、乗り合い馬車に乗って通っているようだ。

帰宅途中、空がにわかにかき曇り、ざあざあと雨が降り出した。雷も鳴り出した。

雨に濡れていく風景を、俺は馬車の中から窓を通して、ぼんやりと眺めていた。雨はみるみる激しさを増し、何も見えなくなる。

そして俺は——唐突に、思い出した。

「ああああああああっ!!」

御者席で手綱を取っていたシュリオが跳び上がった。

俺も立ち上がった。

「うひょあ!? び、びびっくりしたあ……ぼ、ぼっちゃん? どうされたんですかい?」

お、思い出した……!!

リアンが関わるイベントを無事にこなすことにばかり必死だったから、あのイベントのことは、すっかり頭から抜け落ちていた。

俺ことリアンが関わらないイベントに関しては、俺にもどうすることもできないから。だからそういうイベントに関しては、あまり重要視していなかったのだ。ゲーム内でも特に日付は決まってなかったから、ここでそれがいつ発生するのかも分からない。でも、もしかして。

もしかして、あのイベントが発生する日って——今日なのか!?

いつも怠そうに授業を受けているけど、アルフレドは常に成績トップ組にいる。それに顔もいいから、とにかくモテる。愛想悪いしデフォルトで無表情なのにな。頭と顔がよければ全ては相殺されるのか。爆発しろ!

……と、俺ですらそんなことを思ってしまうから、まあ、他の野郎は言わずもがなだ。

俺の知ってるストーリーでは、そんなアルフレドがどうにも気に食わない上級生たちはたびたびつっかかっていっては、返り討ちにあい、イライラを募らせていって。

日々不満を募らせていた中、とある上級生が付き合ってた彼女がアルフレドを好きになってしまい、とうとう別れ話を切り出され、イライラが頂点に達してしまったその上級生は——ああそうだ、思い出した。確か、ディールが、ディールっていう名前だった。

ディールが、金を使ってならず者を数人雇い、アルフレドを呼び出して襲わせるのだ。

成長期で心身ともに不安定なアルフレドは、殺されかけて、力が暴走して。全員どうにか倒すけど、ボロボロになってしまう。

誰も来ない真っ暗な林の中、怪我をしたまま動けなくなり。

翌日、どうにか自力で歩けるようになるまで、ずっと、ずっとひとりきりで——

……それは俺には、関係のないイベントだ。


だから、このままなにも知らない振りをして、まっすぐ家に帰っても構わない。

今頃アルフレドは、ディールたちと戦っているだろうか。……体調悪い、って言ってた。最近、あまり眠れないって。

俺は、もう一度窓の外に視線を向けた。

斜めに降り注ぐ雨が、馬車の窓を強く叩いている。

「……り、リアンぼっちゃん？　あのう……ど、どうされたんですかい？」

「……シュリオ」

「へ、へい。なんでしょう？」

「……少しだけ、寄り道する。僕が言う場所に向かって」

少しだけ、様子を見に行ってみるだけだ。そう、イベントが発生してるのを確認したら……すぐに帰ればいい。

視線を遠くに向けると、人通りのない暗い道の向こうには薄暗い林が鬱蒼と広がっている。

ドン、と地響きがした。

足下が揺れて、思わず馬車の中で座席から落ちそうになる。

続いて、バキバキ、と木々が折れるような音。

驚いて窓に張りついて目をこらすと、金持ちらしい上質な衣服に身を包んだ少年が二人、雨の中、林の奥から駆けてくるのが見えた。

その服はまるで山火事にでも巻き込まれたみたいにところどころ焼け焦げている。二人とも顔を煤だらけにして泣いていた。慌てているのか、こけたりつまずいたりしながら、必死な様子で走ってくる。まるでなにかから逃げるように。

二人の顔には見覚えがあった。《魔法術式中級》を一緒に受けている上級生のディールと、その友人だ。なにやら時折怒鳴り合い、言い合いみたいなことをしている。

「な、なんだよあれ、なんだよあれ……!?　ば、化け物だ、あいつ！」

「そうだ、絶対、あいつ、あれはおかしいって！　あんな力……人じゃないよ……！」

震える声で、そんなことを大声で怒鳴り合っているのが耳に入った。

なにがあったのか尋ねようと思ったけど、俺の乗ってる馬車とすれ違っても見向きもせずに、脱兎の如く駆けていってしまった。

シュリオが二人の後ろ姿を見送りながら、首を捻った。俺のほうを振り返って、雨の音がすごいからかいつもより大きく口を開けて話しかけてきた。

「な、なにがあったんでしょうかね？　あんなに慌てちゃって……」

「……そうだね。――シュリオ。馬車を停めて！」

「へ、へい！」

俺は窓を少し押し開けて、耳を澄ましてみた。激しい雨音ばかりで、他の音はなにも拾えなかった。――いや。

雨音に混じって、男の悲鳴がいくつか、聞こえた。声のした方角に向かって、目をこらしてみる。

すると、真っ暗な林の中から走ってくる人影が見えた。

身体のがっしりとした大きな男だった。ただその姿は血まみれで、右腕を怪我しているのか、庇うように左手で押さえている。彼の腰や腕や太股には武器を下げるための革製のホルダーが付けられていた。戦うことを生業としているような風体をした男だった。そしてディールたちと同じように、まるで恐ろしいものにでも遭遇したような表情をしている。

……どうなってるんだ。こんなイベントだっただろうか？

この世界に放り込まれてからもう何年も経っているから、細かい内容をすぐには思い出せなかった。

俺は、そういえばこのイベントは確か、初見では失敗して――

……そうだ、俺は失敗した。

そして、その時はいきなりゲームオーバーなんて嫌で、リセットボタンを押した。

でも、この世界にはリセットボタンなんてない。ないじゃないか。もしも失敗してたら。それは――

一気に血の気が引いた。

「……シュリオ!!」

「へ、へい！　な、なんですかい？」

「ちょっとここで待っててくれるかい？　すぐ戻るから」

「へ？　ぼ、ぼっちゃん……!?」

俺はシュリオが心配しないようにと、いつものちょっと生意気そうな笑顔を浮かべてみせた。

「大丈夫だよ。ちょっと見てくるだけだから。シュリオはすぐに馬車を出せるように、ここで待機しててくれ。頼む」

「で、ですが……」

「任せたよ」

俺は止めようとするシュリオの言葉を遮って、馬車の中に置いてある護身用の剣を腰に下げ、急いで馬車を降りた。

ディールたちが逃げてきた先に広がる林の奥に向かって走る。

急げ。早く。

そう奥へと行かないうちに、焦げた臭いと、鉄くさい臭いが鼻をかすめた。震えが走った。どうしよう。もし、アルフレドが倒されていたら――

木々の間を抜けて走っていくと、少し開けた場所に出た。

「……っ!?」

俺は足を止めた。

木が数本焦げたりなぎ倒されたりしている。地面も焦げている。これだけ激しい雨じゃなかったら、火事になっていたかもしれない。

そして――点々と、木々の下や草むら、あるいは岩陰に、男たちが倒れていた。

ざっと見て、七人ぐらいはいるだろうか。彼らは身体の一部を焼け焦げさせていたり、頭や腕、足から血を流したりして倒れている。その男たちの手にはナイフや剣や飛び道具が握られており、一目で彼らが襲撃者なんだと分かった。

ただ、全員が倒れたまま呻いていていて、立ち上がってくる者はひとりもいない。

雨が降っているにもかかわらず、むせ返るような濃い血の臭いがこちらまで漂ってくる。俺は思わず口元を手で覆った。胃液がじわりとせり上がってきたけど、どうにか飲み込む。

そうだ、アルフレドは。

アルフレドは無事なんだろうか。

雨がひどすぎて、視界も薄暗くて、よく見えない。まるで戦場のようなひどい光景に、俺は震えて座り込んでしまいそうになる自分を叱咤しながら、倒れている少年の姿を探すために一歩踏み出した。

「……あっ！」

一本の木の根元に、ぐったりと背を預けている少年を見つけた。

髪はぐしゃぐしゃで汚れてしまっているけど、それが見慣れた金色をしているのは分かった。アルフレドだ。

俺はその木の下へと、急いで駆け寄った。

「アルフレド！」

ひどい状態だった。衣服はボロボロで、体中に裂傷や打撲のような痕がある。俯いているから、その表情は見えない。

「アルフレド!?　おい。しっかりしろ！」

名を何度か呼ぶと、ぴくりと肩が動いた。

ゆっくりと顔が上がる。

こちらを見てはいるけど、その目の焦点は合っていなかった。

「アルフレド！　大丈夫か――うわっ」

ぐらり、とアルフレドの身体が傾いだ。俺は慌てて、倒れ込んでくる身体を受け止めた。受け止めた身体は、ものすごく熱かった。

「すごい熱じゃないか！　なあ、馬車まで行こう。すぐ近くに停めてるんだ。行けるか？　立てる？　なあ、しっかりしろよ、アルフレド」

　どれだけ話しかけても、一度も返事が返ってこない。ただ荒い息だけを繰り返している。

　返事を待ってる余裕はなさそうだ。

　俺はアルフレドの前に背中を向けてしゃがみ、その両腕を自分の肩にかけた。やたらと熱い身体を背中に背負い、大きく息を吸ってから、勢いをつけて立ち上がる。

「よい、しょ――うっ……お、重いっ……！」

　後ろに倒れかけたけど、なんとか気合いで踏ん張った。

　しかし、重い。倒れた祖父さんを病院に連れていく時もすごく重かったから、意識のない人の身体はとてつもなく重いのは知ってるけど。二人分の重量を支えている両足が震え出す。

　触れてる背中を通して、高すぎる体温が伝わってきて、俺は焦った。かなり熱い。これは、放っておいていい熱じゃない。

「病院へ……」

　早く、病院に連れていかないと。

　そうだ。確かこの村には一つだけ、小さな医院があったはずだ。たったひとりだけど、医者がいる。そこへ連れていこう。

　とぼけた性格のおっさんだが、診断能力と腕は非常にいい。村の皆がお世話になってて、かなりひどい怪我や病気でも、治してくれる。王都で勉強して故郷の人たちを診ようと村に戻ってきた、地元愛溢れる気のいいおっさんでもある。

　よし。そうしよう。

　俺は、背中からずり落ちそうになるアルフレドの身体を何度も背負い直しながら、馬車へ向かって歩き出した。

　林を抜けてすぐに、馬車に向かって声を張り上げた。

「シュリオ!!」

「ひょえっ！」

　御者席のシュリオが驚いて跳び上がった。

　俺のほうを見て慌てた様子でおたおたしながら、御者席を飛び降りてくる。

「り、リアンぼっちゃまぁああ！　もう！　遅いですよ!?　俺ぁもう、心配で心配で心配で……そろそろ見に行こうかと思ってたところで――おおう？　ど、どうしたんです、その背中の子は……」

「ふう、いい、から、ぜえ、早く、馬車に、乗せ、て、くれ！」

　息切れしすぎて上手くしゃべれなかった。

「へ、へいへい！　了解しました！」

　シュリオは何度も頷くと、俺からアルフレドを受け取って担ぎ上げ、馬車に乗せてくれた。さすがは大人だ。力が俺とは全然違う。

　馬車の座席に寝かせてる間、アルフレドは一度も目を開けなかった。名を呼んでも、返事はない。ただ荒い呼吸を繰り返してる。

　馬車に置いてある膝掛け毛布を引っ張り出し、アルフレドの脇に座って、雨や汗で濡れた頭や顔、身体を拭いてやった。ああ、回復薬を持っていればよかった。今度から、いつも持ち歩くようにしよう。

　御者席に駆け戻ったシュリオが、雨で濡れた顔を手で拭いながら振り返った。

「ぼっちゃん。これからどうしやすか？」

「……村医者のところへ、向かってくれ」

「村医者ですか？」

「ああ。できるだけ急いで」

　シュリオは少し不思議そうに俺を見てから、大きく頷いた。

「へい！」

7話　ある雨の日のこと　後編

どうにか、診療時間終了までにはぎりぎりに間に合った。

村の治療院の診療時間は、朝十時から夜七時まで。十分ほど時計が過ぎてたけど見なかったことにした。緊急事態だ。それくらい許されるはずだ。

シュリオに先生を呼んでくるように頼んで、馬車の中で待った。

待っている間に、激しく降っていた雨は次第に弱まり、いつしかやんでいた。

数分ほどしてから、白衣よりも柔道着が似合いそうな無精ヒゲのおっさんが出てきた。

熊だ。熊がいる。

熊だけどリスみたいに頬を膨らませて口をもぐもぐさせながら、のっしのっしとやってくる。あいつの前世は熊かもしれない。いやきっとそうだ。名前もクマリオ・ベアードだったし。クマクマしすぎる名前だ。

シュリオが熊……いや、クマ先生の前に立ち、馬車の扉を開けた。

白衣のクマ先生が大きな体をできる限り小さくするように背を屈（かが）めながら、のっそりと中に入ってきた。

「むぐむぐ……んぐ。ふう。ああもう、急患で昼飯食いっぱぐれて、やっと飯にありつけたと思ったら、また急患かよ――って、うお!?」

俺を見るなり、クマ先生が目を見開いた。

「うおおお!?　び、びっくりしたあ！　なんだよ、リアンぼっちゃんじゃねえか！　え!?　な、なんだ？　なんなんだ!?」

なんだかものすごく狼狽（うろた）えてるけど、俺は無視した。

「よかった、間に合った」

「いや間に合ってねえよ。思わず条件反射でつっこんじまったけど診療時間はとうに過ぎてんよ！　夕飯食ってたよ！」

「それはすまなかった、先生。でも悪いが、今すぐ診て欲しいんだが」

「診て欲しいって？　お前をか？」

「違う。アルフレドのほうだ」

「アルフレドぉ？　……うおおっ!?　なんだよ、そこにいんのは、もしかして教会の無愛想なクソガキか!?　びっくりすんなあもう！」

クマ先生がまた目を丸くした。さっきからびっくりしすぎだと思う！

「いいから早く診てくれ。ひどい熱なんだ」

「お、おお……」

クマ先生は俺の隣に座って、アルフレドを診始めた。ぎりぎり三人は座れるはずのゆったりした座席なのに、クマ先生の身体がやたらでかすぎるせいで狭い。

「それにしても、ひでえ怪我だな……なにがあったんだ？」

「……道で、倒れてたんだ」

「……ほおう？」

クマ先生が、今度は俺を不思議そうに振り返った。だからなんでいちいち俺を見るんだよ。文句あんのか。

俺は目をそらして、アルフレドに視線を向けた。この状況を説明するのは面倒だし、クマ先生にする気もない。できないし。

「それで、どうなんだ？　具合は……」

「お、おう。……ふむ。こりゃ、《魔力あたり》だな」

「魔力、あたり？」

「うむ。魔力を潜在的にもんのすげえ持ってる奴が、成長期に罹るやつだよ。王都にいるときに何人か診たことがある。身体ん中が不安定になって魔力の排出量を制御できなくなるんだ。無尽蔵にぼこぼこ魔力を生み出し続けちまうから、溜め込みすぎて、ぶっ倒れちまう。この村に来てからは、この症状の奴を診たのは、こいつが初めてだけどな」

そういえば、と俺も思い出した。

いつだったか、力が制御できなくて困る、ってアルフレドが言っていた気がする。もしかしてあの頃から、その症状が出始めていたのだろうか？

ゲームの中でも時々、主人公が力を暴走させていた。あれはもしかして、これのことだったのかな。ゲーム内では、感情の高ぶりで暴走、みたいな感じで詳しくは語られなかったけど。病名、ちゃんとあったのか。

「よし。ちょっと待ってろ。王都から持ってきた薬の中に、魔力あたり用の抑制鎮静剤があったはず……」

ぶつぶつ独り言を言いながら、熊、いやクマ先生が治療院へ戻っていった。

しばらく待っていると、クマ先生が大きな手に処方薬を入れる小さな紙袋と水の入った小さなコップを持って、馬車に戻ってきた。

それを俺に突き出してきた。

「おらよ。これだ。朝昼晩に一錠ずつ。明日の夜まで飲ませてやんな。今一錠飲ませてやれば、明日の朝にはだいぶ楽になってるだろうよ」

「そうか……」

俺はホッとして、身体の力が抜けた。

ちゃんと治るんだ。よかった。本当に。ここに連れてきてよかった。薬もあってよかった。

「飲ませるから、手伝ってくれないか？」

「おう。いいぞ」

俺はアルフレドの頭の脇に座って、上半身を少し引き起こした。まだ意識はない。汗を滝のように流していて、苦しそうだ。

クマ先生から一錠受け取って、アルフレドの口を無理矢理こじ開けて放り込み、コップの水を流し込んだ。

「アルフレド。飲んで。薬だ。飲んだら楽になるって」

返事はなかった。あいかわらず意識がないままだったけど、のど仏が大きく動いたから、飲み込んでくれたとは思う。けど念のため専門家の所見を仰ぐべく、クマ先生を見上げた。

「の、飲んだのかな？」

クマ先生がアルフレドの顎を摑んで、閉じていた口をもう一度こじ開けて覗き込んだ。

「おう。……大丈夫だ。口の中に残ってねえからな」

「そうか……」

飲んでくれたんなら、よかった。

視線を感じて顔を上げると、クマ先生が俺のほうを向いて、黒目がちな瞳を細めて微笑んでいた。

「な、なんだ？」

「うーん？　いやあ、なあ……リアンぼっちゃまは変わられましたなあ、と、しみじみ思いましてねえ」

「っ!!」

俺は動揺しかけたのを、どうにか抑え込んだ。

いつもの粗暴な言葉遣いじゃなくて、やたら慇懃なのが、ものすごくわざとらしくて嫌な感じの言い方だった。面白がって、からかってるみたいな感じがする。

「な、なにを、言ってるんだい。なにも、変わってなんかないよ」

「いやいや、変わられましたって。……随分と、まあ、優しくなられましたよ。前のリアンぼっちゃまなら、絶対に、道にぶっ倒れてるクソガキの孤児なんて、助けたりなんかしませんでしたからねえ」

「そ、」

俺は反論しかけて、言葉を飲み込んだ。

……そう、なんだろうな。

先生が言った通り、リアンならきっと、アルフレドが道端に倒れてても助けたりしなかっただろう。それに貧乏人は汚いと思ってて、馬鹿にしてて、リアンにとっては蔑(さげす)みの対象だった。

……知らない振りをして放っておくのが、リアンとしては正解だったんだろうな、とは思う。思うけど。

でも知ってるのに、見てしまったのに。あのまま、放っておくなんて。

だって、すごく苦しそうにしてた。怪我もしてて。熱出してるのに。誰も来ない、あんなにも暗くて冷たい場所に、ずっとひとりきりで放っておくなんて。

朝まで、ずっと。

苦しくても、ずっと、ひとりきりで――

クマ先生から、嫌な感じの笑みが消えた。

今度は眉をハの字に下げて、困ったような顔で、頭を掻いている。

「……いや。すまん。すまんかった。俺が悪かった。言いすぎた。別にな、ぼっちゃんを責めてるわけじゃあねぇんだ。だから、そんな顔すんな。いや、そうだ、感心したんだ。うむ。感心した。見直したんだよ。まともな奴になったもんだなあ、ってな」

俺はまた、言葉に詰まった。

それはクマ先生なりの褒め言葉なんだろうけど、俺にとってはそうではなかった。俺の演じてるリアンは全然リアンじゃない、っていう、ダメ出しをされているのと同じことだ。

本当に、この役――リアンを演じるのは難しい。

性格があまりに俺とかけ離れすぎてて、どうしても最後には《俺》が出てきてしまって、思うように演じられなくなる。自分でも分かってる。それはよく分かってるんだけど。

どうにも、これは俺には難しすぎるよ、コーイチロー。

他人になり切って、自分以外の誰かの人生を演じて疑似体験するのって面白いだろって言ってたけど、俺は全然面白くねえよ！　リアンの人生なんて！　金持ちの我儘(わがまま)おぼっちゃんの思考回路なんて、理解不能だし！　俺は根っからの庶民派だ！

胃も痛くなるし！　しかも女神様に頼まれてるのも

あって、尚更気が重いし荷も重い！

「うんうん。よかったよかった。俺ぁ安心したよ。心配してたこの村の未来も、なんだか明るく感じられてきたぜ！」

　次期領主のあの遊び人の兄ちゃんだけじゃ不安すぎてなあ、と腕を組み、うんうんと頷きながら呟いている。

　馬車の外から中を覗き込んでいたシュリオも、困った顔で苦笑していた。口に出しては言わないけど、シュリオもそう思っているのかもしれない。

　俺が言うのもなんだが、村の領主の跡取りがあの兄か……と思うと、確かに、気がめいってくるからな。不安すぎる。この村、今後どうなるんだろう……って思わず考えてしまう。

「リアンぼっちゃんがいるなら、安心だ」

　だめだ。

　まずい。安心してもらっては困る。

「か、買いかぶらないで下さい。診察ありがとうございました。お支払いをします。おいくらですか？」

　俺は会話を終らせたくて、ポケットから財布を取り出した。

「お？　おお。そうだなあ……すまんが、その薬、結構貴重でな。ちょっとばかし高くなるけど、大丈夫か？」

「お構いなく。あなたと違って、僕はお金をたくさん持っておりますので」

　嫌味っぽく言ってみた。少しでも、軌道修正をするために。

　クマ先生は片眉を上げて、鼻を鳴らした。

　先生が言ってきた金額は、確かに高かった。特殊な薬だし、この世界には健康保険もないから当たり前なのかもしれないけど。なんせ全額負担だからな。村の人にはちょっといやかなり苦しい額だろう。

　でもリアン(おれ)にとっては、払えない額ではない。

　いや、もしかしたら。

　これが村の人相手だったら、先生はもっと支払いが可能な、安い金額を言ってきたんじゃないかと思う。現に、あんまりお金を取らないから逆に申し訳なくて、と村のおばちゃんたちが話してたのを聞いたことがある。俺だから、正規の代金か、もしくは嫌がらせも兼ねて、ちょっと上乗せして言ってきてるのかもしれない。

まあいい。心証が悪いのはいつものことだしな。リアンも含めて、オーウェン一家は基本高飛車で高慢で横柄なので、あまり村の人に好かれていない。

俺は言われた通りの金額を支払った。

おっさんが、ちょっと面食らったような顔をした。なんだよ。ちゃんと支払ったのに、なに変な顔してんだ。文句あんのか。これで足りないとか言ってきやがったら、さすがの俺もキレる。

「おつりはいりませんから」

「へ!? い、いや、待て、そうじゃなくて、え、マジか。払ってくるとは思わなかっ……え!? いや、ちょ、ちょっと待て！ いいのか、こんな大金……！」

「いいですよ。高い薬なんでしょう？ じゃあ、僕は急ぎますので、これで失礼します」

なぜかものすごく戸惑っているおっさんの肩をぐいぐい押して、馬車からさっさと降りるように促した。

なかなか降りようとしない。狭いんだから、早く降りろやこの野郎！

「お、おい!? ちょっと待ってくれ、ぼっちゃん！ 悪い、俺が悪かった、やっぱ半分返すから――うおわあっ！」

俺はどん、と先生の背中を押し出した。

クマ先生が足場を踏み外して、どすんと尻餅をついた。

「いてえっ！ おま、なにしやがる！」

「返金は不要です。どうぞ、お役立て下さい」

俺はいつもの笑みを浮かべた。生意気そうな。

俺の持ってるお金は、元は村の人からの税金だ。どうせなら役立ててもらったほうがいい。ここが潰れたりしたら困るし。

「シュリオ。馬車を出してくれ」

「へ、へい！」

御者席のシュリオが、馬車を走らせながら少し振り返った。

「ぼっちゃん。ええと、どうしやすか？」

「……教会に、向かってくれ」

「へい」

シュリオが俺を見て、微笑んだ。

なにその笑顔。にんまりしてて、ものすげえ気持ちが悪いんだけど！

ああもう。くそ！

アルフレドの頭を膝に乗せ、馬車に揺られながら、これからどうしたものかと思案に暮れた。

いい案は、今のところ浮かんでこない。疲れすぎて、脳が仕事を放棄しているようだ。ストライキか。いい度胸だ。ふざけんな。働け、俺の脳。

「……う……」

小さく呻き声が聞こえて、俺は慌てて思考を引き戻し、アルフレドを見下ろした。

眉間に、深い皺が寄っている。大量の汗が流れては落ち、流れては落ちていく。呼吸も不規則で、荒い。

「……う、あ……」

どうも魘(うな)されているようだ。ひどく。

アルフレドの右腕がふらふらと上がり、うろうろと宙をさ迷った。なんだろうか。なにかを、探しているみたいに見えた。

「……れ、か……」

「アルフレド？　なに？」

問うても返事は返ってこない。なんだろう。寝言かな？

「……だれ……」

誰か、か？

誰かを探しているのだろうか？

誰を？

「……誰……か……」

アルフレドが探しているであろう誰かは、判然としない。

ゆっくりと腕が下がっていった。まるで諦めたかのように力なく。木の葉のようにゆらゆらと寄る辺なく落ちていく腕は、静かに、胸元へと着地した。

そしてまた、苦しげな呼吸。

──ああ。

分かった。

うん。俺、分かった気がする。俺にも昔──同じようなことがあったから。

高熱を出して寝込んだ時。誰も家にいなくて、ひとりきりで。

誰も家の中にはいないのに、知ってるのに、呼んでしまう。

分かってるけど、誰もいないって分かってるのに、それでも呼んでしまうのだ。

──誰か助けて、って。

もう、ずっと側にいてくれた人も——誰もいないことを、自分は分かっているのに。

アルフレドは、俺と少しだけ、似てる。

身寄りもなく。頼れる親も、大人もいなくて。一人で生きていかないといけなかった。……だって、誰もいないから。

なんだか妙に意地になって、ひとりでも平気だって言い続けて、今までずっとやってきた。

それでもどうにかやってこれた。ああなんだ、自分はひとりでも全然大丈夫じゃん！　楽勝だ！、って思った。

自分は他の人に比べて、強いんだから、大丈夫。

……その、はずなのに。

どうにも身体が弱ってしまった時には、心も弱ってくるから、無意識に呼んでしまうのだ。誰かを。

誰か、誰でもいいから側にいて。手を握ってて欲しい。

大丈夫だよ、って、そう言って、安心させて欲しい。

大人に——親に。

俺はもう、そんなセンチメンタルな時期は、とうに通り過ぎてしまったけれど。

「……大丈夫、だよ」

俺はアルフレドの手を、ぽんぽん、と叩いた。

「大丈夫。もう、大丈夫だから」

手を軽く、握ってみる。——あの時、俺も……そうして欲しかったから。

返事はない。ただ、汗を流して、荒い呼吸だけを繰り返している。それなのに——やたらと強く、逆に握り返された。

起きたのかな、と思ったけど、やっぱり目は閉じたままだった。今起きられても、困るのは困るんだけども。悪いけどできればこのまま、教会に着くまで眠ってて欲しい。

俺の手を握り込んでくる力があまりにも強すぎて、指が痛くなったけど、そのままにしておいた。まったく。こんなところで、馬鹿力を発揮しないで欲しい。

少しずつ、アルフレドの眉間の皺が消えていった。

荒く乱れていた呼吸も、少し落ち着いてきたようだった。ようやく薬が効いてきたのかもしれない。

うん。そうだよな。

まだ、アルフレドは子供なんだ。やたら達観してて大人っぽいけど、まだ十四歳なんだ。大人ぶって平気そうな顔してるけど、きっと本当は。

心細いし、自分のことも、将来のことも、不安でいっぱいのはずだ。

俺も――そうだったから。


教会の入り口まで馬車で乗りつけ、またシュリオにアルフレドを担がせてから（だって俺には重すぎたんだ！）、俺は古いけれども手入れの行き届いた木製の扉を叩いた。

数回ノックすると、はーい、と女性の軽やかな声がして、中でぱたぱたと足音がしてから。

扉がゆっくりと開かれた。

そこには、俺よりも背の小さい、年老いた尼僧が立っていた。

赤いリンゴみたいな頬をして、年老いてはいるけれど背筋はしゃんと伸びている。皺で瞼（まぶた）が垂れ、笑ってるみたいな糸目をした、ちんまりと可愛らしい尼僧だった。

名前は確か、マリエンヌ様。マリエ様、と村の人には呼ばれ、親しまれている。

「こんばんは、マリエ様。夜分に失礼します」

挨拶（あいさつ）をすると、細い糸みたいな目が開かれて、小麦色の瞳が覗いて見えた。

「はいこんばんは……え？　あら？　あらあら？　まあまあ……リアン様ではないですか！　当教会に、ようこそいらっしゃいました。それで、ええと、あの……どうなさったのでしょうか？」

マリエが、不安そうに瞳を揺らした。

うん。分かる。分かるよ。リアン父――領主は、ろくでもない話しかしに来ないからな！

孤児が煩（うるさ）くて苦情が出てるから減らせとか、教会の無駄に広い敷地の一部を崩してワイン用の葡萄（ぶどう）畑にしてはどうかとか、寄付金の管理は大変でしょうから当家でしましょうかとか。本当にろくでもない。

俺は首を横に振った。

「アルフレドが……道に倒れておりましたので、連れてきました」

「アルが⁉　倒れてたんですか⁉　ああ、やっぱり……最近、調子が悪そうでしたから。あんまり調子が悪いようなら学校をお休みしては、と言っていたところで……」

ああ、やっぱり調子悪かったのか。

あいつ、面倒そうにしてるわりには、学校には真面目に来てるからな。

シュリオに担がれたままのアルフレドに気づいたマリエが、心配そうに寄ってきて、見上げていた。

「助けていただいて、ありがとうございます。それで、アルは……」

「心配なさらないで下さい。もう大丈夫ですよ。薬も飲ませましたし、今は眠ってるだけです」

「そうですか……ああ、本当に、ありがとうございました……なんとお礼を申し上げていいのか……」

「いいえ。ついでですから、部屋まで運びましょう。──シュリオ。部屋まで運んでくれるかい？」

「へい。マリエ様、どちらにお運びいたしやしょうか？」

「まあ！　でも、あの……す、すみません……お言葉に甘えてもよろしいでしょうか……」

俺は笑って頷いた。もとより、ばあさんの細腕で運べるとは思っていない。

マリエがほっとした様子で胸に手を当てて微笑んだ。

「ああ、助かります……本当に、ありがとうございます。少々お待ち下さい。うちの子に案内させますね」

マリエが奥に声を掛けると、顔を傷だらけにしたやんちゃそうな男の子がひとりやってきた。

シュリオはやんちゃ坊主に案内されながら、教会の奥へ入っていった。その後を興味津々に小さな子供たちがついていく。

「さあ、リアン様も、どうぞ中へ」

「いや、僕は」

「ふふ。ご遠慮なさらないで下さい。今日は珍しく、冬のように寒い日でしたね。ですからどうか、あたたかいお茶で身体をあたためてからお帰り下さいませ」

背後に回られて、背中をぐいぐいと押される。小さな老女の身体を押し返すわけにもいかず、俺は教会の中へと押し込められるように一歩、足を踏み入れてしまった。

「あっ、そうだ、これをお渡ししておきます」

俺は忘れないうちにと、クマ先生に処方してもらった薬が入った白い紙袋を差し出した。

「薬です。これを朝昼晩、一錠ずつ飲ませて下さい。そうすれば、落ち着くらしいです」

マリエが、再び細目を丸くした。

「あらまあ！　なんということでしょう。ありがとうございます！　ですが……」

マリエの顔が、途端に曇った。

「情けない話ではございますが、お薬代をお支払いすることができませんので……お気持ちだけ、いただいておきますね」

俺の差し出した薬袋をやんわりと小さな手で押し返しながら、マリエがすまなそうに微笑んだ。マリエの言いたいこともよく分かる。薬はとても高価なものだ。それでも。

俺は首を、横に振った。

「……いえ、お代はいりませんよ。お受け取り下さい。そう……そうですね。うん。これは、寄付です。寄付ですから。どうぞお役立て下さい」

寄付ならば、受け取ってもらえるだろう。ここは、教会なのだから。

マリエがぽかんと口を開けて、俺を見上げてきた。


そんなマリエの胸元に、ずい、と紙袋を押しつける。

マリエはおろおろとしながら、手を引っ込めない俺を困ったように見上げて、それから紙袋を見て、戸惑いながらも皺だらけの細い手で受け取ってくれた。

「い、いいのですか？　こんな、高い物を……」

「いいんですよ。ですが……一つだけ、お願いがあります」

「お願い？」

「はい。この薬のことも、ここへ連れてきたのも、僕だとは絶対に言わないで下さい。子供たちにも秘密にするよう伝えて下さい。……特にアルフレドには、絶対に、言わないでもらえますか？」

「え……」

「お願いします」

でないと、困る。俺が。

マリエは俺をじっと見上げ、それから首を傾げながら、なにやら考え始めた。

「……ああ、もしかして……そうね……そうなのね？……ああ……そうなんだわ……！」

なにやら、ぶつぶつと独り言を言っている。見開いた小麦色の瞳を、子供のようにキラキラさせながら。

「あ、あの？」

マリエが――リンゴのような頬をますます真っ赤にして、にっこりと微笑んだ。

「ああ、夢でのお告げは、きっと、このことだったんだわ！」

「は、はい？」

よく分からん。

夢での、お告げ？　なんだろうか。そんなの、ストーリーにあったっけ？　いや、ない。なかったはず。

「夢での、お告げ……ですか？」

「はい！　そうです！　今から、二年ぐらい前でしょうか……。女神様が私の夢の中においでになられて、おっしゃったのです！」

「へ？」

女神、様？

まさか……まさかと思うが、あの、ゆるふわでゆるゆるな女神様のことか!?

「女神様はおっしゃいました。近いうちに、アルを教え、導いて下さる方が村に現れるでしょう、と。それは銀色の髪をした、とてもお優しい方。その方がいらっしゃったら、お手伝いしてさしあげて下さいね、と」

俺は、息が一瞬止まった。

な、なんだって……？　ちょ……女神様あああああ!?

おいいいいいい!!　なんだよ……！　こういうことは、ちゃんと事前に教えておいてくれよ！　協力者がいるなんてことは！　しかも、一番最初の頃からいたなんてどういうことだよ！　ずっと今までひとりで胃薬飲みながら悩んできた、俺の、この、多大な気苦労と心労は一体……

ちくしょう！

マジで労災で訴えますよ!?　慰謝料請求しますからね!?

「それから、女神様はこうもおっしゃっておられました。とてもとても深い事情があって、アルにも、誰にも、このことを話してはいけませんよ、と。ですがなにも心配することはありません、きっとその御方は世界をいい方向へと導いて下さる方です。信じてお手伝いしてさしあげて下さい、と……」

「は、はは……そんなこと、言ってたんですか……」

「はい！」

俺は、全身の力が抜けていくのを感じた。なんだよもう。俺の、この自分でも理解が追いつかない困った状況を話せる人が。こんなにも近くにいたなんて。

俺は目頭を押さえた。

ものすげえ疲れたし、誰にも言えなくて、誰も頼れなくて――ものすごく、辛かった。

「この老いた身でなにができるか分かりませんが、頑張ります！　だから、なんでもおっしゃって下さいね？　私にできることなら、なんだっていたしますから！」

「助けて、下さるのですか……俺を」

「ええ。もちろんですわ！」

マリエが元気よく笑顔で頷いた。

「……誰にも、言えなくて。……俺、ひとりで……」

「ええ。ええ。分かっております。リアン様――いい え、貴方様は、リアン様の姿をお借りした、天の御使(みつか)い様なのでしょう？」

天の御使い様？

「いや、俺は……」

マリエが、分かった風な顔をして、頷いた。

「大丈夫です。分かっておりますわ。貴方様は女神様より、とてもとても大きなご使命をお受けなさって、この村へと降り立たれた尊い御使い様……そして、それは誰にも秘密……ああ、なんてワクワク、いえ、素晴らしいことなんでしょう……！　女神様の御使い様とお会いできる日が来るなんて……！」

ばあさんが、鼻息荒く興奮している。

ちょ、分かってねえええええ！　全然、このおばあさん分かってねええよ!!

ていうか、使命って。

そんな大層なものではない。これは単なる、お手伝いだ。俺、最初にそう言ったはずなのに。簡単なお手伝いならできますけどって。俺は女神様に騙(だま)された被害者です。

俺は、首を横に振った。これは今すぐにも彼女の勘違いを訂正しておかねばならぬ。

「使命なんて、そんな大層なものではありません。これは、お・手・伝・い、です」

お手伝い、の部分を声を大にして、強調して主張しておいた。

「そうなのですか？」

「そうなのです。なのですが……俺は、やり遂げなければいけないんです」

でないと——リアンも、村の人も、マリエも、みんな……死んでしまう。

俺が、俺だけが知ってる。

この先。四年後に起こる——あの、惨劇の夜を。

でも。誰にも相談できずにひとりでやらねばならないと思ってたけど。時には不安すぎて、眠れない夜もあったけど。

ひとりじゃ、なくなったんだ。

相談できる人ができた。これはものすごく、大きい。精神的にも。

俺はあまりにも安堵してしまい足の力が抜けて、その場にしゃがみ込んでしまった。

「御使い様!?　大丈夫ですか!?」

マリエが慌てて俺の前に膝をついた。心配そうに覗き込みながら、小さな手で背中を撫でてくれる。

「だ、大丈夫です。それと、御使い様って言うの、やめて下さい。……あの。女神様がマリエ様に、そう言ったということは。マリエ様だけには、全てをお話ししてもいいということ、なんですよね？」

マリエが、微笑みながら頷いた。

「ええ。もちろんですとも。なんでもお話しになって。そして、ご安心なさって下さい。このことは決して誰にも話しません。女神様の名に誓って」

「そうですか……」

俺は俯いて、片手で目を覆った。

情けない。しっかり、しなければ。俺はアルフレドと違って、もう大人なんだから。中身はな！

「もう、おひとりで悩まないで下さいね。私はいつも教会におりますから、いつでもいらっしゃって下さいませね？」

マリエが、小さな身体で、俺を優しく抱き締めてくれた。

背を撫でてくれる手が、あまりにもあたたかすぎて。俺は目を押さえたまま、しばらく顔を上げることができなかった。

8話　ある晴れた日のこと

それから、二日後。

アルフレドが学校に復帰してきた。

あれだけひどかった怪我も、すっかり完治していた。

さすがは未来の英雄。常人離れした恐ろしい回復力だ。

ディールはアルフレドの姿を見ると、悲鳴を上げて逃げ出すようになった。まあ……いいのではないだろうか。絡んでくるよりかは。

あの日は、本当に大変だった。いろいろと。

でも、俺の状況を分かってくれて、手助けしてくれる人ができた。お陰様で、ここ最近はずっと低空飛行だった気分も、少しずつ浮上してきた。これで俺の慢性ストレス性胃炎も、少しは改善されてはいない。

現在。俺は、今、とてつもなく、キリキリと胃が痛い。

なぜかというと、今この時も……魔法術式中級の授業がある特別教室への移動中である現在だけでなく……今日一日中、朝からずっと……アルフレドの視線が俺の背中に突き刺さってくるからだ。あの、いつもの無表情で。

怖い！　なに考えてんのか全然読めない！　でも聞き返されるのが怖くてこちらからはなにも聞けない！

生殺し、いや針の莚？　なんていうんだったか、こういう状況。

まあいい。とにかくこのとんでもなく落ち着かない状況に、俺の胃は朝から悲鳴を上げているのだ。もう嫌だ。早く帰りたい。

俺は相手に気づかれないように、静かに溜め息をついた。

特別教室のある別棟へと続く廊下には、現在、俺とアルフレド以外には誰もいない。アルフレドと対峙する時に、壁になり援護になりとても頼りになる三人組も、今は学校裏にある試験農場へ行ってしまっている。

……よって、今ここには、俺とアルフレドしかいない。

アルフレドは俺のすぐ後ろに、俺と同じ速度でぴったりとついてきている。

なんかやけに近くない!?　頼むからもう少し離れて

くれよ！　この微妙な距離感、嫌すぎる！

「……おい」

急に声を掛けられて悲鳴が漏れそうになるのを、俺は気合いでどうにか堪（こら）えた。

あああとうとう、話しかけられてしまった。向かう教室は同じだから、逃げることもできない。

「……な、なんだい」

背後のアルフレドが少し間を置いて、口を開く気配がした。

「お前さ。一昨日……」

「お、一昨日は、学校が終わったら、まっすぐ家に帰ったよ！　まっすぐね！　図書館にも寄らずにね！」

俺は前を向いたまま間髪（かんはつ）容れずにそう答えた。用意していたセリフを。

ああそうだとも。俺は最初から最後まで、一昨日はまっすぐ家に帰った、と白を切——いや、主張するつもりだ。

運がいいことに、俺がいたことを示す証拠はなにもない。そして周囲も懐柔（かいじゅう）(?)ずみだ。故にアルフレドに真実を語る者は誰もいない。完全犯罪だ。いや、俺は犯罪を犯したわけではないんだが。

アルフレドが黙り込んだ。

俺の言い分を信じて、いや信じるしかなく、納得したのだろうか。

まあ、納得するしかないだろうな。俺がアルフレドと一緒にいたという証拠は、なに一つ残っていないのだからな！　これで、また、いつも通りの日常に戻
——

ガッと、右手をいきなり摑まれた。

「ひわっ⁉」

いきなり後ろに引っ張られ、倒れそうになる。

「な、なにを——」

アルフレドは摑んだ俺の手を顔の近くまで持っていって、なにやらじっと見ている。傾けたり、裏返してみたりしている。……なにかを、探すみたいに。

「……一昨日。いや、その前から、ずっと、怖い夢、見てて……」

アルフレドが目を伏せたまま、ぼそりと呟いた。

「……一昨日のことが、未だに、よく思い出せないんだ。ただ……ずっと、夢を見ていたような……起きて

たような……どこまでが夢で……どこからが現実だったのか……はっきりと、分からなくて……」

「へ、へえ……。そうなのかい」

俺はそれを聞いて、胸を撫で下ろした。

よし。よかった。奴はやっぱり、あまり一昨日のことは覚えていないようだ。まあずっと、意識がなかったからな。当たり前だな！

「でも。……ずっと……あたたかい手が、俺の手を握ってくれたんだ。……『大丈夫だよ』、って……俺に……言って……そんな夢を……いや……夢にしては……」

俺は息を飲み込んだ。

「細い、とても細い指と、小さな手だった。そう、こんな感じの……」

まるで確認するように、手を握られた。

心臓が早鐘を打つ。

まずい。アルフレドの奴、微妙に覚えてやがる……！

なんとか、それは全部夢だった、ということにさせておかなければ。せっかくここまで、どうにかこうにか《始まりの村編》のストーリーを辿ってこれたのだ。

もしもここで俺の知らない方向へとストーリーが分岐して進んでしまったら、この先の残り四年間をどうしたらいいのか分からなくなってしまう。そして予測もつかなくなる。だから、俺は元に戻さねばならないのだ。正規のストーリーのルートに。

「そ、それは、あれだな。うんあれだよ。お前は――夢っぽくないリアルな夢を見たんだな！」

「夢っぽくない、リアルな夢？」

「そうだよ！　現実と地続きになってる夢って、よく見るじゃないか。やたらリアリティのある夢。疲れてる時とかって、よく見るだろう？　見る見る。僕も見る。それと同じだよ。まあ、君の見た夢なんて、僕には全く、これっぽっちも関係ないことだけどね！」

「夢……」

そうだ。夢だ。全部、夢だったんだよ。

だからいいかげん、手を離せや。なんでまだ、しつこく俺の指を一本一本、検証してんだよ。この野郎……もしかして、やっぱり俺の言ったことを信じてなくて……探してるのか。俺の完璧なアリバイを覆（くつがえ）す、証拠を!!

ふ……だが、残念だったな。それぐらいは俺も予測していた。俺のアリバイは完璧だ。お前ごときに崩されはしないのだ。

「……俺、ものすげえ力いっぱい握り締めてたんだ。手。ずっと。だから、ぶっ壊してしまったんじゃないかと思って……」

本当にな！

あの後、俺の右手の指は赤くなって腫れ上がって、動かせないぐらい痛かったんだからな！　あのひどい痛みは、もしかしたら骨にひびも入ってたかもしれない。馬鹿力め。

まあ、高級回復薬で治療したから、現在は完全に治癒している。

もしかして、怪我させてたかもしれないと思って、ずっと気にしてたのだろうか？　心配しなくても、指の怪我はもう完治している。あれはマジで泣けるほど痛かったけどな！　深く反省しろ！

「可哀想に。きっと、その人はものすごく、もんのすごおおおおく、とっても痛かっただろうね」

アルフレドがぴくりと眉を動かした。

それからひとつ、溜め息をついた。

「ていうか、いいかげん、僕の手を離し――」

「――あ」

「え？」

な、なんだ？

「な、なに？」

アルフレドが、なにやらじっと見ている。

その視線を辿ると――俺の手首の、裏側の辺りを見ているようだった。

再び俺の手を持ち上げて、息が肌に当たるぐらい顔を近づけて、マジマジと凝視している。

「な、なんだよ？」

なに見てんの？　怖いんですけど。

「引っ掻いた痕がある」

「え!?」

アルフレドが勝手に俺のシャツの袖口のボタンを外して、ジャケットの袖口と一緒に肘の辺りまで捲って きやがった。おい。なにしやがる。皺になるじゃないか。高いんだぞこの服！

そしてアルフレドはなにやら確信したように頷き、どこか誇らしげに、俺に見せてきた。

「ほら」

「なんだよ、そんなものあるわけ……あ」

……マジであった。

確かに、俺の手首には、五センチほどのみみず脹れのような細くて赤い筋が二本あった。

気づかなかった。どうりで一昨日、風呂の湯がやけに染みると思った。その日は薄荷系の入浴剤が入ってたから、肌に合わなかったのかなと思ったんだが。傷があったせいだったのか。

でも、どこでついたんだろう。……あ。もしかして。手を握り返された時に、引っ掻かれたのだろうか。なんか、よく見ると……掴まれた時の指の痕っぽい赤味も、残っている。

これは非常にまずい。かもしれない。早くごまかさなければ。

「え、枝かなにかで、知らないうちに擦ってたのかもしれないね」

「枝……？」

「そう！　ええと、そう、そうだ。僕の家の、庭の木の枝だと思う！」

「家の」

「そうだよ。僕の家の庭は広いからね。毎朝ジョギングしてるんだ。その時についたんだと思う」

という嘘をついてみた。

アルフレドにはその真偽を確かめる術はない。だからこれは、物的証拠とするには不十分だ。残念だったな！　ちょっとだけ冷や汗かいちゃったけどな！

アルフレドが、どことなく悔しそうな、不満そうな目つきで俺を見た。

俺は顎を少し上げて、目を細め、勝ち誇った笑みを向けた。

俺の勝ちだ。

「……これ。もう痛くないのか」

「全くね。こんなもの、たいした傷でもない。回復薬すら必要ない、舐めておけば治るぐらいのレベルだ」

「ふーん……」

納得したのかしてないのか、気のない返事が返ってきた。

俺の引っ掻き傷を、まだ諦め悪く眺めていたアルフレドが、俺の腕を更に持ち上げた。そして。

べろり、と舐めた。

引っ掻き傷の痕を。

「っ……!?」

俺はあまりに予想外なアルフレドの行動に、思考が停止し、身体が硬直してしまった。

そんな俺を尻目に、あろうことか再び舌を出して舐めてきた。

肘の側から——手首まで。

俺からは見えない腕の向こう側で、あたたかくて濡れたものが肌の上をなぞっていくのを感じた。


なっ……なにしてんだお前はあああああ!?


「な、なに、し」

アルフレドが目を上げ、青い目を細めて俺を見た。なんだか珍しく、少し意地の悪そうな笑みを口元にはいて。

「舐めたら治るって言ったから。治してやろうと思って」

「っ!!」

八つ当たりか……!

俺の完璧なアリバイを崩せないから、この野郎、八つ当たりしてきやがった！　お前は子供か！　ああいや、そうだな子供だったな！　ちくしょう！

「あ、あ、あ、アホかあああああああ!!　そりゃ、もののたとえだっ……!!」

「顔、真っ赤だな」

「う、煩い！　は、離せ……！」

俺は必死に腕を取り返そうと引っ張ったが、アルフレドの手がどうにも外れない。アルフレドはどこか楽しそうに、逃げられない俺を見下ろして、にやにやと笑みを浮べている。

この野郎！　お前はいじめっこか！　いや、それ、俺の役だから！

あまりに動揺、いや腹が立ったので、奴の膝下、弁慶(べんけい)の泣き所を力いっぱい蹴ってやった。俺の全力をこめてやった。

ごぉん、とものすごく痛そうな音がした。

「っ！　いっ……」

未来の英雄でもさすがに痛かったのか、小さく呻いて、よろけた。そうだろう。あの弁慶だって泣くぐらいの急所だからな！　英雄だって泣くはずだ。

拘束していた手が緩む。俺はその隙をついて、腕を思い切り振って奴の手を振り払い、自分の腕を取り返した。

「じ、自業自得だこの馬鹿！　馬鹿者！　変態！　アホ！　歩く非常識！　セクハラ野郎！　お前なんか、お前なんか遅刻してしまえ！　そんで赤点取って、ひとり寂しく補習でも受けてろ!!」

　俺は思いつく限りの罵詈雑言を吐いて、しゃがんで向こう脛を擦っているアルフレドを残して、脱兎のごとく逃げ出した。

　あいつはアホだ。

　未来の英雄のくせに、なんかものすげえセクハラしてきやがったんですけど！

　お前これ、女の子にやったら訴えられるからな！いや引かれて軽蔑されて変態認定されるからな。ていうかされろ。されてしまえ。

　そうだ、俺でも訴えられるかもしれない。いきなり腕を舐められまし――いやいやいやいや。だめだ。恥ずかしすぎる。なんの公開プレイだよ。却下だ。

　そうだ、思い出すな俺。忘れろ。忘れるんだ。それが一番いい。ちくしょう、セクハラされたのに泣き寝入りか……！

　ああもう、あいつめ、ありえなさすぎる。もう一発、頭か腹でも殴っておけばよかった。

　誰かあいつに、一般常識を教えてやってくれ！

9話　三年経ちました

あれから三年経ちました。

俺は十五歳になりました。ちなみに俺の誕生日は春です。

《始まりの村編》が終わるまで、残り三年。あと三年頑張ったら、女神様が元の世界に帰してくれる――……はずだ。

はずだよね!?　女神様!?　なんで未だに出てこないの!?　音信不通ってひどすぎる。どうなってんだ！

マリエが朝夕のお勤めの際、女神様に俺の枕元にも立って下さいとお願いしてくれてはいるが、未だにその効果は現れていない。

なんでなんだ。こんなにも連絡がないって、逆におかしい気がする。なにか――

はっ！

もしかして……まさか。なにか、あったのかな。連絡ができない事態……トラブルが発生したか、巻き込まれ中とか？　もしかして、女神様のほうで連絡できないほどの緊急事態が起こってたりして……

俺は身震いした。いやいやいや。そんな。まさかな。

こちらからは連絡する手段がなにもないので、ただ待つしかないのが歯がゆい。今の俺にできることといえば、教会に行くたびに文句を、いや、お祈りすることぐらいだ。大至急連絡されたし、と。

あの日、マリエから女神様のお告げ話を聞いてから。家の用事がある時以外は、俺は、土日は教会へ行くようになった。

理由の一つ目は、マリエに今後の相談や現在の状況の確認と報告をするために。女神様がまた夢枕に立ったら、即教えてもらうようにもしている。

二つ目は、マリエが客用の空き部屋の一つを、俺専用の《研究開発室兼資材置き場》として提供してくれたから、そこで村防衛用の設備を開発研究するためだ。

もちろん鍵付きの部屋だ。その鍵も念の為に新しいものに取り換えてある。俺お手製の防犯装置も追加で付けたから、俺以外、決してあの部屋に入ることはできない。はずだ。

これでようやく人目を気にせずに自由に、警報装置を作成したり、資材や出来上がった装置を置いておくことができるようになった！

屋敷だとセキュリティもパーソナルエリアも無きに等しいからな。執事やメイド長がマスターキーを持っているので、どこでもフリーパスで入られ放題だ。

それも原因ではあるが……屋敷にいると、リアン兄がやたらと追いかけてくるから、落ち着かないのも大きい。

最近、俺の頭をよく撫でていた手が、肩や顔、背中や腰、とかも触ってきたりしていて、なんだか、ちょっと怖い……。お触りフリー状態だ。家の中なのに、痴漢に遭遇してる気分になる。最悪だ。おまけに身内だから通報もできない。

その点、教会なら安心だ。マリエは俺の味方だし、孤児院のチビ共もすでに懐柔ずみだ。

毎回かかさず、菓子を持っていっているからな。ちゃんと子供が好きそうな甘いドーナツ系とか、ケーキとか、シュークリームとかをチョイスして持っていっている。リサーチは完璧だ。抜かりはない。

よって、チビ共は現在、俺の言う事には絶対服従なのである。

チビ共には、俺が土日、終日教会に入り浸っていることを誰にも、特にアルフレドには絶対に言わないようにと厳重に言い聞かせてある。

俺は女神様のお仕事を秘密でお手伝いしていて、もし俺との約束を破ったら女神様からそれはもう恐ろしいお仕置きをされるからね、とも言ってある。飴とムチ、というやつだな。

真夜中に血みどろの女神様がやってきて枕元に……と多少ホラーちっくな脚色をしてみたところ、皆泣きそうな顔をしていた。ちょっと胸が痛んだけど効果は覿面だった。

約束を破ったら、もう二度とお菓子を持ってこない、とも言ってある。もしかしたらこれが一番効いてるのかもしれない。

でも子供だし、どうかなあと心配していたが、チビ共はちゃんと俺との約束を守ってくれているようだ。

行くたびに、それはもう誇らしげに胸を張り、そのことを俺に主張してくる。俺が褒めると、皆嬉しそうにしている。よく分からんがチビ共はとても楽しそうだ。

まあ子供って、秘密の任務とか、隠し事とか、大好きだもんな。孤児という身の上だけれど、皆元気で、とても明るくていい子たちだ。

優しくて時には厳しいマリエばあさんが、愛情こめてのびのびと育てているからかもしれない。

研究の息抜きがてら遊んであげると、ものすごく喜んでくれる。それを見てると俺のほうも嬉しくなり、日々の心労とささくれた気分も少し癒される。


アルフレドはというと、土日は終日仕事に行っていて、朝早く出かけたら、夜遅くまで帰ってはこない。ごく稀に半日になったり、臨時休業の日もあるようだけれど、奴の仕事の時間とスケジュールはすでに全て掌握ずみだ。マリエとチビ共から、教えてもらっているからな。

ヤツの不在を確認した上で教会に行っているので、今のところ遭遇事故もなく、平和に過ごせている。

たまに村のじいさんばあさんと遭遇することはあるが、なにか深い悩みがあって教会に行くようになったのだと思われているようだ。頑張ってお祈りし続けていれば、いつか女神様がお助けしてくれますよ、とやたら慈愛に満ちた表情で言われたりする。

まあ、村人は日々の暮らしに忙しいので教会にはあまりやってこないし、そんなに気にすることもないだろう。

そういうわけで、俺は土日はたいてい、朝から夕方まで教会で過ごしている。

＊　＊　＊

土曜日がやってきた。

マリエとチビたちにもらった《アル兄の仕事スケジュール調査表》によると、今日も奴は終日仕事で朝からいない。よしよし。奴がいると俺が教会に行けないからな。

本日の賄賂は、俺の行きつけの菓子店の、新作のトリプルチョコスコーンとレッドベリー＆ブルーベリースコーンにした。昨日、学校帰りに買ってきた。ほどよく甘さ控えめで、安くて、ボリュームもある。俺も好きで、たまに買って帰る。チビ共もきっと喜ぶだろう。

俺は意気揚々と、荷物を持って屋敷を出た。

執事には、町の図書館へ自主学習しに行く、と伝えてある。もちろん嘘だが、それを疑って確認する者は誰もいない。

リアン家は、基本、自分以外には無関心だからな。リアン父は放任主義というか、自己中家族というか。リアン父は仕事で不在が多いし、リアン母は美容と王都の最新ファッションを追いかけるのに忙しいし、リアン兄は領主見習いで父についていく日もあるけど、基本的にはふらふらと町へ遊びに行っている。

今日は、とても天気がいい。空を見上げると、澄んだ青空に白い雲がぷかりぷかりと浮かんでいる。

ちょっとだけ視界が揺らいで、身体は動いてないのに景色が不安定に回り、そして元に戻った。

俺は上に向けていた顔を戻し、頭を軽く振った。また少しだけくらりときて、でも、すぐに治まった。

昨日、夜遅くまで学校で出された課題と予習をし、警報装置用の術式を考えていたせいかもしれない。

この間製作した警報装置『警報君一号』は、村の外にいる小さな鼠型魔物を使って試してみた。魔物とはいってもとても小さく普通の鼠と大差ないほど弱いので、危険性は低い。こっちから仕掛けていかなければ、襲ってくることもない。ただ、村の作物を狙ってくるので、畑の被害はそこそこ大きいようだ。定期的に駆除はしているようだけど。

警報君は鼠型魔物が寄っていくと、ちゃんと気配を感知して音を出していた。

ひとまずは成功だ。真面目に日々勉強して、研究していた成果が出た。それはもう頑張ったからな。寝る間も惜しんで頑張ってきたからな！

ちょっと最近頑張りすぎて、寝不足気味ではあるけどな。

けれど、寝る時間も惜しい。できるだけ早いうちに、防衛用の設備を作っておきたい。それにたくさん設置したいから、大量に必要だし。

二号はもっと索敵範囲を広げて、音が大きく鳴るようにして、それから電撃バリアを展開するようにしてみようと思っている。

名付けて『警報君（電撃お仕置き付）二号』。五号ぐらいになる頃までには、どうにか実用化にこぎつけたいところだ。

あと、村の地図を作成してハザードマップも作っておかなければ。

それを防災用として村の人に配っておくのだ。その地図に避難所をいくつか指定して描いておけば、きっとそこへ向かってくれる。

指定した避難所には、魔物用トラップと結界装置をつけておこうと思う。

一晩もたせるのが、目下の目標だ。魔物はやっぱり日の光が苦手みたいで、朝になったら動きが途端に鈍くなるものが多い。鈍くなれば、隙をついて村から逃げ出すことも可能になるだろう。

俺は手に持った鞄を持ち直した。

立ちくらみなんてしてる場合ではない。しっかりしなければ。ここで俺が倒れるわけにはいかないのだ。やらないといけないことは山積みなのだから。

俺はシュリオの待つ馬車に向かって、急いだ。


教会の扉をノックすると、いつものようにマリエが林檎のような色の頬をして笑顔で出迎えてくれた。

「ようこそいらっしゃいました、リアン様！　ふふ。子供たちもリアン様が来るのを、今か今かと落ち着きなくうろうろしながら待っておりましたよ」

「こんにちは、マリエ様。はは……そうですか？」

「ええ！」

まあ、毎回俺は菓子を持ってくるからな。それが楽しみなんだろう。

この地域は、砂糖がとても高価だ。残念ながら、砂糖はこの国で作っていない。年中あたたかい場所でしか砂糖の木が育たないから、作ろうと思っても作れないのだ。

そのため、ここよりもずっと南のほうの国からの輸入に頼るしかなく、輸入品はどこの世界でも総じて値段が高くなる。

だから、店で売っているお菓子類も、子供には手の届かない、高すぎるお値段で並んでいる。俺がいた世界みたいに、砂糖がいっぱい入った甘いお菓子は一般庶民が気軽に食べられるものではないのだ。

中庭で遊んでいた数人の子供たちが、俺が来たのに気づいて駆けてきた。

「あ、リアン様だ！」

「リアン様だ！」

「わーい！　リアン様だ～！」

「こんにちは。今日も皆元気だね。元気なのはいいことだ」

「えへへ！」

チビたちが頬をピンク色にして、はにかんだ笑顔を見せた。

ちっちゃい子が三人、俺の春用コートの裾を握ってきた。三人ともくりくりカールの栗毛で、右の子が赤い目、真ん中の子が黄色い目、左の子が緑の目をしている。マリエの話によると、兄、姉、妹らしいが現時点での見分けはつかない。とりあえず信号機みたいな目の色で判別している。

「りあんさま、あしょぼ！」

「あそびょ！」

「あしょー！」

「うん。後でね」

頭を撫でてやると、にこにこ笑顔を返してくれた。ああ、可愛いな。癒される。

「これこれ。リアン様はお忙しい方なんだから、ご無理を言ってはだめよ？」

はーい、と子供たちは少し残念そうに返事をして、庭に駆けていった。

「また後でね、リアン様！」

「後でね～！」

「はいはい」

俺は手を振って見送った。

いつ来ても、ここは賑やかだなあ。しん、と静まり返ったオーウェン邸とは大違いだ。

俺は持ってきた大量のスコーンの入った紙袋を、マリエに手渡した。

「今日のお茶請けはスコーンです。どうぞ」

「あら。あらあら。まあまあ、なんて美味しそうな匂いかしら！　いつもありがとうございます。でも、そんなにお気遣い下さらなくても、いいのですよ？」

「いえいえ。部屋を自由に使わせていただいてるんですから。それに、俺も食べたいものを買ってきているだけですので、気にしないで下さい」

俺が笑うと、マリエも頬を更に赤く染めて笑った。

「ふふっ、そうですか。では腕によりをかけて、とびっきり美味しく淹れたお茶をお出ししますわ！」

「それは嬉しいですね！　マリエ様の淹れてくれるお茶は美味しいですから、楽しみです」

「はい！　楽しみになさってて下さいね。私は一階の食堂で書き物をしておりますから、なにかご用がありましたら、階段のところからでも聞こえますので、お声を掛けて下さいませ」

「はい」

「お昼頃に、お茶をお持ちしますね！」

「ありがとうございます」

俺はいつも弁当を持参しているから、お茶だけマリエが用意してくれる。お昼ご飯はこちらでご用意いたしますのに、と言われたが、そこまでお世話になるわけにはいかない。ひとり分の食費だって、毎週土日と続けば馬鹿にならないからな。

マリエに手を振って、俺は二階の奥にある俺専用研究部屋に向かった。


作業台の前に座り、目の前に置かれた防水塗装をした木の小箱、その中央に嵌め込んだ透明な石の上に手を置いて、薄いオレンジ色になるまで魔力をこめる。

俺のいた世界でも電池や電気がなければ家電製品が動かなかったように、この世界でも魔力をこめないと魔動製品は動かない。魔力で動くのは魔動製品という。そのまんまだな。

動かすためには動力源が必要だ。いやまあ、それは当たり前っちゃあ、当たり前なんだけど。

どうせこの世界は剣と魔法のファンタジーなんだから、その辺もファンタジーっぽくふわっとぼやかしてなんか適当に作ったら適当に動くようにして欲しかったよ女神様。

「……ふう」

警報君（電撃お仕置き付）二号を三個作って、俺は息をついた。掌サイズのものだが、中身は高性能な機能がぎっしりと詰まっている（俺的に）。


また、くらりとした。


すぐに眩暈は治まったけど、まだ、頭の奥がずっしりと重い感じがする。

ぶっ続けで魔力を流し込みすぎたのかもしれない。まだ少し、身体も揺れてるような感覚がする。献血をしすぎた時の感じに症状が似ているかもしれない。

マリエにお茶でも淹れてもらって、少しだけ休憩しようかな。

俺は机に手をついて、未だゆらゆらしている身体を支えながら、椅子から立ち上がった。

また少し、今度は強めの立ちくらみに襲われたけど、しばらく動かないでいたらまた治まったので、そのまま部屋を出た。

までは良かった。

……階段の下まで降りて、とうとう立っていられなくなって、座り込んでしまった。

これは、まずいかもしれない。もしかして、いやもしかしなくても血を——じゃなかった魔力を使いすぎてしまったのかも。

立とうと思ったけど、足に力が入らない。参った。

仕方ない。少しこのままじっとしていよう。ちょっとこれは、しばらくは動けそうにない。ちょっとだけ休めば、回復して動けるようになるはずだ。

俺は座り込んだまま壁に背中を預けて、目を閉じた。


「——おい。大丈夫か」

なんだろう。

なんか、聞き覚えのある声がした気がする。

いや、まさかな。今は、奴は仕事に行っているはずだ。ここにいるはずがない。

「おい？　しっかりしろ」

肩を揺すられた。

え。現実？　なんでだ。どうして。いやそんなはずはない。奴のスケジュールはちゃんと確認ずみだ。今日は朝から晩まで仕事だ。その、はずなのに——。

重たい瞼をどうにか開けると、見慣れた、鮮やかな金髪が目に入った。整いすぎた顔は、今は眉がひそめられている。

そこには、アルフレドがいた。

「うわっ⁉」

なんで、ここに。

俺は我に返って動転して、後ずさったけど背中はすぐに壁に当たってしまった。

「いっ……」

後頭部をしたたかに打って、ただでさえクラクラしていた頭が、更にクラクラする。

「お、おい。大丈夫か？　どうしたんだお前。……気分でも悪いのか？」

「な、なんで、お前……」

「俺？　ああ、仕事先で、一緒に屋根修理してたじいさんが足滑らしかけてな。じいさん庇ったまではいいけど、俺のほうが落ちちまって、腕折った」

「は⁉」

「まあ、じいさんは無事だったから、よかったんだけどな。腕、折っちまったから仕事にならねえし、じいさんが、クマ先生んとこ行って今日は休んでいいって言ったから。帰ってきた」

なに、ちょっとその辺でこけちゃった、みたいな気軽な感じで言ってんだこいつは……！

「こ、骨折……⁉」

よく見ると、アルフレドの左腕には包帯が巻かれていた。

「そ、そうだ！　お、俺、特上回復薬持ってたんだった！　ま、待ってろ、そ、それ、お前にあげ、いや、譲ってやってもいい。骨の接合は無理だけど、骨の仮補強と、痛み止めと消炎ぐらいは……」

俺がジャケットのポケットから取り出そうと手を突っ込んだら、手を摑んで止められた。

「いらない。さっき、クマ先生に骨、接合して治してもらった。固定するまで大人しくしてれば、大丈夫だってさ」

「そ、そうなのか……」

回復薬にも限界があって、骨折とか、あまりにひどい怪我だと治療は難しい。

治せるような治療薬もあるにはあるけど、一般人にはまず無理な、手に入らない高級品だ。高額すぎて、金持ちでも気軽には買えないぐらいなのだ。

だからクマ先生みたいに治療系の術式や薬草学とかを勉強した人が、医者として存在している。魔法の術式も勉強しないと使えないように、治療系の術式も勉強しないと使えない。

「つーか。俺よりも、お前のほうが、それ、使ったほうがいいんじゃないのか？」

「俺、いや、僕も必要ない」

「そうか？　だってお前……顔、真っ青だぞ」

俺、顔、真っ青なの？

自分ではよく分からない。

「心配ない。休んでれば……治る」

そう言ったのに、アルフレドの眉間には深い皺が寄ったままだった。なんでだ。

これはただの、魔力欠乏だ。貧血とおんなじ。だから、回復薬で治すことはできない。

「今からクマ先生んとこ、連れていってやろうか？」

「行かない」

だって説明が面倒くさいし。

「それじゃあ……家に、連れて帰ってやろうか」

「嫌だ。帰りたくない」

図書館に行ってくる、と言って、屋敷を出てきたのだ。

アルフレドに連れて帰ってもらったら、これもまたややこしい話になる。説明するのが非常に面倒くさい。

アルフレドが珍しく、困ったな、といった表情で、溜め息をついた。

「……じゃあ、せめて、ここから移動しないか。礼拝堂にでも——」

「いい。ここで、いい。少し、休んでたら、治ると思うし。アルフレドこそ、自分の部屋にさっさと行けよ。怪我してんだから。僕のことは、放っておいてくれて、構わない」

「放っておけるわけないだろ。こんなとこで倒れてんのに」

アルフレドが俺に肩を貸そうと腕を摑んできたが、俺は振り払った。

とにかく、早く立ち去って欲しかった。この状況の説明をするのが、面倒だ。


頭はクラクラし続けてて、身体も思うように動かない。この場を上手くごまかすことが、今の俺には難題すぎる。

ああ、そうだ。面倒だけど俺がここにいる訳を、アルフレドが納得するように言っておかなければ。納得する理由。なにがいいか——

「——僕は、父に頼まれて、教会の、経営状態についての、改善状況の、確認を、」

「そうか。無理して喋らなくていい」

俺がせっかく、重い頭をフル回転させて説明してやってるのに、遮りやがった。なんだよもう。

アルフレドが俺の額に手を置いてきた。

「熱は……ないな。ていうか体温、低すぎないかお前。なんか、すげえ、冷たすぎる……。おい、本当に大丈夫か？　やっぱりクマ先生のとこ——」

「行かないったら、行かないんだ。もう、放っておいてくれ！」

怒鳴ると、アルフレドが、むっとした顔をした。鋭い目つきで睨まれる。

ああ、嫌われたかな。

いいや、前から嫌われてるはずだから、別にいいのか。

嫌われても。

　それに俺は嫌われておかないといけないんだから、これでいいのか。そうだった。これで正解なのだ。そうだ、俺、嫌われ役なんだった。あれ、なんで今更ショック受けてんの、俺。最初からそうだったじゃないか。

　怒鳴ったから、頭がぐわんぐわんする。気持ち悪い。吐きそう。アルフレドの顔も、見たくない。今は。どっか行って欲しい。どうせ、俺のことなんて、嫌いなんだろ。分かってるし。それくらい。

「部屋、行け……行けってば」

　行けって言ったのに、アルフレドは俺の前にしゃがんだまま、動こうとしない。眉間に皺を寄せた不機嫌顔のまま、なにやら考え込んでいる。

「……もしかして、《魔力欠乏症》か……？」

　ぼそりと、小さな声で、そんなことを言っているのが耳に入った。前、アルフレドが罹ってたのとは逆の症状の病名。

　そんな、病気というほどのものではない。これは、ただの魔力の使いすぎによるものだ。

「《魔力譲渡》したら、治るのかな……」

　なにやらまだ、ぶつぶつ言っている。

　魔力譲渡。その名の通り、自分の魔力を他の人に譲渡する術。

　学校の魔法術式中級の授業で、そういえば習ったな。ただ、必ずしもできるとは限らない方法だけれども。

　お互いの魔力の相性がよくないと上手くいかないし、逆に悪くなったりする。輸血と一緒だ。相性が悪いと、拒絶反応が起こってしまい、痛くなったり、気持ち悪くなったりする。授業で隣の席の生徒と実験させられて、あまりに痛くて突き飛ばしてしまった。あれは申し訳なかった。だって、ものすげえ痛かったんだ。あの後、すげえ気持ち悪くなったし。あれはマジで、ひどい授業だった。

　俺は首を横に振った。

「……いらない。お前のほうこそ怪我人なのに、魔力譲ってどうするんだよ。そんなことはしなくていいから、早く治せ。マリエ様も、チビたちも、心配、する、し……」

　俺も、ひやひやする。

　なんかお前、いつも怪我してるし。気づいたら怪我してるし。金ないの知ってるから、病院行こうとせずに自己回復しようとするし。まあ、未来の英雄の驚異的な回復力でもって、治してきているようだけれども。

俺はどうにか動く腕で、ポケットから特上回復薬を取り出して、奴の胸ポケットに放り込んだ。

「余ってるから、一つ、君にも譲ってあげよう。ありがたく思いたまえ。ああ、気にしなくてもいいよ。僕は君と違って、お金持ちだからね。家に帰ったらいっぱい、腐るほどあるんだ」

持ってろや。万年怪我人め。

アルフレドは胸ポケットを見て、次に、俺を見下ろした。無表情で、やっぱりなにを考えてるのか分からない。

唐突にアルフレドが動き出して、俺のシャツの袖を捲って、手首を握り込んできた。

掌が当たっている部分の皮膚が、じわじわとあたたかくなってくる。まるで温湿布を貼った時みたいな感じに。なにかあったかいものが、じわりと染み込んでくるような感覚がする。

「……痛む？　気持ち悪いか？」

「なに、やって……」

「痛い？」

「痛くはない、けど、お前、」

「気持ち悪くなってきた？」

「ない、けど」

「……なら、大丈夫か」

なにが。

「……うーん。皮膚経由は、じじいが言ってた通り、時間かかりすぎる感じだな。それに量が入っていかねえ。日が暮れそう」

アルフレドが、俺を見た。

なに。なんで俺のこと見てんの。

「やっぱ、粘膜経由が一番早いのかな」

まさか。俺はようやく奴がなにをしようとしているのかに気づいて焦り、逃げようとしたけど身体は動かない。粘膜接触って。マジか。それって確か、緊急の場合の応急処置方法だったはずだろう。人工呼吸系の。

顎を摑まれた。

やめさせたいのに、身体が動かない。

口を塞がれた。

あたたかいなにかが、流れ込んでくるのを感じた。お酒を飲んだ時みたいな。

アルフレドが少し顔を離して、笑みを浮かべた。

「……相性。いいっぽいな」

魔力の相性がいいと……魔力が上手く混ざり合って浸透して身体に行き渡って、酔ったような感じになって、気持ちがイイ……らしい。お互いに。

じいさん先生が《魔力譲渡》の講義の際、ものすげえ、にやにやと犯罪者みたいなイヤラシイ笑みを浮かべて言っていた。あのじじいはむっつりスケベだ。間違いない。エロじじい確定だ。夜のほうの相性もバッチリの相手じゃからのお、とか言ってやがった。ていうかそれものすげえいらない情報だから。

「も、いいから……アルフ、れ」

また口を塞がれた。

今度は大量に、一気にあたたかいものが流れ込んできた。

「……っ!?　……んっ……!?」

熱した酒を容赦なく際限なく、次々と流し込まれてるような錯覚に陥った。次いで、恐ろしいくらいの酩酊感に襲われた。問答無用で流し込まれてくる、熱のような名状し難いもの。それが大量に入ってきて、ぐるぐると、勝手に身体の中で渦を巻いている。

なのに、俺の身体はそれを拒絶することなく、それどころか脱水症状を必死で回復させようとしてるみたいに、がっついて吸収し始めているのが、自分でも分かった。分かったけど、身体中が、ものすごく熱くて苦しい。頭もふわふわして、ぐらぐらする。そしてものすごく、暑い。汗が滝のように流れていく。

暑くて、暑すぎて、全身に震えが走る。もうやめて欲しい。もういっぱいだ。無理だ。これ以上は。受け切れない。溢れてる。もうだめだ。俺のキャパシティを、完全に超えている。

暑すぎるし、ものすごく苦しいのに。

なんか。なんだこれ。なんなんだ。よく分からない。けど、なんか。すごく、苦しいのに。

気持ち、いい――

力が勝手に抜けていくのが分かったけど、俺の身体なのに俺の言うことを聞かなくて、どうにもできなかった。

俺の口を塞いでいた唇が、離れていった。

目を開くと、少し、奥のほうがゆらゆらした青い瞳が、俺を見下ろしていた。

ぐらりと傾いだ俺の身体を、驚いた顔をして、慌てて腕を伸ばして支えてきた。抱えられる。なんかお前、俺より身体、大きくなってないか。いつの間に。

俺は身体が全く動かないので、もう奴のなすがままだ。

俺のこの完全にグロッキーな状態を確認したアルフレドが、不思議そうに小首を傾げていた。この野郎。なんてことしてくれたんだ。文句の一つも言ってやりたかったけれど言葉どころか声すら出なくて、腕を上げる事も、指一本すらも動かすことができない。

「……あれ？　おかしいな。《魔力譲渡》、上手くいったような気がしたんだが……」

俺はぐったりしながらも、どうにかこうにか、重い口を動かした。

「……おまえ……加減って、……ものを……知……」

「加減？」

「譲渡……しすぎ……逆に、過剰……に……な……」

魔力のキャパシティは、人それぞれだ。それを超えると——身体が抱え切れなくて、ぶっ倒れることになる。今の俺みたいにな!!

アルフレドも俺の言いたいことが分かったのか、ああ、と呟いて頷いた。

「悪い。そうか、多すぎたのか……。うーん。これ、思ったより加減が難しいな」

それはお前だけだ！

お前の魔力量がおかしいんだ！　ていうか、なんでこの方法を取った。粘膜接触法は緊急事態の状況下でのみ使用ってクソじじいが言ってただろう。なんで実行してんだよ。そしてなんでお前は平気なんだ。なに考えてんだ。ふざけんな。野郎に平然とキ——いやいやいやいやいや。

「……お前……アホだ……馬鹿だ……信じ、られ、な……」

「悪かった。でも、体温は戻ったな。お前、さっきは身体が冷たすぎたよ。凍ってるみたいに冷たかった。ああでも、今は逆に熱すぎるな……。うーん。分からん……やっぱ、クマ先生んとこに——」

「行かない」

気力を総動員してそれだけは即答すると、アルフレドが溜め息をついた。

「……大、丈夫……ちょっと……寝させて……くれれば……落ち着く、……」

「そうなのか？」

俺は頷いた。

少し、体調が落ち着いてきたのが自分でも分かるから、このまま大人しくしてれば、身体にこもった熱も引いていくような気がする。

「分かった」

そう返事をするやいなや、アルフレドは俺の膝下に片腕を通すと、肩に担ぎ上げた。子供にあるまじきあいかわらずの馬鹿力で。

でも、この抱え方は、きつい……俺が！

頭に、血が上るじゃねえか！　ただでさえ血が上ってんのに！　あ、やばい。視界が、だんだん、暗くなってきた……

そんな俺に気づかないまま、アルフレドは階段を上っていく。

どこに連れていこうとしてんの。俺を。ああ、もう、だめだ。他にも言いたいことと問いただしたいことが山のようにあるのに、意識が……

アルフレドが階段を上り切るか切らないかの辺りで。

俺の意識は、ブラックアウトした。


次に目が覚めた時、俺は知らない部屋のベッドで寝ていた。

目だけで見回してみると、なんだか、ひどく殺風景な部屋だった。必要最低限のものしか置いていない、寝るためだけの客室、みたいな。

部屋の中にはアルフレドの姿はなく、俺はほっと胸を撫で下ろした。

もしも今ここに奴がいたら、俺は動揺しすぎてしまって、リアンを演じ切ることができなかったかもしれない。本当、マジでありえないだろう。あの歩く一般常識欠如野郎め……！

ああもう、こんなことになるなら、俺にキャーキャー騒いでくれる女の子たちのひとりとでもキスしとけばよかった。泣ける。

いや、待て。これはノーカウントではないのか。そうだ。人命救助的なものなんだから、これはカウントされない。はずだ。緊急用の救助方法だって、あのむっつりクソエロじじいが言ってたし。

うむ。これはそういうことだ。よって、あれは断じてキスなどではない。

俺はそう判断を下し、己を納得させ、ようやくどうにか気分を持ち直して、ベッドから下りた。

誰もいないことを確認しながら足音を忍ばせて階段を下りる。

少し離れた壁際にあるドアの隙間から、柔らかな灯りが漏れていた。俺は静かに近づいて、食堂へと続くドアの隙間から、そっと覗いてみた。

部屋の中央辺りにはマリエがいて、テーブルに紙を広げて、なにやら書き物をしていた。

部屋の中を見回してみたが、チビたちの姿は見えなかった。そして——アルフレドの姿も。

書き物をしていたマリエが顔を上げ、こちらを振り返った。俺はびっくりして扉から離れようとしたけど、少し遅かった。

俺に気づいたマリエがペンを置き、慌てた様子で、ぱたぱたと小走りに駆け寄ってきた。

「……あらあら！　リアン様!?　もう、お加減は大丈夫なのですか!?　倒れたって聞いて、もう私、本当に本当に、びっくりしてしまって……ごめんなさいね、もっと私が、気を配っていれば……」

「い、いえ、これはもう、俺が全面的に、完全に、俺だけが悪いので！　マリエ様のせいでは全くないですから！　それに、もう大丈夫です。だからそんな、どうか気になさらないで下さい！」

「そんな。……本当に、もう大丈夫なのですね？」

「はい。ご心配をおかけして、すみません……」

「いえいえ。大丈夫になられたのなら、よかったですわ。安心いたしました」

マリエが少し涙目になりながら胸に両手を置いて、ほっとした様子で笑みを浮かべた。

「そんなことよりも。……あ、あの、アルフレド、は……」

「アルですか？　アルは夜の仕事に行きました。もう！　今日は休みなさいって言ったのに……言うことを聞かなくて。困った子」

「そ、そうですか」

よかった!!　そうだな、《アル兄の仕事スケジュール調査表》には、確かに載ってたな！　夜の飲み屋の仕事が——……って、え!?

ちょっと。おいおい。腕折れてんのに、あいつ仕事に行ったの!?

馬鹿か。なに考えてんだ！　いや、いなくて俺としてはよかったんだけども！　なんか今は、顔、合わせにくいし！　ああもう。

「……あ、あの。マリエ様。すみません。俺、そろそろ、家に帰ります」

「あら。そうなのですか？　もう少し、ゆっくりなさっていかれても……」

「い、いいえ！　もう、陽も暮れてしまいましたから！」

窓の外は、すっかり暗くなっている。

昼前ぐらいに倒れて、今が夕方ってことは、俺は半日は寝てたということになる。ぐっすりと。おいおい。寝すぎだろう、俺。

「そうですか……分かりました。本当に、本当に、お気をつけてお帰り下さいね？　それから。リアン様も、たまにはごゆっくりお休みして下さいね？　近頃は、とてもお疲れのご様子でしたから」

「そう、ですか？」

「そうですよ！　リアン様は、頑張りすぎるところがありですから……心配です。あまり、ご無理はなさらないで下さいね？」

「そ、そんなことは」

「ありますよ。明日はどうか、ごゆっくりお休みになって下さい。たまには休息も必要ですよ？　ずうっと走り続けていたら、倒れてしまいます！」

マリエが頬を膨らませて、俺に小さな指を突きつけてきた。小さいのに迫力があって、俺は思わずのけぞった。

「す、すみません……」

「ふふ。そうそう、土日だけでなく、いつでもいらっしゃって下さいな。礼拝だと言っておいたら、アルだって変に思ったりはしません。だってここは、誰が訪れてもいい、全ての方々のための教会なのですもの」

「は、はい……」

俺はちょっと、泣きそうになってしまったが、どうにか堪えた。

不意打ちで優しい言葉はかけないで欲しい。

どうしていいか、分からなくなるから。

帰り道は、なんだかとても、頭がすっきりしていた。

あれだけ重かった身体も少し軽くなったような感じがする。半日ずっと寝てたからかもしれない。ここ最近は、夜半過ぎても起きてることが多かったからな。

それから、魔力を警報君二号に注ぎすぎたのも、よくなかった。俺はその後のいろいろを思い出しかけて、すぐに思考をシャットダウンした。

忘れろ、俺。あれは人命救助だ。アルフレドだって、そう思ってるはずだ。うんうん。とにかく睡眠は大事だな。今度からは、夜更かしはほどほどにしよう。

俺はそう心に決めた。

＊＊＊

月曜日の朝。

三人組と教室で話していると、登校してきたアルフレドが教室に入ってくるなり俺を見て、俺に向かってまっすぐ歩いてきた。

衆人環視の教室にいることもあって逃げ出すこともできず、俺は奴が歩いてくるのを冷や汗をかきながら見てることしかできなかった。やめろ、こっちへ来るな！　頼むから！　お願い！

「おい」

「っ！　な、ななっ、なんだい？」

「もう大丈夫なのか」

「え!?　な……なにがかな!?　君がなにを言ってるのか、僕には分からないけど！」

アルフレドの右眉が、ぴくりと上がった。

俺は心臓をバクバクさせながら、返答を待った。土曜日の件は、さらっと流すつもりだ。そうだ、跡形もなく流してしまえ。

あ、そんなことあったっけ？　思い出せないな忘れたな、なにかあったっけ？、みたいな感じにできればベストだ。さあ来い。どうにか上手く切り返さないと。

脳内でいろんな会話のシミュレーションが、高速で流れていく。どれもなんだか今一つ微妙だった。焦る。だから俺は、アドリブとイレギュラーな展開は苦手だって言ってるのに！　助けろ、コーイチロー！

「……お前さあ」

「な、なにかな！　あ、もう授業始まるね。君、さっさと席に着いたらどうだい」

そうだ、早く行くんだ自分の席に！　さっさと行け！

俺を見ていたアルフレドが、大きな溜め息をついた。なんだよ。失礼な奴だな。人の顔見て溜め息つくなんて。

「……まあ、大丈夫だったんなら、いいけど」

「全然大丈夫だよ！　僕は！　……ま、まあ……世話に……」

……なったのは、事実だが。

助けてくれたという点においては、感謝は、まあ、しているけれども。方法は、最悪だったけどな！

アルフレドがにやりと口角を上げた。

だからどうして、お前の方がいじめっ子っぽい笑顔してるんだ。それは俺の専売特許だ。取るな！

それからいきなり、顔を近づけてきた。

「……また足りなくなったら、言ってくれ」

「ばっ!!　い、言うか！　さっさと座れ!!」

「そうだぞ、なにリアン様に近づいてんだ！　この貧乏人が！」

「お前なんか、近づくのも許されないんだからな〜!!」

「そうだそうだっ!!」

三人組が俺とアルフレドの間に割って入って、援護してくれた。助かった……！　今ほどお前らが頼りになると思ったことはない。

アルフレドが肩を揺らして低く笑いながら、ゆったりとした足取りで自分の席へと戻っていった。

だからなんで、お前のほうがいじめっ子っぽいんだよ!!　ちくしょう！

午後の剣の授業で、ぼこぼこにしてやるんだからな。それはもうぼっこぼこにしてやるんだからな。モテ期なんて吹っ飛ぶくらい、地面にすっころばせてやる。

首を洗って待っているがいいんだからな！

閑話　それは夢のような　アルフレド視点

光が部屋に差し込んでいる。

朝だ。起きないといけないのは分かってるけど、俺はベッドから起き上がれなかった。身体が少し硬直していて、動けなかった。やけに息苦しくて、体中にまとわりつく大量の汗が気持ち悪い。

ああ、またか、と思った。

最近は、滅多に見なくなっていたのに。

記憶が薄れて、ようやく忘れかけた頃を見計らって……あの夢を見させられている気がする。まるで、わざと誰かが……俺に忘れさせないようにしているみたいに。


夢の始まりは、いつも、夜だ。

真っ暗で、いろんな臭いが淀んだ町の路地裏を、母さんと二人で走っている。

俺たちの後ろからは、柄の悪そうな数人の男たちが追いかけてきている。薄ら笑いを浮かべながら。

人とすれ違うたびに必死で助けを求めるけれど、俺たちを助けようとしてくれる人は、誰もいない。ちらりと横目で見て顔をしかめるだけで、なにも見なかったように歩いていってしまう。

そんな暗い夜の街中を、母と二人だけでさ迷うように……必死に逃げる夢。


俺と母が父に連れられてやってきた国は、この大陸で一番大きいと言われている国だった。

なにもかもが綺麗で、なにもかもが大きく、そしてなにもかもがいっぱいあった。驚くほど人も、物も、溢れていた。

けれど、外から来た者――特に移民には、とりわけ厳しい国だった。

国外から入ってこようとする者は全て、異質で、邪魔で、野蛮で、汚いもの。灯に寄ってくる虫みたいなもの。

だから移民になにをしても誰もなにも言わないし、うっかり殺してしまっても数が減ったと喜ばれこそすれ、責められることはない。なにをしても許される。

そういう暗黙の了解みたいなものが、この国の人々の間にはあった。

数ヶ月に一度だけ、運び屋の仕事を終えた父が家に帰ってくる。その父から、異国の話を聞くのが俺の楽しみの一つだった。

父の話の中でよく出てきたのが、遙か遠く、大陸の東の外れにある小さな国の話。

その国は小さいけれど、外から移住してきた人も普通に、幸せに暮らせている――優しい、夢のような国らしい。

だからいつかお金が貯まったら皆で行こうな、と、父は仕事から帰ってくるたび、俺と母に言っていた。ちょっとだけ我慢して、待っていてくれって。

俺と母は、どんな国だろうねって話しながら。それを楽しみに、ずっと待っていたけど。

……父は、仕事に出たきり、帰ってこなくなった。

もう少ししたらきっと戻ってくるわ、と母さんは言っていたけど、俺はもう二度と戻ってこないような気がしていた。

おそらく父は、俺たちの知らないどこかの地で、命を落としたのではないだろうか。もしくは――安住の地を見つけて、戻ってくる気がなくなってしまったのかもしれない。

そんなある日。

母が日雇いの仕事を終えてお金をもらい、二人で市場で買い物をして、家に帰る途中に。男たちに絡まれた。

俺と母は逃げた。一生懸命走って逃げたけど、女と子供の足で逃げ切れるはずもない。

裏通りから表通りに抜け出る手前で、奴らに捕まってしまった。

……夢はいつも、ここから始まり、そして何度も繰り返す。何度も。何度も。

――逃げなさい、と母さんが叫んで。

俺は怖くて怖くて、母さんを置いて逃げてしまう。

走って。

逃げて。

逃げて。

罪悪感で胸がいっぱいになって立ち止まり、ああなんで母さんを置いて逃げてしまったんだろうと自分を責めて、来た道を引き返して、また走る。戻った場所には——

　全身を真っ赤に染めた母さんが、血だまりの中で倒れている。

　その身体は、ぴくりとも動かない。

　地面にじわりじわりと染み込むように広がっていく赤い血を見て、俺は悲鳴を上げる。

　そこで目が覚めるのは、まだマシなほうだ。その日起きてから寝るまで、頭痛と吐き気を我慢すればいい。

　その夢には、まだ——続きがある。

　急いで母のもとに戻ると、にやついた男たちが、血まみれの母の周りを囲んでいる。そこまでは同じだ。

　その後——男たちは戻ってきた俺に気づいて、捕まえようとするのだ。

　俺は暴れて抵抗したけど、殴られて蹴られて、しまいには足を折られて、捕まってしまう。

　地面に強く叩きつけられ、胃の中のものを全て吐き出した俺を、男たちが気色の悪い笑い声を上げながら見下ろしてくる。

　男の手が俺の首を強く絞めてきて、苦しくて、息ができなくなって、視界が真っ赤に染まって——そこでいつも唐突に、視界が、真っ暗になってしまう。

　しばらくして、視界が戻ると……そこには。

　焼け焦げて、ずたずたに切り裂かれた男たちの死体と、血と臓物が辺り一面に飛び散っているのだ。

　見下ろした手は、真っ赤で。

　俺はまた、悲鳴を上げ——

　そこで目が覚めた日は、最悪の一日になる。

＊　＊　＊

　今でも、よくひとりでこの村までやってこれたな、と思う。

　母さんが俺に逃げろと言った後に、貴方だけでもこの国を出なさい、貴方は生きなさい、と言ったから。

　俺はその通りにあの国を出た。

　こつこつと母と俺で貯めていた金を、全部持って。

国の外れにある大きな門の前で、ちょうど国外へ出ようとしていた荷馬車に乗せてもらうことができた。俺は子供だし、足下を見られて相当にふっかけられたが——あの国からは、出られた。

それからは、できるだけ魔物や人と接触しないように、逃げたり隠れたりしながら、俺はひたすら東へ、東へと向かった。

父から、夢みたいな国はずっと東のほうにあるんだよ、と聞いていたから。

そこへ行けば、きっと幸せになれる。

もしかしたら父さんにも会えるかもしれない。そう、信じて。

ふらふらと、ひたすら歩いていった。

金がある間は、食い物を買えていたけど。それも途中でなくなって。

小さい川魚や獣を捕ったり、食べられそうな草や実を食べて、どうにか食いつないだ。最後のほうはもう浮浪者みたいな身なりになっていたから、俺に寄ってこようとする人は、もう誰もいなかった。

歩いて歩いて。

歩き続けて。

とうとう、空腹と疲労と睡眠不足で、道の真ん中にぶっ倒れた。

最初は、子供が行き倒れて死んでいると思われたようだ。

通りすがりの人の好い村人が、倒れてる俺を見て、憐(あわ)れに思ったらしい。せめて弔(とむら)いを、と、俺を村の教会まで運んでくれた。

俺はすでに虫の息だったが、その時はまだ、かろうじて生きていた。

弔おうと小さな棺桶に入れかけた時、僅かに目を開いた俺に、教会の小さなばあさんが跳び上がるほど驚いて。ぎりぎりのところで、俺は墓地に埋められずにすんだ。

その後、ばあさんは生きていた俺を引き取って、育ててくれた。

ここが、父が言っていた夢のような国なのかは俺には分からない。

ただ、あの国での生活と比べたら、ここでの暮らしはまるで夢みたいだった。だから俺にとっては、この村は、父の言っていたのと同じ。夢みたいな場所だ。

俺は今、町の学校へ通っている。

村の学校を出たら働いてもよかったんだが、ばあさんがしつこく泣いて願うので、仕方なく、町立学校までは行くことにした。

教会のばあさんは、人が好すぎるところがある。連れてこられた子供は、全て引き取ってしまうのだ。

養い親に引き取られたり、自立したりしてチビガキたちは出てはいくけれど、同じぐらい入ってくるので、教会の財政状況は常に火の車だ。

俺は人よりも頑丈だし、そこそこ仕事の経験もあるから働きに出ることにした。働いてお金が入れば、ばあさんも楽になるし、チビガキたちも養っていける。

いい案だと思うのに、ばあさんはいつも困った顔をして、貴方の稼いだお金は貴方のためにお使いなさい、と言う。俺はここがなくなったら困るので、俺でもできることをやってるだけなんだが。

食堂に下りると、ばあさんが俺を見るなり顔をしかめた。

「あら……アル？　大丈夫？　……もしかして、あなた……熱があるのではなくて？」

「ない」

「嘘ね！　だって、こんなにお顔が赤いもの！」

林檎みたいに赤い頬のばあさんに言われたくない。

「あっても、平気だ。動けるし、問題ない」

「もう！」

ばあさんが溜め息をついた。

「全くあなたは、自分のことには無頓着すぎるから……困った子。お願いだから、無理はしないでね？」

「分かってる」

「本当に分かってるのかしら……。貴方はいつもそう言うから……」

「行ってくる」

いつものお説教が始まりそうだったので、俺はパンと牛乳を無理矢理胃の中に詰め込んで教会を出た。

予鈴と同時に教室に入ると、幾人かのクラスメイトが俺を振り返った。その視線は好奇だったり、なぜかイラついていたり、やたら暑苦しかったり、色々だ。

いつものことだが少しうっとうしい。

そして教室の中で人垣ができている中央には、いつも——銀色の髪をした奴がいる。

リアンだ。

村で一番大きな屋敷に住む、領主の二番目の息子。

入ってきた俺に気づいて振り返ると、いつものように氷色の瞳を細めて、ちょっと生意気そうに顎を上げて上体を反らしてから、笑みを浮かべた。

本人は上から目線で偉そうにしてるつもりのようだが、向けられてくる視線があまりに穏やかで、全く偉そうに見えていない。少し、吹き出しそうになった。

そういえば、と思う。

俺が村に来たばかりの頃は、こんな、優しいとさえ感じてしまいそうな目でなんて、俺を見ていなかった気がする。

もっとこう、近づくのも嫌そうな、蔑むような目で俺を見ていた。あの国の奴らと、同じように。

いつから、あいつは変わったんだろう。昔と今のリアンは、全く違う。今のリアンは……まるで、別人みたいだ。

少し前に、仕事場で怪我して帰ってきた時。教会の中で、リアンに会ったことがある。

それにも驚いたが、階段の下でぶっ倒れてるのにも驚いた。

あいつ、あんなに身体が弱かったっけ？　分からない。そんなことはないと思う。剣はあいかわらず、すげえ強いし。悔しいことに、未だに俺は一度も勝てていない。

あの時は真っ青な顔で、凍死寸前みたいに身体が冷たくて、極度の脱力状態——話に聞いたことがある、《魔力欠乏症》、みたいな症状になってた。実際に触れて確かめてみたところ、それっぽい感じだった。

持病とか、そんなのだろうか。そんなの、あいつ持ってたのか？　分からない。

病院に連れていってやろうとしたら、行きたくない、と即拒否してきた。

ならばと、家に連れて帰ってやろうかと聞いてやったら、帰りたくない、と返ってきた。どうしろっていうんだ。

病院に行きたくない、家に帰りたくない、ここにいる、挙げ句の果てには、放っといてくれ、とまで言い出して、まるでうちのガキ共と変わらない駄々をこね出した。

どうしたんだ。いつもはもっと、聞き分けのいい、模範的な優等生、みたいな奴なのに。


リアンは、家に帰りたくない、と言った。

なにがあったのかは、俺には分からない。でも、リアンにはリアンの、なにか逃げ出したくなるような事情があるのかもしれない。

ああ、だから、教会に逃げ込んできたのだろうか。

いつも、誰にも弱みを見せないように、無理して肩肘張ってるようなところがあるからな。口では生意気なこと言ったりしてるけど、実際、ものすげえ心配性だし。その証拠に、俺が怪我してるのを見るたびに青い顔して飛んできては、やたらと回復薬を渡してくる。困ってる奴を見たら、なんだかんだと言いながらも手を貸してやっている。根は、ひどく優しい奴、なんだと思う。

だから中流階級だけでなく、あまり裕福とは言えない層の生徒からも人気がある。

他の金持ちの上流階級の友人たちと付き合っていくためなのか、一生懸命、なめられないように、言葉や仕草には気をつけているみたいだけど。


リアンの具合は放っておくにはまずいぐらい悪そうだったから、無理矢理《魔力譲渡》してやった。いつも世話になってるからな。……やりすぎて、余計に動けなくさせてしまったけど。

あまりに気持ちよすぎて一瞬我を忘れてたことは、黙っておいた。リアンの目も揺らいでたから、あいつのほうも気持ちよかったみたいだ。

ぐったりして、とうとう動かなくなってしまったので、とりあえず俺の部屋に連れていって、ベッドに寝かせておくことにした。

寝かせて、離れようとしたら子供みたいにむずかって、腕にしがみついてきた。

死なないで、残していかないで、となにやら必死な様子で。俺はまだ死んでないし、屋根から落ちただけだ。じいさんも生きてる。

起きたのかと思って顔を覗き込んでみたが、やっぱり寝てるようだった。寝言みたいだった。

震えて、俺のシャツを握り締めて。泣いてた。

……なんだろう。もしかして。まさかとは思うが、怖い――いや、寂しい、のだろうか。


いや、そんなはずはない。リアンの周りにはいつだってたくさんの人がいるし、家族だっている。はずなんだが……リアンはたくさんの人に囲まれてるのに、なぜだか、寂しそうに皆を眺めている時がある。

どうして寂しそうだと分かるのかというと、俺はあの目を、よく知ってたから。

帰ってこない父さんのことを考えてる時の母さんの目と、ものすごく、よく似てたから。

瞳のずっと奥のほうに、真っ黒い陰が沈んでいて。

そしてなぜだかは分からないが、リアンの中にも、母さんと同じ真っ黒い陰が沈んでいる。

それを見つけた時は、俺は少しだけ懐かしくなって、そして――少しだけ、安堵する。

……どこにでも、陰は在る、ということに。

いつもはすぐに前を向いてしまうリアンが、珍しくまだ、俺をじっと見ていた。それから眉を少しひそめた。

「アルフレド？　お前……」

なにか言いかけたが、本鈴が鳴って先生が教室に入ってきてしまったので、リアンは眉をひそめたまま、前を向いてしまった。


どうにか、ぶっ倒れずに、学校を出られた。

あの夢を最後まで見てしまった日は、頭は痛いし吐き気はするし、気分は最悪だ。吐き気がひどくて、昼飯は食べられなかった。いつも昼飯をくれる奴らがいて、それで適当に昼はすますが、今日は全部断った。多分、食ったら吐く。

今日は町にある酒場で仕事の日だ。夜間手当てがつくから短時間でも実入りはいい。休むわけにはいかない。

授業が終わり、酒場に行って、仕事を終らせたところまでは、ぼんやりと覚えている。

最悪の日らしく、乗り合い馬車の停留所へと向かっている途中で、夜遊び中の酔っ払い野郎共に絡まれた。

金をよこせ、と定番すぎるセリフを言ってきたので、断ったら殴りかかってきた。全部で、五人。

熱があるのか、動くたびに視界がぐらぐらしていた。よく動けたもんだと自分でも思う。俺は人よりも随分と身体が丈夫だということは、自覚している。右頬に一発、左腕を酒瓶で殴られてすげえ痛かったけど、どうにか全員ブチ倒せた。

人を呼ばれると面倒だ。俺は路上に倒れている奴らを残して、その場から足早に立ち去った。


ああ、まずい。

視界が歪んできた。頭を何度か振ってみたけど、なかなか治らない。

なにかにぶつかってこけた。ものすごく怒鳴られたから、誰かにぶつかってしまったみたいだ。

身体に上手く力が入らなくて、立ち上がれなかった。今日は朝からマジで体調も気分も最悪だ。

最終の乗り合い馬車は、何時だっけ。

間に合わなかったら、仕方がない。ばあさんには怒られるかもしれないが、町のどこかで適当に一晩明かすしかない。

俺は溜め息をついて、目を閉じた。


「――アルフレド？」


聞き慣れた声がした。

重い頭をどうにか少し上げて、声が聞こえた方角へと目を向けてみた。ここからは少し離れた通りの先、私服で行ったら確実に門前払いされるだろう高級そうなレストランの前で。

銀色の髪の奴が、目を丸くして立っていた。

皺のない薄水色のシャツに、光沢のある白のネクタイ、紺色のビロードのジャケットにスラックス。真っ白な肌に、ゆるく波打つ銀色の髪。

冷たい氷色なのに、どこかあたたかみのあるアイスブルーの瞳。

背筋をしゃんと伸ばして立つその姿は、文句の付けようがないくらい綺麗で、凛（りん）としていて目を引く。確かに学校の奴らが言うように、遠い遠い西の果てにあるという、精霊の女王が治める国から来た王子様みたいだ。

その隣には、胸元が大きく開いた緋色のドレスを着たリアンの母と、黒いスーツを着たリアンの父とリアンの兄がいた。

リアン父の隣には、これもまた身分の高そうな盛装の男たちが数人立っている。皆、よそ行きらしい綺麗な服を着ているから、なにかの集まりだろうか。

ぼんやり眺めていると、リアンが、リアンの父親に向かってなにか言っていた。揉めているような感じの会話をしばらくしていたかと思うと、盛装の男たちと、リアン父と母と、兄に頭を下げてから――俺のほうに向かって駆けてきた。俺は呆れた。

おいおい。

なんでこっちに来てんだ、お前。そっちの用事のほうが大事なんじゃないのか。どう見てもそこにいるの、お偉いさん方だろ。

「アルフレド!? おい、大丈夫か!?」

慌てた様子で側に膝をついて、抱き起こそうとしてきた。

「……お前、なんで、来たんだよ……」

「なんでって、お前こそ、なんでこんなとこに倒れてるんだよ！ ビックリさせんなよもう……！ うわっ、またなんか怪我してるし……！ なんでお前はそう、怪我ばっかしてんだよ！」

知るか。俺だって聞きたい。

リアンは俺の腕を肩に回すと、立ち上がった。……高そうな服が、土埃と血で汚れるのも構わずに。

ふと視線を感じてレストランの前に目を向けると、偉そうなおっさんたちをレストランの中へと案内しているリアン父と、扇子(せんす)で口元を隠し、汚いものでも見るかのような目つきで俺を嫌そうに見ているリアン母と、射殺しそうな視線で俺を睨んでいるリアン兄がいた。

「待ってろ、今、馬車拾うから……」

リアンが通りの端に立って、片手を上げた。すると、待つ間もなくすぐに馬車が一台、リアンと俺の前に停まった。二頭立ての箱型で、黒塗りの小綺麗な馬車だった。

「――お客様。どちらまで行かれますか？」

黒い上下を着た御者が御者席から降りてきて、黒い帽子を脱いで優雅な仕草でお辞儀をした。

「ルエイス村の教会までお願いします」

「承知いたしました。どうぞお乗り下さい。……お手伝いいたしましょうか？」

「ああ、頼む。ありがとう」

　御者は扉を開けてから、リアンと逆のほうに立って俺の腕を持ち、俺を馬車の中へと担ぎ上げてくれた。


　なんかものすげえ高そうな馬車だなあ、と、やけに座り心地のいいふかふかした座席の背にもたれながら、ぼんやりと思った。

　どうにも頭が上手く働かない。霞がかかってるみたいな感じがする。やっぱ、熱が出てるのかもしれない。すげえ身体、熱いし。汗も止まらない。

　隣に座ったリアンが、胸元のポケットから光沢のある高そうなハンカチを抜き出して、俺の顔を拭いてくれた。

「熱がある……。やっぱりお前、今日、体調悪かったんだな……。朝、なんか微妙に、顔が赤かったし。ていうか、なんでこんなに怪我してんだよ。お前はまた一体、今度はどこで乱闘してきたんだ」

　また、ってなんだ。俺はいつも乱闘してるわけではない。

「またってなんだ。俺が悪いんじゃない。酔っ払いの野郎共に絡まれたんだ」

「酔っ払い……!? そいつらにやられたのか」

「やられてない。ブチ倒……その身体でか!? あいかわらず、規格外だなあお前は」

　リアンが目を丸くして、それからおかしそうに破顔した。

　俺の額に手を当てて、また眉をひそめた。

「熱が、高すぎる……もしかして、また……」

「また?」

「あっ、いや、な、なんでもない! やっぱり、先にクマ先生のところへ行ったほうがいいかもしれない……」

　俺は首を横に振った。

「そんな金は今持ってないし、寝てればそのうち治る」

「そ、そうか? いや、でも……お前のそれ、もしかしたら、ええと、その、寝てても、すぐには治らないかも……しれないぞ。薬……薬を、飲んだほうが……」

「いらない」

「でも……」

　リアンがまだなにか迷うように眉根を寄せ、目を伏せている。

そういえば昔、似たようなことがあったな、と思い出す。

今日みたいに最悪最低に体調が悪くて、追い討ちかけるみたいになんか絡まれて、しまいには、ぶっ倒れて。

あの日の記憶はひどく曖昧で、はっきりとは思い出せない。どこまでが夢で、どこからが現実だったのかも、未だに分からないけど。

ばあさんの話では、通りすがりの優しい旅人が俺を見つけて、病院連れていって、教会まで親切に送ってくれて、なおかつ薬代まで支払ってくれたらしい。そして、名前も告げずに去っていってしまったという。なんだそれ。格好よすぎだろ。ありえねえ。今時いねえよそんな奴。

そうは思ったけど、チビガキ共もばあさんと同じように言うから、マジなのかと――

熱を測っているのか、俺の首に、そっと掌が押し当てられた。

白くて細い指と、ひんやりとした掌。

手からは、控えめな香りがした。

リアンからは、いつもいい香りがする。微かに甘くて、野の花みたいに控えめな、ほっとするような――

――あの時に嗅いだのと同じような、香りが。

「……《魔力あたり》、って……」

「っ！」

リアンが顔を上げた。

「ばあさんが……」

言ってた。あの時の俺の症状を。旅人からそう聞いたって。

「そ、そうか。うん。そうかもしれないな。それ、魔力作りすぎて、身体が溜め込んじゃうんだって」

「そうか」

「う、うん。あ、そうだ。そうか！　多すぎるんだから、減らせたら……。お前、ちょっと、俺に魔力渡してみるか？　少しでも魔力渡せれば、楽になるかも……って、もちろん《皮膚接触》だからな。分かってるとは思うが」

リアンが少し顔を赤くして、俺に手首を差し出してきた。

……なんで俺に、そこまでしてくれるんだ。

庶民どころか貧しくて教会で育てられた孤児で、どこから来たのかもわからない素性の知れない俺を、わざわざ助けに戻ってきたり。馬鹿高い回復薬を、ほいほいくれたり。もしかして、俺のこと……とか考えるのは、早計すぎるとは思う。けど。

動かない俺に、更に顔を赤くしたリアンが、今度は怒り始めた。

「な、なんだよ！　人が、親切に言ってやってんのに！　もういいよ！　しないなら、いい！　教会に着くまでくたばってろ！」

俺はリアンの手首を摑んだ。

胸の下辺りに意識を集中して、教えられた通りにイメージと術式を脳内で構築する。掌から相手のほうへと魔力が流れるように。

掌があたたかくなって、じわりじわりと、魔力が相手に流れていく。少しずつ。恐ろしいほどに少しずつ。

僅かに、少しだけ楽になった気がするような、しないような。してるような。微妙なじわじわ具合。これは……楽になるには、半日ぐらいかかりそうなペースだ。

「日が暮れそう」

思ったことをそのまま口に出すと、リアンがまた顔を赤くして、睨んできた。

「文句言うな！　わざわざ協力してやってんだぞ、感謝しろ！」

「そうだけど……」

倒れ込むように、全体重をかけてリアンにもたれかかる。

慌てたリアンが俺を支えようとするが、俺の身体を支え切れずに座席と馬車の扉の間へ、一緒に倒れ込んだ。

あの時も思ったけど、こんなに細くて軽い身体だっただろうか？　前は俺よりも大きくて――ああそうか。俺のほうが、いつの間にか、リアンよりも身体が大きくなってたのか。

後頭部を打ったみたいで、痛い、と言って怒られた。俺の身体を押し戻そうと、両手で力いっぱい押してくる。

苦しい。死にそう。間に合わないかも、だめだもう抑え切れない、魔力が暴走しそうだ、この馬車吹き飛ばしてしまうかも、と言うと、ぴたりと動きを止めた。

俺は内心、苦笑した。少しだけ罪悪感がよぎったけど、気づかなかったことにした。

ああ。お前本当に、優しすぎるな。思わず俺が心配してしまうぐらいに。つけ込んでる俺が言える立場じゃないけど。

その口を、自分の口で塞ぐ。

びくりと大きく震えたのが分かったが、リアンは逃げ出さなかった。

この間みたいに一気に流し込むことはせず、少しずつ、時間をかけて流し込む。

リアンの穏やかな魔力と混じり合うのが俺のほうにも伝わってきて、気持ちがいい。舌先が触れると、またビクリと大きく身体を跳ねさせて、震えた。

苦しそうな顔をしたので、唇を離すと、肩で大きく息を吸ったり吐いたりし始めた。息を止めてたようだ。鼻で息しろ、と言ったら怒った顔をしたけど、なにも言われなかった。言えなかったのかもしれないけど。

「……もう少し、いい？」

流し込んでも。

聞くと、リアンは顔を真っ赤にして怒った顔をして、目をうろうろさせて、困り顔と泣きそうな顔をした後、大きく何度も息を吸って吐いて、最後に覚悟を決めたように、固く目を閉じた。

いいってことか。マジか。あんなに嫌がってたのに。自分で仕掛けといて言うのもなんだが、いいのかそれで。大丈夫か。

了承を得たので、遠慮なく口を塞いで、舌で触れた。

触れてる舌先と身体がずっと震えてたけど、俺から逃げようとはしなかった。押し戻そうとしていた手は、もう俺の服を摑んでるだけだ。

なんだかものすごく嬉しい気持ちが込み上げてきて、どうにも抑えが利かなくなりそうで、危なかった。

あの時と同じ、穏やかで優しい香りが時折鼻をかすめていくのも、心地好い。そして確信する。

……やっぱりお前、あの時俺を助けてくれた、ありえないくらい親切な旅人だろ。

そう言ったら確実に脱兎のごとく逃げていってしまうだろうから、黙っとくけど。

ここまで許すってことは、都合よく考えてもいいんだろうか。

だったらいいなと思いながら、震える細い身体を押さえ込んだまま、逃げないように囲い込んで、唇を更に押しつけた。

教会に着く頃には、起き上がって自分で歩けるぐらいには回復していた。

いつも忘れた頃に発作的に起こる症状で、元の状態に戻るまでたいてい丸一日、かかっていたのに。この間のように大量に、リアンに魔力を流し込んだわけでもないんだが。

「だいぶ、回復してきた」

「……そりゃあ……よかった、……な……」

座席にぐったりと背を預けて座っているリアンが、赤い顔で荒い呼吸を繰り返しながら、物言いたげな半眼で俺を睨み上げてきた。かなり加減をしたつもりだが、やっぱり少し多すぎたようだ。

ほんのり色づいた首筋が目の前にあって、思わず顔を寄せた。

微かに甘いような香りが肌から立ち昇ってて、頭の芯が痺れる感じがした。舐めたら、甘い気がする。いや、きっと甘い。でも舐めたら、やっぱり、ものすごく怒るだろうか。

肌に触れるぐらい鼻を寄せると、リアンが身じろいだ。俺の肩を摑んで押し、初めて抵抗するような仕草をした。

「なっ、なに、」

「もう少し……」

「お客様、お待たせいたしました。教会前でございます……おや。お取り込み中でしたか」

御者席を降りて馬車の扉を開けた御者が、俺たちを見て言葉を止め、次に分かった風な顔をして、ニヤニヤとした笑みを浮べた。

「……ふふ。人目を忍ぶ、ひとときの逢瀬(おうせ)……。身分の違う二人の、誰にも止められぬ愛。いいですねえ。うらやましい限りです。私も、若かりし頃を思い出しますよ……」

芝居がかった口調でそう言って、御者は大仰(おおぎょう)に頷いていた。

まあそうだろうな。この状態を見たら、誰だってそう思うだろう。御者席から見える小窓のカーテン、閉めてなかったから丸見えだっただろうし。

案の定、リアンが飛び起きて俺を力いっぱいつき飛ばし、顔を真っ赤にして御者に向かって怒鳴った。

「ち、ちがっ！　ち、違う!!　違うんだからな!!!　な、なにを言っているんだ、ごご誤解だ!!　こ、これ、これは、人命救助的なもので……っ!!」

「ふふ。ご安心下さい。当マーロウシティ馬車協会は、お客様の個人的な事情については一切口外しないことをお約束しております。安心安全、秘密厳守をモットーに、お客様へのサービスを第一に考えております。よって、当協会がご提供させていただいております、どこよりも迅速かつ快適な馬車の旅を、ごゆっくりお楽しみ下さいませ。——このたびはご利用下さいまして、誠にありがとうございました。またのご利用を、心よりお待ち申し上げております」

御者が、客に対するいつもの定番の口上なのか、すらすらと淀みなく述べ、芝居がかった仕草で帽子を取り、大きく腕を振って礼をした。

その顔には、あいかわらずにやにやと笑みを浮かべたままだったが。

「ち、違うって言ってるのに……っ！　ああ、もう！　クソっ！　お前のせいだぞ！　ちくしょう！　さ、さっさと降りろよ！　この野郎!!」

真っ赤な顔でリアンが必死に俺の足を蹴り、背中をぐいぐい押してくるので、降りてやることにした。少し残念な気分になった。もう少しだけ触っていたかったのに、いつの間にかもう着いてしまっていた。

降り際に、ああそうだ、と思い至って、振り返る。

「……助かった、リアン。礼を言う。お前がいなかったら、あそこでぶっ倒れたまま一晩明かすことになってた」

俺を馬車の外へ追い出して、少し落ち着いてきたリアンが、きょとんとした顔をした。それから呆れたように額に手をあて、息を吐いた。

「あそこでぶっ倒れたまま一晩、って……」

「本当に、起き上がれなかったからな。この礼は、必ず」

礼を言ったのに、リアンはなぜか眉を吊り上げた赤い顔のまま、顔を背けてしまった。

「い、いらん！　じゃあな！　——おい、御者！　早く馬車を出してくれ」

「承知いたしました」

御者が笑みを浮かべながら扉を閉め、馬車は教会の前から走り去っていった。

馬車を見送って、教会に入ろうと門を開けた時。

あの、少し甘い香りが鼻をかすめた。

どこからだと思って探したら、自分から、微かに香ってるのが分かった。

ああ、そうか。ずっと。教会に着くまで馬車の中でくっついてたから、あいつの香りが移ったようだ。

自然と笑みが零（こぼ）れる。

……間違いない。あの時と、同じ香りだ。間違えるはずはない。俺は人より嗅覚もいいからな。言わないけど。

見つけた。ようやく。

言ったら逃げそうだから、言わないけど。

＊　＊　＊

翌朝。

昨日の不調が嘘のように目覚めは清々しく、朝から学校に行った。行けた。

起きたら、すっかり体調は元に戻っていた。

今日のリアンは俺を見ると脱兎のごとく逃げてしまうので、どうにも話しかけられないまま一日が終わった。そこまで必死になって逃げなくてもいいと思うんだが。さすがの俺でも、ちょっと傷つくんだが。まあ、あれはちょっと、さすがにやりすぎたかな、とは思うけど。

謝ろうにも捕まえられないので、少し時間を置くことにした。リアンが、落ち着くまで。

今日は仕事がない日だったから、学校帰りに町立図書館に寄ってみた。

来館者に配られていた図書館の新刊情報案内のチラシによると、今日はシルクハット探偵シリーズの最新作の入荷日だ。

思った通り、館内をうろうろしているリアンの姿があった。いるんじゃねえかな、とは思ってたが、やっぱり予想通りに、いた。

あいつも俺と同じで、なかなかの本好きだからな。シルクハット探偵シリーズもかなり気に入ってるみたいで、続きが早く出ないかなあ、と言っていた。

俺が近づくと、驚いて跳び上がり、慌てた様子で逃げ出しかけたが、なにを思ったのか向きを変え、こっちに早足で寄ってきた。顔を真っ赤にして。

俺に指を突きつけるなり、睨んで、いいか昨日のことは忘れろ綺麗に忘れろ、いいな!! とものすごく小さな声で言ってきた。図書館だから、気を遣っているらしい。館内はお静かに、をきちんと守っている。あいかわらずの優等生ぶりに吹き出しそうになったが、堪えた。

あんまりにも必死な様子で言うから、分かった忘れる、と返したら。肩の力を抜き、ホッとした表情をした。

まだ少し赤い頬と、少し伏せた銀色の長い睫毛が揺れている。

無性に触ってみたくなって、思わず触ってしまったら、飛んで逃げられて、ものすごく怒られた。触るな馬鹿野郎、と小声で怒られた。なんだろう。なにかに似ている気がする。

ああ、思い出した。あいつだ。

なかなか懐かない、近所の銀色の毛並みの野良猫。

どこかの飼い猫なのか、毛並みがとても綺麗で、チビガキ共が猫を見つけるたび、追いかけ回している。それでも教会に懲りずにやってくるから、向こうのほうもチビガキ共との追いかけっこを楽しんでるのかもしれない。

俺にも近寄ってくるから、たまに飲み屋からもらって帰ってきた総菜の残りをやったりしている。

会えばいつも寄ってくるから嫌われてないのは分かるけど、こっちから近寄っていくとすぐ逃げ出すし、気が向かないと怒って触らせてくれない。

そんなところまで、ものすごく、よく似ている。本当に、そっくりだ。

もう少し懐いたら、触らせてくれるようになるのだろうか。

逃げるように本棚の奥へと、ひらりと姿を消してしまった奴を目で追いながら、二匹の銀色について、俺は考えた。

10話　夏の野外実習をしました　前編

強い日差しが、教室に差し込んでいる。

黒板の前に立ってしゃべってる先生も、生徒たちの服装も、すっかり夏仕様で涼しげだ。

中には水着兼用の派手色パンツと夏パーカー姿の野郎もいる。しかも、ファスナー全開の下は素っ裸だ。もうすでにバカンス気分か、この野郎。筋肉美を晒したいのか知らんが、逆に暑苦しい。その辺の川にでも飛び込んでこい。そして二度と戻ってくるな。別に俺が筋肉あんまりつかないからって、僻んでるわけじゃないんだからな。ああそうだとも。ちくしょう。

俺の身体はあまり強い日差しだと、すぐに肌が赤くなってヒリヒリするので、夏でも薄手のカーディガンと長袖シャツと、風通しのいい素材で作られた長ズボンを着用している。

そのせいもあって夏でも肌は真っ白いままだ。女子からはものすごくうらやましがられるけど、俺は全く嬉しくはない。淡雪みたいなお肌ですね！　と言われて喜ぶ男がどこいにいる。

俺は、溜め息をついた。

ああ……憂鬱だ。とうとう、例の夏が、やってきてしまった。

あの、序盤のくせにやたらと高難易度な例のイベントが発生する、夏が。

教壇では、担任の先生が、一週間後の学校行事――《夏の野外実習》についての説明をしている。

俺は先生の話を聞き流しながら、楽しく気ままにワクワクしながらゲームをやってた頃の、幸せな自分を思い返してみた。ああ、あの頃はよかったなあ。胃も痛くなくてさ。今はワクワクどころか、いつだってハラハラでヒヤヒヤで、胃がキリキリだ。

あのイベントをクリアするのは……なかなかに大変だった記憶がある。

イベントの概要は、こうだ。

三年生の夏に、二泊三日の《夏の野外実習》という名の学校行事がある。

要するに、今まで学習してきたことを、ひと様の邪魔にならない人里離れた山の中で思う存分実践してみよう、というやつだ。それはまあいい。……問題は、実習二日目の、夜にある。

　こういう夏の学校行事に、必ずといっていいほど組み込んでくるイベント、それは。

　肝試し。

　催し物のネタいちいち考えるの面倒だしこれやっときゃまあいいだろ先生たちは忙しいんだよ感がひしひしと伝わってくるイベントだ。

　ちなみに俺は大嫌いです。夜トイレ行く時とか怖いだろ⁉　皆怖くないの⁉　怖くないって言う奴は虚勢張ってんだろ分かってんだよ。そして、それもまあ、よくはないが、いい。

　問題なのは——悪ガキトリオだ。……そしてリアン。

　最近身長も伸びてきて、モテ街道まっしぐらのアルフレドが気に入らないリアンと三人組は、ろくでもない一計を案じるのだ。

　肝試しのお手伝いを先生が募った時に、その面倒そうな脇役を進んで引き受けるリアンたち。

　ただそれは、アルフレドの番が回ってきた時に、驚かす振りして崖からちょっと突き落としてやろう、というのが目的だ。怖え。でも子供って、時々恐ろしいことを平気でするよな。

　そして真っ暗な崖下にひとり落とされたアルフレドは、わんわん泣きながら助けを求めてくるだろう——というリアンたちが考えた、単純かつ明快で、子供特有の残酷さが垣間見える恐ろしいシナリオだ。

　しかし。あいつがわんわん泣くかなあ。どっちかっていうと、静かに怒ってそうだけど……怖え……。

　ここまでが前振りで。

　そして——ここから、俺の胃が痛くなる本番が始まる。


　崖の手前には、魔物よけの柵が作られている。

　よほど強い魔物や血の気の多い凶暴な魔物でなければ柵を越えてこようとはしないから、柵のこちら側は比較的安全だ。ただ、柵の向こう側は、その限りではない。

　そしてアルフレドがリアンたちに突き落とされる場所は——ちょうど、魔犬の群れが棲む巣の近くなのだ。

　飢えた十数匹の魔犬に囲まれ、たったひとりで戦わないといけない。

ちなみに俺は、このイベントを二回失敗して、やり直した。

上手く立ち回らないと、四方八方から数で押されて、じりじりと追いつめられて――食い殺されてしまうのだ。

そして……《ゲームオーバー》の文字が、無情にも画面に現れる。


俺は、身震いした。

ゲームだったら、何度でもやり直しができるけど。この世界には、やり直しなんてない。死んだら、そこで本当に終わりだ。

もちろん、俺は悩んだ。こんな危険なイベント、いっそやらずに回避しようかとも考えた。

けど、もし回避した場合、俺の知らないストーリーに入ってしまう可能性が非常に高い。いや……入ってしまうだろう。魔犬を倒した後に、メインストーリー的にものすごく重要なアイテムを、主人公は手に入れるからだ。

魔犬の巣の近くには、風化して、白骨化した司祭の遺体があり、その側に、指輪が一つ、落ちている。


――《女神ファルティエの加護の指輪》が。

これは、主人公の最終武器《黎明と黄昏の剣》を手に入れるためには、絶対に必須のイベントアイテムなのだ。

指輪がないと、剣の守護者で門番たる女神ファルティエを倒せないばかりか、剣のある場所にすら辿り着けないからな。非常に重要な、道標的な指輪でもある。

そして、《黎明と黄昏の剣》がないと、魔の王は倒せない。

イベントを回避して、指輪を手に入れなかった場合。それは即ち、魔の王を倒せなくて――最終的に未来はバッドエンド確定、ということになる。

それを考えると……やっぱり今後のことも考えて、やらざるをえないだろうという結論に達した。

ただ、崖へ突き落とした後は、そこからはもう……アルフレド頼みになる。だからなんとかあいつに、なにがあっても一回でクリアさせなければならない。あいつも、当然だけど死んだら……終わりだからだ。

死なせるわけにはいかない。どうにか安全にクリアさせたいところなのだが、これならいけるかも！　というい案は、まだ浮かんでこないのが現状だ。

ああ……胃が、痛い。

休み時間になると、悪ガキ三人組と数人のクラスメイトが俺を取り囲んで、うらやましいぐらい無邪気にはしゃぎ始めた。男子も女子も目をキラキラとさせている。

「リアン様！　楽しみですね!!」

「リアン様と三日間ずっと一緒にいられるなんて〜！」

「リアン様と一緒にお泊まりなんて……ああ、嬉しいですっ！　楽しみですねっ」

「……そうだね」

俺は無理矢理笑顔を作って、浮かべてみせた。引き攣らないようにするのに、ものすごく労力がいった。

教室の中はもう、大騒ぎだ。危うい世界情勢が続いている中、気軽に他国へ修学旅行、というわけにはいかない。これがその代わり、みたいなものなのだろう。俺ははしゃぎたくなる気持ちも分からないでもないが。俺は、憂鬱、だ……。

……アルフレドは、どうなんだろう。

やっぱり、あいつもまだ子供だし、楽しみにしてたりするのかな。

持っていくお菓子や服の話を始めた友人たちを眺めながら、俺は横目で、斜め後ろの窓際席をちらりと見てみた。

そこにもクラスメイトが数人集(つど)っており、楽しそうに騒いでいた。その中心には、光を閉じ込めたような金色の髪の少年。たくさんの級友に囲まれてても、とてもよく目立つ。

おお。取り巻きの人数は、今、俺と同じぐらいだろうか？　順調にモテ街道をひた走っているな。さすが未来の英雄。

未来の英雄は窓の外に目を向けて……非常に面倒くさそうな顔をしていた。

うむ。やっぱりな。そうだろうと思った。

おそらく、仕事どうすっかな教会を三日も留守にするのは、とか考えてるんだろうな。きっと。間違いない。だが、行ってもらわないと困る。全てはお前の両肩にかかっている。

眠そうに窓の外に向けられていた晴天色の瞳が、ふいに突然、俺のほうに向けられた。

ぎゃあああ!?

ヤバい目が合ってしまった!!

冷や汗が出そうになるのを気力で押さえ込む。あいつの目、感情読めなくて怖いんだよな。すげえ凝視してくるし。

とりあえずいつもの生意気スマイルをしておこう。少し顎を上げるのがコツだ。困った時はこれでどうにか乗り切っている。

形のいい金色の眉が、片方上がった。

まだ見ている。目をそらしたらだめだ。負けだ。

なんか言っとくか。はっ！　そうだ、教室のシーンでセリフがあったんだった。危ない危ない。奴の目力に動揺して危うく忘れてしまうところだった。

「ふ、ふふん。よかったね、アルフレド。お金がなくても行ける旅行だよ。もちろん、君も行くよね？」

行くって言え。来るんだ。来んと許さん。ていうか困る。主に俺が。来ても困るけど。来なくても困る。この矛盾、非常に疲れる。

感情の読めない青い目が、俺をじっと見ている。

「……お前、俺に行って欲しいのか？」

うおああ!?

聞き返された!?　え!?　ま、待って、こんな展開だったっけ!?　あああ最後にプレイしてからもう月日が経ちすぎて細かいところをすぐには思い出せない。でもなにか、なにか返さないと。だからアドリブは苦手だって言ってるだろ！　勘弁してくれ！

「うん、いやっ、違、そ、そう、君が！　行きたいんじゃないかと思ってね？」

青い瞳が少し細められた。

なにやら考えているようだ。なに考えてるんだろう。無表情やめて。怖すぎる。

俺をじっと見ていたアルフレドが、小さく溜め息をついた。

「……分かった。仕方ない。俺も行こう」

「そ、そう……」

そうか行くのか。よかった。

ていうか、仕方ないな、ってなんだよ。なにが仕方ないんだ。まあ、行く気になったなら、いいんだけど。

内心ほっとしていると、アルフレドが小さく笑った。なに笑ってんだよ。

「な、なにかな？」

「別に」

別に、ってなんだ。

ああもうこの野郎！　返答に困るような返事ばっか

りしやがって！

　とりあえず困った時の生意気スマイルを浮かべておくことにした。そろそろ、この辺で退散するとしよう。疲れた。アドリブ会話、すげえ疲れた。

「リアン様。あいつ、最近生意気ですね！」

「そうだ生意気だ！　貧乏人のくせにさ〜！」

「くせに〜っ！」

　三人組がブツブツと文句を言っている。まあ確かに最近、目立ってきてるもんなあ。よって、お金持ちのモテない男子学生たちからは、すこぶる評判が悪い。

「まあまあ。次は移動教室だね。さあ、遅れたらいけない。皆行こうか」

「は、はいいい！」

　俺は立ち上がった。皆が赤い顔で返事を返してきた。よかった。次が移動教室でよかった。会話を終わらすいい口実ができた。

　俺は心の中で、額の汗を拭った。

＊　＊　＊

リアン父は王都へ出張、リアン母は王都へ豪遊中だったので、夕飯の時、執事のローエンダールに《夏の野外実習》の親宛のご連絡チラシを渡して、伝えておいた。

　ローエンダールは白いヒゲがダンディなロマンスグレーの老執事だ。俺もこんな感じに歳をとりたいもんだ。うむ。目標にしよう。

「なるほど。承知いたしました。では、私のほうでご用意できるものは一通りさせていただきますので、どうぞご安心下さい。後ほどリアン様にチェックしていただいて、不足の物や、他にご入り用の物がございましたら、おっしゃって下さい」

「ありがとう。ローエンダールがいてくれるから、助かるよ」

　リアン父と母は不在が多いからな。それに学校行事なんか全く興味がなさそうなので、頼りにならない。

　老紳士が、嬉しそうに目つダンディに微笑んだ。目が細くて面長の顔が俺の祖父ちゃんに少し似てて、ちょっとだけ切なくなって、そして、心がじんわりしてくる。

「いえいえ。もったいないお言葉でございます。どうぞ、楽しんでいらっしゃって下さい。ご学友の方々との二泊三日のご旅行だと思って。きっといい思い出となるでしょう」

「はは……」

楽しめる……かなあ……無理な気がする。

あいつらみたいに、なにも考えず、のほほんと楽しめたらどんなによかったか。行く前からもう帰りたい気分だよ。帰っていいですか。だめですか。


「リアン!!」


バタンッと食堂のドアが大きな音を立てて開かれた。

何事かと振り返ると、リアン兄が目を見開き、驚愕の表情をして立っていた。いつもながら挙動不審だ。

意味が分からない。

「りょ、旅行だって……!?　ど、どこに!?　だ、誰と、誰と行くんだい!?」

「あ、お帰りなさい、兄様。旅行というか、ただの学校行事ですよ。今週末、野外実習で二泊三日、町の郊外の山へ行ってきます」

「な、なんだって……!?」

リアン兄が、更にショックを受けたようにますます目を見開いた。なんでだ。

「だ、だめだ！　危険すぎる……！」

「危険？　いや、大丈夫ですよ。宿泊施設の周りにはちゃんと魔物除けの柵がされてますし、先生方も一緒です。それに友人たちも一緒ですから」

「それが一番危ないんだよ！」

「は、はい？」

「こんなに愛くるしくて、天使のように清らかで美しくて、花の妖精のように可憐な僕のリアンと、朝から晩まで一緒なんだよ……!?　そんなの、そんなの野獣の群れに子兎を放り込むようなものじゃないか！　危険すぎる！　なにか、なにか間違いでも起こったら……!!」

「ねえよ。——ああ、いや、そんなこと、絶対ありませんから」

またいきなりなにを言い出すんだこの馬鹿兄は。思わず素が出ちまったじゃねえかこの野郎。全く、ブラコンもここに極まれりだな。

「君は自覚がなさすぎるよ、リアン！　全く自分というものを分かっていない！　そんな無防備な姿で、朝から一緒に過ごして、一緒にお風呂に入って、その新雪のような柔肌を惜しげもなく晒して、一緒に寝て、あどけなくて可愛らしくて無防備な姿と寝顔を見せて……そんな、そんなことをしたら、野獣共が放っておくはずがないじゃないか！　もし暗がりに連れ込まれて、おそ、襲われでもしたら――うっ」

　リアン兄が急に鼻を手で押さえて、前屈みになった。

　高そうな大理石っぽい床に、ぽたぽたと赤い鼻血が落ちる。

お前のほうが危ねえええよ!!　俺で一体なにを想像してんの!?　この変態!!

　すっかり食欲が失せた俺は、席を立った。

「ローエンダール。兄様はご体調が優れないようだから、お部屋に連れていってさしあげてくれ」

　老執事が、優雅に一礼した。

「畏まりました。ロベルト様は、私が責任を持ってお部屋にお連れいたします。真夜中になにかあってもいけませんので、介助の者を一晩、ロベルト様のお部屋の内と外にお付けいたしましょう。リアン様は、ご安心してお休み下さい」

老執事が目配せをすると、壁際に立っていた強そうな黒服が二名やってきて、変態兄の両腕を抱えた。さすが、有能執事！　なにも言わなくても、分かってくれている！

　一晩、変態兄を見張っていてくれるらしい。ありがとう、ありがとうローエンダール！　今度お前の好きなトワイライトガーデンカフェのファーストフラッシュの茶葉買ってきてあげるから！

「ありがとう、ローエンダール。よろしく頼む」

「はい。お任せ下さい」

　安堵して微笑むと、老執事も優雅に微笑み返してくれた。

　今後も引き続き、リアン兄には極力近寄らないようにしよう、と心に誓いを立てた。

＊＊＊

あっという間に時間は過ぎて。

とうとう、その日がやってきてしまった。

町の郊外の山までは、学校が手配した二十人乗りの大型馬車五台で行った。

宿泊所は木造の二階建ての、そこそこ大きな建物だった。使われなくなった建物を改装して再利用しているらしい。

先生の説明では、寝泊まりする部屋は一部屋につきベッドが四つあり、生徒が四人ずつ放り込まれるようだ。先生も気を遣っているのか金持ちは金持ち同士、中流以下は中流以下同士で組むように班分けされ、すでに部屋の場所まで決められていた。リアンと三人組も、当然同じ部屋に割り振られ——

てはいなかった。

どうやらあの変態兄が金と手を回したらしく、俺だけ……個室にされた。

どんだけ心配してんだよ!! ねえっつってんだろ!! そんな変態なこと考えてるのはお前だけだ!

四人部屋でいい、と担任に言ったが、却下された。もし四人部屋に俺を入れたことが分かったら、オーウェン家から学校へ毎年送っている多額の寄付金がなくなるらしい。なにもそこまでしなくても……だからどんだけ心配してんだってのー 一番危ないのはお前だ!!


「ううう……残念です……」

「残念です～……」

「残念です……っ」

三人組が半泣きでしょげ返っている。地面に両手をついて。なにもそこまで落胆せんでも。

「ま、まあまあ。僕の部屋に遊びに来ればいいじゃないか」

「は、はい！」

「い、行きます～！」

「行くですっ！」

俺もこんなところまで来て個室って、ちょっと、まあ、寂しいしな。ひとりだと気が滅入りそうだし……。

目の前では、いつも眠そうな顔をした担任がスケジュールの説明をしている。俺は、ひっそりと重い溜め息をついた。

ああ、そろそろ来る……イベントのスタートを切る、あの担任のセリフが。

「——てなわけで、お前ら喜べー。明日の夜、肝試しをするからなー。でも先生たちだけじゃ大変なんだなー。だから、先生のお手伝いしてくれる人、募集するんだなー！　七、八人いたら先生嬉しいなー」

来た。

俺は痛み始めた胃を片手で押さえながら、もう片方の手を上げた。


「――はい。やります……」


「おおおー！　ありがとおおおー！　さすがはリアン君だなー！　君なら、必ず手を上げてくれると思ってたよー！　助かるわー！」

隣にいた三人組が慌てて手を上げた。

「リアン様がするなら、お、俺もします！」

「ぼ、僕も～！」

「僕もっ！」

「うんうん、親切な子が多くて、先生嬉しくて泣いちゃうぞー。ジャイドとジャーノとスネイもだなー。今四人か。よし、もうあと四人、いるかなー!?」

なにがどうしたのか、一斉に数人が手を上げ出した。

どうしたんだ、なんでそんなに皆やる気になってんの？　そりゃ、驚かされる側より驚かす側のほうが気が楽なのは分かるけど。

先生は適当に残りの四人を決めて、満足そうに頷いた。

「よしよーし、じゃあこれで締め切りだー！　お手伝いしてくれる人は、この後残るようになー。では、一旦解散ー、各自、次の実習時間まで、部屋で荷物整理とか適当にしとけよー」


生徒たちがばらばらと騒がしく散っていく。

三人組が、不思議そうな顔で俺の側にやってきた。

イベントは始まった。始まってしまった。――俺の知ってる、シナリオ通りに。

俺は深呼吸して、覚悟を決めた。ここまで来たら、やるしかない。気力を総動員して笑みを作ってから、三人組に向ける。覚えてきたセリフを思い出しながら、口に乗せた。

「……最近、なにかと生意気なアルフレドに、少し分からせてあげようと思ってね。僕たちで懲らしめてやろうじゃないか。あいつを、泣かせてやろう」

三人組の瞳が、キラキラと輝いた。

……一日目は、なかなかに、ハードなスケジュールだった。

山登りさせられた。

頂上で携帯食を食べて、食べられる草や実を教えられながら山の中を歩き回り、野営の仕方を教えられ、獣の狩り方を訓練し、そして半日かけてまた下りる。遅れた生徒は怒られる。ペナルティ付きで。

なにこのサバイバル訓練みたいなの。こんなのだったっけ？　嫌すぎる。帰りたい。俺は根っからのインドア派だって言ってんだろ！


へとへとになって宿泊所に戻ってきて、夕食を終えた、その夜。

先生たちと一緒に、現地での肝試しルートの確認と、驚かしポイントの分担を決めた。

当初の予定通り、崖の近くのポイント付近に俺とジャイドは陣取った。その手前にジャーノとスネイ。

例の崖の手前には、立ち入り禁止、滑落注意、滑りやすいので注意、と赤字で、やけにでかでかと書かれた看板と、木の棒とロープで作られた柵がある。

俺とジャーノはランタンを片手に、崖下を恐る恐る覗き込んでみた。柵から身を少し乗り出すようにして、奥まで見えるようにと腕を伸ばし、ランタンの灯りを崖底に向けてみる。

俺は、息を呑んだ。

死ぬほどではない感じだけど、落ちたらただではすまなさそうなぐらいには、底までが遠かった。

しかも崖の斜面は直角に近い。登るのは難しそうだ。ロッククライミングできる人なら登れるかもしれないけど。

そして……真っ暗だった。

ぞっとした。暗闇で見えないけど、あそこの底の奥の、岩と草むらの陰には――ちょっとした洞があって、そこに魔犬たちが棲み着いているのだ。

俺は身震いして、腕を擦った。

「おーい、リアン君。それ以上覗き込んでると、落ちるぞー。危ないぞー」

「は、はい……」

「ぶくくっ。真っ暗で怖そうですね！　ここに落ちたら、さすがのあいつも泣くでしょうね！」

「そ、そうだね……」

……明日の夜、ここに、アルフレドを突き落とさねばならない。上手くいくだろうか。

　いや、上手くいってもらわないと困る。ああそうだ、もしもの時のために、明日中にアルフレドに回復薬を渡しておかなくては。ああ、でも、なにもないのに渡すのも変だ。なにか、なにか理由をつけないと。

「リアン様？　どうされました？　お顔が青いような……」

「あ、いや。ちょっと寒くなったからね！　な、なんでもないよ。でも本当に、真っ暗だね……」

「ですね！　ぶふふっ」

　ジャイドが意地悪そうに笑った。

　そうだ、この間完成した、身に着けるペンダントタイプの魔除け『身守り光る君（フラッシュ目つぶし機能付）七号』も渡しておこう。

　渡しておきたいものはたくさんあるのだが、実習スケジュールがあまりにもハードすぎて、尚かつ、アルフレドの周りに人が集りすぎてて近くに寄ることすらできず、まだ渡すことができていない。早く渡しておかないといけないのに……。

　俺は、キリキリと痛み出した胃を押さえた。


　結局、寝るまでスケジュールがびっしりで（誰だよこれ考えた奴！）、渡せそうな機会がどうにも作れず、回復薬も『身守り光る君』も渡せなかった。

　明日。まだ時間はある。明日渡そう。


　そういえば時折アルフレドが、俺のほうをなにか言いたそうな目で見てた。

　なんだろう。気になるけど、俺の周りも三人組や他の生徒たちがいつもいるから、二人で話せるような機会は一度も訪れなかった。

　心配そうな目つきだった気がするけど、気のせいだったかもしれない。心配されるようなことは、俺には、今のところないのだから。どちらかというと、アルフレドのほうが心配だ。

　あれやこれやと考えすぎて、明け方近くまで眠れなかった。


　実習二日目。

　今日もハードだった。

湖でのボートこぎレースに、水難救助訓練。そして筋トレ。山の中をマラソン。木切れから火を起こしての、野営調理。

だからなんでこんなに体育会系合宿みたいなんだよ!?　もっとこう、自然を楽しみながら散策するとか、スケッチするとか、いろいろあるだろ!?　誰だよこのスケジュール考えた脳筋野郎は!!　山まで来て筋トレとかマジでいらないよね!?

……そして。とうとう、問題の夜がやってきてしまった。

鬱蒼と茂る木々が影を落とす山道の手前、先生が紙きれがいっぱい入った箱を持って、生徒に引かせている。ペアをランダムで作らせるためのクジだ。

アルフレドは、学年で一番可愛いと言われている女の子と組んだようだ。さすが未来の英雄。クジ運もいいのか。俺にも分けてくれよ。

俺たちは先生に集められて、簡単な打ち合わせをした後、所定の位置へと散っていった。

ジャイドとジャーノとスネイが側に寄ってきた。

「楽しみですね、リアン様！」

「楽しみですね～！」

「ねっ」

「……そう、だね」

結局、アルフレドになにも渡せなかったのが悔やまれるが、もう、事ここに至ってはどうしようもない。

俺はジャイドと一緒に、草むらと木々の陰に隠れて待機した。

二人とも身体を黒い布で覆い、顔には悪魔っぽいお面を着けている。手には作り物の鎌。お面と鎌には、赤い絵の具がべったりと、血糊と血しぶきっぽく塗られている。なかなかのリアリティさだ。さすが美術の先生の渾身の作だけはある。

三十組ぐらいの生徒たちを適当に驚かせた後。

夜でも目立つ、金髪頭が木々の向こう側からやってくるのが見えた。

――来た。

俺は声を殺して、唾を飲み込んだ。

アルフレドの隣には、栗色のふわふわの長い髪、キャミソールっぽい肩丸出し裾短めのワンピースに、ヒールの高いサンダルを履いた女の子。学年で一番可愛いと噂されてる子だ。真っ黒で長い睫毛と目尻の上がった大きな瞳が、世の男たちが好みそうな小悪魔感を醸し出している。

確かにものすごく可愛いけど、山に来るにはいかがなものかと思う薄着で、踵(かかと)の高い靴を履いていた。こんなごつごつデコボコした獣道に踵の高いサンダルって、歩きにくくないのかな。大丈夫か。

女の子はアルフレドの左腕に身体を押しつけるようにして、しがみついている。

う、うらやましくなんて、ないんだからな、この野郎！　ていうか妙にくっつきすぎだろちょっと離れろお前ら。イラッとしてなんてないからな、断じて。

俺はジャイドに目配せした。

心臓の音が煩い。寝不足の頭も朝からずっと痛い。

頼む。上手くいってくれよ。お願いだ。

俺とジャーノは赤く塗った鎌を振り上げて、獣道に飛び出した。

女の子が、絹を裂くような悲鳴を上げた。アルフレドも目を見開いている。珍しく驚いているようだ。よし、このまま——

鎌を振り上げて追いかけるジャイドの迫真の演技に、女の子が本気で泣き出して、叫びながら逃げ出した。

そりゃまあ、確かに怖かろう。美術の先生渾身の作の悪魔の面は、作り物だと分かってる俺が見ても、ちょっとビビるぐらいのレベルの恐ろしさだ。ちゃんとお払いしてしまわないと呪われそう。

女の子が、崖側へと向かって逃げていく。

俺とジャイドはアルフレドのほうを崖側に追い立てたいのに、肝心のアルフレドはじわじわと押されて後退はするけれど、あまり動いてくれない。

柵を背にして立ち止まった女の子は錯乱状態で、歩くのも危ない感じだった。

案の定、足がもつれてふらついて、片方のヒールが木の根に挟まって、ぽきんと折れたのが見えた。女の子が悲鳴を上げながらよろける。

その背が柵のロープに当たり、そこを起点にして、細い身体が大きく弧を描いた。

それを見た瞬間、まずい、と思った。

俺は咄嗟に飛び出して、女の子の背に腕を回して、道のほうへと押し戻した。

どうにか女の子の身体を押し出した瞬間、二人分の体重と圧力がかかったロープに引っ張られた木の杭（くい）が、耐え切れず、根元から折れた。

簡単にぱきりと軽い音をたてて折れたから、半分以上はもう腐っていたのかもしれない。

千切（ちぎ）れたロープと折れたヒールが宙を舞い。

俺の身体は倒れた勢いのまま地面をごろごろと転がって、そのまま崖から飛び出した。

崖から落ちたのは、アルフレドではなく——俺だった。

11話　夏の野外実習をしました　後編

暗い崖下に転がり落ちながら、頭の中をぐるぐる回っているのは女の子を助けられた安堵と、しまった、どうしよう、という思いだけだった。混乱と焦りで、思考が纏まらない。

ああ。本当に、どうしよう。

重要なイベントなのに。あんなに脳内で、何度も何度もシミュレーションしたのに。

失敗、してしまった――

「あぐっ」

肩から地面に落ちて、背中と後頭部を思い切り打ちつけ、瞬間意識が飛んで、一瞬呼吸が止まった。お面が外れて、暗闇の中に転がりながら消えていく。

崖の底は静かで、真っ暗だった。

虫の声すらしない。今日は曇っていて、星明かりも、月明かりすらもない。

身体のあちこちが痛すぎて、すぐには起き上がれなかった。

後頭部に、どろりと濡れるような感触がして気持ち悪い。なんだろう。地面が濡れていたのだろうか。

目を横に向けてみる。

灯りもないのに光っている小さく丸いモノが、暗闇の中、いくつも見えた。十、二十、それよりも多いかもしれない。たくさんの、丸い小さな光。

ウウ、という低い唸(うな)り声が聞こえてきた。

あの光は……あれは。

眼だ。

たくさんの、闇夜に光る、獣の眼。暗闇の中に潜(ひそ)んでいるのは――あれは、魔犬の群れ。

ああ。俺のほうが……ここで、バッドエンドなのか。

俺、結構頑張ったと思うんだ。

本当に、ここまで、よく頑張ったと思う。三年間も。異論は認めない。

必死で、頑張ってきたんだ。俺も死にたくなかったし、アルフレドも、マリエばあさんも、教会のチビたちも、ローエンダールも、リアンの両親と兄も、この世界でできた友人たちも、どこかのんびりした村の人たちも、誰も、誰も死なせたくなかったから。どうにか、どうにかあの日だけは回避しようと、心に決めて、ここまで頑張ってきた。けれど……

俺、ここで死ぬのか。結局、死んじゃうのか。……たったひとりで。


小さい丸い光るモノが、少しずつ距離を縮めてきた。食い殺されるって、痛いよな……きっと。怖い。逃げ出したいのに、身体が思うように動かない。震えが止まらない。

俺、この世界で死んだら、どうなるんだろう。

もしかして、本当に、死んじゃうのかな。俺も、この世界で生きてるアルフレドたちと同じように。ゲームと違って、ここにはやり直すためのリセットボタンはないんだから。死んだら、終わり――


「――リアン！」


名前を呼ばれて、咄嗟にそちらへと顔を向ける。

闇夜に慣れてきた目を細めてみると、アルフレドが、崖から飛び出た岩や木を掴んだりしながら滑り下りてくるのが、ぼんやりと見えた。


どうして。なんでお前、自分から、下りてきてるんだ。

アルフレドは地面に降り立つと、俺に気づいて目を見開き、走ってきた。珍しく、なんだかとても焦った様子で。

「リアン！　おい!?　大丈夫か!?」

駆け寄ってくるなり俺を抱き起こそうとしてきたので、俺は唯一動く右手を上げて、止めた。今はそんなことをしている場合ではない。

「アル、フレド……気をつけ……周り、に……」

「周り？」

アルフレドが顔を上げ、辺りを探るように瞳を動かした。

しばらく暗闇に目を走らせていたが、ある方向に視線を向けた時、眉をひそめて険しい表情をした。

俺と同じように、暗がりに身を潜ませている魔犬の群れに気づいたようだ。

「魔物……か？」

低い唸り声を上げながら、暗闇から一匹の魔犬が、じわじわと近づいてきた。

あれは、きっと――先攻役だ。あいつが獲物を確認して合図を出したら、一斉に仲間の魔犬たちが俺とアルフレドに飛びかかってくるはず。

俺は痛む首をどうにか巡らせて、急いで探した。あのゲームの通りなら、近くに剣が一本、落ちているはずだ。司祭の護衛をしてたであろう騎士の亡骸とともに、騎士の持っていた剣が。

運がいいことに、俺たちのすぐ近くに剣は落ちていた。

抜き身の刀身は土で汚れて、所々錆が浮いている。恐ろしく古そうだが、刃毀れはしていない。錆も僅かしか浮いてないところをみると、相当材質がいいものなのだろう。

そして剣のすぐ側には……鎧を着けた男の亡骸と、司祭らしき装束を身に着けた亡骸も見つけた。

どちらもかなりの年月が経っているようで、衣服は長い間雨風に晒されたせいか茶色く変色し、身体は白骨化している。確か、ゲームの中で聞いた話は――教団本部への急ぎの使いの途中、魔物の群れに追われ、二人は運悪く崖から落ちて、食い殺されて命を落としたのだという。

俺はアルフレドのシャツの裾を引っ張った。視線がこちらを向いたのを確認してすぐに、剣が落ちてる方向を指差した。

アルフレドが俺の言いたいことに気づいて剣を掴むのと、魔犬が一声吠えて飛びかかってきたのは同時だった。

「アルフレ……！」

「そこにいろ！　動くなよ！」

剣を掴んで、すぐさま振り上げる。

魔犬が鋭い牙で刀身に噛みついた。

剣の動きが途中で止められ、攻撃を防がれたように見えたが――アルフレドの力のほうが、魔犬よりも強かった。

そのまま刀身は振り上げられ、魔犬が、顎から真っ二つになって飛んだ。

一瞬だけ魔犬たちの動きが止まったが、すぐに一斉に吠え始め、アルフレドに向かって飛びかかっていった。

よく分からないけど、あのイベントの戦闘が、目の前で始まってしまった。

アルフレドが流れるような無駄のない動きで、魔犬を次々に倒していく。どこか見覚えのある、動き方で。

あれは俺が、剣の師匠の受け売りを横流しで教えた通りの剣のさばき方だ。学校で習うような形骸化した剣術じゃなく、体術も組み込んだ、即実戦で使えるやつ。

暴走気味で荒かった火の魔法も、使いこなしている。災厄の日のことを考えて、俺が改造した、小エネで発動できる術式を、アルフレドにはさりげなく教えてやっていた。長い時間、魔力を切らさず戦い続けられるように。それを、ちゃんと取り入れてくれているようだ。

ああ、よかった。俺の努力は無駄ではなかったんだ。戦えてる。十分に。

これなら、きっと、アルフレドは生き残れる。

ふと、目の端に小さく光るものが映った。

指輪だった。

俺はどうにか動く右腕で這いずっていって、腕を伸ばして、土で汚れた指輪を掴んだ。これさえ手に入れれば、もうクリアしたも同然だ。指輪を握り締め、アルフレドを見上げた。

半分以上の魔犬が、すでに倒されていた。

残り数匹になった魔犬は、さすがに戦意を喪失したのか、尻尾を丸めて暗闇の中へと逃げていった。

勝ったの、だろうか。

アルフレドが剣を振ってから踵（きびす）を返し、俺のほうへ駆け戻ってきた。

ああ、勝ったのだ。

よかった。本当に、よかった。アルフレドは、無事だ。

「リアン！　しっかり、しっかしろ、すぐに学校医のとこに……」

抱き起こされて、左肩と右足、背中と後頭部に激痛が走った。あちこち身体を打っていたみたいだ。

俺は痛みに呻きながらも握っていた指輪を、アルフレドに渡した。

「……これを、」

「なんだ？　指輪……？」

手に握らせると、指輪がほんのりと光った。

アルフレドが目を見開いて、動きを止めた。

おそらく、亡くなった司祭の思念だか霊だかに、

『私と同じ古き血が流れし同郷のお方よ、この指輪を、

どうか教団本部の大司教様にお届け下さい……』とかなんとか言われているはずだ。ゲーム通りにストーリーが進んでいるのならば。

アルフレドが眉間に皺を寄せて難しい顔をしながら、指輪をポケットの中へ無造作に突っ込んだ。なんでそんな粗雑な扱いしてんだよ。キーアイテムなんだぞ、それ。大事にしろよ。

でも、まあ。

指輪は、ちゃんとアルフレドの手に渡った。

アルフレドも生き残った。

これでいい。最初はどうなることかと思ったけど、リアンの役目は果たされたのだ。俺はやり遂げた。

「……リアン。血が……」

「血？」

アルフレドが俺の後頭部に手を伸ばして触れた。その手は少し震えていた。

目の前に持ってこられた手には、血がついていた。

ああ、それで。濡れたような感触がしていたのか。

「少しだけ、我慢しててくれ。すぐ、すぐに、連れていってやるから……」

抱き起こしてくれたアルフレドに、俺は首を横に振った。

「そんなに、慌てなくても、いい。頭は、血がよく出るんだ。もう血は止まってるみたいだし、そんなに痛くないから、もう、大丈夫だ」

「でも、」

「アルフレド。悪いけど、先に上に戻って、先生、呼んできてくれるかい？　僕は、ここで待ってるから」

「は？　馬鹿か。また魔犬が戻ってきたらどうするんだ」

「しばらくは大丈夫じゃないかな……多分。逃げてったし。そうだ、念のために、剣だけは置いていってもらおうかな。回復薬もいくつか、持ってるし。大丈夫。だから……お前は先に行って。先生、呼んできてくれ」

「先に……？」

「うん。僕は……まだ、動けそうにないから。一緒に行くのは……難しいだろう。だから今のうちに、早く」

アルフレドが俯いて、首を横に振った。

なんで拒否してんだ。

俺を担いで崖は登れない。動けるアルフレドが先に上がって、先生を呼んできてくれるのが一番効率的で早い。

魔犬はほとんどアルフレドが倒してくれたし、数匹残った奴らも脅えて逃げていったのだから、すぐに戻ってくることはないだろう。しばらくここで待っていても大丈夫だ。それはアルフレドも分かってると思う。はずなのだけど。

俺はアルフレドの肩を軽く押した。

「ほら。僕は大丈夫だから、気にせず行けって。お前なら、こんな崖くらい楽勝で登れるだろう？　だから。お前だけでも、先に行って――」


「行かない！」


いきなり怒鳴られて、俺はびっくりして思わず見上げた。

アルフレドは俯いていて、その表情は暗くてよく見えなかった。

「……悪い。……おまえ、回復薬、いくつ持ってるんだ？」

「えっ？　あ、えーと……四つ」

「全部出せ」

ずい、と手を出してきたので、俺はポケットから四つ取り出して、アルフレドの手に乗せた。

「一番痛いとこ、どこだ」

「え？　左、肩かな……ふえあっ⁉」

いきなりシャツを剝かれて、問答無用で回復薬を塗られた。いきなりすぎて抵抗すらできなかった。

更に後頭部と、背中と、左足に一つずつ使われ、俺の手持ちはゼロになった。アルフレド用にと持ってきておいたのを、まさか自分に使う羽目になろうとは思わなかった。

「どうだ？　歩けそうか？」

「……うーん。歩けなくは、ないけど……」

立ち上がろうとしたら、腰と右足首に痛みが走ってよろけた。アルフレドが慌てて受け止めてくれたから、こけずにすんだけれど。回復薬、もっと持ってくればよかったな。

「無理しなくていい。……俺、どこか、上がれそうな場所、探す」

アルフレドはそう言うと、俺を抱き上げて立ち上がった。

「ちょ、」

両手塞がってたらヤバイだろ。なに考えてんだ。

「あ、アルフレド。待て。いいって。きっと、あいつらもう戻ってこないと思うし、ここで大人しく待ってるから」

「だめだ」

「でも」

「だめだって言ったら、だめだ。……もう、絶対、置いていったりはしない。二度と、もう……」

アルフレドが、何かを堪えるような抑えた声で言った。

「アルフレド？　あのな、」

「聞かない」

聞かない宣言された。怒った口調で。なんなんだよ、もう。わけが分からないんだけど。

どうにも下ろしてくれる気配がなく、俺は溜め息をついた。

しばらく崖沿いに歩いていくと、崩れて傾斜が緩くなった場所を見つけた。

緩いといっても傾斜はあるし、岩や木が飛び出しているので、俺を抱えて登るのは難しそうな感じだった。

これはさすがに無理だろうと思って、ここに置いていってくれ、と言ったのに、なぜかまたすげえ怒られた。なんでだ。俺、怒られるようなこと、言ってる？　言ってないよな？

結局、アルフレドは俺の言うことを聞かないまま、俺を抱えて崖を登っていった。

俺の言った通り、未来の英雄のハイスペックをもってしても相当厳しいみたいで、ものすごく時間がかかった。そりゃ人ひとり抱えて片手で斜面登っていくなんて、厳しいというか無茶としか言いようがない。

それなのに、どうしてか、アルフレドは俺を置いていこうとはしなかった。

俺たちは、どうにか元の獣道にまで戻ってくることができた。

ジャイドたちが泣きながら駆け寄ってきて、なぜか俺に謝り倒すから、これは僕のせいだから気にしなくていいよ、僕のほうこそごめんね、と言ったら余計に泣かれた。これは本当に俺が仕掛けたことだし俺の不注意のせいだから、三人組が謝る必要なんてない。謝るのはこんなことに巻き込んだ俺のほうだ。そんな騒ぎの中。

先生がやってきても、アルフレドは俺を下ろしてくれなかった。

重いだろうから下ろしてくれと言ったのに、軽すぎると言われて逆にショックを受けた。しっかり食べてるし、そんなに軽くはないはずだ。標準体重だ。

ひとまず先生たちには、崖下に司祭と騎士の亡骸があったことを伝えておいた。宿泊所の管理人さんに伝えておくと言ってくれたから、なにがしかの弔いをしてもらえるだろう。ゲームでは放置されたままだったけど、実際ずっとあのままでは、なんとも、切なすぎる。


結局、肝試しは仕切り直して再開することなく、途中で中止になってしまい、俺は申し訳ない気持ちでいっぱいになってしまった。

それどころか、めっちゃ皆に何事かという目で見られて、俺は顔を上げていられなかった。

貴様この状況、どうしてくれるんだよ！　めっちゃひそひそ噂されてるじゃねえかよ！　なに言われてるんだろう気になるけど怖くて聞けない。ろくでもないことなのは確かだ。だから早く下ろしてくれって言ったのに！

学校医の眼鏡が凜々しい美人女医さんに怪我の治療をしてもらって、俺は歩けるようになり、これでようやくなぜだかずっとくっついて離れないアルフレドからは、解放され――……なかった。

心配して俺の部屋までついてきていた三人組とアルフレドを、もう大丈夫だからと説得して、どうにか三人組だけは先に部屋へ帰らせることができたが、アルフレドだけは、頑として帰ろうとしなかった。椅子を引きずってきて、ベッド脇に置いて座る始末だ。

俺はベッドに横になりながら、溜め息をついた。

「……アルフレド。あのな。僕の怪我は治してもらったし、もう大丈夫だから。君も今日は疲れただろう？　だから、部屋に帰って早く寝ろ」

「……夜、どっかまた、痛くなったら困るだろ」

そりゃ、怪我を全部そっくり綺麗に治し切ってるのかと言われれば、そうではないのは確かだけど。

小さい傷や、軽い怪我は、わざわざ治療する必要もないしな。まあ、内臓系の損傷は見ても分からないから、対症療法的な感じにはなってしまうけど。一応診てもらったけど、中身は大丈夫との診断だったから問題ないだろう。

俺は内心、首を傾げた。

アルフレドの様子が、なんだかいつもと違う気がする。なんで助けに来てくれたお前のほうが、そんなに落ち込んでるんだよ。

俯いた顔から覗く青い目は、半分伏せられているせいなのか、濃くて、暗い色をしている。

「アルフレド、あのな」

「……血が。……血が、出てた。いっぱい。……朝、来て。お前の、身体が……冷たくなってたら……」

おい。いきなりなんて不吉なこと言いやがるんだこの野郎は。

本当になったらどうしてくれる。そういうのは口に出したらいけないんだぞ。祖父ちゃんが口をすっぱくして俺に言ってた。よくも悪くも言葉には力があるから、口には重々気をつけえよ、と。

不吉な予言の言葉を払拭するために、俺は少しだけ身体を起こして、アルフレドの頭を思い切りはたいた。

「馬鹿者!!　縁起でもないこと言うな」

はたかれたのに、アルフレドは動かず、俯いたまま。

「……俺に……」

ぼそぼそと、低い声で呟く声が聞こえた。

「なんだ？」

「……俺に、先に行け、って。言った奴は……皆、死んでしまう、から……母さんも、……。……お前も、母さんと同じこと……言う、から……」

だから俺も死ぬかもしれない、ってか。

あまりの極論に、俺は呆れて溜め息をついた。

「死なないよ。だって、君が助けに来てくれたんじゃないか。だから、僕はこうして生きてるんじゃないか」

アルフレドはまだ、俯いたままだ。

「……アルフレド？」

覗き込むと、暗い藍色と目が合った。その目は、俺を見ているようで見ていないような、どこか焦点の合ってない目だった。暗い陰が青色を濁らせて、黒ずんだ色になってしまっている。

俺は心の中で頭を抱えた。

部屋に追い返すには、これは、ちょっと……心配すぎる、感じがする。寝て起きたら、リカバリーしているのかどうかも怪しいぐらいのネガティブ具合だ。

「……ええと。うん。礼を言うよ、アルフレド。ありがとう。僕を助けてくれて。君が来てくれたから、助かった。君のお陰だ」

アルフレドはまだ無言だ。

「あ、あんなにたくさんの魔物を倒してしまうなんて、君、なかなかやるじゃないか」

まだ無言。

お礼を言っても、褒めても、俯いたまま。少しも浮上してくる気配がない。

これは、困った。どうしたらいいんだ。こういう場合。

「……そ、そうだ。なにか、飲むかい？　果実水を持ってきたんだ。君にも一本、分けてあげてもいいよ」

アルフレドは首を横に振った。

お腹空いてないかい、と聞いても、横に振る。黙り込んだまま。いよいよ困って、俺は天を仰ぎたくなった。

「……ま、まあ……別に、いたいなら、いたって、構わないけど……」

じーっと、彫像みたいに無表情で横に座られてたら、気になってしょうがない。怖いし。

この超ネガティブ状態で部屋から追い出すのも、それはそれですげえ気になるし。あれだけ戦闘して、俺抱えて無理して崖を登ったんだから、今日は相当疲れてるだろう。早く休ませてやったほうがいいんだが。

俺は考えに考えた末……苦肉の策の、妥協案を、提示することにした。

「……ずっとそこで、置物みたいにじっと座り続けるのは、やめてくれないか。ずっと見られてたら、気になって眠れやしない。だから——」

俺は壁際に身体を寄せ、ベッドのスペースを半分空け、軽く数回叩いてみせた。

「……せめて、横になってくれないかい？　仕方ないから、端っこを君に貸してあげるよ。端っこを。このベッド広いからね、君ひとりぐらい、別に、いいよ。端っこぐらい」

アルフレドは俺を見て、数回瞬きした。不思議そうに。

そしてまた、じっと動かなくなる。

なんだよ！　人がせっかく、気を遣ってやったってのに。嫌なのか。なら帰れ。自分の部屋に。

「い、嫌なら自分の部屋にさっさと帰——」

アルフレドが、椅子から腰を上げた。

部屋の出口に向かうのかと思ったら——靴を脱いで、ベッドのほうに上がってきやがった。帰る気はまだないらしい。なんなんだよもう。今日のアルフレドは、いつにも増して行動の予測がつかない。

横になるなり盛大にくしゃみをしやがった。

俺は溜め息をつきながら、仕方なく、本当に仕方なく、掛け布団を半分、分けて掛けてやった。山の夜は冷えるからな。風邪を引かれても困る。

全く、自分の体調管理もできないなんて。本当に、手間のかかる子供だ。もちろん自分のことは棚に上げてあるからな。ずうっと上のほうの棚に置いて下ろさなければ問題ない。

胸の辺りに頭をすり寄せてきたので、顎の下に髪の毛があたってくすぐったくてかなわない。端っこ、って言ったのに、なんでくっついてきてんだこの野郎。

「……心臓、動いてる」

「当たり前だアホ！　止まってたら大変だろうが」

「そうか」

なにが、そうか、なんだ。分かってんのか本当に。しっかりしてくれよ。未来の英雄。なんでお前のほうが弱ってんだ。頼むぞ、本当に。お前だけが、頼りなんだから。明日は、いつも通りのお前に戻っていてくれ。

肩まで布団を掛けてやると、嬉しそうに抱きついてきやがった。重い。そして暑苦しい。

でも少し元気が出てきたようだ。やれやれだ。

もう俺の背を追い越して、身体はすっかり大きくなったのに、中身はなんだかまだ幼い子供みたいだ。ああ、そうだった。まだ子供だったな。今、十五歳か。

出会ったのが十二歳の時だったから、あれからもう——三年も、経ったのか。

随分と、大きくなったなあ。あんなに俺よりも小さくて、がりがりで、こづいたら倒れそうなくらい細かったのにな。

今ではしっかり筋肉もついてきて、ちょっとやそっとでは倒れなくなった。

俺の横流し指導も、少しずつ身についていっている。時々負けそうになって、ひやっとすることも多くなってきた。

それを考えると、俺はなんだか嬉しい気分になった。このまま、まっすぐ素直に、すくすく大きくなれよ。

ああ。そうか。もしかして父親って、こんな気分なのかな。

しみじみと感慨に浸っていると、アルフレドが、ふいに顔を上げた。なにやら、俺の首筋をじっと見ている。

「なに？」

「傷。血が滲んでる」

言うが早いか、ぺろりと舐められた。

舌が、今度は咽の辺りに移動してきて、また、舐めた。

「っ、ちょ、……馬鹿者！」

「いてっ」

俺は金色の頭を力いっぱい殴った。お前はいつもいきなりなにするんだよ！　予測ができなくて心臓に悪すぎる。

「な、舐めるな！　い、いいか！　変なことしたら、部屋から追い出すからな！」

変なことってなんだよ、と自分で心の中で突っ込みを入れながら、怒った。

「……分かった」

アルフレドが素直に返事を返してきて、定位置に戻っていった。

全く……油断も隙もない。

子供のくせに、たまにセクハラまがいのことしてきやがってこの野郎。……意図的だったら末恐ろしいし、無意識だったらそれはそれで質が悪い。判別がつかなくて、なんとも言えないのが如何(いかん)ともし難い。

「……気がすんだら、部屋に帰れよ」

アルフレドが頷いたのを、首元で感じた。

俺は大きく溜め息をついて、しがみついてくる自分よりも大きくなってしまった子供を抱えながら、目を閉じた。

アルフレドの体温が温(ぬく)くて、俺はなんだか気が抜けて、すぐに眠りに落ちてしまった。


翌日。

明け方近くに目が覚めると、アルフレドはいなくなっていた。

ベッドのシーツがまだあたたかかったから、さっきまではいたようだ。ていうか一晩中いたのか。全く。

朝、食堂で会うなり、いきなり俺の後頭部を触ってきやがったので、触るなと殴っておいた。あいかわらずの無表情だが、いつも通りの様子に戻っていたようなので、ほっとした。

＊＊＊

野外実習は、どうにか無事、終了した。

一番頭の痛かったイベントも、どうにかクリアできた。これで当分は、命の危険に晒されるようなイベントは起こらないはずだ。


その後、学校では、やっぱり……噂になっていた。

アルフレドは、『たったひとりで魔物の群れに立ち向かい、姫を救い出した勇者』として更に人気が上がったようだ。……おい。ちょっと待て。

《姫》って誰だよ。

誰のこと言ってんだこの野郎。この噂ばらまいた奴誰だよ。見つけたら絞めるからな。

12話　四年経ちました

「ふう……疲れた……」

　教会の二階奥にある俺専用の研究開発室で、俺はA5サイズの金属板に術式を彫り込み終え、一息ついた。

　背伸びをし、凝り固まった肩を揉みほぐしながら、机の上を見る。

　彫り終えた板は、全部で十枚。あとは魔力をこめた特殊インクを、彫った溝（みぞ）に流し込んで一日乾かせば、ひとまず作業の第一段階は終了だ。

　これは『熱血警報君（爆発・爆風吹き飛ばし機能付）八号』の大事な基盤になるものだから、気を抜くことはできない。一文字、一文様でも間違えたら上手く発動しないし、暴発の危険性もある。誤爆も怖い。

　魔物はこの世界のものではない異質な魔力と瘴気（しょうき）を纏っているから、それに反応して発動するようにしているのだが、なにせマイハンドメイド製品だ。術式をどこかうっかり間違えてて、もしも人や動物に反応してしまったら困る。

　術式の彫り込みは、非常に神経を使う、とても繊細な作業なのである。

　あとは、作動させるための動力源、魔力をこめた石である《魔源石（まげんせき）》――いわゆる電池みたいなものを作って、防水塗装した箱に入れて組み立て、ちゃんと発動するか試験をして問題なければ、ようやく完成だ。

　魔力か……。

　……これは、地道にこめていくしかないだろう。今度はちゃんと、ぶっ倒れないように注意しながら。

　半分だけ開けた窓から、柔らかな風が吹き込んできた。

　窓の外へと視線を向けると、淡い黄緑色の新緑が目に優しい庭の木々や山並みが見えた。木々の中には、桜みたいな薄桃色の花が咲いてるものもある。

　でもあれ、花の形が彼岸花みたいで、なんか微妙なんだよな……めでたいのか不吉なのかよくわからない花だ。なんで普通に桜の形にしなかったんだろう。オリジナリティを少しでも入れたかったのだろうか。そんなこだわり、全くいらないから。普通に桜にしといてくれたほうが嬉しかったよ。

　あれから――四年、経った。

俺は今年で十六歳になった。来年の春には町立学校を卒業だ。長かった学校生活も、ようやくこれで終わりを迎えることができる。というのに。

残念ながら、女神様からの連絡は未だに、ない。

マジで、どうしちゃったんだろう。なんか、やっぱり不測の事態が発生しているのだろうか。

こちらからの連絡手段が全くないので、礼拝堂で『至急連絡されたし、いいかげんになんとか言ってきてもいいよね言ってこいやもう本当に怒るよ訴えるよこんちくしょう』と、祈りを捧げるしかない日々だ。

未来の英雄は、順調にすくすくと成長している。

俺の横流し指導の成果か、今では剣も魔法も、先生では全く相手にならないぐらいに強くなった。まあ、まだまだ俺には敵(かな)わないけどな！

ただ……最近ちょっと危なくなってきてるから、負けないようにもっと剣術の訓練と、省エネ高威力術式の研究をしておかねばならない。あいつが町立学校を卒業するまで、俺は負けるわけにはいかないのだ。

俺より小さかった背丈も、ぐんぐんと伸びに伸びて、あっという間に俺を追い越して、今ではもう頭一つ分くらい俺より高くなってしまった。どうやら後半で一気に伸びるタイプだったようだ。

筋肉も付くべきところにしっかり付き、もう青年といってもいいぐらいの見た目になった。その一方。

……俺の背丈は……すっかり伸びなくなってしまっ

――いや。違う。なにを言ってるんだ俺。まだ俺の成長は止まってない。なかった。この間の身体測定で、五ミリ伸びてたではないか。まだまだ伸びる気配はある。そうだ、きっとそうだ。

あと残ってるイベントは、いくつあったかな。

《始まりの村編》は、学校関係のものがほとんどだったように思う。

俺は、持ってきた日記帳兼記録帳を開いてみた。貼りつけまくられた、たくさんの付箋(ふせん)の中から目的のページを探して、開く。書き留めておいたイベントメモのページだ。

うむ。学校でのイベントは、ささやかなものまで入れても、残り数個。

俺ことリアンが関わる特に大きい学校イベントは、

《剣術校内試合》――学校行事の最後にして最大のイベントとなる、真剣での対戦ぐらいだ。

あれは、王都の騎士学校の関係者も見に来る、なかなかに重要な試合だ。

成績次第で騎士学校に推薦入学させてもらえるというから、騎士になりたい生徒は必死になって練習し、頑張るだろう。この時のリアンも、王都での出世を夢見ていて、必死に頑張っていた。まあ、未来の英雄に負けて叶わぬ夢となるのだけど。

王立騎士団所属の隊長クラスの人たちも見に来るから、もしもその人たちの目に留まれば騎士学校卒業後即入団、という養成学校に入る前からエリートコース確定なことだって起こるらしい。特に見込みのある子には、隊長自らが騎士隊へのスカウトに来ることも。

王立騎士団の直轄である近衛騎士隊や王都騎士隊、王宮騎士隊辺りに配属されれば、将来は安全な王都勤めが約束され、花形職業でちやほやされるし、エスカレーター的に出世していくし、仕事は楽だし、高給取りだから何不自由ない生活が約束されている。

そしてリアン父もそうなるように動いているし、それはもう確実に確定してる未来だよねとリアンはお気楽に考えていたが……世の中、そう上手くはいかないのだ。

残念ながら、その最終試合で、リアンはアルフレドにボロ負けすることになる。

アルフレドは長きに渡って忌々しいライバルであったリアンをようやく打ち倒し、勝利を手にして――

学校イベントはオールクリアだ。

それと同時に、俺も学校イベントから解放される。

俺はただ負ければいいだけのイベントなので、なにも考えなくていい。すげえ気楽だ。早く来いとすら思う。ていうか早く来て。そして俺を解放してくれ。

俺は今後の流れを再チェックしてから、日記兼記録帳を閉じた。

少し、休憩しよう。

マリエが言っていたように、頑張りすぎても逆に疲れてしまって、効率が落ちるからな。休める時にちゃんと休まねば。マリエ特製のブレンド茶を淹れてもらって、手土産に持ってきたお茶受けのクッキーを食べようっと。

俺は鼻歌混じりに席を立ち、研究開発室を後にした。

一階に下りて食堂を覗くと、マリエがそこで書き物をしていた。

マリエは書き物や縫い物、教会の雑務などを食堂でしていることが多い。食堂のテーブルは広くて使いやすいし、壁に並ぶ三つの大きな窓からは、庭で遊び回るチビ共を見守ることができるからだ。

俺に気づいたマリエが、書面から顔を上げ、林檎のような色の頬を緩めて、笑みを浮かべた。

「あらあら。リアン様。お疲れ様でした。ご休憩されますか？」

俺も笑い返して、頷いた。

「はい。少し休憩します」

「ふふ。そうですか。では美味しいお茶をお淹れしますわ。私もそろそろ休憩しようと思っていたところですの。お席で、ちょっとだけ待っていて下さいな。そうね……今日は緑茶にしようかしら。リアン様、お好きでしょう？」

「緑茶！　はい、大好きです！　あ、マリエ様。そういえばこの間、よく行く茶葉の店で、面白そうな南のお茶の話を聞いたんですよ。砂糖が入っていないのに甘いお茶なんだそうです。来週入荷するらしいので、今度持ってきますね」

「まあ！　南の甘いお茶ですか！　素敵！　砂糖が入っていないのに甘いなんて、不思議ね！　ふふ、楽しみにしていますね」

「はい、楽しみにしてて下さい」

マリエが楽しそうに笑いながら、台所に向かっていった。

椅子に座って、窓の外を眺めてみる。

うららかな春の日差しの中、ちっちゃいのから小学生ぐらいまでの子供が六、七人、楽しそうに駆け回っていた。少し大きい年長組の男の子と女の子たちは、ボールを使った遊びをしている。いつもながら皆元気いっぱいだ。

俺に気づいた子たちが動きを止め、なにやら楽しそうに話し合い出して、他の子たちも一斉にこちらを振り返った。なんだなんだ？

しばらくして。

中庭へと続く扉が勢いよく開き、チビ共が食堂にわらわらと駆け込んできた。

「リアン様だ！」

「わーい、リアンさまだ〜！」

「りあんしゃま！」

「まー！」

「はいはい。今日は天気がよくて、気持ちがいいね」

「うん！」

チビ共が元気よく大きく頷いた。

「ねえねえリアンさま！　みんなで《ダルマンさんがころんだ》！　しようよー！」

「しおよー！」

チビ共が俺の周りをぴょんぴょんと飛び跳ね出した。

《ダルマンさんが転んだ》とは、俺が教えた外遊びである。まあ、《達磨さんが転んだ》という遊びと内容はほぼ同じである。というかぶっちゃけそのままである。

だが、この世界には達磨さんはいない。なので似たようなものの名前を拝借させていただいた。この世界には、丸いころころした赤毛の生き物である《ダルマン》という動物がいるので、その名前にした。見た目も大変よく似ている。

遊び方は、以下の通りだ。

鬼がひとりだけ皆に背を向け、他の子たちは遠く離れて散開しておく。

鬼が「ダールーマーンーさーんーがーこーろーんーだ」とゆっくり唱えている間だけ、他の子供は鬼に向かって近づくことができる。

唱え終わった鬼が振り返った時に、もし動いているのが見つかった場合、その子は鬼に名前を呼ばれて手をつなぐ。

最終的に誰かが鬼の背中にタッチしたら、全員逃げることができるようになるけれど、その中で、運悪く鬼に捕まってしまった子は次の鬼にならねばならない。

意味はさっぱり分からないが、やたらにスリリングでエンドレスでアグレッシブな遊びだ。これがチビ共に受けに受けた。今人気絶頂の遊びとなっている。

「ふむ。いいよ。やろうか」

ちょっとぐらい身体を動かすのもいいだろう。午前中は、ずっと椅子に座りっぱなしだったからな。

「わあーい！」

「やったー！　あそぼー！」

チビ共が飛び跳ね、はしゃぎ始めた。

湯気の立つティーポットとカップをトレイに乗せ、食堂に戻ってきたマリエが、心配そうに俺を見上げてきた。

「あらあら、リアン様。あまりご無理をなさってはいけませんよ？　お疲れでしょう？」

「平気ですよ、マリエ様。少し遊ぶぐらい、どうってことありません」

「そうはおっしゃいましても……」

「お茶、淹れて下さってありがとうございます。マリエ様のお茶は冷めても美味しいですから、僕の分は置いておいていただけますか？」

「それは、いいのですけど……本当に、大丈夫ですか？」

「大丈夫です。　じゃあ皆、行こうか」

俺は立ち上がって、庭に向かった。


——三十分後。

俺は中庭の芝生の上に、仰向けにぶっ倒れていた。

息は乱れて、頭もクラクラする。

子供の体力と気力に『上限』という文字はない、ということをすっかり失念していた。そして終わりがない遊びだということも忘れていた。

昨夜、夜中の一時半まで、省エネ高威力の術式について考えたり、記録帳を書いたりしてたのもまずかったかもしれない。

「リアンさま！　だいじょうぶ……？」

「らいじょうぶー？」

「だいじょーびゅ……？」

「だい、じょう、ぶ……。ごめん……ちょっと、だけ、休ま、せて……くれ……る、かい……？」

はーい、とチビ共が返事をして、中庭を駆けていった。

元気すぎる。その小さな身体のどこにそんなエネルギーが蓄（たくわ）えられてんだ。俺にも少し分けてくれ。

ちっちゃいチビが四人残って、俺の両脇でころんと横になった。どうやら俺と一緒に昼寝をしてくれるようだ。

くっついてきたので頭をくしゃくしゃと撫でてやると、嬉しそうに頰を染め、きゃっきゃと笑った。

腕の時計を見ると、ちょうど一時を指していた。三時のお茶の時間まで、まだ二時間はある。まあ、一時間ほど寝ても問題ないだろう。

春の日差しと、子供の高めの体温と、柔らかな風が頰を撫でていくのが心地好い。俺は背中にふかふかした草の感触を感じながら、目を閉じた。


……なんだろう。

なんだか、ふわふわする。

身体の下には、柔らかい感触。

陽の香りがして、とても柔らかいけど――それは草じゃなくて、布、のような、さらさらとした肌触りだった。そして。

誰かが、俺の頭を撫でている。優しい手つきで。ゆっくりと。あまりにも気持ちよくて、それから、少しだけ……泣きたくなった。

頭を撫でられるなんて、何年ぶりだろうか。もう、随分と、遠い昔な気がする。

マリエだろうか。頼むから、不意打ちでそういうことをしないで欲しい。なりふり構わず泣きわめいて、すがりついてしまいたくなるから。

怖くて、怖くて、すぐにでも逃げ出してしまいそうになる情けない本当の自分が、表に出てきてしまうから。


目を開けると、そこは――庭ではなく、どこか見覚えのある、殺風景な部屋の中だった。

あれ、おかしいな。俺、確か外で寝てたような気がするんだが。ここ、草の上じゃなくて……ベッドの上だ。

移動した記憶がない。思い出せない。俺が単に忘れてるだけ？　いや、やっぱり変だ。いつの間に、俺……


「……っ⁉」

俺は息を呑んだ。

俺の脇――ベッドの端に、誰かが腰掛けていた。

見慣れた、キラキラと光を反射する金髪。見下ろしてくる瞳は、この国では珍しい、澄んだ青空色。いつものシンプルなシャツとジーンズのような風合いのズボン。

アルフレドだった。

「えっ⁉」

な、なんで⁉

《アル兄の仕事スケジュール調査表》には、今日は朝八時から夜七時まで、チェダー牧場の仕事が終日入ってて、朝出かけたら夜まで帰ってこないはずなのに……！

「あ、アル……えっ!?　あ、アルフレド、な、なんで、お前、ここに、し、仕事に行ってたんじゃ、」

「……ああ。さっきまでは、行ってたんだけどな。午後、休みになったから帰ってきた」

「ふえ!?　な、なんで!?」

「いや、それがな……。明日はチェダーさんの、奥さんの誕生日らしいんだけど、チェダーさんにさっき……隣の村の親戚から手紙が届いて、よく分からんけど急用らしくて、明日はどうしても出かけないといけなくなっちまったらしい。それで急遽、前倒しで今日、奥さんの誕生日会をするんだってさ。ご馳走とかプレゼントの準備しないといけないからって、午後は休みにされた」

「な、なんだって!?」

ちょ、ちょっと、チェダーさああああんんん!?

愛妻家あああああ!!

「……お前は？　朝から教会（うち）に来てたのか？」

「うえ!?　え、あ、そ、」

うわ、ど、どう説明しよう。

朝から来てたって言って、なんで？　とか聞かれたら、どう答えよう。

　怪しまれないような、理由をつけなければ。俺専用研究開発室が教会にあることも、内緒にしておかなければいけない。ストーリーにないものを、未来の出来事を、アルフレドがもしも知ってしまって、今後の展開に大きな影響が出たら大変だ。今までやってきたことが全て無駄になってしまう。

　どう説明するべきか頭をフル回転させていると、アルフレドが小さく笑い声を漏らした。

「なに、そんなに焦ってんだよ。別に、お前を責めてるわけじゃないんだ。ここにいたければ、好きなだけいればいいし、疲れて休みたくなったら……この部屋を使ってくれてもいい」

「この部屋……？」

「ああ。ここ、俺の部屋」

「へ!?」

ここ、お前の部屋だったのか!?

ていうか、子供部屋にあるまじき殺風景さなんですけど。なんもねえよ！　客室かと思ったぐらいの物の少なさだ。

「……なにも、ない部屋だな……」

「あー。出かけてる時のほうが多いからな。部屋にいることなんて、ほとんどないから。ここには、寝に帰ってくるぐらいか」

「そうなのか……」

ほとんど仕事に行ってるもんな、お前。他の時間は、チビ共の世話とか、教会の手伝いとかやってるみたいだし。

勤労学生だなあ……。お兄さんは涙が出そうだ。あの三人組とか金持ちのボンボン共に見習わせたい。

「物、たくさん持っても……どうせ、そんなに持っててはいけないから。それなら最初からなにも持ってないほうが身軽でいい。それに、ずっと……教会にいることもできない。近いうちに、——俺も、出ていくことになるだろうから」

そう言って静かに笑う顔は、本当に子供らしくなくて。俺は見ていてなんだか苦しくなった。

確かに教会は、いつまでもいられる場所じゃない。

ここは、行き場のない子供を、ひとりでは生きていけない子たちを、生きていけるようになるまで保護するための、仮の家。本物の家族ではないけど、本物のように振る舞うことで子供たちの心を守る、仮の居場所なのだ。

だから、そう遠くない未来の先で、ここを出てひとりで生きていかないといけないことを、アルフレドはちゃんと分かっている。……次に入ってくるであろう、子たちのために。

アルフレドが、俺を見て笑った。

「なんで、泣きそうな顔してんだよ」

「……してない」

してたのだろうか。なんてことだ。自分ではよく分からない。まずい。気を引き締めなければ。

アルフレドは、そうか、と言っただけで、それ以上はなにも言わなかった。

しばらく静かな時間が流れて。アルフレドもなにも言わないし、ゆったりとした空気が心地よくて、万年睡眠不足気味な俺がウトウトとし始めた頃。

なにかを思い出したようにアルフレドが笑いを零して、肩を震わせた。

「そういや……お前。チビガキ共に、相当好かれてたんだな」

「……え？」

「俺が帰ってきたら、あいつらものすげえ慌てて大騒ぎし出してさ。寝てるお前を囲んで、必死に俺から隠そうとするんだよ。俺に、見ちゃだめ！　来ちゃだめ！　とか言って。近づこうとしたら、必死になって追い返そうとしてくるしさ。あれには本当に、参った」

うあああああ。

ありがとうありがとう、皆……頑張ってくれたんだな……俺との約束を守ろうとして……すまん……これは俺の責任だ……俺が気を抜いたばっかりに……

「……俺が、怒るとでも思ったのかもしれない。あまり教会の外の奴らとは遊ぶな、って言ってあるから」

そんなこと、言ってあったのか。

見上げると、アルフレドは目をそらすように、視線を窓に向けてしまった。

「なにがあるか、分からないから。……他の教会の孤児院からあぶれて、たらい回しにされて、ここに連れてこられた子も、ばあさんは全部引き取っちまう。だから、ここにはたくさんいるんだ。そういう何がしかの訳ありで、どうにも居場所が定まらない――俺、みたいなのが。それをよく思わない奴も、村の中には、いるから」

……ああ。

そうか。確かに、リアンたちのようによそ者を受け入れられず、蔑む対象にしている子たちも、村には少なからず、いる。

悲しいけど、全ての村人が快く受け入れているわけではない。なにか災いも一緒に連れてくるのではないかと疑われていたり、いつか問題を起こすのではないかと危ぶまれていたり、要求される寄付金の額が増えるのではないかと憂える人たちもいる。

そういう人たちに、子供たちに……傷つけられる可能性も、ないとはいえない。

まだ幼くて無垢なチビたちが傷つくよりは、始めから接触しないほうが……確かにいいかもしれない。大きくなって、心がそれに耐えられるようになるまでは。

「素性の知れない奴を受け入れるのは……難しいからな」

静かに呟かれた言葉に、俺は思わず顔を上げた。

「そんな……」

そんなこと。

「だって、そうだろ？」

アルフレドが振り返って、俺を見下ろしてきた。感情の読めない、静かな青い目で。

……いや。いつもと違って――目の奥が、少しだけ、暗い感じがする。

ずっと奥のほうに、気を抜くとじわじわと侵食してきて、なにもかもを飲み込んでいく黒い陰がある。

俺はそれを知ってる。俺にも覚えのあるそれを、アルフレドも同じように抱えている。


他人はやっぱりどこまでいっても他人で、自分を心から受け入れてくれるわけではない。どこであろうとやっぱり自分はひとりでしかなく、人は結局、遅かれ早かれどうせひとりになるのだから、という諦めと妥協と。どうにもならない、どうすることもできないという虚無感と――絶望。


それが分かっていても、俺はやっぱり、どうしてもそれを否定して消してしまいたくて、口を開いた。

「……僕は。僕は、ここが好きだよ。……いつも誰かがいて……いつだって、迎えて、受け入れてくれる。まるで、僕が、ずうっと昔から、ここにいて、一緒で――家族だった、みたいに、」

たとえそれが、仮のものだとしても。

それが当たり前のことのように、居場所を用意してくれている。あたたかく迎えてくれる。それだけは確かで、幻ではない。

「……そうか」

アルフレドの目の奥の暗い陰が、少しずつ、薄れてきたのが見えた。

俺は、ほっとした。

俺よりも大きくなった手が、恐る恐る、ゆっくりと、俺の髪を撫でてきた。触ってもいいのかだめなのか、問うような手つきで。

じっと動かないでいると、アルフレドが安堵したように笑みを浮べた。

穏やかな笑みを向けられて、このままではマズイかもしれない、とふと思った。

少し、軌道修正をしたほうがいいかもしれない。仲良くなってはいけないのだ。俺とアルフレドは。

気を許し合う友人になんてなってはいけない。それでは物語が変わってしまう。ライバルがいなくなってしまう。強くなって叩き伏せたいと思われるような、嫌なライバルでいなければならないのだ、俺は。だから、この手をはねのけて、すぐにでも言わなければ。

汚らわしい手で僕に触らないでくれるかい、あっちへ行ってくれ、側に寄るな、お前なんか、僕は大嫌いだって。罵倒して。蔑んだ目で言い放たなければ。リアンのように。

なのに、言おうとすればするほどのどが詰まって震えて、その言葉が出せない。

アルフレドの身体が、ゆっくり倒れてきた。伸ばされてきた両腕が背中に回って、首筋に少し固い金髪の毛先が触れ、肩に息が掛かった。

抱き締めてくる腕は、あの時みたいに、少し頼りなげで。振り払えば傷つくと分かり切っているから、どうしても、振り払うことができなかった。

アルフレドの体温が心地好すぎて……俺のほうこそすがってしまいそうで、どうにも力が入らない。

「……なあ」

「……なに」

少し間が空いて、横にあったアルフレドの顔が上げられ、真正面に来た。

近すぎる青い瞳の奥が、ゆらゆらと揺れている。どうしたのだろうかと覗き込んでいると、抱き締めてくる腕に力がこもって。

口を塞がれた。

「……っん⁉」

なんで。

背中のシャツを摑んで引っ張ると、唇が離れた。

「な、お前、ちょ、なにし、」

息が掛かるぐらいに近すぎる距離のまま、アルフレドが言った。

「……魔力。少し、もらってくれないか。……なんか、また……暴走、しそうで」

魔力。

もしかして、魔力あたり、か……？

俺はアルフレドの顔をじっと見上げた。

肌色も普通。汗もかいていない。苦しそうでもない。……全く、いつも通りに見えるんだが。そんなに魔力が溢れて、暴走しそうになっているのか？　本当に？

アルフレドの状態について診断しつつ考え込んでいると、なぜか苦笑されて。また口を塞がれた。

「っ！」

強く唇が押しつけられて、開いた隙間からいきなり舌が入ってきた。

俺の舌を見つけると絡めるように舐めてきて、一瞬、背中によく分からない震えが走った。

思わずベッドの上に逃げようとして身をよじると、俺の身体よりも大きくなって重くなった身体を使って、俺の身体を押さえ込んできた。慌てて肩を押し返そうと突っ張った両手もすぐに摑まれて、ベッドに押さえつけられる。

逃げられない。

唇が嚙みつくように食い込んできて、熱い舌が更に奥を撫でてくる。ざらりと押しつけるように舐められて、身体に震えが走った。

「……んん、……っう……!?」

な、なんだこれ。

ちょっと、待って、これ、本当に、《魔力譲渡》なのか……？

思い出したように、熱いお酒みたいななにかが、俺のほうに流し込まれるのを感じた。これは、アルフレドの魔力だ。

俺の意志など関係なく、身体に入ってきた俺のと違う質の魔力が、自分のとは違うのに勝手に受け入れて混ざって、溶け込んで、馴染んでいく。自分の身体なのに止められない。

それどころか、身体を巡る熱いものが、あまりに気持ちよくて、勝手に力が抜けていった。

口内でアルフレドの舌が好き勝手に動き回るから、唾液も混ざってかき混ぜられて、もう俺のなのかアルフレドのなのかも分からない。

咽奥に溜まるそれを思わず飲み込んだら、今では遠い記憶の、大人だった頃に口にしたお酒みたいに熱くて、痺れるような感覚がした。

甘い気がして、いやそんなはずはない、と頭のどこかが否定する。でも、甘い――……

思わず自分からも舌を伸ばしそうになって、慌てて引っ込めた。

アルフレドが笑ったような気配がした。

唇と舌が動くたびに、濡れた音がし始めた。

それを嫌だと思うどころか、やっぱり甘く感じて、熱くて、それに、なんだか、すげえ気持ちい――

ベッドが軋む音がした。

俺はハッとして、目を開いた。

おいおいおいなにしてんだしっかりしろ、俺!!　気持ちよくなってる場合じゃないぞ!?　なに流されちゃ

ってんの俺⁉ 正気に戻れ！ 気を確かに持つんだ、なんで気持ちいいって思ってんだ、ありえないだろしっかりしろ‼

待て待て待て待て……！ これ、ちょっと、な、なんか……‼

俺は、俺の許可なく勝手に白旗を掲げそうになっている身体を叱咤して、抜けそうになる力を総動員して可能な限り身をよじって抵抗し、アルフレドを足の踵で何度も蹴った。

何度目かの足蹴りの後、渋々といった様子で上体が僅かに起き上がり、唇が離れていった。

「は……あ、アルフレド、も、だめ……だ！ ちょっと、こ、これ、は、」

なんか、いろいろとヤバい……気がする！ いろいろと‼

「もう少しだけ……」

口の端の唾液を舐め取るように、熱い舌がなぞってきた。

背中をまた、よく分からない震えが走り抜ける。

「や、も、もうだめだって言ってるだろ‼」

俺は身を引いてできうる限り力を溜め、勢いをつけて、アルフレドの頭に頭突きをした。

「いっ……」

一瞬ひるんで、俺を押さえ込んでる力が緩んだ。

その隙に、拘束されていた手を奪い返し、重い身体をどうにか押しのけ、ベッドの上でずり上がる。

奴が額を押さえてるのを横目に、俺はベッドを飛び降りた。

なにが、なにがどうなったんだ。

分からない。

どうして、どこから、こうなった。

部屋を飛び出して、階段の手前まで走ると、階下が見え、そこには――

「うう……、あ、リアン様だ！」

「ひっく、うえ、り、リアンしゃ！」

泣き顔のチビ共がいた。

俺だって泣きたい気分だ。なんだかよく分からなくなってて、考えたいのに頭は真っ白だ。

「え……？ あ、ど、どうし、たんだい……？ 皆、そんなに、泣いて……」

階段下まで下りていくと、一斉にしがみついてこられた。

「ご、ごめんなさいリアン様……！　あ、アル兄に……」

「アル兄に、だめって言ったのに、リアンさまつれてっちゃって、」

「あのね、い、いっしょうけんねい、ひっく、かくしちゃの！」

「で、でも、見つかっちゃー……！」

ごめんなさい、と何度も謝りながら、わんわん泣かれてしまった。

「う、あ、いや、違う、よ……。これは、これは僕が悪いんだ。僕が不注意だったんだ。君たちのせいじゃないから、気にしないでいいんだよ。だから、泣かないで」

泣きながら抱きついてくるチビたちを、俺は床に座って抱き締めた。

「で、でも」

「み、見つかったら、もう、」

「ここには、もう、こなくなっちゃうの……？」

「そ、そんなこと……」

「ない？」

「また、きてくれる？」

「また、こんど、いっしょ、あそぶ？　いっしょ、おひるね、する？」

「また……」

背後で階段を下りてくる音がして、俺はびくりと飛び上がりかけた。

逃げ出したいけど、チビたちが膝にしがみついているから、逃げ出すことができない。

どうしていいのか分からなくて、振り返るのが怖くて固まっていると、顔の横から——綺麗に磨かれてみるからに高そうな革靴を、差し出された。

俺の靴だ。そういえば、靴も履かずに部屋を飛び出してしまったんだった。靴下のままだった。それくらい慌てていたんだから仕方がないだろう！

「……お前の靴。履かずに、出てったから」

できるだけ後ろを見ないように、震えそうになる手でどうにか受け取った。

アルフレドがほっとしたように息を吐いてから、俺の後ろに座り込む気配がした。

「……悪かった。すまない。やりすぎた。ごめん」

本当にな……！

あれはマジでやりすぎだと思う……！　ひどい。ひどすぎる。あんなの《魔力譲渡》じゃない。あれはもう、ただのディープキ――いや、考えるな。ストップだ。考えたらだめだ。くそ。馬鹿野郎。なんてことしてくれたんだ。一体どこで覚えてきた、このクソエロガキめ。あんな、あんな……いや、思い出すな。ああもう！

いろいろ言いたいことは山のようにあるのに、言葉が一つも口から出てこない。

「ちょっと抑えが利かなかった。謝る。本当にごめん。悪かった。……なあ。どうしたら、許してくれる……？」

抑えが利かなかったってなんだ。いや、もうどこから突っ込んでいいのかわからない。どこから突っ込んでもまずい気がする。

ああ、そうか、十六歳だもんな！　あっち方面が暴走しがちなお年頃になったんだな！　そうなんだよな!?

そうだ、若気の至りってやつだ。一時の気の迷い、なんとかの暴走、若さ故の過ち(あやま)、そんな感じなんだろ。そうなんだろ？　うんきっとそうだ。

どうも俺とアルフレドは、あろうことか相性がいい……のかは知らんが、だから、そういう感じに流されやすくなってしまうのかもしれない。しれないのか？　分からないけど。気をつけないといけない。そういう感じにならないように。そういう感じってなんだ。ああああもう。

「なあ……本当、悪かった。どうしたら……許してもらえる？」

珍しく、弱気な声だった。

背後に感じる気配も、どこか弱々しい。いつものどこか冷め切った感じの、平然としすぎている態度が、今はすっかりなくなってしまっている。

俺は、ようやく落ち着いてきて、ゆっくり息を吸って、吐いた。

チビたちが涙目で、心配そうに俺を見上げている。いつまでも黙ってここに座り込んでいても、どうにもならないことは、分かってる。分かってるけど。

――許さない、と一言、言えばすむことも。

でも。今は泣いてるチビたちが目の前にいるし。これ以上泣かせるのは、可哀想すぎるし。

後ろの奴はいつもと違って、なんかすげえ落ち込んでるし。

今、そんな全てが決裂するようなことを言えば、チビたちにも、きっとマリエにも嫌われて、俺はきっともう、ここには来られなくなるだろう。

ここに来られなくなったら。

俺は――行く場所がない。それは困る。警報君もまだまだ改良を重ねないといけないし、来るべき日のためにたくさん作らねばならない。だから。

そうだ、それにまだ、まだ時間はあるし、別に今すぐに軌道修正しなくたって、いい。

後で、頃合を見て、すればいい。

まだ間に合う。大丈夫だ。

そうと決めたら、冷静に考えられるようになってきた。

とりあえず……後ろでものすげえ暗いオーラを出しまくっている奴を、なんとかしなければならないだろう。でも、ただ単に許してしまうだけでは、俺もそれはそれでモヤモヤする。腹の虫も収まらないし。

そう思って、ちょうどいいし、俺は許すための条件を提示することにした。


「……じゃあ。僕が、ここに来ていることを……誰にも言わないで、いてくれるかい」

本当は……お前に一番、黙っていたかったんだけど。こうなってしまっては、もうどうしようもない。

「教会にいつも来てることを、父たちに、知られたくないんだ。知られたら、きっと……屋敷から出してもらえなくなる……から」

これは、本当だ。

図書館や学校に自主学習に行く、と言って、いつも屋敷を出てきている。

リアン父と母、兄は、リアンが裕福ではない人たちと接するのを、快く思っていない。というか、関わらないようにと言いつけられている。

前に、町で倒れてたアルフレドを助けた時も、屋敷に戻ってきた父にものすごく怒鳴られて、叱られた。大事な上役との会食を放棄して、あんな貧しい薄汚れた奴を助けようとするなんてどういうつもりだ、オーウェン家の名に泥を塗りおって！　とか、メンツが立たない！　とか。そんなの俺が知るかってんだ。

この嘘がバレたら、きっとなんらかの邪魔をしてくるのは確実だろう。最悪、ひとりでの外出が禁止される可能性もある。それは困る。

「……分かった。誰にも言わない。あとは？」

あと。あとは――

「…………あ、ああいうのは、もう、やめにしてくれ……」

「ああいうの？」

「っ！　さ、さっき、みたいなの、だ！　あ、あんなのは、もうするなよ。いいか。分かったな！」

「分かった。もうしない。約束する。……なら、許す？」

俺は息をついた。

「…………ゆ、許す……」

しかないだろう。この状況では。もう。

後ろにいるアルフレドが、ほっと息をついたのが気配で分かった。

「……ありがとう」

アルフレドが礼を言って、背後から腕を伸ばしてきて俺の腹に回し、抱き締めてきた。肩口に頭をすり寄せてくる。首筋に固めの金髪が当たって、本当にくすぐったい。

「お、おい！　こら！　おまっ……お前なあ！　本当に、分かってるのか!?」

「分かってる」

本当に分かってるのか！

「……アルにいちゃと、リアンさま、けんか？」

「けんか、めー、なの」

「めー」

俺の膝にしがみついてる信号機兄妹が、泣くのを忘れた様子で可愛らしく小首を傾げながら、見上げてきた。

……喧嘩なのか？　これ。

どっちかっていうと、いきなりアルフレドの奴が俺を押し倒してきやがった、みたいな――いやいやいやなにを言っているんだ。ありえない。あるはずがない。だって、そうだろう。ただ、なんか、よく分からないけど成り行きでそんな感じになってしまっただけだ。きっとそうだ。

少し離れた廊下の先から、心配そうに俺たちの様子を見守っていたマリエと目が合った。お互いに、困ったことになったなあどうするかなあ、といった感じに目を見合わせる。

それからマリエがアルフレドのほうへ視線を向け、

もう一度俺を見てから。林檎色の頬を緩めて、微笑んだ。

「……リアン様。これも、女神様の思し召しなのですわ。きっと。私は……そう思います。ですから、そんなに、お気に病まずに。大丈夫。貴方様は貴方様なのですもの。同じようにできなくても当たり前。ですから、貴方様のお心のままに、なされたらいいのです。たとえ同じ行き先にならずとも、お優しい貴方様が導かれる行き先は、きっと優しいものとなる。そう、私は思うのです」

どこかで似たようなセリフを言われた気がして、すぐに思い出せなかった。

ああ、あれだ。女神様だ。

あの、全然連絡をよこしてこない、ゆるゆるふわふわ女神様。

「そう、ですかね……」

「ええ。きっと」

力強く頷かれた。

俺は脱力した。

その自信はどこから来るんですか。俺は人に言われるほど優しくはないと思うし、いい未来に導ける根拠なんて、全くないのに。

なんだかどっと疲れが出きてて、脱力して、背に未だ抱きついたままの、腹立たしくて心臓にも悪くて胃もますます悪くなりそうなのにやたらと心地好いあたたかさを感じながら。

今日一番、大きな溜め息を、ついた。

＊＊＊

……そんなことがあり、俺が頻繁に教会に来ていることをアルフレドに知られてしまったわけだが、教会内にある《俺専用研究開発室》の存在は、さすがに知られるわけにはいかない。

大量に置いてある資材や資料、各種警備用品を見られたら、なんだこれ？　と絶対不審に思われるからだ。

明らかに怪しいだろう。工具やカラフルな鉱石や液体類、書き殴られた術式の紙や魔法関係の本が散乱している様子は、俺が見ても即通報するレベルで怪しいと思う。これはさすがに上手くごまかせる自信がない。

よって、今までと変わらず、《アル兄の仕事スケジュール調査表》を頼りに教会に通う日々だ。

まあ、あいつも土日は仕事に行っているので、そう気にしなくても滅多に遭遇することはないが。たまに朝会ったり、帰りに会ったりするぐらいだ。

本日の土曜日も、陽も落ちかけた夕暮れ時に教会の門を出たところで、仕事から帰ってきたアルフレドとばったり会った。

「リアン。もう帰るのか？」

「あっ、ああ。……か、帰るよ」

「そうか。ちょっと待て」

アルフレドが腕に抱えていた、そこそこ大きな紙袋二つのうちの一つの口を開けて手を突っ込み、なにやらごそごそと探り始めた。

なにしてんだろう……と思って見ていると。

袋から出てきたアルフレドの手には——丸くて薄くてカールしたモノが摘(つま)まれていた。

それは薄く切ったポテトをカリカリに素揚げして、塩胡椒を振ったもの。ジャンクフードのスタンダート——ポテトチップスだった。

「そ、それは……ぽ、ポテトチップス……!?」

オーウェン家では絶対食べられないし食べさせてもらえない、ついつい手が伸びるやめられない止まらない食べすぎ注意のジャンクスナック!!

口の前に持ってこられて、俺は思わずパクリと食いついてしまった。

懐かしいパリパリとした食感と塩味が、口いっぱいに広がる。ああ美味い。手作りだから少し厚めで、素材の味がしっかり浸み出してくる。これは美味い。

もう一個、勝手に袋に手を突っ込んで、摘んで食べた。なんだこれ。美味すぎる。

懐かしさと一緒に噛み締めながら咀嚼(そしゃく)してると、アルフレドが突然小さく吹き出した。なんで笑った。笑うところなんてなかっただろ。

「……お前も、好きなんだな」

「なにが」

「うちによく来る……猫もコレ、すげえ好きなんだ」

「は？　し、失礼な！　僕は猫じゃない！」

「仕事先の酒場のおかみさんが作りすぎたってくれたんだ。お前の分もあるけど、いらないなら——」

「いる！　く、くれ！」

俺は急いでアルフレドの手から一袋奪い取った。そして、中を開いて覗くと、香ばしい匂いがした。そして、たくさん入っている。俺は我慢し切れずにまた一つ摘んで、口の中に放り込んだ。ああ、懐かしい味だ。こういうジャンクっぽいの、無性に食べたくなるんだよな。恋しくなるっていうか。

じんわり懐かしさに浸っていると、なぜかアルフレドが肩を震わせて笑いを堪えながら、俺の髪をかき混ぜるように撫でてきた。意味が分からない。なんで笑ってんの。

俺は飛び退いた。

ほんとにもう、いきなり触ってくるのやめて欲しい！　心臓に悪すぎる！

「か、勝手に触るなよ！」

「ああ、悪い」

お前本当に悪いと思ってないだろこの野郎！　なんか目が笑ってんですけど！

「じゃ、じゃあ！　僕は帰るから。……ぽ、ポテトは……ど、どうも……あ、あり……がとう……」

「ああ。気をつけて帰れよ、リアン。また明日な」

「っ！　じゃ、じゃあな！」

笑顔で手を振って見送られ、俺はどう反応していいか分からなくて、ポテトチップスの袋を抱えて足早に逃げ、いや、立ち去ることにした。

最近、どうにも、なんか演技がしにくくて……困る。

俺は家路を急ぎながら、どうしたものか、と溜め息をついた。

13話　英雄は長き不在につき　前編

俺は今。とても頭の痛い問題に直面している。

「うーむ……」

屋敷の自室で高そうな彫刻が施された椅子に座り、机の上にコロコロと転がる物を眺めながら、俺は腕を組んだ。

机の上には、大量の魔源石（まげんせき）。

無色透明で、単三電池より少しだけ大きいぐらいの、水晶柱のように縦長で角張った形をした稀少な石だ。

今、目の前の机の上には数えて再確認したところ、ちょうど百個ある。毎月もらえるマジでありえない金額のおこづかいで、俺がこつこつ買い貯めたものだ。

ていうか金持ちのこづかいって……ありえねえ。子供に与える金額としてはマジでありえないと思う。だから世の中のぼっちゃん嬢ちゃんは堕落するんだよ。もっとこう、我慢して貯めて来月あれ買おう！　ぐらいの渋い金額でいいんだよ。お金のありがたみが分かるぐらいのな！

まあ、これはこれで……助かっては、いるんだけども。

魔源石は宝石の部類に入るから、そこそこ値の張る品物だ。俺の世界でいうと、掌サイズ一個で三千円ぐらいの価値はある。一般庶民の子供のおこづかい額だったら、ここまで大量に買い漁ることはできなかっただろう。

これに魔力をこめれば、いわゆる電池状態になって、魔力を動力にした様々な魔動製品に使えるようになる――のだが、魔力をこめなければただの透明な石でしかない。

このサイズの魔源石に、俺の魔力キャパシティで一日にフル充電ならぬフル充魔力ができるのは、せいぜい三個が限度だろう。……想像して、気が遠くなった。

なんかこう、もっと簡単にフル充填できる方法はないものだろうか……？

なんか、もっとこう、魔力が湯水みたいにいっぱいあって、温泉の源泉みたいに次から次に延々と湧いてきて、掛け流し使い放題、温泉いいなあ行きたいなあいや違った、使い放題の――

――俺の脳裏に、キラキラ光る金髪頭が浮かび上がった。

「ああああああ!!」

俺は思わず椅子を蹴り倒す勢いで立ち上がってしまった。

いたじゃねえか!!　魔力使いたい放題な奴が!!

そうだ、アルフレドの奴に充填させればいいんじゃねえか！　未来の英雄に！　あいつなら、このくらいあっという間だ、きっと！　ちょちょいのちょいだ！

魔力が無駄に余りに余りまくってる奴だからな！

ものすごく画期的で効率的でいい考えを思いついた俺ってすごいと喜びかけて――俺は別の新たな問題に直面した。

それはいいけど、どうやってあいつに充魔力させるんだよ。

俺は冷静さを取り戻し、椅子に座り直して腕を組んだ。

どうやって、それをさせるか。

なにか、なにかいい方法はないだろうか。なにか、あいつがしてくれそうな、食いつきそうな条件は……

「あ!!」

ひらめいた！

今日の俺は、冴えている！

「内職として雇えばいいんじゃねえか！」

そういえば、この間教会で会った時、短期の仕事が一件なくなったから、次の短期の仕事探してるみたいなこと言ってたからな。絶対食いつくはずだ。

よし、そうしよう。一個いくらで請け負ってくれるかは、交渉しなければならないだろうけど。報酬の相場っていくらなんだろう。わからん。まあこれはアルフレドのほうが詳しいだろう。あいつ、いろんな仕事してるからな。ああでも先に、ローエンダールに報酬の相場をそれとなく聞いてみといたほうがいいかもしれない。やたらに高くふっかけてこられても、分からないからな。そうなったら、交渉だ。俺の値切り力が試されるな。負ける気はしないがな。

なんたって、行きつけの茶葉屋と菓子屋でいつもやってるからな。絶対最初にふっかけてくるから、値切りは必須だ。言い値で買ってはいけない。半額ぐらいにできればベストだ。

俺は鼻歌を歌いながら頷(うなず)いて、透明水晶の山を袋に詰め直して鞄(かばん)に入れた。

＊　＊　＊

学校では仕事の話はできないから、土曜日、アルフレドが帰ってきたら交渉してみることにした。

「てことで、一つ、千エルドでどうだい」

エルドとは、この世界での通貨単位だ。計算方法と物価は俺の世界とほぼ同じ。助かる。

十個やったら一万エルドだ。仕事も一時間千エルド前後が相場のようだから、悪い話ではないはず。食堂のテーブルで夕飯を食べているアルフレドの隣に座り、俺は交渉を試みた。

マリエ作の美味しいシチューとパンをかき込む手を止め、(俺もご馳走になった)アルフレドが俺を振り向いて、片眉を上げた。

ていうか皿はもう空か。早食いすぎるだろお前。もっとゆっくり食えよ。早食いは身体に悪いんだぞ。

「千」

「そう」

アルフレドは少し考えるように上を向き、顎(あご)を撫でた後、再び俺のほうを向いて、頷いた。

「……いいけど」

「本当か!?」

やったー!!

あっさり交渉成立だ!!

ていうか交渉すらいらなかった。俺はいそいそと革鞄を開けて、持ってきた布袋を机の上に置いた。

「ここに百個ある。少しずつでもいい、できた分から僕に渡してくれたら助かる。報酬は出来高制だ。渡してくれた数の分の報酬を、その都度(つど)支払いするから」

アルフレドが未充塡の魔源石が入った布の大袋を見て、珍しく目を開いた。

「百個？　そんなにたくさん、なんに使うんだ？」

「えっ!?　そっ！　そ、そりゃ、いろいろだよ。いろいろ！　えーと、そ、そうだ。ち、父が仕事で必要みたいでね。君どうせ魔力があり余ってるんだから、どうかなと思ってね。悪い話じゃないだろう？」

「まあ……そうだけど」

「うむ。そうだろうそうだろう。じゃあ一つ、試しにやってみてくれ」

俺は袋から一つ水晶型の透明な石を取り出すと、アルフレド手を摑んでその中に握らせた。

「《魔力譲渡》みたいに、この石に流し込んでくれたらいい。ただの空の器みたいな石だからね。人にするのと違って抵抗も全くないし、とても簡単だと思うよ」

「ふーん」

「やってみてくれ」

アルフレドが石を軽く握って、流し込み始めた。無色透明だった石がみるみるオレンジ色に染まっていって、あっという間に赤くなり――

パンッ、と粉々に砕け散った。

きらきらと光を反射する透明な破片と砂が、アルフレドの掌から落ちていく。

「ちょ……!?」

「割れた」

割れた、じゃねえええよ!!

こ、この野郎……！　一個三千エルドを一瞬で割りやがった！　も、もったいない！　それはそれですげえ魔力量と充塡速度だけど、三千エルドが木端微塵じゃねえかこの野郎!!

「ば、馬鹿野郎！　そうっとやりやがれ！　そうっと！　そして魔力入れすぎんなこの馬鹿魔力！　赤っぽいオレンジ色になったらすぐに止めるんだ！」

俺は仕方なくもう一つを取り出して、アルフレドの手に握らせた。これ以上割らせるわけにはいかないと、もし割られそうになったらすぐに取り出すべく、握った手を摑んで待機しておく。

「も、もう一回してみろ」

アルフレドが頷いて、また石に集中し始めた。

今度はゆっくりと、透明色がオレンジ色になっていく。なんだよ、やればできるじゃねえか。最初からしろよなもう。

赤色の手前で、俺はアルフレドの手を軽く叩いてストップをかけた。掌を開かせると、濃いブラッドオレンジ色の水晶が出来上がっていた。綺麗なフル充塡状態だ。

俺は思っていた通りの完璧な仕上がり具合に、笑顔で頷いた。

「やればできるじゃないか。うん。上出来だ」

見上げると、アルフレドも俺を見て、嬉しそうに目を細めて笑顔になった。

奴の笑顔を見て俺は我に返り、すぐに目をそらした。まずい。なに仲良く笑い合ってんだ。だめだろ。

「……こ、こういう感じでやっていってくれればいいんだ。やり方、分かったか？」

「分かった。――そうだ、リアン。これ、納期は急ぐのか？」

「ん？　納期……は、まあ、できるだけ早めには欲しいけど……なにかあるのか？」

アルフレドが頷いた。

「明日から三週間、春休みだろ」

「あ、ああ。そうだね。それが？」

明日から三週間、町立学校は休みになる。

家が農家の生徒も多いから、そういう事情も汲んで、学校が春のこの時期、長期の休みになるのだ。苗を植えたり、種まきの季節だからな。農家は忙しい時期だ。

そして俺も忙しい。警報君製作と、村のハザードマップもまだ作成途中だし。この休みを利用して、時間のかかりそうな作業を纏めて進めておかなければ。

「俺、明日から山一つ越えた先のフォーテルの村に、チェダーさん夫婦と行くんだ。だから二週間ほど、教会を留守にする」

留守……？

「……え⁉　な、なんで⁉　二週間も⁉」

「多分、それくらいかかるだろうな……牛と馬を歩かせながら、山一つ越えるからな。チェダーさんの親戚が、その村で牧場してるんだけど、家畜だけが罹る流行の病気で半分以上死んじまったから何頭か分けて欲しいって、わざわざこの村までやってきて、お願いされたらしい。それで、馬と牛を合わせて十頭ほど連れていかないといけないんだけど……俺にも、付いてきて欲しいって。頼まれた」

ああ、そうか。きっと……護衛も兼ねて、ってことだろう。アルフレドは、強いから。

「フォーテルの村……」

どこか聞き覚えのある村の名前に、俺はようやくそれが意味することを思い出し、息を呑んだ。

思い出した。そうか。もう、そんな時期なのか。

あれは……《始まりの村編》の中盤を過ぎた頃に発生する、俺が関わらない――アルフレドだけのイベントだ。

山一つ越えた先にある森に近いその村で、アルフレドは世界を巡礼のように歩いて回っている旅の女術者と出会う。

星読みの力――いわゆる占い師のような力を持つそ

の女術者は、アルフレドを見て、その数奇な運命を読み……いつかは分からないけれど、来る深い悲しみを憂えて、教えてくれるのだ。

アルフレドを手助けしてくれる数々の出会いがあるから、決して挫けずに前へ進むこと。恐ろしき魔の影が行く手に待ち構えていること。そして。

——この先に起こるであろう、愛しい者たちを全て失う災厄の日が、そう遠くない日に……来ることを。


「そ、そうか……明日、いつ頃……出発するんだ？」

「ああ。明日の朝、一番に。今日、お前に会えてよかった。次に会うのは……二週間後、になるから」

二週間、アルフレドはいないのか。

あのイベントは、あの《夏の野外学習》ほど危険なイベントではない。それでも道中には魔物除けがないところもあるから、運が悪ければ、山を徘徊する魔物に遭遇することもある。それに、あの物語の通りなら、最低でも一回は数匹の魔物と、遭遇することになるはずだ。

この地域の魔物は比較的気性が大人しく、よほど飢えてなければ人を襲ってくることはないが、アルフレドたちは運悪く、飢えていた魔物に襲われてしまうのだ。

まあ……今回は、アルフレドはひとりで戦うわけではないから、大丈夫だとは思う。

チェダーさんはレスラー並に大きな身体をしていて、すげえ強いから。牛一頭持ち上げられるくらいに。牧場の横を馬車で通り過ぎた時、マジで牛一頭持ち上げてたからな。すごすぎる。俺にもその筋力分けてくれ。奥さんも熊とタイマンして撃退したことがあるらしい。すげえ。すごすぎる。最強夫婦だ。だから、大丈夫。

俺はポケットからいつも持ってる上級回復薬を三個取り出して、アルフレドの胸ポケットに入れた。

大したことはないだろうが、道中、最低でも一回は戦闘になるだろうからな。山だから、戦闘以外でも怪我することがあるかもしれないし、備えはしておいたほうがいい。チェダーさん夫婦も怪我することがあるかもしれないし。

「し、試供品をもらったから、君にあげるよ。それから、」

俺は首からいつも下げている自作の魔除け《身守り

光る君八号》を外して、アルフレドの手に握らせた。

「そ、そうだ。これも試作品だから、ちょっと、君、モニターしてきてくれないか。新作の魔除けだ。この根元の文様部分を握って、『フラッシュ！』って唱（とな）えると光るから。魔物が嫌う、強い光が出るんだ。そ、それから、」

「リアン」

俺は鞄から、避難用にと長期保存術式を描き込んだ包装紙でくるんだ携帯食、《カロリーメインでクッキー》を取り出した。避難所に置いておこうと思って作ってみたものだ。

「これ、ずっと鞄に入れたままでも大丈夫な食い物だから。た、試してみてくれ。あと、あとは、」

「……リアン」

アルフレドが、俺の手をそっと握ってきた。

「落ち着け。大丈夫だから。そんなに心配するな。二週間後には帰ってくる」

なぜか、チビたちに諭（さと）して聞かせるような静かなゆっくりした口調で、言われた。

「ぼ、僕は落ち着いてるよ。なにを言っているんだい。心配も、してない」

「そうか」

「そうだよ。ああ、そうだ、さっき言った仕事は、帰ってきてから始めてくれたらいいから、」

言っておかないと、持っていってやりそうだからなお前。戦闘になった時に魔力足りない、とかなったら大変だし。

「分かった。――そうだ、リアン。俺がいない間、時々で構わないから、チビガキ共とばあさんを見に来てやってくれないか？」

「そっ、……分かった、よ」

「ありがとう」

アルフレドが微笑んだ。

俺は見ていられなくて、目をそらして俯（うつむ）いた。

とうとう、アルフレドも……暗い影を落とす未来を、知ってしまう。愛しい人たちを失ってしまう未来を。

それはずっと心の奥に残って、消えず、アルフレドを時々、苦しめるだろう。……俺、みたいに。

なんだかものすごく逃げ出したい衝動に駆られて、アルフレドの手から自分の手を急いで抜き出し、俺は椅子から立ち上がった。

「ぼ、僕はもう帰るよ」

「そうか。門まで送ろう」

「いや、いいよ。別に。ここで。礼拝堂のマリエ様とチビたちに挨拶してから、帰る」

今の時間、マリエはチビたちと夜の礼拝をしている。寝る前の、ちょっとした儀式だ。

女神様に今日一日が無事にすんだことに対する感謝を捧げ、静かな夜と明日の穏やかな始まりを願う賛美歌を歌い、明日もいい日でありますようにと祈りを捧げる。あまりにちっちゃい子たちは、部屋でもう寝てたりするけど。

朝日とともに起き、日が沈むと寝る。俺の乱れ切った生活と違って、規則正しく、健康によさそうな生活だ。

俺は鞄を持って、食堂の出口へ足を向けた。

見送りはいいと言ったのに、アルフレドは俺と一緒に礼拝堂まで行き、結局、門のところまでついてきた。

門の前で俺は立ち止まって振り返り、軽く手を振る。いつものように。

「じゃあな、リアン。気をつけて帰れよ」

「君こそ。まあ、君は殺しても死ななそうだけどね」

「そうか」

嫌味を言ったのに、アルフレドが楽しそうに笑った。

立ち去ろうとしたら、アルフレドが手首を摑んできた。

「な、なに？」

問うと、少しだけ逡巡するように、迷うように目を伏せてそらし、それから俺を見た。

「《祝福》を、……」

「しゅくふく？」

祝福。

ああ、あれか。俺でもそれくらいは知っている。マリエが、村の人たちが、出かけていく、または旅に出る人に、道中の安全を、行き先に幸運があることを祈ってかける言葉と仕草。

なんだお前。もしかして、それを俺にして欲しいのか。でもあれ……俺には、恥ずかしすぎる。無理。無理だ。無理。だって……頰と頰合わせるんだぞ⁉　しかも両頰！

なにそれもう西洋の挨拶ってスキンシップ激しすぎて、ありえない！　キスとか目の前で平気でしたりするし！　もっとこう、奥ゆかしさを持とうよ‼　お願いだから！　俺にはハードルが高すぎる！

アルフレドが少し寂しげな笑みを浮かべて、手を離した。

「……いや。やっぱり、いい」

いいのか。

そんなにすげえ肩を落として、残念そうな、寂しそうなしょんぼり顔してるくせに。

しっかりしてくれよ。もう。頼むぞ、マジで。そんなことぐらいでそんなに弱気な感じになって行ったら、だめだろ。戦闘だってあるのに。ああもう……！

俺は気力を振り絞って、アルフレドの胸ぐらを両手で摑んだ。そのまま引っ張ると、アルフレドが引っ張られるままに身を屈めた。

「……『女神様の祝福が貴方を守り、光が、貴方の行く先を明るく照らしますように』」

俺はアルフレドの少し冷たい頰に、右、それから左、と頰を合わせた。

「こ、これで満足か」

アルフレドの目の奥が、少し泣きそうな感じに、ゆらゆらと揺れた。

なんで泣きそうになってんの。俺が恥ずかしさを堪えてまでやってやったんだから、もっと喜べよこの野郎。なんだよ。文句あるのか。

文句の一つでも言ってやろうかと考えていると、顔が急に下りてきて、口を塞がれた。

「んっ……!?」

俺は慌てて手を離し、アルフレドの胸を押して飛び退いた。

「お、お前……！　お前なあ！　こ、これ、これはやりすぎだ……！」

頰と頰を合わせて祈りを捧げる《祝福》の後、続きがあって。

額にキスをするのは、家族や、親しい友人。口にキスするのは、夫婦や恋人……だろうが!!

「やりすぎ」

「そうだ!!　やりすぎだ！　この馬鹿野郎！」

「……じっと見上げてくるから、いいのかと」

「よくねえよ！　勝手に都合よく解釈するな！」

「そうか」

そうか、ってなんだよ、全然反省してないだろお前！

「ぼっ、僕は帰るから！　じゃあね！」

「ああ。またな」

　俺は一瞬言葉に詰まった。

「……ま、また……」

『またな』——それは再会を約束する言葉。

　そうだ、二週間後には、アルフレドとは、また会えるのだ。その時に、教会に来れば。学校が始まれば毎日会う。なにも問題はない。不安になることなんて、なにも。

　俺は頷いて、じゃあまたな、と返した。

　アルフレドも頷き返して、やけに嬉しそうな顔で、微笑んだ。

14話　英雄は長き不在につき　中編

春休みに入った。今日から三週間は学校が休みになる。

ジャイドとジャーノの双子の兄弟は、鏡のように美しいと評判の湖の畔にある、親戚の別荘へと旅立っていった。スネイも、葡萄畑がどこまでも広がっているという、郊外の祖母の屋敷へと家族と一緒に旅立っていった。

三人ともが、俺にも一緒に来ないかと誘ってきてくれたけど、俺にはやらねばならぬことがたくさんあったので、どちらも断った。

見送りの際に楽しんでおいでと言うと、「三週間もお会いできないなんて……！」と泣いて何度も振り返りながら旅立っていった。なんで泣いてんだよ。これが今生の別れってわけでもないのに。


たった、三週間だ。

そんなの、あっという間だ。きっと気づいたらもう休みが終わってた、という感じになると思う。


俺のほうも、どこにも行かない、というわけではない。領主であるリアン父の仕事の補佐と見習いのため、リアン兄と一緒に王都の上司の庁舎へ四日ほど出張しないといけない。それから、ここよりもちょっと都会の隣町には、現役を退いたオーウェン家の祖父が王都から移り住んでいて、そちらの屋敷に数日滞在するようにと命令してきやが——いや、言ってきたのでそこへも行かねばならない。

その合間を縫って、俺は警報君製作と警報君の設置場所の検証、ハザードマップの作成、避難経路を纏めた地図の作成などもしなければいけない。

マップが完成した暁には、村人全員に一斉配布する予定だ。

リアン父には、ちゃんとよき領主としての仕事はしてますからねという上司への有能アピールになりますよ、と言えば、そう怪しまれることもなく、喜んで協力してくれるだろう。

俺は忙しいのだ。とても忙しい。

春休みだからって、休んでる暇など全くないのだ。

ああそうだとも。

自分の部屋で『やることメモ』を書き出していると、

心持ち強くなってきた日差しが、窓から差し込んできた。

窓の外を見やると、淡い黄緑色だった木々の葉も、随分と緑色が濃くなってきていた。

空は気持ちがいいくらいに綺麗に晴れていて、澄み切った青色が、どこまでも、どこまでも広がっている。時折吹き渡る、ほんのりとあたたかく柔らかい風も心地好い。

出かけるには、最高の日だ。

――アルフレドは、もう……チェダー夫妻と旅立った頃だろうか。

＊　＊　＊

春休みが始まって、一週間が経った。

今日はリアン父は出張、母も王都へ出かけていってしまっており、五、六日は帰ってこない。

リアン兄は出張中のリアン父に代わり、代理領主として、屋敷で書類整理と雑務と留守番を任されている。

今この時間は、有能すぎる老執事ローエンダールの監視の下、父の書斎で朝の書類整理をしているはずだ。

気は進まないが、とりあえずは、書斎をちらっと覗いて挨拶をしてから行かねばなるまい。

出かける時は、リアン兄に前もって言っておくと非常に面倒くさいので、直前に言うようにしている。でないとずっと煩く質問攻めにされ続け、尚かつ、追いかけ回されて非常にうざ――いや、大変なので、出かける直前にさらっと適当に告げてさっさと出るのが最適解だ。

それに俺の予定の詳細は全てローエンダールにだけはきちんと伝えてあるので、特に問題はない。

書斎の扉をノックすると、どなたでしょうか、というローエンダールの落ち着いた渋い声がした。

「リアンです」

中で大きな物音がした。その後に、ガタンというなにかが倒れる音と、どさどさ、となにかが床に落ちる音。

なんだなんだ。騒がしいな。中はどうなってるんだ。

「――リアン様でしたか。どうぞお入り下さい」

カチャリと音がして、扉がゆっくり開いた。

あいかわらずダンディーな笑顔で、染み一つない真っ白な手袋をした手を胸に当て、ローエンダールが優雅にお辞儀をした。

「あああ!!　僕のリアンだあああ〜!!」

　リアン兄が広い書斎机に身を乗り出して、所狭しと積み上げられた書類の山の間から顔を出してきた。

　机の周りには、大量の書類が散乱していた。うわあ。これ、整理するのすげえ大変そう。ローエンダールを見ると、笑顔だけれど、こめかみに血管がうっすらと浮いていた。うむ。気持ちはすごくよく分かる。お疲れ様、そしてご苦労様です。

　リアン兄はそんなことお構いなしに書類を乱暴に横にのけ、更に身を乗り出してこようとしていた。助けを求めるように両腕を目一杯、俺のほうに伸ばしてくる。間に大きな書斎机があってよかった。

「リアン！　ああ、僕の可愛いリアン〜！　はぁはぁ……今日もなんて美しくて、可愛くて、可憐なんだ……あぁ……その儚くも凛とした立ち姿……まるで月に咲くという美しき月光花の妖精のようだよ……。ずっと側で、一日中、いや一晩中、愛でていたい……」

　あいかわらずの変態具合だ。なにを言っているのか全く理解できない。

「どうしたんだい？　僕の愛しいリアン！　もしかして、ひとりで寂しくなっちゃったのかい？　いいよいいよ、こっちにおいで！　ほら、僕の隣に椅子を用意してあげるから——」

「結構です。——ええと、では、そろそろ僕は出かけてきますね。ローエンダール、あとはよろしく頼むよ」

「はい。承知いたしました、リアン様。お気をつけていってらっしゃいませ。護衛の者は二人、リアン様の邪魔にならぬよう少し離れて付いていくように申し付けておりますが、用があればなんなりとお申し付け下さいませ」

　護衛なんて、気を遣うし自由に動けないから不要だと言ったのに、ローエンダールが泣くほど心配し、心労で持病の発作が、とかよろけながら言い出したので……渋々了承した。

　……絶対嘘だとは思うけどな！　だって夜明け前に庭で筋トレしてるの見たことあるぞ俺は！

「ありがとう、ローエンダール。じゃあ、夜遅くはなるかもしれないけど、帰ってはくるから。ああ、晩ご飯はいらないよ。適当に食べて帰る」

「はい。了解いたしました」

「え⁉　え⁉　り、リアン？　ど、どこへ行くんだい⁉」

「リアン様は、村の西へ視察にお出かけになります」

「えええええ⁉　そ、そんなあ～！　僕も、僕も一緒に……‼」

「なりませんよ。ロベルト様は、ロベルト様でやるべきことがたくさんおありでしょう。さあ、次はこの書類のご確認をお願いできますでしょうか？　こちらは急ぎの案件ですので、本日中に処理をお願いいたします」

そう言って、ローエンダールが書類の乗った銀色のカートから一山取って、ダンディーな笑顔を浮かべながらリアン兄の目の前にどーんと置いた。ちょうど、顔が見えなくなる高さまで。

「ああああああ……」

書類の向こう側で、リアン兄が泣いている。

いつもありがとう、ありがとうローエンダール！　今度、お茶でも飲みに行こうな！　もちろん俺のおごりだ！

「では兄様。ローエンダール。行ってきます」

俺は執務室の扉を閉めて、シュリオが待つ屋敷の門のところへ急いだ。


村の西端辺りの丘の上に馬車を停め、俺は方位磁石や計測器を使いながら、スケッチしていった。

のどかな田園風景が広がっている。その向こうには、広い林。その奥は森。それから、山。どこか郷愁を誘う、田舎の風景だ。

シュリオは御者席で帽子を顔に乗せ、気持ちよさそうにいびきをかいている。

丘の上に座って、持ってきた二十四色の色鉛筆を使って、道や木々の配置とかをスケッチブックに描き込んでいく。魔物の群れの動きをできるだけ予想して、最良の場所に警報君を設置しなければならないからな。地形の把握はそういったシミュレーションをするには最も重要で、必要不可欠だ。

「――あら。もしかして、そこにいらっしゃるのは……リアン様？」

「はい？」

名を呼ばれて振り返る。すると、丘の下を通っている道を、赤ちゃんを胸側に帯で巻いた女の人が両手に野菜やタオルの入った籠(かご)をさげて、こちらへ歩いてくるのが見えた。

俺は首を傾げた。思い返してみたが、彼女の顔をどこかで見かけた覚えはない。俺の知らない女の人だった。

「貴女は――」

「ああ！　も、申し訳ございません！　急にお声をお掛けしてしまいまして、わ、私は、あの、」

「どなたですか？」

「あ、はい。わ、私は、お祖父ちゃんの孫――あ、えと、ピエイル・メルローの孫です」

「ピエイル……？」

どこかで聞いたことのある名前だ。どこだったか――

「……あっ」

俺は思わず声を上げてしまって、慌てて口元を押さえた。

分かった。毎週土曜の昼頃、教会へ礼拝に来ていた、肌がこんがりと焼けてて、マリエよりも更に細い糸目のじいさんだ！

チビたちにおやつにと、小さなトマトや果物、すぐにかじって食べられる甘めの野菜を、教会に来る時はいつも手土産に持ってきてくれていた。俺も何度かいただいたことがある。いつもにこにこして、楽しそうに通ってきていた。

ちょっとボケてて、マリエの名前すらマルエ様とかマルイ様とか会うたびに間違ってるし、いつも俺の事を《天使様》と呼んでくるのはちょっとばかり困ったが……。違いますからって何度も何度も言ったのに、結局ずっと直らないままで。

ただ、ここ最近は、あまり姿を見かけなくなっていた。農作業がすごく忙しくなってしまったのかなと、思っていたのだけれど――

「あの、いつも、お祖父ちゃんが、綺麗な銀色の髪の天使様が優しくしてくれたって、言ってて……ええと、綺麗な銀色の髪って、村ではオーウェン家の皆様ぐらいしか思い浮かばなくて、でも、まさかそんなことは、と思ってて、えと、あの、」

女の人は妙に慌てて、というか、少し怯えた様子で俺を見上げてきた。

なるほど、あのじいさんのお孫さんか。そういや、孫がいるという話は聞いたことがある。名前は毎回違っていたけど。

「ピエイルさんの、お孫さんですか？」

女の人の顔が明るくなって、何度も頷いた。

「は、はい！　祖父のことを覚えて下さっているのですか⁉」

「……名前だけは」

「そ、そうですか……」

俺は嘘をついた。

ピエイルじいさんには何度も会ったことがある。でもそれを言うと、俺が教会に入り浸っていることが知られてしまう。それはまずい。

どこからリアン父の耳に入るか分からないからな。

用心するに越したことはない。

ピエイルじいさんの孫は、まだ立ち去る気がないようで、迷うように、もじもじしながら立っている。なにかまだ言いたいことがあるような感じだ。

なんだろう。……もしかして。ピエイルじいさんになにかあったのだろうか。

「……なにか？」

「は、はい！　あの、あの、うちのお祖父ちゃんが、病気で、」

「え？」

「病気で、もうずっと寝てて、頑固にひとり暮らしをしてたんですが、もう無理で、私のほうで引き取ったんです。それで、」

「病気？」

……それで、教会に来られなくなったのか。

「お医者様がおっしゃるには、年齢的にも、体力的にも、もう、回復するのは難しいでしょうと……」

「そう、なんですか……」

「それはもう、覚悟はしていたので、いいのです。九十七歳ですもの。十分、長生きさせていただいたと思っております。本人もそう言って笑い、納得しておりますから。……それで、」

孫がまた、モジモジと手を組み合わせた。

「なんですか？」

「あの……お祖父ちゃんが……言うんです。最近、ずっと教会に行けていないから、天使様はお怒りになってないだろうか、悲しんでおられないだろうか、って……辛そうに、いつも、言うから……」

「え……そんな、」

孫が、決意したように両手を組み合わせ、俺を見上げてきた。

「あ、あの。リアン様が、大変お忙しいのは存じております。で、でも、お願いです、一目だけでも、お祖父ちゃんに……私の祖父に、会っていただけませんでしょうか……」

「……僕は、ピエイルさんの言っている天使様ではありませんが」

「ええ。ええ。分かっております。でも、綺麗な銀髪の御方(おかた)は、今、リアン様しかここにはおられません。違っててもいいのです。会いに来て下さったよ、と言えば、きっと安心させてあげられますので……」


違ってても。


病院で寝たきりになった祖父さんは、最後のほうは……ずっと俺のことを娘の名で呼んでいた。

看護師さんは、付き合っておあげなさい安心させてあげられますから、と言うから、俺はずっと祖父さんの娘……俺の母の名で呼ばれるのに返事をしながら、最後まで付き合った。

最後――


そうか……最後、なのか。

「あ、あの。リアン様?」

「……一目、ぐらいなら」

「あ、ありがとうございます!」


孫の家に行くと、ベッドに横になっているピエイルじいさんがいた。まるでシーツに埋もれるようにして寝ており、その身体は、前に見た時よりもはるかに細くなっていた。

「……お祖父ちゃん。天使様が、来て下さったよ」

じいさんはうっすらと目を開けると、俺を見てにっこりと微笑んだ。

「おお。おお……天使様……天使様ではないですか……!　ああ、ああ、なんということでしょうか……まさか、こんなところにまで……会いに来て下さるとは……なんと嬉しい……ありがとうございます……」

腕をこちらへ伸ばしてきたので、俺はその手を握った。驚くほどに細くて、軽かった。皮と骨ばかりになってしまっていて、まるで小枝のように細い。

覚えのある感触に、俺は昔のことを思い出していた。祖父さんの時も、確か、こんな感じだった。少しでも強く握ったら、折れてしまいそうなほどに、細くて――


「天使様。天使様。ここのところ無精をしてしまい、教会に、行けなくて、大変申し訳ありませんで……」

「……いえ。いいんですよ。そんなに、お気になさらないで下さい」

「で、ですが……」

「貴方は、よく教会に来て下さっていたではないですか。十分です」

「そ、そうでしょうか……」

「ええ。そうですよ」

笑いかけると、不安そうに青白く翳っていたピエイルじいさんの顔が、ほんのり赤みを帯びてきた。

「あの、子供たちは……どうしておりますか……」

「あいかわらず元気いっぱいですよ」

「そうですか！　ふふ……よかった。そうだ、儂の畑には、今の時期、オレンジがなっておるでしょう。どうぞ、ご自由にお持ち下さい。儂が自分で持っていけないのが、心苦しい限りではございますが……」

ピエイルじいさんが咳き込み始めたので、俺は慌てて背中を支え、胸を撫でた。寝ながら咳き込むのは、胃の中のものや痰や唾を誤嚥したりしてよくない。咽も詰まって危険だ。できれば横を向かせるのがいい。祖父さんの時に、そう、看護師さんが教えてくれた。

少し身体を横に向けさせようと背中に手を回すと、じいさんが眉根を下げて、細い手を振った。

「ああ、ごほっ、そんな、そんなことをなさらなくとも」

「咳が出た時は、横を向いたほうが楽ですよ。ゆっくり、落ち着いて息を。……そう。慌てなくても、大丈夫ですから」

「ありがとうございます……ああ、天使様は、本当に、本当に、お優しい方です……」

「いえ……そんなことは」

ピエイルじいさんが細い目を更に細めて、俺を見上げてきた。

「そうだ、儂の畑には、お野菜も……なっていると……ご自由に……」

「……分かりました。今度、いただきに行きます」

「はい。ぜひ！　今年は天候もよく、上手に甘くできましてなあ……きっと、美味しいですから……どうぞ、ぜひ、食べてみて下さい。天使様の、お口に合えば、嬉しいのですが……」

「……大丈夫ですよ。貴方が下さるお野菜や果物は、どれもとても甘くて、美味しかったです」

ピエイルじいさんが嬉しそうに頬を染めて笑った。

「ああ……そうですか……！　よかった……喜んでいただけて……ありがとうございます……天使様」

背中をさすっているうちに、咳はだいぶ落ち着いてきた。

ピエイルじいさんが気持ちよさそうに、少しうつらうつらし始める。そろそろ休ませたほうがいいだろう。

背中からそうっと手を離すと、じいさんが小さく呟いた。

「ああ……また、教会に……行けたら……行きたいのう……行って、皆さんと、天使様と、お話を……」

「ピエイルさん……」

――家に帰りたいのう、と祖父さんは、俺が行くたびに、言っていた。

大丈夫だよ、よくなってきてるから、今はゆっくり休んで、そのうち家に帰れるよ、と、俺はいつも答えていた。

俺は祖父の病院のベッドでいつもそうしていたように、脇にしゃがんで、細くなったピエイルじいさんの手を、両手でそっと握った。

そして、あの時と同じように笑顔で、あの時と同じ言葉を口にのせた。

「……大丈夫。きっと……すぐに、よくなりますよ。だから今は、ゆっくりして身体を休ませて。……元気になったら、また、教会にいらして下さい」

「はい……！　ああ……もちろん、もちろんですとも……行かせていただきます……行かせていただきますから、待っていて下され……天使様……ありがとうございます……」

じいさんは疲れてしまったのか、目を閉じて、静かな寝息を立て始めた。その顔は、なんだかとても嬉しそうで、幸せそうで、安らかだった。

孫が俺の側に寄ってきて、何度も頭を下げた。

「ありがとうございます、リアン様……ああ、本当に……本当に、お祖父ちゃんが言ってた通りの御方、だったのですね……とても、とてもお優しい方だって……」

俺は立ち上がり、首を横に振った。

「……いえ。僕は優しくなどないです。優しくなんてない。全く。これっぽっちも。本当は、とてもずるい奴なんです。嘘ばっかりついて。僕は、嘘ばっかりつく、悪者。——大嘘つきなのですから」

「え？」

「では、僕はこれで。忙しいので、ここで失礼させていただきます」

「は、はい。あ、ありがとう、ございました……」

きょとんとした顔の孫を部屋に残したまま、俺は家を出た。

外で待ってたシュリオが俺を見るなり、なぜか、少し眉尻を下げて心配そうに声をかけてきた。

「……ぼっちゃん？　いかがされました？　お顔の色が……」

「なんでもないよ。用はすんだから、行こう。馬車を出してくれ」

「へ、へい」

その日は動き回って疲れていたのに、どうしてなのか眠れなくて、朝方まで書き留めたものを整理して過ごした。

＊　＊　＊

春休みが始まって、十日経った。

教会に行ってみると、ピエイルじいさんの孫が、黒い服を着て礼拝堂にやってきていた。玄関の脇でマリエとなにやら話し込んでいる。

俺を見るなり、疲れたような、安堵したような、それでいてどこか嬉しそうな笑顔で、丁寧にお辞儀をしてきた。

「……リアン様。先日は、本当にありがとうございました。お陰様で、お祖父ちゃんはとても安らかに、眠るように天へと旅立ちました」

「そう、ですか」

マリエが、俺を見て眉をひそめた。

「リアン様？　どうされました？　お顔の色が……」

「い、いえ。大丈夫です」

「そうですか？　もし、お疲れならお休みになって下さいね」

「はい。そうします」

俺は礼拝堂を通り抜けて、俺専用研究開発室へと足早に向かった。

すれ違う時、今日は埋葬される方が多いんですね、と孫が言っているのが聞こえた。

春は終わりと始まりの季節ですからね、とマリエが答えていた。

ああ、そうなのか。

俺はなんとなく、腑に落ちるものがあった。

そういえば、俺の父さんと母さんも春に事故で亡くなった。祖父さんが飼ってた、いつも眠そうな顔をしながらも俺にじゃれてくる、柴犬のサンダーも。

その祖父さんも……俺の高校入学と同時に、亡くなった。

ピエイルじいさんも、亡くなってしまった。

マリエも、いつかは亡くなってしまうのだろう。それも……きっと、春なのではないだろうか。そんな、気がする。

金色の髪の奴を思い出しかけて、俺はすぐにそのイメージをかき消した。

あいつはまだ、大丈夫。まだ。

病気もせずにいつだって元気いっぱいだし、頑丈だし、それに二週間で帰ってくるって言った。俺に、またな、って。だから。――ああでも。

……父さんと母さんも、お土産買って帰ってくるねって、旅行に行く前に言っていた。

春は……俺は、あまり好きではない。

俺の親しい人を、いつも、いつも連れていってしまうから。

15話　英雄は長き不在につき　後編

春休みが始まって、二回目の日曜日が来た。

アルフレドが、そろそろ帰ってくる頃だ。

二週間って言ってたから、今日か、明日には教会に帰ってくるだろう。

その日、月が出て藍色の空に星が瞬き出しても、アルフレドは帰ってこなかった。

明日、帰ってくるのかもしれない。


月曜日。

その日は朝から雨だった。

外に出れないチビたちと、教会の広い食堂で、術式を書き損じた紙を使って飛行機を作って飛ばして遊んだ。

いろんな形の紙飛行機を作って、教えてあげた。チビたちはとても楽しそうで、喜んでくれた。

その日も、アルフレドは帰ってこなかった。


火曜日。

春休みも、残り六日になった。

晴れたので、今度は村の南西へ視察とスケッチに出かけた。

今日は早めに帰ろうと思う。夕方以降に雨が降るかもしれません、とローエンダールが言っていたから。

ローエンダールが予報していた通り、空がうっすらと赤みを帯びてきた頃、にわかに曇り始めたので、早めに切り上げることにした。


帰りに、教会に寄ってみた。

アルフレドは、まだ帰ってきてないようだった。

どうしたのかしらねえ、とマリエが首を傾げていた。でも多分明日ぐらいには帰ってくるでしょう、きっと牧場のお手伝いが長引いているのね、と笑みを浮かべて言った。

そうなのだろうか。

本当に？

マリエにまた明日来ると告げてから教会を出て、馬車を停めている門まで戻ると。

御者席にいたシュリオが、俺を見るなり眉間に皺(しわ)を寄せた。

「ぼっちゃん。大丈夫ですかい……？　随分とお疲れのご様子ですよ」

「そう？　そんなことはないよ。僕は大丈夫……」

馬車のタラップに足をかけたところで、身体がふらついて足が滑り、こけてしまった。

「ぼ、ぼっちゃん！」

御者席から跳んで降りてきたシュリオが、俺を抱き起こしてくれた。情けない。しっかりしなければ。

「……ああ、ちょっとだけ、眩暈がしただけだから。大丈夫、だよ」

大丈夫だと言ったのに、シュリオの眉間の皺は取れないままだった。なんでだ。眩暈は一瞬だけだったから、問題ない。ただの立ちくらみだ。

起き上がろうとしたら、シュリオに止められた。

「シュリオ？」

「……ぼっちゃん。ちょっと、教会で休ませてもらいましょうよ。ね？　ここなら……ぼっちゃんも安心できますでしょう？」

「安心……？」

「へい。ここには、ぼっちゃんが気をお遣いになる方々もおられませんでしょう？」

シュリオが、訳知り顔でにっこり笑った。

気をお遣いになる方々って、お前な。なにが言いたいんだ。なんでにっこりしてんの。

「別に、僕は、」

「護衛さんにもちゃんと伝えておきやすから、ごゆっくりお休み下さい。私もここに残りますから、なにかあったらお呼び下さい」

「ええ。そうなさったほうが、いいと思いますわ」

なぜか心配そうな顔つきで表に出てきていたマリエが、俺の側まで来て、俺の頰に小さな手を当てた。

「ああ、こんなに青いお顔をされて……あたたかいお茶でもお飲みになりますか？　とびきり美味しいのをお淹れいたしますわ！　そうだ、お腹はお空きではないかしら？　なにか、お食べになりますか？」

俺は首を振った。本当に、なにも、いらなかったから。

食欲が湧かないのだ。胃が、ものすごく気持ち悪くて。胃腸薬を飲んではいるけれど、なかなかよくならない。

夜、あまり眠れないせいかもしれない。眠りが浅くて、すぐに目が覚めてしまう。一度覚めると、しばらくは寝つけない。

いつ頃からかは分からないけれど、一、二年に一度ぐらいの頻度で、急にこういう感じの症状が出る。

きっかけはよく分からない。嫌な予感みたいな動悸が一日中続いて。二日ほど我慢したら、いつの間にか治っている。病気ではなく、よく分からない、ちょっとした軽い不調のようなもの。

今回は、やけに、長い。

俺の背を撫でながら、マリエが微笑んだ。

「……大丈夫。アルフレドは、きっと明日には帰ってきますよ」

本当に？

大丈夫。きっと元気になって、お家に帰れますよ。

そう言って、看護師さんは微笑んだ。

でも。……祖父さんは結局、家には帰ってこられなかった。

春は、たくさん優しい嘘をつかれる。

嘘をつかれるから、俺も、たくさん嘘をつかないといけなくなる。だから、嫌いだ。

嘘があまりにも溢（あふ）れすぎて。だんだん本当のことが分からなくなってきて。言われていることが全て、嘘に聞こえてきてしまう。いや、根拠のないものは、全て嘘だ。

真綿に包（くる）むように、本当のことを隠している。

マリエとシュリオが強く勧めてくるので、俺は仕方なく、教会で少し休ませてもらうことにした。

なにも食べたくはなかったので、少し眠りますと言うとマリエが、アルフレドの部屋をご自由にお使い下さい、と言ってくれた。その言葉に甘えて、使わせてもらうことにした。

俺はあいつの部屋に入って、少し笑った。

あいかわらず、客室みたいになにもない部屋だ。せめて本ぐらい何冊か置いておいてくれよ。たくさん仕事して稼いでるんだから、それぐらいは買えるはずだろ。

ああ……でも。本は、重いから。もしかして、いつかこの部屋を出ていく時、運ぶのも大変だし、次の住む場所によっては持っていけないかもしれないから。

あえて、買わないようにしているのかもしれない。

なにもする気が起きなくて、椅子に座ってしばらくぼんやりしていると。窓の外はいつしか、すっかり暗くなってしまっていた。

雨音が聞こえる。とうとう、降り出してしまったようだ。

強くもないけど、弱くもない雨音。

そういえば、祖父さんが亡くなった日もこんな雨だったな、と思い出す。朝方、眠るように息を引き取った。その時も、こんな風に薄曇りの空の下、静かに雨が降っていた。

どうしてなのかは分からないけど。

嫌な知らせは、いつだって、朝方にやってくる。祖父さんと、サンダーが亡くなったのも、朝方だ。……あの知らせが来たのも。

明日の朝。もし、――……

嫌な想像をしかけて、俺はすぐに打ち消した。だって、帰ってくるって言った。大丈夫って。

俺は机の上のランプに灯をつけてから上着を脱いで椅子に掛け、ベッドに横になった。シーツからは、陽の香りがした。

頭がぼんやりしている。やっぱり、皆が言うように、俺は疲れてるのだろうか。そんなに頑張りすぎていただろうか。そんなことはないと思う。いつも通りだ。

でも今日はなんだか、頭が上手く働いてくれない。

考えようとすると、すぐに霞（かすみ）がかかったようになって、ぼんやりしてしまう。

ようやく少しだけ眠くなってきて、俺は目を閉じた。

別に悲しくなんてないのに、なぜか涙が出てきてしまって、どうしてか止まらなくて、俺は何度も手で擦った。


「……なに泣いてんだ」


聞き慣れた声がして、目を開けると。

いつの間に、そこにいたんだろうか。

部屋の中に――アルフレドが立っていた。

気づかなかった。だって足音もしなかった。気配すら。

部屋の中はとても静かで、微かに聞こえていた雨の音すらも今はもう聞こえない。

アルフレドが、いつからそこにいたのかも分からない。なにもかもが、霞がかかっているみたいに、ぼんやりしている。

ああ……そうか。

もしかして、俺は、また……夢を、見ているのかもしれない。あの時も、そうだったから。

こんな感じに祖父さんが、元気な時と変わらない姿で立っていて。いつもみたいににこにこ笑って、じゃあ儂はちょっくらお先に行くけえのう、お前は急がんでもええ、後からゆっくり来りゃあええから、じゃあの、と言って、部屋を出ていった。

アルフレドも、祖父さんと同じように、行ってしまうのだろうか。

俺を置いて。

「……やだ……」

「リアン？」

「やだ、置いて、いかないで。もうやだ。俺、俺も、一緒に行く」

手を伸ばすと側に寄ってきてくれたから、俺はやたらに重い身体をどうにか起こして、必死にアルフレドのシャツを掴んだ。

「連れてって。もう、残されるの、やだ」

アルフレドが不思議そうな顔をしながらも隣に座って、抱き締めてくれた。

「行く。俺も、アルフレドと一緒に行く。連れてって。もうやだ。もう、残されるのやだ。ひとりは、嫌だ」

なりふり構っていられなかった。

自分でも大人としてそれはどうなんだと思うぐらい、子供みたいにしゃくり上げながら、俺は必死にしがみついた。だって、今、離したら、きっと、置いていかれる。また。

「リアン」

「連れてって、お願い、俺、俺も、一緒に、アルフレドと、一緒に行く。お願いだから、俺も連れてって。残されるの、嫌だ、もう……もうやだ……！」

アルフレドが、俺の背中を、ぐずるチビたちにマリエがするみたいに、ゆっくり叩いてくれた。

「……分かった。分かったから。一緒に、連れていってやるから」

「本当、に？」

「ああ」
「一緒に、いて、くれる？　ずっと、一緒に、いて、
……ある、アルフレド、は、俺、置いて、いかないで
くれる？」
「ああ。置いていかない」
「約束、」
「ああ。……約束する。だから……もう、そんなに泣
くな」
「嘘、を……」
「……嘘なんかつかない。誓ってもいい。俺がどこか
遠くに行く時は……必ず。お前も連れていく。……連
れていってやるから」
「嘘……つかない？　ある、アルフレドは、俺に、嘘、
つかない？」
「ああ。つかない」
「絶対、に？」

「――絶対に」
アルフレドが、俺を見て、頷いた。
その瞳は、俺に優しい嘘をつく人たちのとは違って
いた。そういう人たちの瞳は、霞がかかったみたいに
淡い色の膜が張られた、ぼんやりとした色をしている。
でも目の前にあるアルフレドの瞳はどこまでも澄み切
った青空色だった。
ああ、よかった。
アルフレドは俺に、嘘をついていない。俺、もう
……置いていかれないで、すむんだな。
頭を大きな手で撫でられる。なんだか懐かしい気分
になって目を閉じると、瞼の上に唇が下りてきた。そ
れがあまりにあたたかくて、俺は、ようやく、ほっと
できた。
あたたかい唇は、次に額に下りてきて、両頬に、こ
めかみに、耳に、鼻に、首筋に、たくさん降ってきて、
くすぐったくて、俺は思わず笑ってしまった。
目を開けると、アルフレドも同じように笑っていた。
俺はなんだか無性に嬉しくて、不思議と楽しい気分
になってきて、お返しに、と鼻の上と頬にキスを返し
た。
アルフレドが目を見開いて、驚いたような顔をした。
それから嬉しそうに目を細めて、珍しく……いや、そ
れは初めて見る表情かもしれない。

少しだけ頬を染めながら、照れくさそうに微笑んだ。

今度は唇にたくさん唇で触れられて。何度も何度も触れてくるから俺は座っていられなくて、後ろに倒れたけど、それでも止まることはなく。ちょっと呼吸が間に合わなくなって、息が苦しくなった。

「ある……ある、ちょっと、まって……苦し、っんう、」

そのうちあたたかい手が腹や背中を撫でてきて、あたたかさが心地好くて、くすぐったくて、俺はまた笑った。

「アル……レ……、あ、待って、くすぐった……あ、……は、あっ、う」

唇から首筋に移動していた頭が、今度は胸元に移動してきて、少し濡れた唇がまた何度も触れてきた。そこから、じわじわと、下に移動していく。

動くたびに硬めの金髪が肌に触れて、ものすごくくすぐったい。

「うっあ、……はぁ……」

お腹の辺りを強く吸われて、寒くはないのに体中に震えが駆け抜けて、思わずアルフレドの頭にしがみついた。

触れる肌や手や唇が、熱くて、あったかくて、心地好くて、息が零れる。なんだか……なんだか——

——だんだん、眠く、なってきた。

あまりにも眠くて、つい欠伸が漏れる。アルフレドの動きが、ふいに止まった。

「……リアン？」

下のほうにいた金色の頭が俺の顔の近くまで戻ってきて、青空色の瞳が物言いたげに俺を覗き込んできた。それが分かったけど、見返そうとしても瞼が重くて、どうにも開けていられない。

瞼を閉じるとまた欠伸が出た。

「ふぁ……ね……む、……」

「……おい。待て。寝るな」

「……む……り……」

「ちょっと待て」

待てと言われても。これは無理だ。最近ほとんど眠れてなかったから、何日ぶりかにやってきたこの眠気は、強力すぎた。

それでもどうにか心地好いあたたかさだけは確保しておきたくて、アルフレドの肩に腕を回して抱きついた。ほかほかしていて、その熱が俺の冷えた身体にゆっくりと移ってきて、ものすごく、気持ちがいい。

息を吸い込むたび、干した洗濯物を取り込んだ時に嗅ぐような、陽の匂いがした。

小さい時、取り込まれた洗濯物の中で寝るのが大好きだった。それと、よく似た香りがした。なんだかとても安心する、俺の……一番好きな匂い。

それから、とても、あったかい。

「……きもち、……いい……」

「っ！　お前な。そういうことを……」

アルフレドがなにやらブツブツ呟いてるけど、内容はよく分からない。

俺は堪え切れず、また欠伸をした。あまりにも眠くて、もう目を開けていられない。

だめだ。とても起きていられない。でも、寝てる間に置いていかれたくはない。

目を開けようとするのにどうしても開けられなくて俺は仕方なく目を閉じたまま、まだかろうじて動く手だけを必死に伸ばして、アルフレドのシャツを探り当てると、力いっぱい、握り締めた。

意識が薄れていく中で、アルフレドが、寝るな起きろ、と言っているのが遠くで聞こえた。

あたたかい肌が触れているからすぐ側にいるはずなのに、聞こえてくる声はすごく遠い。変なの。

だって仕方ないじゃないか。眠いんだ。ものすごく。これは抗えない。無理だ。不可抗力だ。万有引力だ。

そう言いたかったが、身体もすっかり言うことを聞かなくなって、言葉一つすら紡げない。

アルフレドが溜め息をつくのが、微かに聞こえたような気がしたけれど。俺は久しぶりにやってきた心地好い睡魔に全面降伏して――意識を手放した。

＊　＊　＊

――瞼を通して、光を感じた。

なんだかとても、あったかい。ほかほかする。

目を開けると、視界いっぱいに見慣れたよれよれ具合の、生成りの綿のシャツ生地が飛び込んできた。

「……あ、れ？」

少しだけ顔を上のほうに向けると、光を反射してキラキラ光る金髪と、整いすぎた顔。とても気持ちよさそうな寝息も聞こえてくる。

目の前にはアルフレドがいる。そしてよく寝ている。

……これは、一体、どういう状況なのだろうか。

胸元がやけにすうすうして、不思議に思って見下ろすと――シャツの前が、全開になっていた。あろうことかズボンのホックまで外れて、前も半分ほど開いている。

「ふえ……っ!?」

俺は慌てて、シャツの前を摑んでかき合わせた。

え、なに。これ、どういうこと。なんでだ。ちょっと待ってくれ。なにが、どうなってんだ。ていうか、いつの間にアルフレドの奴、帰ってきたんだ？　いつ――……

停止していた思考がようやく動き出した俺は、昨夜の記憶を辿り、固まった。

いやいやいや。ないない。

昨日のは、夢を見てたんだ。夢を。そうだとも。あれは夢だった。

ちょっと、いやかなりヤバい方向の夢だった。消去しないといけないぐらいの。あれはもう完全に理性が飛んでいた。そうだ、俺は、ちょっとおかしくなっていたんだ。だって、なにも分からなくて。二週間で帰ってくるって言ったのに、帰ってこないし。だから。

だから、もう。

アルフレドが――死んでしまったんだ、と思って。

目の前で上下に動く胸元を見て、俺は安堵して、静かに息を吐いた。

そうだよ。なんであんなに不安になってたんだろう。だって未来の英雄なんだから、こんなところで死ぬはずがないじゃないか。

指先で少し触れてみると、あたたかかった。だからこれは夢じゃない。ちゃんと、生きている。

よかった。帰ってきたんだ。

ちゃんと、約束通り、帰ってきてくれた。

昨日泣きすぎたからだろうか。目がまだ熱くてごろごろしていて、俺は手の甲で擦った。

「……まだ、泣いてんの」

少し呆れたような声と小さな溜め息が頭上から聞こえてきて、俺は顔を上げた。朝の空と同じ色の瞳が、どこか眠そうに俺を見下ろしていた。

「な、泣いてない！」

「そうか」

「泣いてないんだからな。これは、目が痛くて、」

「そうか」

アルフレドが含むように笑って、俺の頭を撫でてきた。

「だ、だいたいなあ、お前も悪いんだぞ!? な、なにも言わずに、いきなり、部屋の真ん中にぼーっと突っ立っていやがって、びっくりするだろ！ 帰ってきたなら帰ってきたって、言えよ！ 俺は、てっきり――」

言葉に出すと本当になってしまいそうで、俺は飲み込んだ。

だって、あまりにも、あの時と同じだったから。祖父さんのように、最後の最期に、別れの挨拶でも俺に言いに来たのかと――……

「いや……、寝てたら起こすのも悪いと思って。様子を見に、気配消して、足音立てないように入っただけなんだが……そんなに、びっくりしたのか？」

俺は脱力して、両手で顔を覆った。

それでか……！

俺はこの、どうにも収まらないフラストレーションを、目の前の俺よりでかくなった身体を殴ることで発散した。俺の手のほうが痛くなった。よけいに腹が立った。この野郎。なんだこの固い筋肉は。俺に譲れ。

「ば……かやろう!! お前なあ！ ま、紛らわしいんだよこの野郎……!!」

「そうか」

「そうか、じゃねえよ！ もう……」

脱力してシーツに顔を埋めると、アルフレドが笑った気配がした。笑い事じゃねえよ。

アルフレドのいつもと同じ、どことなくのんびりとした変わらない態度に、俺は気づかれないようにまた安堵の息を吐いた。

昨日のことは、このまま、さらっと流そう。流させてもらおう。そうしよう。そうしたほうが絶対にいい気がする。

ていうか、あの、あまりに恥ずかしすぎる俺の失態を忘れてしまいたいのもある。恥ずかしすぎて死ねる言葉をいっぱい言ったし、した気がする。あれも消去だ。完全消去だ。跡形もなく消さなければならない。

あれはない。あれはなかった。あれじゃあ教会のチビたちと変わらない。置いていかないでとか泣いてぐずるなんて、一体どこの子供だよ。

そしてこの状況も、どうにかしなければならない。早く、元に戻さなければ。

このままの状態だと、きっと、ライバル役ができなくなる。

いや、それどころかこの距離感はマズい。ライバル同志にしては近すぎる。明らかに。ていうか、なんでこんなことになったんだろう。なんでああなったんだ。最初は、普通に、泣く子供にするような軽いキ――

俺はその後を思い出しかけて、すぐに思考に強制終了をかけた。だめだ。思い出すな。思い出してはいけない。

そうだ。ここはやっぱり、綺麗に流して、なにもなかったことにしといたほうがいい。

昨日は、なにもなかった。それでいこう。それがベストだ。そうすれば……いつも通りに、戻れる。

何気ない振りで身体を離し、ベッドから起き上がろうとしたら。急に肩を押されて、ベッドに押し戻された。

「わあっ!? え、なに――うあっ」

アルフレドの頭がいきなり下りてきて、咽に軽く噛みつかれた。大きな手がシャツの隙間から入ってきて、脇から背中へ、撫でるようにゆっくりと、回ってくる。

「え、あ、アルフレ、ド? なに、して」

「……昨日の、続き。お前あの後、すぐに寝てしまって。できなかったから」

「つ、続きって……!?」

その手がズボンの脇に掛かって、俺は焦った。

「ま、待て、アルフレド。なにしてんだ。ちょっと、……や、それは、マズイ……って!」

明らかに脱がそうとしてきているのが分かって、俺は慌ててその手首を摑んだ。なんで、俺の服、脱がそうとしてんの。いやいやまさか。そんな。まさかな。あるわけがない。ありえない。俺にそんなことしようなんて、考えてるはずがない。

はずがないのに、アルフレドの両手が俺のズボンを摑んだ。面倒くさくなったのか、下着ごと摑んで引き下ろそうとしてきやがった。

俺は必死で自分のズボンを摑んで、上に引っ張った。

「ま、まま、待て待て待て、ちょ、ちょっと落ち着こう。な? 俺、いや、僕なんかにこういうことをしてはいけない。それとも、からかってるのかい? そうなんだね。やめよう、そういう、質の悪い冗談は」

どんなに鈍い奴でも分かるくらいに、意図的に、舌が首筋から耳の下まで舐め上げてきた。俺は声が出そうになって、どうにか気力で抑え込んだ。

「あ、アルフレド、待て、あのな、俺、いや僕は、男だよ！」

「ああ」

軽くさらっと流された。

「え⁉　ちょ、ちょっと、アルフレド、なにその軽い反応。まさか、まさか君、男好きなの⁉」

さすがに聞き捨てならなかったのか、アルフレドが顔を上げた。その眉間には皺が寄っている。

「そんなわけあるか」

俺はホッとした。そうだよな。うん。学校でも、そんな素振り全くなかったし。ていうかお前、男とか女とか以前に、人自体にあまり興味ないよな。

「そ、そうか。なら、――て、ちょっと！」

顎を舐められた。

「な、なんで、」

「……お前は、別。すげえ触りたくなる……触りたい。なあ、もっと触っていい……？」

「だ、だめ！」

え、なんでだ。待て待て待て。触りたいってなに言ってんだ。おいおい。

「あ、ほら、僕は昨日お風呂入ってないから汚いし」

「リアンは、いつもいい匂いがするし、――綺麗だ」

「え⁉　い、いや、汚いから！」

「じゃあ、《洗浄魔法》を使えばいい」

「そ、それはそういう用途に使うもんじゃないだろ！」

中級術式の治療術式に入るそれは、傷口を綺麗にしたりするものだ。そんな風呂代わりに……使えなくもないかもしれないけど、そんなどうでもいいことに使うには魔力がもったいなさすぎる。

ああでも、お前は魔力あり余ってるんだったな。

「い、一時の気の迷いで暴走するのはよくないよ。ほら、よ、よく考えよう。落ち着こう。思いとどまって。こういうことは、大人になってからしよう。大人になってから。な？　まだ早いって。な？　子供がしてはいけない。だから、だめ――や、だめだって！」

再びズボンをずり下げようとしてくる不埒(ふらち)な手に必死で思い切り爪を立てたら、ようやく動きが止まった。

「……それは、大人になったら、してもいいってことか？」

「ふえっ？」

「大人になってからしようってことは、大人になったらしてもいいってことだよな」

そう来るか……!!

なんだか今日のアルフレドは、ああ言えばこう言う、という感じで言い返してくる。しかも返答に困るようなことを言ってくるから咄嗟に言葉が出てこない。

「ちが、」

「約束。してくれたら……やめてやっても、いい。今は」

「そ、」

今は、ってなんだ。

「なあ……どうする?」

耳元で、わざと低い声で囁かれて、舐められて、俺は震えた。

今か。

それとも、大人になってからと先延ばしにして今を回避するか……って、ちょっと待て。なんで二択しかないんだよ!

「なんで、二択……『しない』、っていう選択肢は」

「ない」

「え!? ちょ、ちょっと待って! なにそれ!? そんなの――わああっ」

また脱がされそうになって、俺は必死に腕を摑んだ。

「わ、分かった! 分かったから! 大人になったら!」

……俺は、今を回避するほうを選択した。

だって、このままだと、確実にやられそうな――いやいやいや。そんな馬鹿な。

とにかく、今のこの、のっぴきならない状況を脱するのが最優先事項だ。ひとまず逃げてから、その次のことを考えればいい。

「してもいいんだな?」

「えっ!? し、しても、」

なにを? 誰に。

それは聞いてはいけない気がした。絶対にしてはいけない気がした。なんか直感的にした。そして。

俺は、唐突に思い出した。一番大事なことを。


……《聖女様》のことを。


そうだ。そうだよ。

この先、二年後には……聖女様とお前は、出会うんじゃないのか。

「に、二年後だ‼」

「……二年後？」

「そうだ、二年後だ。あるわけがないが、もしも二年経って、まだそんな馬鹿なことしたいって思ってたら——」

　聖女様と出会えば。

　お前は今の衝動は気の迷いだったって、気づくだろう。

　俺のほうもきっと、これは……気の迷いだろう。なんだか少し胸の奥が痛むけど、それも気のせいだ。

　俺とアルフレドは身体の相性があまりによすぎるから、流されやすいのだ。おそらく。気をつけなければいけない。触れすぎたら、こんな感じにすぐ流されてしまうんだ。きっと。

「……なんで、二年後なんだ？」

「そ、それは」

　どう説明しよう。聖女様のことは、話せない。アルフレドが知らない未来のことだから。知らせるわけにはいかない。今は。

　ズボンに掛かっていた手が外れて、ほっとしていたら今度は掌が、ゆっくり肌の上を辿りながら上がってきた。

「あ、……やだって、言ってっ」

　逃げようとしたけれど逃げられなくて、俺は身体の奥から湧き上がってくる震えと熱に、背中を跳ねさせるしかなかった。心臓がどうにも制御できなくて、呼吸が乱れて、苦しい。

「お、お願い、ある、アルフレド、待って……や……本当に、……いや、だ……っ！」

　動きがふいに止まった。

　どうしたのかと目を開けると、少しだけ苦しそうに細められた青い瞳が、俺をじっと見下ろしていた。

「あ、アル……？」

「……女神の投げ込みし小さき星が、いつでも側で瞬き、道を照らし、か……」

「な、なに？」

「なんでもない。そうだな……嫌われて……側から消えてしまったりしたら……嫌だしな……」

「え？」

　よく分からないけれど、なぜか悔しそうな、名残惜しそうな、なにかを堪えているような、長い、非常に長すぎる溜め息をつかれた。

「……分かった。じゃあ……二年経ったら。してもいい？」

アルフレドが、俺の顔を覗き込んできた。子供らしからぬ、ゆらゆらした熱っぽい瞳で。

「い、」

「いい？」

「え、あ」

「いいんだよな」

「いっ⁉　い……い、い――……」

動揺して冷静さを失っていた俺は思わずつられて、いいと言いかけてしまい、慌てて口を閉じた。

「い、いや！　今のはなし！」

「今、いいって言った」

「言ってない！　今のは、――」

否定の言葉を封じるように、アルフレドが笑みを浮かべて、唇で俺の口を塞いできた。

アルフレドはさっきからずっと、俺の横に寝っ転がって、俺の髪を勝手に弄って(いじ)いる。


なにが楽しいのか分からない。ていうか触るな。まあ……さっきみたいに、真上から見下ろされてるよりは怖くな、いや、マシだけど。

「い、言ってないから」

「ん？」

「ん？、ってなんだよ。分かってんのか」

「んー」

んー、って、その適当すぎる生返事はなんだよ。本当に聞いてんのか。頼むぞ。頼むから。

「だから、」

「腹減ったな」

「へ？」

「俺、実は昨日の晩、結局食いっぱぐれて、食ってないんだ」

「え？　そ、そうなのか」

「ああ。お前も腹減っただろ？　朝飯、食いに行こうか」

アルフレドが勢いよく起き上がってベッドから降りた。お前、裸足かよ。せめてスリッパを履け。

俺のほうを振り返って、まだ寝ころんだままの俺の手首を勝手に掴んでくる。

「お前も、起き――」

腕を引きかけて動きを止め、俺の手首を見てから、眉をひそめた。

「な、なに」

「……お前、少し、痩せた？　ちゃんと食ってたのか？」

「……く、食ってたよ！　失礼な！」

「そうか？　なんか、前より細くなってる気が……」

「なってない！　気のせいだ！　それに僕は細くない！　普通だ！　お前がでかすぎるんだよ！」

「そうか。ほら、リアン。行こう」

聞いているのかいないのか、アルフレドが笑みを浮かべながら手を引っ張る。そこには、さっきみたいなどこか危うい感じは全くしない。どことなく気だるそうな、よく言えばのんびりした雰囲気のする、いつものアルフレドだ。いつも通りの。

「……あ、ああ」

俺は内心ホッとしながら頷いて、手を引っ張られるままに身体を起こし、靴を履いた。

「……その前に、前」

「前？」

「シャツの前、閉めてくれ。……目の毒」

俺は慌ててシャツの前をかき合わせた。そして目の前にあったアルフレドの腹を思い切り殴った。固かった。

くそ、腹立つなこの野郎！　俺のと交換しろ！

「ば、馬鹿野郎……!!　お前がやったんだろうが!!」

＊＊＊

長かった春休みも、ようやく終わった。

三人組も村に帰ってきて、また学校に通う日々が始まり、いつもの日常が戻ってきた。土日になると教会に行くのも変わらない。

……時々、教会に来た時と帰る時に、アルフレドと遭遇するのも。


今日は土曜日だ。

いつものように教会に行くと、いつものように門のところで、仕事に行くアルフレドと遭遇してしまった。

アルフレドは俺を見ると、笑みを浮かべて近づいてきた。俺はここまできて逃げ出すわけにもいかず、門の前で立ち止まった。

「おはよう。リアン。今日は早いな」

「お、おはよう。君こそ。今日も仕事かい」

「ああ」

目の前に立たれて、それがやけに近くて、俺はどうにも顔を上げておくことができなくて、目をそらしながら俯いた。

いきなりアルフレドが、俺の手首を摑んできた。

「なあ」

「な、なに」

視界が急に翳って、俺の頰に、アルフレドの少し冷たい頰が当たった。反対側の頰にも。

いきなりのことに硬直していた俺は我に返り、飛び退いた。

「なっ……!? な、いきなりなにをするんだよ!?」

「《祝福》を、もらっていこうと思って」

「は!? ば、な、なに言ってんだこの野郎! し、仕事に行くだけだろお前は!! たかが仕事に行くぐらいで、《祝福》なんていらないだろうが! ていうか勝手にもらっていくようなもんじゃないだろ、それは!」

「そうか?」

「そうだ! マリエ様にもう一回正しく教えてもらってこい!!」

アルフレドが声を上げて笑った。とても楽しそうに。なに笑ってんだよ! 全然反省の色が見えないんですけど……!

「じゃあ、いってくる」

「さ、ささ、さっさと行け!」

今日は夕飯頃には帰ってくる、と笑いながら出かけていく金髪頭を見送りながら、俺は大きな溜め息をついた。

なんだか最近、こんな風に、いきなり……予告もなく、ふいに距離を詰めて触ってこられたりすることが増えてきたような気がする。そのたびに、どうしていいのか分からなくなって……困る。

気を抜くと、今みたいにすぐに逃げ出さないといけないような、なんとも表現し難い雰囲気になることも、たまに、あって……最近、マジで困っている。

……あの、強制的に無理矢理約束をさせられた件に関しても。

いやマズいだろう。いろいろ。あれはマズい。マズすぎる。どういうつもりなのかを本人に問うことすらマズい案件だ。

なので、できる限りこの件に関しては触れないように、あのどうにも形容し難い微妙な雰囲気にならないように、日々気をつけている。


「あら。リアン様。おはようございます！　今日はとってもいい天気ですね！」

箒とバケツを両手に持って教会の裏口から出てきたマリエが、俺を見て林檎色の頬を染める。そして元気に挨拶しながら、駆け寄ってきた。

「おはようございます……」

「あらあら。いかがされましたの？　そんな暗いお顔なさって！　お可愛らしいのに、台無しですわよ！　なにかお悩みがあるのでしたら、私でよろしければ、いくらでもお聞きいたしますわ！」

お可愛らしいってなんですか。変態兄と同じようなことを言わないで欲しいです。訂正を要求します。

「はぁ……マリエ様。あの。物事って、なかなか自分の立てた予定通りには、いかないものですね……」

「ふむふむ？　まあ、そうですわねえ……。でもそれは、いいことでもありますよ」

「いいこと……ですか？」

「ええ。だって、予定の通りにいかないということは、いくらでも自由に変えていける、ということでもあるのですから！」

俺は力が抜けてその場に崩れ落ちそうになるのを、なんとか堪えた。

「……ま、マリエ様は、いつも、うらやましいぐらいにポジティブですよね……」

「ふふっ。だって、後ろ向きに考えていたって、どうにもならないですもの！」

「うっ……ま、まあ、確かに……それは、そうなんですけれども……」

「リアン様は、難しく考えすぎるところがございますからね。もっとこう、ふぁじー？　ふぁにー？　ふぁふぁ？　ファーファァ？　なんだったかしら。まあいいですけどそんな感じでいかれたらいいかと思います！」

「ええ〜…そうですかあ……？」

「はい！」

マリエが、クマのぬいぐるみがマスコットキャラクターになっている柔軟剤みたいなフワフワとした助言をしてくれて、朗(ほが)らかに笑った。

　俺はあれやこれやと思い悩んでいるのがなんだか馬鹿らしく思えてきて、小さな溜め息をついてから。

　マリエの助言に脱力しつつも、どうにか笑みを返した。

閑話　或る星読みの話　アルフレド視点

刃を潰した剣が弾かれて、地面に落ちた。

それは一瞬のことだった。


銀色の髪をした対戦相手は、俺が打ち込んだ剣を片手で持った剣では受け切れないと判断したのか、すぐに両手で持ち直したから、あとは力で押し込めば勝てる……はずだった。

なぜなら今では相手の力は俺よりも弱いし、身体も俺より随分と小さくなったからだ。それを言うと、お前がでかくなりすぎたんだと顔を真っ赤にして、ものすごく怒られたけど。

なにか様子がおかしい、と感じた時には、もう遅かった。

対戦相手は俺の剣を受け止めたまま、弾き返そうとはせずにそのまま刀身を滑らせてきた。それからはあっという間で、気づいた時にはもう俺の懐の中にいた。

力をこめようとした矢先の予想外の動きに、俺は驚いて、一瞬動きを止めてしまった。その隙を、相手は見逃さなかった。

刀身は鍔に当たる寸前で止まり、すぐさまよく分からない動きで軽く手首を捻られ、俺の手が僅かに柄から浮いてしまう。そこで一息に、持っていた剣を弾き飛ばされた。思わず感心してしまうほどに綺麗な、流れるような動きだった。

対戦相手は素早い動きで後ろに飛びすさり、剣先が空を斬って、俺の鼻先で止まった。


「はい、そこまでー！　リアン君の勝ちだー」

年中眠そうな顔をした剣術の先生が手を上げて、試合終了を知らせた。

離れた場所で見ていた、目の前の対戦相手にいつもくっついてる三人組と、一部の生徒から歓声が上がる。

町立学校の剣術の授業では、毎月末、同じくらいの力量の相手との模擬対戦が行われる。対戦相手は毎回、先生が生徒の能力を見て決めている。


俺の対戦相手は、町立学校に入ってから——いや、村の学校の時からずっと、同じ相手だ。

俺と、目の前の銀色の髪の奴と、対等に戦えるような生徒が他にいないからだ。

銀色の髪の奴は、王都からわざわざ剣術の指南役を雇ってきて練習しているらしい。穏やかで柔らかい印象の見た目に反して、結構、負けん気の強い奴だからな。誰にも負けたくないんだろう。そのための努力も惜しまない感じだ。

そして銀色の髪の奴が習っているのは実戦用の剣術なので、町立学校で教わる形だけの剣術では全く歯が立たない。

分かっているが、連戦連敗はさすがに悔しい。相手の連勝記録をいいかげんに止めたいところだ。

そのために、時々、村の学校の剣術の先生に頼んで教えてもらっている。

その先生は、俺と同じように遠い国からやってきた元騎士だ。

何度も戦場で戦った経験があるからか、騎士学校を出ただけの町立学校の先生よりも教え方が少々荒っぽいが実戦向きで、勝つための戦い方を教えてくれる。まあ、本当の戦場でお互いに礼と名乗りから丁寧に入って正々堂々といざ勝負、なんてないからな。当たり前だけど。

多少、いやかなり暑苦しい時もあるが、とても面倒見がいい先生だ。卒業した俺にも、辟易するほど暑苦し、いや、一生懸命指導してくれるので、とてもありがたかったりする。暑苦しいけど。

そんな感じで、負けるたびになんで負けたのかを教えてもらいに行き、暑苦しい指導を受け、そしてまた負けて……を何度も、何度も繰り返しているうちに――

俺も、目の前の銀色の髪の奴も、他の生徒では練習相手にすらならなくなってしまっていた。

よって俺の対戦相手は、ずっと同じだ。

柔らかなアイスブルーの瞳が俺を見据え、どことなく誇らしげに少し顎を上げてから、嬉しそうに細められた。

「……残念だったね、アルフレッド。また僕の勝ちだ。いいところまでいってたけど、まだまだ君は隙が多すぎるね」

リアンが心底楽しげに笑みを浮かべ、そんなことを言った。

俺は溜め息をついた。

……今度こそ、いけるような気がしたんだけどな。なんでなんだろう。あいつはもう俺よりも力も弱くて、細くて、背も小さくなったのに。なぜか未だに勝てない。いいところまでは、いくようにはなったんだけど。

「だから前から言っているだろう。その馬鹿力に頼って、すぐゴリ押ししてこようとするのはいいかげんやめたまえ。いいかい――」

剣を鞘に収めてから俺に向き直ると、腕を組み、講義めいた言葉を語り出した。いつものように。

リアンはいつもこんな感じで、俺と剣を合わせた後、先生みたいなことを言ってくる。その内容は確かにその通りで、悔しいが、ためになるので俺も素直に聞いている。

「……ちょっと。君、ちゃんと僕の話を聞いているのかい」

「うーん……なんで、勝てないんだろうな……お前、俺よりも力ないし、すげえ小さくなったのに……」

素朴な疑問を口にしたら、リアンが顔を真っ赤にして怒り出した。

「なっ……!! 俺、いや、僕は小さくなってない!! 失礼なことを言うな！ お前がでかくなりすぎたんだ！ その身長、僕によこせ!!」

無茶なことを言い出した。

「無理だろ」

「っ!! う、うるさ――」

「リアン様！ お疲れ様でした！」

「リアン様～！ いやもう、本当に素晴らしかったです～！」

「リアン様っ！ とってもとっても、美しかったですっ！」

三人組がリアンの名前を呼びながら、こちらに駆け寄ってくるのが見えた。

リアンもそれに気がついて、口を閉じ、俺を振り返った。まだ赤い顔のまま。

「と、とにかく！ もっと精進したまえよ！」

「分かった」

素直に返すと、リアンは納得したのか大きく頷いてから、三人組のほうに足を向けて歩いていってしまった。

去っていく銀色頭をなんとはなしに目で追っている

と、その目元と頬はまだうっすらと赤味が残っていて、少し伏せた銀色の長い睫毛が揺れているのが見えた。

無性に、また触りたくなった。……あの夜、みたいに。

話を聞いてる間も触りたくて触りたくてたまらなかったけど、触ったら十中八九、いや確実に烈火のごとく怒り出すだろうから、どうにか堪えた。

抱き締めたりなんかしたら、しばらく口もきいてもらえなくなるかもしれない。というか、怒りと警戒心が収まるまで当分俺に近寄ってこなくなるはずだ。確実に。それはさすがに、辛い。

俺は溜め息をついた。

あの夜は、好きなだけ、いっぱい触らせてくれたのにな。

口付けたり、触れたりするたび、とても嬉しそうに目を細め、頬を染めながら楽しそうに笑っていた。

頬を伝う涙が、濡れた銀色の睫毛が、自分でも不謹慎だとは思うが、灯りを淡く反射して光っていて、とても綺麗だったのを覚えている。

……ただ残念なことに、あの後、リアンはすぐに気を失うように眠ってしまい、その翌朝には、触れようとすると怒って飛んで逃げる、いつものリアンに戻ってしまっていたけれど。

あの日のリアンは、俺がいない間になにがあったのかは分からないけど、なんだか相当に参っている様子だった。

部屋の中でひとり、幼い子供みたいに震えながら、泣いていた。

俺を見るなり、一緒に連れていって、置いていかないで、ずっと一緒にいて、と泣きじゃくりながら、必死にしがみついてきた。

まるで独りぼっちの子供みたいに。

なぜなのかは、未だに分からない。

口にするのがどうにも躊躇われて、その理由は聞けないままでいる。

何不自由ない生活と、約束された将来、裕福で家族もいて、誰もがうらやむ身の上だというのに。どうしてそんな寂しさを抱えているのか。孤独なんて、リアンには全く縁のないもののはずなのに。

――本当のリアンであるならば。

そんな考えに行き着くたびに、なにを馬鹿馬鹿しいことをと自分で自分を笑って否定する。

そんなことが、あるはずがない。目の前にいるのは、リアンだ。他の何者でもない。違うなんてありえない。そんなことは。

ない、と言い切りたいところだが……そんなことを考える自分を笑う一方で……あの日、フォーテルの村ですれ違った、星を読むという女が俺に語った言葉が、いつも、俺の頭の片隅に浮かんでくる。

頼んでもいないのに勝手に俺を見定め、俺が抱えているもの、そして俺の未来を予見した、あの、どこから来たのかも分からない旅の女の、妙に意味深で、意味不明な、星読みの言葉が。


その女は、俺の近くを、『世界の嘆きを憂えた女神が、別の遠き宙より呼び寄せし小さき流星』が回っている、と告げた。

告げられたその言葉の本意は、俺には分からない。『星』というのが、誰を指しているのかも。それが、どういう意味を持つのかも語られなかった。

女の語る言葉はあまりにも抽象的で、漠然としすぎていて、それが本当に意味があるのか、ないのかも判別がつかない。

全てが曖昧で、意味をどうとでも取れるし、どうとも取れない。

意味深な単語を組み合わせただけの、ただの言葉の羅列かもしれない。勝手に通りすがりの人を占っては金をせびる、薄暗い路端にいる占い師と同じ類の奴かと思ったが、金はせびられなかった。だから、そういう類いの奴ではないんだろうが。

名も知らぬ相手から、ただ一方的に投げかけられただけの言葉だ。

そんなもの、別段気にする必要もない。ないのだが

――どうしてだか……未だに俺の中に残り続けている。

その女は、所々破れた黒いローブを身に纏い、大きなフードを顔を隠すように目深に被り、恐ろしく古びた漆黒の木の杖を片手に持っていた。そしてよく分からない様々な計測具、色褪せた表紙の数冊の本や、びっしりとなにかが書き込まれた紙の束を腰や背中にぶ

ら下げていた。

　この大陸では珍しい漆黒の長い髪と瞳をしていて、肌は陶器のように真っ白く、唇だけがやけに赤かったのを覚えている。

　俺の金髪、青色の瞳と同じように、漆黒の髪と目は、茶系の髪色と瞳の色が多いこの大陸では珍しすぎて奇異に映る。それを隠すために、大きなフードを目深に被っていたのかもしれない。

　年齢も、若いのか、年老いているのかもよく分からなかった。

　それでも整いすぎた容貌は隠し切れておらず、道行く村人がちらちらと横目で窺（うかが）うように見ていた。

　整いすぎた顔の造作はどこか作り物めいて見え、本当に人なのかと疑いたくなるほどの異質な気味悪さがあった。

　どこからやってきたのかも分からない、旅の女。

　星を読み解くために、宙についての研究をしているのだ、とその女は言った。

　世界を巡り、所々で夜空を見上げ、その動きを記録し、星が辿るであろう軌跡を読み、その意味を、探っているのだと。

　その女が言うには、俺も含めて、生きとし生けるものは全て、彼（か）の恐ろしき魔の存在ですらも、星から切り崩された欠片であり、それらも星となって、巡っているらしい。

　全ての星は巡り、流転（るてん）し、幾度となく繰り返し、回り続けているのだという。

　幾度となく。

　そう言って、女は俺を見るなり、なぜかうっすらと笑みを浮かべた。

　その星を読む女が告げた言葉が、今もずっと俺の中に、焼きついたように残っている。

＊　＊　＊

　仕事から帰ってきて、風呂に入って、寝るまでの数時間。

　机に座って、時にはベッドに寝ころんで、または本を読みながら、俺は地道に頼まれた仕事をこなしている。

「……今日は、これくらいにしとくかな」

俺は椅子の背に身体を預けて思い切り伸びをし、机の上に大量に転がっているブラッドオレンジ色の石を見て、肩を揉んだ。

脇に置いた袋を持ち上げてみる。重さからして、ちょうど、残りは半分くらいだろうか。

これは、リアンから依頼された仕事だ。この無色透明な石、空の《魔源石》に魔力を詰めて欲しいと頼まれた。春休みが始まる前に。

できた分から納品して欲しいと言っていたから、そろそろ納品してもいいかもしれない。

今週の土曜日は夜間の仕事先である大衆酒場が臨時休業だから、朝から夕方まである建築現場での仕事を終えてまっすぐ帰れば、日が暮れる前に教会に帰れる。その時間ならリアンもまだいるだろうから、その時にでも話して渡せばいい。

しかし、今年の春休みは、なかなかに忙しかった。

農家が繁忙期で、人の動きも活発になるため仕事の依頼も多い春は、今年に限らずいつも忙しいのだが。

今年はいつもと違って、仕事先の牧場主であるチェダー夫婦と、山一つ越えた先にあるフォーテルの村へと行くことになった。

フォーテルの村に住むチェダーさんの伯父夫婦が春休み前に、ルエイス村まで遠路はるばるやってきて、家畜だけ罹るという流行病で牛と馬が数頭死んでしまったから数頭譲ってくれないかと頼みに来たらしい。

気のいいチェダー夫妻は、その不運に同情し、すぐに援助を申し出た。牛八頭と馬二頭を譲ることにして、隣の村まで連れていくことに決めた。

年老いた伯父夫婦は手伝うと言ったが、チェダー夫妻はやんわりと断った。伯父さんは少し腰を痛めているし、奥さんはあまり丈夫ではない。俺も断って正解だったと思う。せっかく家畜を譲っても伯父夫婦が倒れてしまったら意味がない。

俺はチェダー夫妻に、隣村まで牛と馬を届けるのを手伝ってくれないだろうかと言われた。

いつもより多めの日当と、食事代、宿泊費はもちろんのこと、危険手当までつくという。

翌週末の仕事の時に返事をくれたらいい、と言われたが、俺はその日のうちにその依頼を受けることにした。

増額された日当はもちろん嬉しいが、なにより、チェダー夫妻にはいつも世話になっている。

帰る前に夕飯をご馳走してくれたり、安売りで買いすぎたからといって服をくれたり、夫人が作った菓子を土産にくれたりして、普段からなにかと親切にしてもらっているのだ。

毎月の末に礼拝に来ては、ついでにと、教会の補修作業をしてくれたりもする。とても気の好い夫婦だ。

それに家畜を数頭連れていかないといけないから二人だけだと世話が大変だろうし、山は魔物が出るから危険だ。フォーテルの村までの道は所々魔物除けが設置してはあるけれど、全行程がカバーされているわけではない。

行って帰ってくるにはかなりの日数がかかりそうだったが、幸い春休みなので断る理由はなかった。


ルエイス村とフォーテルの村の間には、そこそこ大きな山が聳(そび)えている。

傾斜のきつい山道は整備されていない。倒木や落石があればそれを迂回していくしかないため、どんなに急いでも往路で三日はかかる。

牛を歩かせながらの山越えということになれば、その倍はかかるだろう。往復で、二週間はみておいたほうがいい。

たまたま運よく、夕飯時に会えたリアンにそのことを告げると、案の定。

慌て出した。

あいかわらずの心配性ぶりに吹き出しそうになった。

本人は気づいているのかいないのか、平気だと言いながら青い顔をしていて、あれやこれやと魔除けや薬や食い物を渡してきた。あまりの動揺ぶりに、俺のほうが心配になってしまったくらいだ。

大丈夫だから、二週間後には帰ってくるからと、どうにかこうにか落ち着かせたら、帰ると言い出したので門まで送ることにした。

俺のほうも、リアンとこんなに長く離れるのは初めてだ。

毎日学校で会うし、土日もタイミングが合えば会う。会わない日のほうが少ないぐらいだ。

いつも見ている銀色頭が当分見られなくなると思うと、なんだか……なんとも言えない気分になった。気持ちが沈む前、みたいな。そんな、あまりよくない感じに。

マリエたちに挨拶をしてから帰ると言う律義なリアンの後について歩きながら、そういえば、と思い出す。

旅立つ者に、道中の安全を願って《祝福》を贈る、昔からの習わしがあることを。

俺の母が玄関先で、旅立つ父にやっていた。マリエも、子供たちに養い親が見つかって教会を出る時や、親しい人が村を離れる時にしていた。

遠く離れていく人たちに贈る、祈りの言葉と、一連の決まった仕草。

迷信じみたそれをしてもらったからといって、なにがどうということはない。ないけれど。

待つ者には、待っていれば必ず自分の元へ帰ってくるのだという、待つ間の心の拠り所を。

行く者には、どのように遠く離れた場所へ行こうとも、自分を想ってくれている人がいる、帰る場所があるのだという心の安寧(あんねい)を。

お互いに確認し合って、安心するような、儀式とも言えない、ちょっとしたやりとり。ささやかな約束事、みたいなものだ。

それでも。それをもし、してもらえたなら。俺のこのなんともいえず暗くなりかけている気分も晴れるかもしれないし、リアンも……安心できるのではないだろうか。そう思って。

でも少し触れただけでも恥ずかしがって、怒って、すぐに飛んで逃げてしまうリアンのことだ。してくれるだろうかと思いつつも……願うだけ、願ってみた。

予想通り真っ赤な顔をして怒りかけ、ああやっぱりだめかと諦めかけた頃。真っ赤な顔のまま、予想外に、俺の側まで戻ってきて。

《祝福》をしてくれた。

俺は嬉しくてたまらなくなって、思わずリアンの唇に、自分の唇を落としてしまった。ものすごく怒られた。

でも《祝福》をくれたということは、リアンは俺の無事を祈って、ここで待っていてくれるということだ。

帰りを待っていてくれるということは、それはつまり——ここが、俺の帰る場所だ、ということでもある。

そうだ。俺は、ここに、帰ってくればいいのだ。

どこにも帰る場所のなかった昔の俺と、今の俺は、違う。

俺はもう、あの時のようにあてどなく、あるかどうかも分からない夢のような場所を探し続けなくてもいいのだ。

そのことを今更ながらに、その時、ようやく認識した。認識できた。

帰る場所が。待っていてくれる人が、人たちが、ここにいる。俺はなんともいえず嬉しくなって、全力で駆け回りたい気分になった。

嬉しくて嬉しくて、祝福をくれたリアンを抱き締めて抱き上げたくなったけれど……きっと、いや確実に烈火の如く怒り出すだろうから、どうにか我慢した。


そんな奇跡的にもらうことができた《祝福》のお陰なのかは、分からない。

山道で一度だけ魔物と遭遇したが、大して強くはなく、あっけないぐらい簡単にチェダー夫妻と撃退できた。

山の天気は変わりやすいはずなのに、道中ずっと天候にも恵まれて。牛と馬を一頭も失わずに、俺もチェダー夫妻も怪我一つすることもなく。

俺たちは無事に山を越え、何事もなく、フォーテルの村に到着することができた。


チェダーさんの伯父夫婦は、俺たちの到着を村の入り口で待っていてくれた。

俺たちの姿を確認すると、慌てて駆けてきて、大喜びで泣きながら出迎えてくれた。

その後は、伯父夫婦――パルメさん夫婦に案内されて彼らの牧場へ行き、連れてきた牛と馬を無事引き渡したことで、俺の今回の臨時仕事でもある家畜の移送の手伝いと護衛任務は完了した。

あとはもう、チェダー夫妻と一緒にルエイス村へ、リアンたちの元へと帰るだけだ。


だったのだが、年老いたパルメ夫妻が営む牧場の設備はあちこち傷みが激しくて、それを見たチェダー夫妻はできるだけ補修をして帰りたいというので、俺も付き合うことにした。

その分の追加日当も出るし、他の仕事先へは春休み中は休みにしてあるから特に問題はない。もし道中なにかあったら戻りの日程が読めなくなるので休みにしておいたのだ。その分、春休みに入る前に普段の倍以上働いて、さすがの俺も倒れそうだった。

　とにかく無断欠勤をするわけにはいかない。そんなことをした日には、即クビだ。俺のようなガキの代わりはいくらでもいるから、勤務態度が悪いと判断するとすぐに切って新しい奴を雇う。

　そういうわけで、俺たちは二、三日ほどフォーテルの村に滞在することになった。


　その日の夕方。

　買い出しの荷物持ちにと、チェダーさんの奥さんとパルメさんの奥さんに引きずられ、村の市場へ連れていかれた。

　人がごった返している市場から少し離れた道の端で、荷物番をしながら、忙しそうに行き交う人たちをぼんやりと眺めつつ、奥さんたちを待っていた時。

　俺の目の前を、漆黒の女が通り過ぎた。

　異質な女だった。

　この大陸では珍しい、真っ黒な髪と真っ黒な瞳。真っ黒なローブを着て、真っ黒な杖を持ち、その黒い女は影のようにするりと人の間をすり抜けていく。

　目立つ出立ちと容姿をしているにもかかわらず、なぜか、それほど注目は集めていない。すれ違う人が気づいて振り返るぐらいだ。まるで幻かと思うほど静かに、音もなく動いているからだろうか。

　あまりに異質で、不可思議な女の旅人だった。

　その女は俺の前を通り過ぎる直前で、ふいに足を止めた。

　なにかを考えるように小首を傾げてから、ゆっくりと振り返って、俺がいるほうへと視線を向けてきた。

　俺も見ていたからか、女と目が合った。

　女は、光すら吸い込みそうなほどに暗い、真っ黒な、闇色の瞳をしていた。

　物珍しくて眺めていたことに気づかれたのだろうかと少々ばつが悪く、内心焦り始めた頃。じっと俺を見ていた女は、漆黒の瞳を細め、赤い唇の端を三日月のように吊り上げた。

「……おやおや。なんとも、なんとも。これは誠に、誠に、奇(く)しきこと哉(かな)……。そこの若き御方……。貴方様は、《王者(おうじゃ)の恒星(こうせい)》を身の内に抱いておられるようですね……」

いきなり話しかけられて、俺は面食らった。

女とは初対面だ。名前すら知らない。何者なのかも。

俺が無言でいると、女はゆっくりと近づいてきて、更に話しかけてきた。

「世界に数えるほどしかない強き熱星(ねつぼし)……この目で、再び見られる日が来ようとは。嬉しくも奇しきこと哉……」

「……なに」

「ふふ……貴方様は、《王者の恒星》――それは、頂(いただき)に立ちて他者をひれ伏せさせ従わせる王のごとき、強大な力を持つ輝き星。その星の下に、貴方様は生まれついておられる。貴方様には、栄耀栄華(えいようえいが)の華々しき未来が約束されているのです。そして……憐れなほどに、深き宿業(しゅくごう)をも、背負わされているのです……」

女が歌を歌うように楽しげに、語り始めた。俺は一瞬なにを言われたのか意味が分からず、女を見すえた。

王者の恒星。輝き星。深き宿業？

「なんだ……？」

不信と不快感丸出しの俺の問いに女はひるむことなく、更に言葉を続けた。

「恒星は身の内に、他の星を引寄せる引力を持っております。その引力が強ければ強いほど、多くの星がその元へと集(つど)いましょう。ただ……恒星とは、自らが光と炎を放つ、荒ぶる熱星でもあられます。その光と炎が強ければ強いほど……皆は敬(うやま)いつつも恐れ、光を欲しつつも焼き殺されるのに怯え、貴方様の側近くへ寄ってこようとする者は、ひとりとしていないでしょう。……貴方様と対を成す、同等の力を持ちし、《慈愛(じあい)の白き明星(しろきみょうじょう)》でさえも……」

女は、どこか憐れむような視線を俺に向けてきた。

さっきからなにが言いたいのか、さっぱり分からない。なにを意図して俺に話し続けているのかも。俺はだんだん苛立ってきて、女を睨みつけた。

あからさまに怒気を孕(はら)んだ視線を向けても、女は立ち去ることなく薄ら寒い笑みを浮かべたまま、更に言葉を紡ぎ始めた。

「《王者の恒星》……それは恒星の中でも、一等、強く輝く星です。数多(あまた)の星々を引きつけ、その軌道すらも意のままに操れる強き熱星。引きつけられた星々の運命すら改変し、従わせ、回し巡らす、支配者たる王者の星。ただ――意のままに多くの者を、富を、名声を手に入れられる力の代償として、その王たる星には、重き宿業が課せられているのです……」

「重き宿業……？」


「そう。それは――《永劫（えいごう）の孤独（こどく）》」


女が目を細め、笑みを深めた。

「全ての者がうらやむ、最上の栄誉と栄華を手にするその対価……。終わることのない孤独。それは、貴方様が終わりを迎える時まで、貴方様を苛（さいな）み続けることでしょう。ああ、なんとも恐ろしく、憐れなことでしょうか……」

憐れと言いながら、女は肩を震わせて、嗤（わら）った。

そして、奇妙に歪んだ真っ黒な杖を手に持ち、祈るように構え、目を伏せた。

薄く開いた瞼の奥に覗いて見えるその漆黒の瞳は、ここではない、どこか遠くを見ているように、夢見るように、ぼんやりとしている。


「ああ……なんとも、なんとも、恐ろしきこと哉……貴方様の深き宿業の業炎は……この先……いずれ来たる日に……遅くとも二年を経た後（のち）、貴方様の得た全てのものを焼き尽くし、奪っていくこととなるでしょう。それに耐えられるかどうかは、貴方様次第でございます……。もしも、耐え切ることができましたら……そう遠くない未来の先で、至上の栄光を手にすることができましょう……」


「お前……なにを言ってる！」

俺は聞き捨てならなくて、女に向かって怒鳴り、一歩踏み出した。

それでも女は目を伏せたまま一歩も動こうとしなかった。黒い杖を構え続け、聞き取れないほど小さな声でなにやらぶつぶつと呟いている。

「……おや……？　……なんと……これは……なんという……」

それまで夢幻の中にいるように無表情だった女が、眉間に皺を寄せた。

しばらくして眉間の皺は消え、その代わりに紅い唇が、大きく弧を描いた。

「ふふ……これはこれは。なんということでしょうか。このようなことは初めてです……よほど、彼(か)の御方はこの星の未来を憂えたのですね……」

「なに……？」

「……女神が、幾度となく巡る貴方様の、いえ、世界の、癒し切れぬ深き慟哭(どうこく)と嘆きを憂えて……こたびは、一つの星を……貴方様の元へ、投げ入れたようでございます」

「一つの、星？」

「……ふむ……これは……異(い)なる哉。……その星は、別の遠き宙(そら)より呼び寄せし小さき星……小さき流星……」

「流星？」

「なんとも……ふふ……これは、これは面白い……女神の投げ込みしその小さき星が、貴方様の側で瞬き、その細やかなる光でもって、貴方様の暗き行き先を照らし続けているようですね……なんとも、健気なこと……」

　伏せていた瞼を上げて、女が俺を視た。夢見るようにぼんやりとした顔つきと瞳はそのままに、初めて、慈愛に満ちた、と思ってしまいそうなくらいに穏やかな笑みを口元に浮かべて。

「……貴方様の孤独を想い、貴方様の業炎に焼き殺されることを恐れながらも、自ら寄り添い、その側近くを付かず離れず、回っている……。なんと、優しき星でしょう……」

　女の言葉に、なぜか、ふと……リアンのことを思い出した。

　優しい、こちらが心配するほどに優しすぎる、あの少年を。

「……その小さき流星は、別の宙より流れ来たる星であるが故に、私の星読みもかないません。どこから来て、どこへ向かうのかも。ですが……これだけは、私にも読むことがかないました。その星は、ただ一つの、巡らぬ星……」

「巡らぬ星？」

「この宙の星々は巡り続けております。幾度となく。ただ……その流星のみは、別の宙より投げ込まれたもの。異質な星。在(あ)るはずがない星。必定(ひつじょう)、それはこ

の宙で唯一、巡ることのない星ということになりましょう。それ故、ひとたび宙へ飛び立てば見つけることあたわず、一度失えば二度とは戻ってこぬ……お気をつけなさいませ。その優しき小星を失いたくないのならば、見失わぬよう、焼き消してしまわぬよう、大切になさるといいでしょう……」

女は言うだけ言って満足したのか……は分からないが、ようやく杖の先を地面に下ろし、俺に向かって深々と頭を下げてきた。

「なんとも、大変に珍しき星々を読ませていただきまして、誠にありがとうございました。それでは、私はこれにて。失礼させていただきます。…………二年の後に巡り来たる災厄の日を乗り越え、貴方様の孤独と嘆きが癒される日が来るのを、心より願っております……」

女はそう言うともう一度だけ笑みを浮かべ、ゆっくりと踵（きびす）を返して人込みの中へと戻っていった。

俺は呆然としていて、はっと我に返って、女の後をすぐに追った。

市場中をくまなく探し回ったが、あんなに目立つ姿をしているというのに誰に尋（たず）ねても見ていなかったり、どこへ行ったか分からないと言うばかりで、結局、帰る時まで、漆黒の女の姿を見つけることはできなかった。

＊＊＊

土曜日。

新築工事中の店舗内に終業のベルが鳴り響いた。

俺は急いで工具を片づけて、工事主任に挨拶をしながら店舗を飛び出し、乗り合い馬車の停留所へ走った。ちょうど出発しかけていた乗り合い馬車を強引に止めて、駆け込んだ。この時間に帰れば確実に、リアンは教会にいるだろう。

ルエイス村の停留所に着くと同時に飛び降り、木立の間の道をひたすら走った。

走っていると、遠く、鐘の音が聞こえてきた。村の一番高い丘の上にある、オーウェン時計塔からだ。横目で並木の間に視線を向けると、遠く、木々の間から伸びる細長い石塔が見えた。

先々代の領主が、王都を恋しがる貴族の妻を慰めるため、王都から高名な技師をわざわざ呼び寄せ、王都の時計塔の鐘の音に似せて造らせたらしい。技師の腕は確かだったようで、それは百年以上経った今も壊れることなく、時を刻んでいる。

目をこらしてみる。文字盤の数字は見えないが、短針の位置が四時を指しているのだけは分かった。急いだ甲斐があった。これなら間に合いそうだ。

空全体が橙色に染まる前に、教会に辿り着けた。この時間なら、チビたちは食堂で夕飯を食べている頃だろう。リアンもきっと、まだいるはずだ。

食堂に駆け込むと、予想通り、ちょうどチビたちが食べ終えて皿を片づけ始めているところだった。

「あ！　アルにいちゃだ！」

「おかえりなさい！」

「おかえなしゃーい！」

チビたちが俺の周りに駆け寄ってきた。俺はその頭を撫でながら聞いてみた。

「ただいま。リアンは？　まだいるか？」

「リアン様？　うんとねえ、いらっしゃるよー！」

「リアンさま、いるよ～！」

「うん。いるおうー」

「あのね、リアンしゃまはねえ、マリエしゃまと、おさらあらう、してる！」

「あらう、してるー！」

「……は？」

まさか、と耳を疑いながら調理場を覗くと。

確かにチビたちが言うように、マリエと並んでお揃いのエプロンを着けたリアンが流しで食器を洗っていた。楽しそうに、マリエと話をしながら。

俺に気づいたマリエが、林檎のように赤い頬を緩めて微笑んだ。その隣のリアンも俺に気づいて、洗い流していた皿を慌てた様子で脇の籠に入れた。

「あら？　あらあら。アル。お帰りなさい。今日はとても早かったのね」

「お、おかえり……きょ、今日は随分と帰りが早いな……」

「ああ。ただいま」

全力で走って帰ってきたことは言わずにおいた。

「……なにやってんの？」

「みっ、見りゃ分かるだろ！　ご馳走になったから、お礼に、片づけを手伝ってたんだ！」

「お構いなく、って言ったのですけど。でも、助かりましたわ。リアン様、とっても手際がよくて――」

「ま、マリエ様！」

リアンが赤い顔をしながらマリエの言葉を止め、慌てたようにエプロンを脱いで畳み、サイドテーブルに置いた。丁寧に。慌てていても、優等生ぶりが変わらないのを見て、俺は吹き出しそうになった。

「ぼ、僕はそろそろ帰ります！」

「待て。お前から頼まれてた仕事、半分できたから渡そうと思って」

「え!?　嘘!?　も、もうそんなにできたのか!?」

「ああ」

「さ、さすがだな……」

リアンが慌てていたのも忘れて、呆れたように俺を見上げてきた。

俺の部屋に置いてあるから取ってくる、と言うと、ついでだからと一緒に俺の部屋までついてきた。

リアンは机の上に並べたブラッドオレンジ色の水晶石を一つずつ数えながら、丁寧に袋に収めていく。さっき楽しそうに洗っていた食器と同じように。白くて細い指で。丁寧に。

手際がいい、とマリエが褒めていた。

リアンも、楽しそうにスポンジを泡立てながら洗っていた。

その横顔は、なんだか、ひどく、懐かしそうだった。洗い流していく手つきは、とても初めてとは思えないほど確かに手際がよく、慣れている感じがした。……皿洗いなんて下女がする仕事など、リアンの身分からすれば、一度もしたことなんてないはずなのに。

「……全部で五十二個。すごいな……マジであっという間だ……。ええと、数はいいか？　合ってる？　――アルフレド？」

「……あ、ああ」

返事が遅れた俺を不審に思ったのか、リアンが首を傾げながら見上げてきた。

黙っていると、薄氷色の瞳が、どこか心配そうに翳った。

「……どうした？　なんだかお前……ちょっと、疲れてる？」

どこまでも優しい、気遣うような視線と言葉。こういうリアンを見るたびに、あの漆黒の女の言葉が脳裏に浮かんでくる。

――その小さき流星は、別の宙より投げ込まれたもの。異質な星。在るはずがない星。

――貴方様の孤独を想い、貴方様の業炎に焼き殺されることを恐れながらも、自ら寄り添い、その側近くを回っている……なんと、優しき星でしょう

――それはこの宙で唯一、巡ることのない星。それ故に、ひとたび宙へ飛び立てば見つけることあたわず、一度失えば二度とは戻ってこぬ…………お気をつけなさいませ。

「アルフレド？　本当に、どうした？　もしかして……魔力こめるの頑張りすぎたのか？　お前も、やり始めると止まらないタイプだからなあ」

「……そうかも」

ゆっくり近づいて、腰に腕を回して引き寄せてみた。思っていたより抵抗なく、腕の中に収まってくれた。俺の魔力状態を気にしているみたいで、そこまで意識が向いていないようだ。唇を寄せると、ようやく我に返ったようで、目を見開いた。

「アル、」

「……少し、分けてくれるか？」

軽く口付けて、様子を見る。

リアンの顔が真っ赤になった。あ、とか、う、とか言っている。

本当は。別段、困るほど魔力が足りなくなっているわけではない。疲れて見えるのは、全力で走って帰ってきたからだ。言わないけど。でもまあ……今は疲れてるし腹も減っているから、魔力もきっと減っているはずだ。まるっきりの嘘ではない。そういうことにしておく。

よろけるように肩に額を置くと、リアンがびくりと震えた。

我ながら、ずるいことをしているなとは思う。けど。なんだかひどく、触っていたい気分なのだ。触れて、確かめたい。

目の前に、ここに、ちゃんと在る、ということを。

俯いたリアンが俺の袖を握り締め、溜め息のような息を吐いて、小さく唸ったのが聞こえた。

だめだろうか。逃げてしまうだろうか。やっぱり。

顔を少し上げて、覗き込んでみる。赤い顔をしたまま俺を見上げてきて、それから慌てたように視線をそらしながらまた俯いて、なにやら考え込んでいるように眉間に皺を寄せた。しばらくしてから、また顔を上げてきた。迷っているような顔で。

「……そ、そんなにしんどいのか」

「ああ。しんどいな。……クラクラする」

嘘ではない。

一生懸命考えてる様子を見て、俺のことを考えてくれてるのが見て取れて、確かにクラクラした。だから間違いではない。

「……わ、分かった……」

え、と言う間もなく、リアンの細い腕が首に回って、下へと引き寄せられた。

それから鼻がぶつかるほどに顔が近づいて、リアンが目を伏せたまま——唇を押しつけてきた。

あたたかくて柔らかい唇が触れると同時に、穏やかな魔力が、ゆっくりと少しずつ、俺のほうに流れてくる。

ほんのりとあたたかい、ゆっくりと染み渡るような、穏やかで優しい魔力が流れ込んできた。

マジか。

してくれるとは思わなかった。これはもう、いつものようになに考えてんだこの馬鹿野郎と言って、いつものように真っ赤な顔をして怒って飛んで逃げるだろうと思っていた。

本当に、俺に魔力を分けてくれるようだ。しかもリアンが一番嫌がる《粘膜接触》で。いやまあ、俺がそういう感じになるように仕向け、いや、頼んだんだけれども。

自分でもいかがなものかと思うずるい手段ではあったが、接触の了承は取れた。俺は、俺よりも細くなった身体を更に引き寄せて抱き込み、遠慮なくかぶりついた。

「んっ……!?」

リアンが驚いて、大きく身体を跳ねさせた。

なにか言いかけたようで口が開いたので、ゆっくり舌を差し込んで、絡めてみる。唇は柔らかくて気持ちいいし、魔力はあたたかくてどことなく甘い気がする。

口の中も、甘い。

　腕の中の身体は跳ねたり震えたりしているけど、まだ逃げる様子はない。

　苦しそうにしたので、少しだけ唇を離してみる。

　リアンが大きく息を吸って、吐いた。肩と胸を上下させて、必死に呼吸し始める。また息を止めていたようだ。だから、鼻を使えって言っただろ。鼻を。

　落ち着いてきた頃合を見計らって、また顔を寄せて尋ねてみた。

「もう少し、いい？」

「っ……！」

　怒ったように眉尻を上げて顔を赤くしたからだめかなと思ったが、しばらくなにか言いたげに口を開けたり閉じたりした後、目を伏せ、俯いた。

　まだ、逃げる素振りはない。大人しく腕の中にいてくれている。これは、いい、ということでいいのか。いや、いいということにしておこう。

　唇の端に軽く触れると、少し身体を跳ねさせた後、赤い顔で睨んできた。

「お、お前なあ！　ふ、ふつうに、――ん」

　口を塞ぐと、また少しずつ、魔力が流れてきた。

　動揺しているからか、止まったり、少し流れてきたりして、とても不安定ではあるけれど。

　それでも俺に分けようとしてくれてるのが、たまらなく嬉しい反面、優しすぎて、不安になってくる。

……あの女の言っていたことが、全て真実だと証明されているようで。

　リアンは、救いを求める者には、なんだかんだ言いつつも、分け与えようとする。こんな風に。

　優しい、優しすぎるリアン。

　友人たちに、チビたちに、マリエに、俺にすらこうして、自分が持っているものを躊躇いなくすぐに分け与えようとしてくれるほどに、優しすぎる気性。

　大勢の人に囲まれて、何不自由のない生活をしているはずなのに。なぜなのかは分からないが、心細さに泣きじゃくってすがりついてくるほどの、深い寂しさも抱えていて。

　ある日を境に、別人のようになったことを、遠い記憶の中でも、覚えている。

　そして――

　リアンは、二年待て、と俺に言った。

あの星読みの女も、二年の後に俺の業炎が全てを焼き尽くすだろう、と言った。

なぜリアンは『二年』と言ったのか。偶然なのか、その一致がなにを意味するのかは分からない。

女神が投げ入れた星ってなんなんだ。なんのために？

漠然とした不安とともに、なんとも言えない、根拠なんて丸きりないのにそうかもしれないという予想が脳裏をよぎる。

もしかしてリアンは、なにかを知っていて。二年後に起こることが分かっているのではないだろうか。

俺はそんなことを考える自分に呆れた。なに馬鹿なことを。ありえない。リアンは星読みではない。ないけど……絶対になにも知らない、とも、言い切れない。あれは偶然の言葉なのか。それとも……なにかを知っている上で口から漏れた言葉なのか。

直接聞けば分かる気がするけど、俺は、その問いを口にすることができない。

それを尋ねたら、リアンは逃げてしまうような気がする。最悪、消えてしまうような気がするのだ。俺の前から。なぜだかは分からないけれど、そう感じる。

あの時、あの女を引き止めて、もっと詳しく聞いておけばよかったと、今更ながら悔やまれる。

フォーテルの村にいる間、時間を見つけては、あの言葉の内容をもう一度詳しく聞こうとあの女の姿を探したけれど。結局、見つからなかった。

だから俺は、未だにもやもやとしたものを抱えながら、こうして考え込んでは答えが出せないまま、消化不良な気分を持て余している状態だ。

……でも。

お前が、もし、もしも。俺の側近くを回ってくれている星だというのなら。別の宙から来ていようが、女神に放り込まれた星だろうが、なにものでも構わない。

あの黒い女が言っていたようには、絶対にしない。絶対に俺は、お前を焼き消したり、見失ったりなんかしない。するもんか。

絶対に。

名残惜しいが、俺はそろそろ唇を離すことにした。

これ以上もらったら、またリアンが倒れてしまいかねない。

首筋に顔をうずめて抱き締めると、リアンがびくりとしながらも、動きを止めた。《魔力譲渡》を一方的に突然キャンセルした俺の様子を、どうしたのかと探っているような気配もする。

「……あ、アル、フレド？」

これぐらいなら、聞いてみても、いいだろうか。

「……なあ。星読みって……当たると思うか？」

腕の中で、リアンがビクリと大きく震えたのが分かった。息を呑む音も聞こえた。

「星、読み……」

「……フォーテルの村で、妙な旅人に……星を読むっていう奴に会って……この先のこと、いろいろ言われた」

「そ、そうか……」

「あまり、……いいことを、言われなくて」

永劫の孤独やら、全てを焼き尽くすとか。どちらかというと、ろくでもないことのほうが多かった気がする。

リアンが震える手で俺のシャツを摑んできた。何度か深呼吸をしてから、ゆっくりとシャツから手を離し、震えたままの手を俺の背に回して、細い腕を目いっぱい伸ばして、抱き締めてきた。

「……大丈夫。大丈夫だよ、アルフレド。それは……あるかもしれない未来の一つで、確定じゃない。未来は決まっていない。いくらでも変わっていくし、変えていけるんだよ。変えようと思えば。自分の力で。いくらでも」

まるで自分に言い聞かせているような口調で、リアンが言った。

「大丈夫。変えられるよ、アルフレド。決まった未来なんてないんだから。よくない未来なら、今から変えていけばいいんだ」

「……変えて……？」

「そうだよ。変えていけばいいんだ」

「そんなことが……」

「できるよ。できる。変えられる。だって、まだなにも、決まっていないんだから」

「……そう、か」

「そうだよ！　なんだよ、お前らしくないなあ。……そんな、うさんくさい占い師みたいなこと言う、通りすがりの旅人の言葉を気にするなんて」

「うさんくさい占い師……」

「そうだよ。そんな人の言うことに、確かなことなんて、なに一つない。本当だと証明する証拠も、なにもない。だから、……そんなの、信じなくたっていいんだ」

そうだろうか。あの女の言うことは、確かに曖昧で、抽象的で、よく分からないものばかりだったけれども
──

変えていける、とリアンは言った。

いくらでも。自分の力で。

あの女が言っていたことは確かに曖昧すぎるし、真実だということを証明する証拠も、確認する術もない。

リアンが言うように、それも一つの未来だというなら。

他にも未来はいっぱいあるということだ。

だから、最悪の未来に行き着かないように気をつけて、別の、もっといい未来へ辿り着くようにすればいい。

「……変えていけばいい……のか……」

「そう。変えていけばいいんだ。大丈夫。先のことなんて、まだなにも決まってなんかいないんだ。いくらでも変えていける。自分が思ったように変えていけばいいんだ。誰にだって、それはできる。できるんだ。俺にも。お前にも。そうだろ？」

やけに力強い声音で挑むように言われて、俺は気圧されながらも頷いて返した。

「……あ、ああ。そうだな……」

「なんだよ、その適当な返事は。本当に、そうだと思ってるのか？」

「ああ。思ってる」

「本当か？」

「ああ。本当だ」

リアンが、ほっとしたように、静かに息を吐いた。

俺を抱き締めていた手の力が、緩んでくる。背中を軽く叩いてから、その手は離れていった。

「……よし。いいだろう。……そのこと、忘れるなよ」

リアンがいつものように少し上から目線で言ってきて、俺を見て、大きく頷いてみせた。

確かに。リアンが言う通り、気に入らない未来など変えてしまえばいいのだ。なにをどうすればいいのかは、まだ分からないけれど。

そういう未来があるということを知って、知ること

ができて、変えようと思い続けているなら。それは、あの星読みの女が言っていた未来とは、きっと、異なるものになるだろうと思う。

未来は暗いばかりではない。暗くない行き先もある、と教えてくれた。リアンが。

ああ。そうか。

やっぱり、あの女が言っていた小さき流星は、お前のことなんじゃないだろうか。沈みかける俺を引き上げてくれるのは——いつもお前だった。

「……行き先を照らす、光、……」

「なに？」

「……いや。なんでもない」

俺は不思議そうな顔で見上げてきたリアンに微笑んで、力いっぱい抱き締めた。

優しい香りがふわりと香ってくる。嗅いでいると安心する、晴れた野原みたいな香り。俺の一番、好きな香り。

失いたくない。どうか、と願う。

あの女の言ったことが本当なら、俺から離れれば、きっと……焼き消される心配もないんだろう。でも、どうか。大事にするから、気をつけるから。守るから。

だから。

俺の側近くで、回っていて欲しい。ずっと。ずっと——……

「……っ！　ちょ、痛いって、アルフレド！　ああもう、聞いてんのか⁉　痛いっつってんだろ、この、馬鹿力‼」

足の脛を蹴られて、我に返った。

気がつくと、リアンが真っ赤な顔で俺を睨んでいた。

「あ、悪い」

腕の力を弱めると、リアンがするりと腕をすり抜けて、後ろに跳んで逃げてしまった。いつもながら、逃げ足が速い。たまに教会にやってくる、あの銀色猫と同じように。あっという間にするりと逃げていってしまう。

失敗した。力を弱めすぎた。せっかく触らせてくれていたのに。逃げられてしまった。

「そ、そんだけ力があり余ってて元気なら、もう魔力はいらないな！」

俺の脇をすり抜けて机の上の納品分の袋を掴むと、脱兎のごとく部屋のドアまで駆けていった。

「こ、これの代金は明日！　明日持ってくるから！　五十二個分！　じゃ、じゃあな！」

俺が返事をする間も与えず、でも律義に代金のことと挨拶はきちんと告げてから、まだほんのりと赤い顔をしたまま、リアンは部屋から逃げ、いや、出ていってしまった。

急ぎ足で廊下を走っていく足音を聞きながら、俺は溜め息をついた。

ここまで触れるのを許してもらえたなら、あわよくば、こないだの続きを少しだけでも……と、思わないでもなかったんだが。

失敗した。あの黒い女のせいだ。あれこれと訳が分からないことと嫌なことを目いっぱい言い残していきやがったから、うっかり考え込んでしまったじゃないか。

……まあ、あわよくばと考えていることに気づかれた可能性もなくはないけど。あいつ、意外に察知力は高いからな。

まあ、いいか。今日のところは。

ちょっとずつ触らせてくれるようにはなってきたから、ちょっとずつ慣らしていけばいい。飛んで逃げていってしまわないように。ちょっとずつ。

別の宙なんかに飛んでいかれたら、追いかけていけないからな。

窓の外を、慌てて駆けていく足音がする。目を向けると、教会の門に向かって銀色頭が一生懸命走っていくのが見えた。柔らかそうな髪を揺らして。

俺はその小さな後ろ姿を眺めながら、今度は失敗しない、と心に誓った。

16話　四年目も残すところあと二週間となりました

年の瀬も押し迫ってきた。

あちこちの木にはクリスマスツリーみたいな飾りが取りつけ始められ、町や村の通りを行き交う人たちも、新年を迎えるための準備なのか……は分からないが忙しそうに、足早に通り過ぎていく。

あと二週間もすれば今年が終わり、また新しい一年がやってくる。

やってくるが、その前に俺にはまだ一つ……今年中に、やらねばならないイベントが残っている。

《剣術校内試合》——一年の授業の仕上げとなる、真剣でのトーナメント制の試合が。

俺は、心の中でガッツポーズをした。

ああ……ようやく。ようやくだ。ようやくここまで来た。ここまで来れた。

長かった、長すぎた学生生活もようやくこれで終わり、俺もアルフレドも、三人組も皆、来年の春には町立学校を卒業する。

これでもう俺は、アルフレドに勝ち続けるために多忙極まる合間を縫って、スパルタ教官の指導のもと剣術の練習を死にかけながらしたり（マジで何度も死にかけた）、魔法の術式中級の授業の成績であいつに抜かれないよう、日夜頭痛と闘いながら、奴の魔法に押し負けないための打ち消し用術式や省エネ高威力の術式の研究と勉強と練習をしなくてもよくなるのだ！

まあ、例の日が来るまでは身体が鈍らないよう、すぐにでも戦えるように、地道に練習と研究は続けていこうとは思ってはいるのだけれども。

主人公に勝ち続けねばならない、というプレッシャーから解放されるだけでも、かなり気が楽になる。

そして、このイベントの一番素晴らしいところは——俺は全く頑張らなくてもいい、というところだ！

ていうか、ただ負ければいいだけだからな。はっきり言って、適当にやっていれば終わる。準備もなにも必要ない。超簡単だ。超楽勝だ。

トーナメント方式の試合だから、決勝戦まではどうにか勝ち抜いておかねばならないが、それも、そんなに心配はしていない。おそらく気を抜かなければ大丈夫だろう。なんたって、他の生徒の剣術の腕前は、とりあえずそれっぽく剣振ってればいいよね、という程度の手慰みレベルのものだからだ。

　俺とアルフレドみたいに一瞬の隙が勝敗を決する、といった感じに緊張感マックスな戦い方をする気迫と腕前を持っている奴は、この学年には誰ひとりとしていない。俺の今日のおやつ、チョコチップスコーンとロイヤルフラッシュティーを全て賭けてもいい。

　ああ、この解放感。

　二年後の件については考えるたびに気がめいるし、胃も痛いし、動悸も激しくなるが、対策は地道だけれど着々と進めている。千里の道も一歩から。

　それになにより、俺は一つ、とてもいいことを思いついた。

　どうして今まで思いつかなかったのか、と今までの愚かな自分を罵(ののし)り、正座をさせて叱りとばしたいぐらいだ。

　そのいいこととは――

　未来の英雄(アルフレド)を、雇って俺の手伝いをさせる、ということだ!!

　あの馬鹿力と馬鹿魔力と馬鹿体力を、有効活用しない手はない。

　あいつ、意外と仕事に関しては丁寧だし、真面目にやってくれるからな。スケジュールさえ合えば、内職から力仕事系まで、なんでも引き受けてくれるし。

　あと二年だ。泣いても笑っても最終リミットは決まっている。

　こうなったら、なりふり構っていられるかってんだ。俺は未来の英雄をこき使って、こき使って、こき使いまくることに決めた。女神様は連絡もよこしてこないぐらいだから、バチなんかあててもこないだろう。

　ていうか、なんで連絡くれないんだ……やっぱりなにか、不測の事態でも起こったのだろうか。だったら怖すぎる。やめて。頼むから。お願い。今後ストレスで胃に穴が空いた時は、高額慰謝料請求しますからね。マジで。

　アルフレドには追加で《魔源石》の中サイズ五十個と大サイズ三十個の充填も、依頼しておいた。

　空き時間にちょこちょことやってもらって、できた分から少しずつ、納品していってもらう予定になっている。

　これだけあれば、もっと強力な『警報君』が作れるし、避難場所の結界装置の効果を向上できるし、なにより、設置範囲が広くて魔源石が足りなくなるからと諦めていた、害獣ならぬ魔物の侵入を防ぐ《柵》なども作ることが可能になった。

　あれだ。田畑の周囲に張り巡らしてる、作物を食いに来た獣が触れるとバチッと電撃で撃退する、あの柵と同じものだ。あれの対魔物用高威力版が作れる。

　俺はようやく、未来の英雄のお陰で、長く頭を悩ませ続けていたエネルギー問題から解放されたのだ。やったー！

　ありがとう、ありがとう未来の英雄。お前の魔力は無駄にはしない。

　俺だと大サイズの充填なんて絶対できないからな。日数もかかるし、確実に寝込む。かといって充填ずみの魔源石なんて買ってたら、いくらよそ様のセレブっ子より多額のこづかいをもらっているとはいえ、それでもあっという間に資金は底を突いてしまう。

　魔源石や、それを利用した《魔動式製品》は、流通はしているけれど非常に高価なもので、一般の家庭ではほとんど使われていない。

　給料三ヶ月分でオイルランプを魔動式ランプに替えた！　うわあお前すげえないいなー！　といった感じのレベルだ。

　そして電力、いや、魔力が切れたら、俺やアルフレドみたいに魔力を充填するか、できなければお近くの取り扱い店、または魔力充填業者に金を払って魔力を充填してもらうしかない。

　そして一般的なのは後者だ。町立学校の術式中級の授業を受けている生徒の人数の割合を見ても分かる通り、自力で充填できるような人は少ない。

　充填できるほどの魔力を持っている人なら、そういう商売ができるかもしれないが、いかんせんやりすぎると身体を壊す危険性があまりにも高いし、たとえそういう業者に雇ってもらえたとしても、もしそこがブラック企業だったら絞り取られるだけ絞り取られて給料は安いし身体はボロボロ、だけど保証は全くなし、とかいう恐ろしい話も噂でちらほらと聞くので、あまりお勧めはしない。

　どこの世界も、この辺りは一緒だな、と思う。ブラック企業は滅べ。撲滅（ぼくめつ）しよう。そうしよう。

そんな感じで贅沢品の部類に入る魔動式製品だが、リアンの家ではさすが金持ち、ふんだんに使われていたりする。お湯だってポットに水を入れて三分ぐらいですぐに沸く。

こればかりは本音を言うとすごく助かってるけど、なんだかとても、申し訳ない気分にもなる。

俺の感覚は未だに一般庶民レベルだからな。金持ちの金銭感覚に慣れてしまいたくもない。金は天下の回り物だ。いつまでも潤沢にあると思うなよ、っつてんだろうが、リアン母！　また王都から馬鹿高いドレスとか装飾品とか買って帰ってきやがって。無駄すぎる。返してこいや！　全品クーリングオフだ！

……つい激高してしまった。頭を冷やして作業に戻ろう。

俺は《俺専用研究開発室》の広い作業台の上に、スケッチを元に描き起こした紙を繋げて作った《ルエイス村西部の地図》を広げてみた。

オーウェン家にもルエイス村の地図はあるにはあったが、五十年前のものしかなかったので使えなかった。仕事しろ、リアン父。最新の周辺地図ぐらい作っといてくれよ。

だからこれは、俺が新しく作り直したものだ。

様々な防衛装置を設置するには、どうしても地図が必要だった。魔物があまり通らない場所に設置しても意味がないからな。

五十年前から更新の途絶えた地図を頼りにするのはあまりにも不安すぎたので、俺は仕方なく、描き直すことにした。五十年も経てば、かなり人も建物も様変わりする。

時間を見つけては出かけていき、ちまちまと計測したり地形をスケッチして帰っては、地図に落とし込んで、修正していく。

非常に地道で時間も恐ろしくかかる作業だったが、俺はやり切った。俺ってすごい。そんな俺を俺は褒めてやりたい。

そういうわけで先日、めでたく、《ルエイス村西部の地図　最新版》が完成した！

ルエイス村は東西に広がっている形をしているが、西側エリアがかなり広く、予想していたよりも時間がかかってしまった。当初のプランよりも少し完成時期が遅れてしまったのが、少しだけ残念ではある。

北部と南部の地図も頑張れば作れないこともないのだが、時間がかかりすぎる。そんなことをしていたら地図が完成する前にタイムアップだ。

故に俺は、一つの賭けに出ることにした。

だが、闇雲に賭けているわけではない。

頭が痛くなるほど熟考して導き出した予測を元に、一番勝算が高いであろう方法に賭けることにした。この賭け、負けるわけにはいかないからな。

魔の王を呼び出した迷惑な大国は、ここから西の、ずっと先にある。

そして、魔の王の強すぎる異界の魔力と瘴気にあてられた魔物たちが凶暴化していくのは、その国の中央からだ。

西の大国の中央を基点にして、まるで汚染していくように、じわじわと同心円状に凶暴化は広がっていくのだ。ということは、つまり。

——魔物の群れがやってくるとしたら、ルエイス村の西側から、ということになる。

そこに魔物撃退用の装置や柵を、幾重にも、幾重にも張り巡らす。

できることなら村の全域をカバーしたいところだが、それは物量的にも時間的にも人員的にも不可能だ。だから俺は、魔物の群れが村に侵入してくるであろう西側ラインを重点的に防衛することに決めた。

だが……村の西側ラインだけ、とはいっても、なかなかに広大だ。そこに魔物撃退用の柵、《電撃バリバリ鉄線君》（現在鋭意量産中）を巡らさねばならない。

そこで、未来の英雄だ。

柵を作るなんて作業、あいつにとっては朝飯前だろう。ちょちょいのちょいだ。なんたって無駄に体力と力があり余ってる奴だからな。あいつがいれば、いろんな作業が俺の予想以上にはかどるのは間違いない。

今は《電撃バリバリ鉄線君》のパーツをできる限り作り貯めておいて、学校を無事卒業したら頃合を見て本格的に設置する予定だ。

学校を卒業したら村に戻り、父の仕事や兄の補佐をする予定だから、そういう面でも格段に動きやすくなる。

リアン父には、西の森の魔物による畑や牧場への被害が近年大きいので柵の設置を、と進言しておく。

村に貢献することによって、村人からの信頼も得られて、尚かつ税を快く、毎年安定して納めてもらえるし、年末の決算会議でいい仕事してますアピールできるので王都の上司からの印象もよくなっていいことずくめですよ、とでもいえば、おそらく大丈夫だろう。リアン父の思考回路は、基本単純だからな。基準は金と名声と昇進だ。

そしてリアン父の許可が下りれば、表立って人員を集めることができるようになる。

唯一、今問題なのは……未来の英雄は、空いた時間に目いっぱい仕事を入れやがってるワーカホリック野郎だということだ。

早めに奴の身柄を確保しておかねば、いざという時にやってもらえない可能性がある。

あと、他の仕事もいくつか辞めてもらわないといけなくなるかもしれないから、早めに話を通しておく必要がある。

それから。奴を雇うことで、もう一つメリットがある。

アルフレドが一緒ということは、もっと森の奥へ行って、警報君や避難所に設置する《結界君》の作動試験を中級サイズの魔物相手にできるようになるのだ。なんたって未来の英雄だからな。これ以上の護衛役はいないだろう。それに、あいつの実戦訓練にもなるしな。一石二鳥とはこのことだ。

そうと決まれば、速やかに行動だ。さっそく今日の夕方、アルフレドが帰ってきたら交渉してみるとしよう。善は急げだ。

俺は最新版の地図の仕上がり具合を確認しながら、にんまりと笑みを浮かべた。

＊　＊　＊

いつものように俺は教会に来て、夕方すぐには帰らずに、アルフレドの帰りを待った。

食堂でマリエと片づけをしていると、アルフレドは《アル兄の仕事スケジュール表》の通りに、いつもの時間に帰宅して、食堂にやってきた。

マリエはアルフレドに食事を用意した後、チビたちといつものように礼拝堂へ夜のお祈りをしに行ったたから、今ここにいるのは俺とアルフレドだけだ。

「……というわけで、君。学校を卒業したら、週三、四日程度。僕のところで働かないかい」

ラタトゥイユのような野菜煮込みを大量にかき込んでいるアルフレドの隣に座って、俺は交渉を試みた。

俺もご馳走になった。美味しかった。いろんな野菜と塩漬け肉をスパイスで煮込んだ家庭料理で、パンを浸して食べても美味しい。ヘルシーだからたくさん食べれるし、教会裏の畑でマリエたちが丹精込めて育てた野菜は栄養も食物繊維も愛情もたっぷりだ。

三個目の大きな丸パンを頬張りながら、アルフレドが俺を見て、片眉を上げげた。

あいかわらずの早食いだ。そして大食いだ。一体全体、お前の身体のどこに収まってるんだよ。食った端から消化してんのか。ていうか、さっき食い始めた気がするのに、もう完食しやがった。もっと落ち着いてゆっくり食えよ。腹壊すぞ。

「お前のところ」

「そう。仕事内容は、えーと、領地の管理業務補佐及び保全業務と、時々僕の護衛と、あとはまあ、いろいろな……雑務かな。日当は、一日一万エルド。早く終わっても、遅く終わっても、一律一万」

業務内容によっては時間が不規則になるだろうし、おそらく毎回変動するだろうから、日当制にしておいた。たとえ遅くなっても残業代は十分賄えているぐらいの、高めの金額設定だ。まあ、時給にすると一々計算するのが面倒なのもある。悪い話ではないはずだ。

「一万」

「そう。どうだい？」

アルフレドが目線を斜め上に向けて、ゆっくり顎を撫で始めた。

なにやら考えているようだ。

俺は内心首を傾げた。思いのほか、すぐに食いついてこなかった。意外だ。なんでだろう。金額的には他の仕事をいくつか蹴っても大丈夫なくらいには、破格だと思ったんだが。

上を向いていたアルフレドが、ようやく俺に視線を戻してきた。

「……分かった。じゃあ、お前のほうの仕事をメインにして、引き受けることにする」

「え？」

なんだか今、変な言い回しをされたような気がする。

なんだろう。確かさっき、お前のほうの仕事をメインに、って、言わなかったか？　ということはまさか、もうすでに俺以外からも仕事の話をいくつか持ちかけられているということなのだろうか？

だったら、危なかった。今日話をすることにしておいてよかった。やっぱり善は急げだ。これはいい！　と思ったことは思い立ったらすぐに実行しておくんじゃぞ、と言っていた祖父ちゃんは正しかった。

「……なにか、僕の他にも、仕事の話があったのかい？」

アルフレドがまた考えるように顎を撫でて目を伏せてから、すぐ俺に視線を戻した。

「なにかってわけでもないけど。チェダーさんが俺に、卒業したら住み込みで働かないかって」

「え⁉」

「でも、お前んとこで三、四日働くことになるんだったら、チェダーさんとこの仕事は今まで通り日曜にして——いや、待てよ。学校は卒業するんだから、もう平日とか考えなくてもいいのか。だったら……そうだな。牧場の仕事は、金土日にしてもらうかな」

「す、住み込み？」

アルフレドが頷いた。

「ああ。部屋もいっぱい余ってるから、俺用に一部屋くれるってさ。夫婦二人暮らしだし、誰も使わないからもったいないし、ずっと俺の部屋として使ってくれても構わないって言ってくれて」

俺は、息を呑んだ。

それって。

それって、もしかして——

「お前……それは……」

「さすがに俺も、それは申し訳ないから、その部屋、貸してもらおうかと思ってて。家賃はまあ、これから交渉してみるんだけどな」

「い、いや！　それなら、そっちの、チェダーさんのほうを優先してくれていいから！　それに僕のほうの仕事は、不定期になるから。どっちかっていうと、僕のほうを金土日にしてくれてもいい。いや、土日でも」

「そうなのか？」

「ああ。そうしてくれ。牧場の仕事のほうが大変だろうから、そっちを優先してあげてくれ。——じゃ、じゃあ、卒業したら……お前、チェダーさんとこ、行くのか」

この教会を、出て。

「そうだな……多分、行くことにはなると思う。部屋も、もう空けてくれてるらしいんだ。なんか気が早いよな。俺まだ、行くって返事もしてないのに。奥さんもなんか楽しそうにカーテンとかシーツとか縫ったりしてくれてるから、どうも……今更断りにくくて……」

「そうか……」

「まあ、別に、それはいいんだ。教会に、ずっとはいられないし。この間、また何人かチビたちが入ってきただろ？　部屋いっぱいになる前に、早いとこ出ていって空けてやらないと」

「そ、」

「ちょうど、次に住む場所、ぼちぼち探してたところだったしな。タイミングはよかった」

アルフレドが微笑んだ。

俺は、どうしてなのか、すぐに笑い返すことができなかった。

チェダー夫妻は、もしかしたら、いや、もしかしなくても……アルフレドを、引き取る気なのかもしれない。そんな予感がする。確信に近いぐらいに。


おそらくは、まずは一緒に暮らしてみて、お互いに慣れて、アルフレドも夫妻と一緒に暮らすことに慣れた頃に、言うんじゃないかな。そんな気がする。あの人たちは優しいから、そう考えてるんじゃないかと思う。

喜ばしいことなのに、俺はすぐにおめでとうと言えない自分が、すごく嫌になった。

行ってしまうのか。とうとう、お前も。

いや、遅すぎたぐらいだろう。見送ったチビたちは、もう、何人もいる。教会から旅立つ時が、お前にも、ようやく……ようやく、やってきたんだな。

でも。

もう、教会に来ても……アルフレドに会うことは、なくなるのか。

おめでとう、って言わなければ。

喜ばしいことだ。大変に。とてもめでたいことだ。アルフレドにも、とうとう家族ができるんだ。かりそめではない、本当に、家族と呼べる人たちが。

言え。言うんだ俺。なにもたもたしてんだ。おめでとうって言え。ここで俺が祝ってやらなくてどうするんだ。

「……お。おめ……おめで、と。おめでとう……！　よかったな！　ずっと働けて、住める場所が見つかって！　げ、げん、元気でやれよ!!　た……達者でな！」

俺は力いっぱい、祝いの言葉を贈ってやった。

せっかく人が精一杯祝ってやったというのに、アルフレドの奴はお礼を言うどころか、呆れたような顔を向けてきやがった。なんでだ、この野郎。あろうことか、溜め息までつきやがった。

「……リアン……お前な。達者でな、ってなんだよ。……いいか？　俺は別に、遠くに行くわけじゃないから。ただ、ここからちょっと離れたチェダー牧場に移るだけだ」

「移る」

「そうだ。マリエとチビたちのことは心配だから、ちょくちょく教会には来るし、お前が雇ってくれるっていうんなら、お前にも、今まで通り会うだろ」

そう言われれば、そうだった。

俺は今、お前を雇う話をしていたんだった。ということは学校を卒業して、たとえアルフレドが教会を出ていってしまったとしても、変わらず俺は、アルフレドと顔を合わせることになる、のか。

「つうか、寝に帰る場所が教会からチェダーさん家に変わるだけじゃねえか」

「へ？　寝に帰る場所が、変わるだけ……？」

「そうだろ？」

……そうなの？

確かに……言われてみれば、そんな気もしてくる。

確かに、確かにそうではあるような気はするけど。そういう認識でいいのだろうか？

なんだか違わないか。違う気がするんだけど。いいのかそれで。お前の認識って、なんか少し世間一般の認識とずれてないか。大丈夫か。

「だからな。……そんなに、泣くようなことじゃないだろう？」

アルフレドが笑いながら、俺の頭を撫でてきた。

俺ははっとして、目元を擦った。少し濡れたものが付いたけど、これは目を擦りすぎたためについただけだ。涙ではない。生理的に目を潤すために出てきた体液だ。よって俺は泣いてはいない。

俺は頭に乗っている手を、はたき落とした。

「なっ、泣いてねえよ！」

「そ、そうか」

「ああ、そうだ、リアン。俺が出ていった後、俺の部屋、好きに使ってくれていいから」

「っ！　出て、」


お前が、出ていった後……？


「まあ、次のチビが入ってくるまでの間だけ、だけどな。——だから、リアン……。泣くなって」

「……泣いてない」

声が震えてたけど、気のせいだ。俺は泣いてなどいない。悲しいことなんかなにもない。喜ばしいことしか、今は、ここにはないのだから。

「そうか」

アルフレドが笑って、俺の腕を引っ張ってきた。

俺よりも随分と大きく長くなった腕で、抱き込んでくる。

すっぽり埋まってしまったことに、驚く。もしかして、また大きくなったのだろうか。成長期かこの野郎。まだ伸びやがるのか。体格の差はますます広がるばかりだ。未来の英雄が成長していくのは喜ばしい限りではあるが、やっぱり少しだけ、なんとなく腹立たしい。余った分、俺にも分けろ。

大きな手が、背中を叩いてくる。子供をあやすみたいに。生意気だ。俺のほうが大人なのに。……中身は、だけど。

「だからな。別に、遠く離れるわけじゃない。それにお前、俺を雇ってくれるんだろ？　だったらいつでも顔合わせられるんじゃないか」

「……そ、そうだな……」

「ああ。それに、もし俺が、遠く離れなきゃいけなくなった時は。その時はちゃんと、お前も連れていってやるから。心配するな」

俺は目を見開いた。

連れていってくれるのか。お前は。俺を。

あの時した、約束通りに。

「……いつか。いつかは、まだ決めてないんだけど。

落ち着いたら、西にある大きな国……ヴァルムカルドに。一度……一度だけでいいから、俺、戻ってみたいんだ」

西にある、大きな国。ヴァルムカルド。

これから先、魔の王を呼んでしまう、大きな国。

その大国は、俺たちがいるこの小さい国ではなく、南側の大きな国と、昔から非常に仲が悪い。そして現在もその国と、飽きもせず交戦中だ。百年目に突入しそうな勢いで。

だからなのか、そろそろ決着をつけたいがために、禁呪の術式を用いてまで、魔の王を喚ぼうとするのだ。

その前触れみたいに、二つの国から戦火を逃れて逃げ出した難民たちが、この小さな国に続々と流れ込んできているようだ。この間、うんざり顔のリアン父がそう零していた。

先日、王都の上司と会合した時に、いつの日かその時が来たらそっちの領地でも難民受け入れよろしくね、と脅迫、いや、頼まれたらしい。

「西の……国」

「ああ。……まあ、今更って感じなんだけどな。……でも。そこには、まだ……母さんが、眠っているから」

アルフレドが、小さく笑って呟いた。

「……ただ、土に埋めただけで……まだ、ちゃんとした墓も作ってやれてないんだ。だから、できればこの村に連れてきてやりたい。……あの国は、あんまりいい思い出もないしな。この村は静かだし、母さんも、きっとそのほうが喜ぶと思うから」

「そう、か……」

確かに、それはいいことかもしれない。

あの国は、大きくて技術も進んでいてすごい国だけれど、争いも多くて、あまり住みやすいとは言えない国だから。

この、気が抜けるぐらいに穏やかな村でなら、きっとアルフレドの母さんも、ゆっくり眠れることだろう。

「だから、落ち着いたら。行こうと思ってるんだ」

落ち着いたら。

二年後を乗り越えた、その先で。

「この村を、出て……？」

「ああ。かなりの長旅になるけど……それでも、いいか？」

アルフレドが、ほんの少しだけ不安そうに俺に聞いてきた。

……リアンは、この村までの役割だ。もしも、生き残れたら。その先は、俺の自由、ということになる。リアンには、その先のシナリオは存在しない。リアンは《始まりの村編》で命を落とすから。その後は、なにも描かれてはいない。シナリオは白紙なのだ。だから、その時が来たら。俺は、俺に戻ったって構わない。

　自分の好きなことをしてもいいし、好きな場所に行ってもいい。

　台本は白紙なんだから、演じる必要もない。自由だ。

　俺をこの世界に放り込んだ女神様からの連絡は、どんなに呼んでも叫んでも、未だにない。

　だから俺は心の奥底で、もしもの場合の……最悪の事態に陥ってしまった時の……覚悟も。実のところ決めている。それに。

　四年だ。

　四年、この世界で生きてきた。大事なものも、人も、たくさんできた。

　それに、どうせ元の世界に戻ったところで、ひとりだ。たったひとりきりの、いつも灯りが消えている家に帰るだけなのだ。だったら。

　ここで生きていくのもそれはそれで、悪くないかもしれない……なんて、思い始めている自分がいる。ただし、それは。

　――二年後を無事に生き残れたら、という絶対条件が前提にはなるのだけれど。

「……行けたら、」

「リアン？」

　それに、この先お前は聖女様と旅立つから、それがいつ叶うのかも分からないけれど。

「行けたら、いいなあ……」

　いつか、お前のやるべきことが全て終わったら。一緒に。

　役目を終えた俺は、もうライバルを演じなくてもいいから、今度は普通の、友達として。

　わいわい騒ぎながら、お前と行くのも悪くない。

　寄り道をいっぱいしたって、構わない。好きな場所に行って、好きなものを食べて。好きなことを話して。

楽しい時には笑い合って。

そんな風に、なれるかな。

なれたらいいな。

そうしたら、どんなにか……楽しい旅になるだろうか。

「……なに言ってんだ。行けるだろ」

アルフレドが、俺の顔を覗き込んできた。少しだけ、怒った顔をしていた。

「行ける、かな」

「行けるだろ。っつうか、連れていくし。約束したからな。俺は、嘘はつかない。だからお前も一緒に連れていく。俺とお前なら、たいていのことは大丈夫だろ」

「なんだよ、その自信満々な俺様発言……」

俺は思わず笑ってしまった。それは俺の専売特許だ。

アルフレドも笑った。

前触れもなく顔がやけに近くに寄ってきたなと思ったら、口付けられた。不意打ちみたいなそれを、俺は避け切れなかった。

「お、お前、な――ん、う」

今度はかぶりつかれるようにされて、俺は後ろに逃げようとしたけど、椅子の背もたれに背中が当たって逃げられなかった。

友達として――って、これ、友人同士でするようなやつではない気がすげえするけど問いただしたら全てが終わる気がする。主に俺が。

やめさせなければ。今すぐに。

これは、マズい。非常にマズい。場所もマズい。ここは食堂だ。なに考えてんだ。いろいろとマズすぎるだろう。

俺はアルフレドの胸を、強く押した。

唇が離れて、目を開けると。目の前には濡れた唇と、奥が熱っぽくゆらゆらと揺れる、濃い青色の瞳が俺を見下ろしていた。

俺は、熱のこもったその目を見ていられなくて、目を伏せた。

本当に、マズいと思う。

これは、どうしたらいいんだろう。

視界が暗くなったと思ったら、こめかみに唇が当たった。次に頬、次に唇の脇。

「ちょ、アル、やめ……」

「なんで」

「な、なんでって――」

今度は眉間に唇が落ちてきた。それから、また唇に。角度がまた深くなってきて、俺は慌ててアルフレドの胸を力いっぱい押しながら、どうにか後ろに頭を引いて、唇を離した。

目を開けると、近すぎる距離に、不穏な熱が奥にこもる濃い藍色の瞳があった。

見るんじゃなかった、と俺は慌てて顔と目を伏せた。触れているところが全て、やたらと熱い。いつもわりと平然としてるのに、耳元で珍しく少し荒い息遣いも聞こえてきて、俺はどうしてだかいたたまれなくて、すぐにでも耳を塞ぎたくなった。

「……なあ……」

「ちゅー！」

どこからか、この場にものすごくそぐわない、可愛らしい声がした。

「ちゅー！　してる！　アルにいちゃ、ずるい！」

「ずるいの！　ちゅー！」

「ずるいのー！　わたちも！　リアンしゃ、ちゅー、するー！」

「っ!!」

扉の向こうから、信号機色の瞳の色をした三きょうだいが駆けてくるのが見えた。頭から被るタイプのお揃いのスモックを着ている。

なんでここに。礼拝が終わったのか、それとも途中で抜けてトイレか？　そうかもしれない。あいつら、いつも三人揃ってトイレに行くからな。どこへ行くにも三チビセットだ。なんにせよ食堂に灯りがついてたから、気になって覗きに来てしまったのかもしれない。

アルフレドの腕が、僅かに緩んだ。

俺は急いで奴の胸を突き飛ばして隙間を作り、そこから抜け出した。床に置いていた鞄を掴んで、飛び跳ねる三きょうだいが待つ出入り口に向かって一目散に駆ける。

「りあんしゃ！」

「かえるの？」

「るの？」

「うんそうだね僕はもう帰るよ！　じゃあね！　はいまた来週のチュー！」

俺はしゃがんで、赤、黄、緑色の瞳をした三きょうだいの額にチューをした。

「きゃーい！　ちゅー！」

「えへへ！　りあんしゃ、ちゅー！」

「きゃー！　ちゅー！」

三きょうだいが頬を染めて、飛び跳ねながらきゃっきゃと喜んでくれた。その姿はとても微笑ましくて、ささくれ立った心が少し癒された。

後ろでガタンと大きな音がした。

「ああ!?　おま……！」

アルフレドが非難めいた声を上げた。

続けて椅子から立ち上がるような音がしたので、俺も急いで立ち上がって、飛び跳ねて喜ぶ可愛らしい三チビたちの脇を通り抜け、廊下に向かって駆け出した。

途中の廊下で、マリエ様と他のチビたちとすれ違った。夜の礼拝は終わったようだ。

「あら。あらあら。どうなさったの、リアン様。そんなに急いで」

「リアン様、お顔、赤いよ！」

「お熱？　大丈夫？」

「熱もないし僕は大丈夫！　じゃあね、マリエ様、皆！　また来週！」

「はいはい。お気を付けて。あまり急ぐと危ないですよ」

俺は足を止めずに駆け抜けながら、手を振った。

「またね〜リアン様！」

「はい、またね！」

俺は手を振りながら、後ろは決して振り返らずに、教会を飛び出した。

まったく、あの野郎……！　油断も隙もない!!　ていうか、なんで最近、ああいうエロい感じの、いや、妙な雰囲気にすぐなってしまうんだろう。そしてなんであいつは、俺なんかにキスしてきたり、やたらめったら触ってきたがるんだ。

それともヤりたいお年頃が来てしまっていて、どうにも止まらないのか。

だったら俺じゃなくて、よそを当たれ、よそを！　俺で間に合わそうとするな！　俺で！　未来の英雄の性教育までしていられるか！　そこまで面倒見切れる

かってんだ！　俺の管轄外だ！

　ああくそ。

　しかも相性がよすぎるのか、やたらと気持ちよくて――いやいやいや。しっかりしろ。正気に戻れ、俺。お前はノーマルだっただろ。女の子好きだったろ。綺麗なお姉さん系が。ガキなんて、しかも男なんて。ありえない。

　ありえないのに、なんだか、なんだか少しずつ慣れてきてしまっている自分が一番恐ろしい。

　所構わずあいつがキスしてくるから、なんかもう、だんだんと抵抗感がなくな、いやいやいや。しっかりして、俺！　なに流されちゃってんの！　頼むぞ、俺！

17話　剣術校内試合でした

さて。

今日は《剣術校内試合》の日だ。そして。

リアン(おれ)が関わる学校イベントが全て終了する日でもある。


ヤッター！

やっと、やっとこれで全ての学校イベントが完了するのだ。俺はやったのだ。やり切ったのだ。目頭が熱くなってきて俺は手で押さえた。走馬灯(そうまとう)のように、あの時やその時の苦労が脳裏を横切っていく。

卒業して村に戻れば、リアン関係のイベントは片手で数えられるぐらいしか残っていない。

毎日顔を突き合わせていた未来の英雄とリアンが接触する機会も激減する。というか、ほとんどなくなる、と言ってもいい。

そもそも未来の英雄とリアンの仲は、最悪に悪いからな。お互い、わざわざ会いに行くこともない。

だから卒業後、英雄と会うのはたまたま偶然道ですれ違う時ぐらいになってしまい、二人が関わるイベントも自然となくなってくる、というわけだ。

それに。

学校を卒業した後に、リアンが関わるイベントというのは、イベントというほど大したものでもない。せいぜいが、主人公と顔を合わせるたびに嫌味を一つ二つ言い捨てて立ち去るぐらいだ。

これは俺の推論だが……リアンは《剣術校内試合》で、いつも見下げていたアルフレドに皆の前で叩き伏せられてボロ負けして、プライドを木端微塵(こっぱみじん)に打ち砕かれてしまい、相当なショックを受け――それ以降、主人公を避けるようになってしまったのではないのだろうか。

だから今日を境に、リアン自らが主人公に絡んでいくようなイベントが、すっかりなくなってしまっているんじゃないかと思っている。

だが、これは俺にとっては朗報だ。これでようやく俺は、自由に、思いのままに動けるようになる。学校もあいつのことも気にすることなく、村の防衛対策に専念できるようになるのだ。

というわけで、今日は俺にとっては最良の日だ。

そして超楽勝で超気楽な日だ。胃も痛くならない。
俺は鼻歌を歌いながら愛用の革鞄を持って、自室を出た。

＊　＊　＊

さすがに今日は、学校中が騒がしい。お祭り騒ぎだ。今日は金曜日。明日は土曜で学校はお休みだ。そして剣術試合だけで一日が終わるので、授業もない。皆の気分が高揚して、落ち着きがなくなってしまっているのもまあ、分からないでもない。

校内や校外のそこここで、はちまき巻いて走っていたり、打ち合いの稽古をしていたり、腕立て伏せをしていたり、試合前の準備運動のようなことをしている生徒の姿が、ちらほらと見受けられた。

木登りしてる奴もいた。その脇では学校の壁を使ってロッククライミングみたいなことをしてる奴もいた。よく分からん。いや、なんかあいつらなりに意味はあるのかもしれない。よくは分からんけど。

廊下のど真ん中で棒持って素振りしてる野郎共もいた。通行の邪魔だし危ない。外行ってやってこいや、この野郎共。

案の定、先生に怒られて殴られ、窓から外へ投げ飛ばされていた。まあそうだろう。危ないからな。

剣術の授業は、男子のほぼ全員と、女子の希望者のみが受けている。

女子の受講者は数人なので、今日学校に来ている女子のほとんどは、応援とスポーツ観戦気分でやってきている。きゃいきゃいと楽しそうにおしゃべりしている。

なんだか、イベント会場にでもやってきたような気分だ。

試合開始前の待ち時間。

教室でも、皆思い思いに準備したり、話をしたり、教室の壁際で柔軟体操したりしていた。

いつもの三人組とクラスメイトたちも、俺の席の周りを囲んでワイワイと、楽しそうに話をしている。

「リアン様！　きっとリアン様が優勝でしょうね！」
「もう絶対そうですよ～！　間違いないです！」
「ですですっ！　リアン様の敵になるような奴なんて、この学校にいませんからねっ！」

「頑張って下さい、リアン様！」

「お、応援してます……！」

「俺も！」

「私も！」

「ありがとう、皆」

俺は皆に、笑顔を向けた。皆も頬を少し赤くして、笑顔になった。

今日の俺は、いつもの頑張って作ったちょっと生意気風ぼっちゃんスマイルをしてはない。心からの笑顔だ。マジで嬉しい。スマイル０円だ。誰彼構わず、今日はとってもいい天気ですね！　とマリエ様みたいに林檎ほっぺで挨拶して回りたい気分だ。

超楽勝だ。超余裕だ。最後の最後で、アルフレドに負ければいいだけだからな！　故に準備運動すらする必要はない。

応援してくれて、すまない、皆。

俺は頑張るけど、頑張って——しっかり負けるつもりだ。

アルフレドの奴はどうかな。

今日こそは打倒リアン、みたいになってるだろうか。いやなってるはずだ。そのために、俺はあいつを毎度毎度こてんぱんにのしてきたんだからな。子供のくせに何事にも淡泊すぎるスーパードライな奴だが、さすがに最後に一度くらいは、俺を叩きのめしてやりたいと思っているはずだ。

奴の様子を探るためにさりげなく横を向き、俺のいる席から三席ほど離れた窓際の一番後ろの席に視線を向けると。そこにも予想通り人だかりができていた。

その中心には、きらきら光る金髪頭が——

非常に眠そうな半目で、怠そうに椅子に背を預け、大欠伸をしていやがった。

お、おいいいいいいいい!?

なんか、あの野郎、やる気の欠片すら見えないんですけどおおおお!?　この野郎……大欠伸なんかしやがって……もしかして寝不足か貴様!?

気合い入れろや、気合いを！　今日ぐらいベストコンディションでこいや！　お前には、なにがなんでも決勝戦まで行ってもらわねばならないんだからな！

青色の瞳が、こちらに向いた。俺は、非難の意志を目いっぱい詰め込んだ視線を向けてやった。

「よ、余裕だね、アルフレド君。大欠伸なんかしちゃってさ」

「……昨日、魔力詰めの仕事、ついつい、遅くまでやっちまってて……」

「な!!」

なにやっとんじゃお前はあああ!!

「ば、馬っ鹿かお前は……！　やりすぎないように、無理せずやってくれたらいいって言っただろうが！」

「うーん。なんかあれ、一度始めると……黙々とやっちまって、時間忘れるんだよな……」

「はあ⁉　ばっ、この——」

俺は慌てて口を閉じた。周りの皆が不思議そうに俺を見てるのに気づいたからだ。危なかった。つい動揺して、素が出そうになっちまったじゃねえかこの野郎！

「ふ、ふふ……試合の前日まで仕事とは、本当に余裕なんだね、アルフレド君。そんなことで、優勝できると思っているのかい？」

「……別に、それ、どうでもいい。試合、負けたら帰ってもいいみたいだから、早めに負けて帰ろうかと。俺、今日は夕方から、仕事だし」

「なっ⁉」

早めに負けて帰るだと⁉

それでは困る！　主に俺が！

ちくしょう、どうにか、どうにかあいつにやる気を起こさせなければ……！

「き、君。僕に一度くらいは勝ちたいと思わないのかい。このまま、ずっと僕に負け続けたまま終るのかい？」

相手を奮起させるべく、嫌味をこめて言ってみた。

アルフレドがむっとしたように目を細め、片眉が少し上がった。そして——すぐにまた眠そうな目に戻った。

こ、この野郎！　やる気が出たのは一瞬だけかよ！

ああもう人の目さえなかったら、今すぐ近くに行ってあの金髪頭を力いっぱいはたいてやるのに！

「……んー……。でも、お前に勝ったからって、なんにもならないしな……」

「ゆ、優勝したら、王都の騎士団からスカウトされるかもしれないよ？」

「俺、騎士になるつもりないし」

ないのか。

まあお前、将来は王都の騎士じゃなくて、女神を奉(たてまつ)っているフォルトゥーナ教会の聖堂騎士のほうになるからな。

しかし今は、そんなことはどうでもいい。とにかく、どうにかして奴にやる気を起こさせねば。

「そ、そうかい。ええと、――」

なにかないか。なにか。

奴にやる気を起こさせるもの……なにか……なにか……金……物……そうか！

俺はひらめいた。

「そうだ。もし僕に勝てたら……ご褒美(ほうび)、をあげてもいいよ！」

報酬があれば、さすがの奴でも動くはずだ。

優勝したら金一封、とかあれば、動くのではないだろうか。基本、即物的な奴だからな。金にならないものや、食えないものはあまり欲しがらない。

「……ご褒美？」

よっしゃ、食いついてきやがった！

やっぱりな！　俺の予想通りだ。

「そ、そう。ご褒美。君がもしも僕に勝てたら、君の欲しいものを一つあげよう。お金でも物でも。好きなものを言いたまえ」

「欲しいもの」

「そう。……先に言っておくけど、僕があげられるものに限るからね」

アルフレドが少し目線を斜めに上げて、顎を撫で始めた。考えてるようだ。

そして俺に視線を戻すと、笑みを浮かべた。

「分かった。お前に勝ったら――ご褒美、がもらえるんだな」

「あ、ああ」

「なんでも？　俺の欲しいものなら、なんでもいいんだよな？」

「あ、ああ……」

「本当だな？　二言はないな？」

「……え　な、ない……ないよ！」

「よし。分かった」

アルフレドが席を立った。机の脇に立てかけていた、練習用の剣を片手に摑んで。真剣は会場で先生たちの監視のもと、試合前に渡される。危ないからな。

「アルフレド？　ど、どこに行くんだい」

「身体、慣らしてくる。始まるまで、まだ少し時間あるから」

　アルフレドが肩を回しながら俺を楽しそうに横目で見て、教室を出ていった。

　俺は、珍しくやる気満々で楽しげな奴の背中を見送りながら、額に冷や汗が浮いてくるのを感じた。

　確かに、確かに奴のやる気は引き出せた。俺の作戦は成功した。成功はしたけど……なに、言ってくるつもりなんだろうあいつ。すげえ楽しそうなのが、逆に怖い。

　俺、負けるの確定なのに。

　よって、試合をする前に、すでにもうあいつに報酬を渡すことも確定しているのだ。あまりにもやる気のなさすぎる奴の態度に思わず動揺して、どうにかしなくてはと咄嗟に言ってしまったが……もっと、熟考したほうがよかったかもしれない。

　俺は、シクシクと痛み出した腹をそっと押さえた。


　卒業試験の成績としても評価される、真剣を使ったトーナメント式の剣術試合。

　勝敗は、相手が「降参」と言うか、地面に描かれた丸い枠の線を越えて外に出てしまうか、もしくは身体のどこかが地面についた時点で決まる。とても分かりやすくてシンプルなルールだ。

　もちろん反則技をかけたり、わざと相手に怪我をさせるような行為をしたら、即失格となる。

　先生も会場中に散らばって、あちこちらで目を光らせながら監視しているから、危険と判断したら即止めに入る手はずになっている。

　それに殺傷力のある真剣を扱うから、万が一にも怪我をしてしまった場合にはすぐに治療ができるよう、学校医や町の医師たちが、会場の脇に建てられた簡易治療所の中で常に待機している。なかなかに本格的だ。


　まるで競技会場の様相を呈している校庭の外周には、椅子を並べただけの即席の観覧席が作られており、その中央には、一段高く作られた屋根付きの特別席がある。

　試合を間近で観戦できる最高のポジションに設置されたその席には、長くて立派な青いマントと軍服によく似た裾の長い青い詰め襟の服を着て、高価そうな金銀の装飾が施された長剣を腰に下げた人たちが座っている。王立騎士団の騎士たちだ。ざっと見たところ六、七人はいるだろうか。

その隣には、高そうな生地のロングコートを着て帽子を被った、偉そうにふんぞり返っているおっさんたちが三、四人座っている。胸元と帽子には剣と盾の刺繍がされているから、王立騎士学校の関係者たちだと思われる。

その更に隣には、学校長と他の先生たちが、騎士や関係者たちに向かって、引き攣った笑顔で話しかけている。

そこから更に離れた場所の端にはベンチがいくつか置いてあり、順番を待つ生徒たちが緊張した面持ちで座っている。

校庭には、試合用に特別に描かれた、丸い円形の枠が四つ。

出場者は六十人ぐらいはいるから、やはり決勝に辿り着くまでにはそこそこの時間がかかるだろう。俺は少しだけ、会場の熱気にうんざりして溜め息をついた。

試合が始まり。

結果的に言うと、俺は順調に勝ち進んだ。

ていうか、あまりにも順調すぎた。

それというのも、いつもの木刀や刃を潰した練習用ではなく本物の真剣を初めて手に持って、完全にビビってしまっている生徒があまりに多く、試合にもならない場合がほとんどだったからだ。

試合が始まった瞬間からもうすでに腰が引けているし、それでもどうにか剣を何度か打ち合えたと思ったら、次の瞬間にはもう「降参します！」と言い出すか、枠線の外へ逃げ出していってしまう。

……これ、真剣使うの、やめたほうがいいんじゃないだろうか。なんかもう、試合にすらなってない気がするんですけど。いいのか、これで。大丈夫か。

「……皆、なんだか……すぐに試合をやめてしまうね」

「それはそうでしょう！　リアン様に勝てるはずがないですからね！」

「ですね～！　戦う前からすでに勝敗はついてますからね～！」

「ですねっ！　枠線に入って挨拶した時点で終了ですねっ！」

いやそれはあまりに早く決まりすぎだろう。

突然、黄色い声援が横から上がった。

何事かと賑やかな声のしたほうに目を向けると、アルフレドが戦っていた。

そして、その対戦相手は枠外へと足をもつれさせながら必死に走って、逃げているところだった。あっちもか。

……どうやらあいつのほうも、順調に勝ち進んでいるようだ。

俺も奴も思っていた以上にサクサクと勝ち進み。

昼休憩を挟んで準々決勝、準決勝、三位決定戦と行われて――

決勝戦。

俺の目の前には、余裕の笑みで腕を組む、金髪頭がいた。

え、ちょっと。なんでそんなに余裕なんだよお前。

しかも、なんかやたらと、やる気満々なんですけど。

いつもの面倒くさそうな、気だるそうな態度はどこへいった。

俺は内心冷や汗をかきつつ、動揺を悟られないよう努めて平静を装いながら腕を組み、いつもの生意気っぽい笑みを浮べて、用意していたセリフを口に乗せた。

「……け、『決勝戦までやってくるなんて、運だけはいいね、アルフレド！　でも、その運もここまでだよ。君は僕には一度も勝てなかった。だから、当然、今日も僕には勝てないよ』」

アルフレドの片眉がぴくりと上がった。

「……やってみないと、分からないだろ」

珍しく、言い返してきやがった。いつも、ふーん、とか、そうか、とか、やる気のない返事ばっかりだったくせに。

剣術の先生の、眠そうな「はじめー」という気の抜ける開始の合図と同時に、俺たちは一礼して、剣を抜いた。

「ちょ……!?」

打ち合った剣を、相手が流れるような仕草で払った。

いつもなら、そのまま力任せに押し込んでくるはずなのに。

いつもと違う、非常に落ち着いていて無駄のない、流れるような動きをしてくる。どことなく俺に似た、剣のさばき方と動き方で。

ああ、そうか。

俺が地道に横流し指導してきたんだから、俺と似ていて当たり前といえば当たり前なのか。うむ。なんだかんだと言いつつも、ちゃんと俺の言ったことを覚えていて、身につけていってくれていたんだな。教えていた身としても、成果が現れているのを間近で見れて、それはとても喜ばしいことだ。

喜ばしいことだけれど……


いつもと違いすぎるだろおおお!?


いかに授業で手を抜いていたのかが丸分かりの、隙のない、なさすぎる動き方だった。

状況を見ては引き、脇に回り込んでフェイントをかけ、俺の攻撃を誘い込んできたりする。相手の次の動きを予測しながら、踏み込む隙を窺っている。そしてなにより、なんだか、とても楽しそうだった。

何度か打ち合った後。


「あっ」

奴が、俺の剣を受け止めたまま弾き返さずに、刀身を滑らせながら俺の懐に飛び込んできた。――以前、俺が奴にやったように。覚えてたのか、お前。あの技。

動揺してしまった俺は、一瞬だけ、動きを止めてしまった。

その隙を、相手は見逃さなかった。

刀身は鍔(つば)に当たる寸前で止まり、すぐさま手首を捻(ひね)るような動きをしてきた。俺が以前、目の前の対戦相手にしたように。

握っている柄と一緒に俺の手首も捻られて、指が少し浮いてしまう。しまったと思った時には、もう遅かった。

剣が弾き飛ばされ、青空に弧を描いて飛んでいった。

俺はその衝撃と反動で、身体が後ろに傾ぎ、バランスを崩して尻餅をついてしまった。初めて。


会場中に悲鳴と歓声が沸き起こった。

俺とアルフレドの試合の審判役をしていた、いつも眠そうな顔の剣術の先生の目が珍しく、大きく見開かれた。

　尻餅をついた俺を見て、立っているアルフレドを見て。それから顎が外れそうなほどに口を大きく開けた。

「えええええっ!?　う、うおおおお!?　ま、まさか、そんな、なんてこったい……!?　あ、アルの、アルフレド・フラムの勝ちだあああああー!!」

　地面に座り込みながら、俺は笑みを浮かべた。

　なんだ。わざと負ける必要なんて、全くなかったな。そんなことをしなくても、あいつはちゃんと、俺よりも強くなっていたのだ。

　俺の言ったこと、やったことも、一見気に留めてないような振りをしていながらも、実はしっかり聞いて見ていて、身につけてきていた。俺がやってきたことは無駄ではないのだということが、こうして分かって、証明されて。本当に、すごく嬉しい。

　アルフレドが剣を振って、鞘に収めた。

　それからとても嬉しそうな満面の笑みを浮かべて俺に近づいてきて、目の前にしゃがみ込んできた。

「……勝った」

　あまりにも嬉しそうな響きが籠った一言に、俺も思わず笑みを浮かべて返してしまった。いや、ここは健闘を讃（たた）えてやるべきだろう。相手の、ここまで諦めずに頑張ってきた地道な努力と根性を。

「……おめでとう、アルフレド。君の勝ちだ」

　アルフレドが破顔した。

　俺の手首を掴んで、アルフレドが引き起こしてくれた。

　まだ弾き飛ばされた衝撃が少し残っていたのか、よろけてしまい、倒れ込みそうになる。また地面に逆戻りかと思ったが、アルフレドが腕を伸ばして、抱き留めてくれた。

　そのまま、力いっぱい抱き締めてくる。

「お、お前な……！　ちょ、」

「嬉しい。やっと、お前に勝てた。──一勝だ」

　よほど、嬉しかったようだ。声が明るく弾んでいる。珍しく。

　全く。でも今日ばかりは、しょうがないか。

　抱き締めてくる腕の力はあまりに強くて痛かったけど、そのままにさせた。

「……おめでとう。アルフレド」

「ありがとう」

更に珍しいことに声を上げて笑うアルフレドを見て、俺もつられて少し笑ってしまった。

俺より広くなった背中を軽く叩く。

負けるたびに、村の剣術の先生のところへ稽古をつけてもらいに行っていたのを俺は知っている。マリエも、こっそり笑いながら俺に教えてくれた。なんでもない風にしてるけど、やっぱりリアン様に負け続けてるのは悔しいみたい、って。

アルフレドはアルフレドなりに、地道に頑張っていたのだ。

俺に、勝つために。

「……頑張ったな」

「うん」

子供みたいな返事が返ってきた。よっぽど嬉しかったみたいだ。小さな子供に戻ったみたいに無邪気に喜ぶ相手が、なんだか微笑ましくて、俺も笑った。

会場に鳴り止まない拍手と、歓声と、再び悲鳴と野次が響き渡り、飛び交った。

……ん？　なんで悲鳴と野次？

＊　＊　＊

三人組や他の参加していた生徒たちと一緒に、水場で簡単に汗と埃を洗い流したり拭いたりした後、更衣室で着替えをすませた。

アルフレドの奴は表彰式がすむと同時に、学校にある大時計を見て、慌ただしく走っていってしまった。仕事先に。余韻もなにもあったもんじゃない。

ていうか、今日は一日中試合だっていうのに、仕事なんか入れるなよ。なに考えてんだ。やる気ないのがみえみえじゃねえかこの野郎。マジで早めに負けて帰る気満々だったのかあの野郎。全く。油断も隙もない。

そして三人組は試合が終わってから今の今まで、ずっと泣いている。そして暗い。ちょっと鬱陶し——いやいや。なんで泣いてんの。

俺は気持ちいいぐらいのストレート負けに、逆にスッキリして清々しい気分だというのに。

「ううう、リアン様が、リアン様が負けるなんて……おいたわしいです！」

「あいつ、きっと、なにか不正なことしたに違いないです～！」

「そうですっ！　なにか、なにかしたんでしょうっ⁉」

俺は首を横に振った。

「アルフレドはなにもしてないよ。まあ、人生こんなこともあるってことだ。いつまでも気にしていたらだめだよ。でも、僕を気遣ってくれてありがとう」

「ううっ、り、リアン様……なんて、なんて大人なことをおっしゃって……！」

「大人です～！　お、お礼まで言って下さるなんて……！」

「大人ですっ！　ああ、リアン様はやっぱり素敵ですっ！」

いや、実際のところ大人なんだけどな。中身はな。最近、自分でもちょっと忘れそうになるけどな。

「それにしてもアルフレドの奴、どさくさにまぎれてリアン様に、だき、抱きつくなんて！　うらやましい――いや、失礼にもほどがあります！」

「です～！　破廉恥（はれんち）です～！」

「ですっ！」

「ああ……ま、まあ……そうだね」

俺は引き攣った笑みを浮かべてしまった。

あの野郎、あんな目立つ場所で抱きついてきやがって。

なかなか離してくれなくて、めちゃくちゃ注目浴びてしまって、ものすごく、いたたまれなかった。俺は、目立つのは、苦手だっていうのに！

今度また土曜に会った時、人前で気安く抱きつかないよう、きつく叱っておかねばなるまい。


「……リアン・オーウェン君？」


「はい？」

背後から名前を呼ばれて、俺は立ち止まった。

三人組と一緒に振り返ると、廊下の向こうから、青くて長いマントを羽織った二人の男が、笑みを浮かべて歩いてくるのが見えた。

二人とも青を基調にした、裾の長い制服を着ている。腰には装飾された長剣。おそらく王都から来た騎士団の人たちだ。顔も覚えている。特別席の中央辺りに座っているのを見たから。

片方の浅黒い肌の男は、背が高くてがっしりした身体つきをしていて、笑みを浮かべていても目つきは悪――いや、鋭く、黒茶色の髪を整髪料でしっかり後ろに流している。

もう片方の白い肌の男は、波打った白茶色の前髪を片方だけ前にわざと垂らしている。そしてなんだか纏う雰囲気が少し軽い。ずっと笑っているように見える垂れ目も、どこか遊び人っぽい印象的を受けた。

どちらも身なりはきちんとしていて、さすがに隙はない。誰もがうらやましがる華々しい王城勤務の騎士、という感じがする二人組だった。

そういえば、野郎も女の子も、芸能人でも見たみたいにキラキラした目で二人を見ていたような気がする。

特別席には、明らかに強そうな顔中傷だらけの大柄な騎士や、ムキムキ筋肉のスキンヘッド騎士とかもいたけど、皆の話題には全く上がってこなかった。可哀想だろ。少しは話題にしてあげてくれよ。あの人たちがおそらく一番、身体張って頑張ってくれてる人たちだよ。

確かにこの二人組の騎士は、見に来た騎士たちの中でも特に目立っていた。顔は俳優みたいに整っている。

だけど、俺たちすげえカッコイイだろ？　とでも言うかのように、やけに格好つけて振る舞っているのもありありと分かって、なんだか微妙だ。


それになにか……生徒たちを見ている視線が、どこか上から目線で品定めしてるみたいな感じがして、俺はあまりいい印象を持てなかった。

「なんでしょうか？」

黒茶色の髪を後ろに撫でつけた浅黒い肌の男が、笑みを浮かべた。

「ああ、いきなり呼び止めてしまってすまないね。私は王立騎士団王宮騎士隊の隊長、ヴィペール・サーパンタイン。こっちは、副隊長の――」

「サウラー・テタールです。よろしくね？」

垂れ目気味の目を更に垂れさせて、男が前髪をかき上げながら笑みを浮かべた。

「リアン君の素晴らしい戦いぶりを拝見させていただいてね。声を掛けさせていただいた次第だ」

三人組が、声を上げた。

「ま、まさかこれが、す、スカウト……⁉」

「す、スカウトです〜⁉」

「す、スカウトですっ⁉」

騎士二人が三人組を見て、頷いた。

「そう取ってもらっても構わないよ。そろそろ私の指揮する分隊の一つに、新しい子を入れようかと思っていてね。いい子はいないかと探していたところなんだ。君は……とてもいいね……リアン君。なあ、サウラー」

「ですねえ。私見で言わせていただきますと……今まで見て回った中では、一番かと」

「うむ。だろう。……そういうことで、リアン君。私たちと少し、お話をしないかい？」

俺は首を傾げた。

なんで、俺？

「あの。優勝したのは、アルフレド……フラム君のほうだと思うのですが」

黒茶色の髪を撫でつけた男が、微笑んだ。

「ああ、そうだね。でも彼は——教会に、お世話になっているそうだからね」

それを聞いて、俺は瞬時に理解した。

そして胸クソが悪くなった。

要するに、アルフレドは孤児でお金もなく後ろ盾もなにもないから、スカウトするに値しない、ということだ。その点、俺は領主の息子。引き抜くに申し分ない、というわけか。

俺は内心ムカムカしながら、表面だけはどうにか笑みを繕って浮かべてみせた。


「なるほど。ですが、僕は王都の騎士になるつもりはない。

俺も、俺は二年後を無事に乗り切った暁には——そして、もしも元の世界に帰れなかった場合は、村にあるオーウェン家の別荘を一つもらって、村で父と兄の補佐をしながら、のんびりと暮らすつもりだ。マリエの孤児院の手伝いをしながら。

それで落ち着いたら、時々は旅に出たっていい。俺の好きなこの世界を、自分の足で歩きながら、自分の目で、ゆっくり見て回るのだ。

黒茶髪の男が笑みを深くした。

「……オーウェン領主様にも、ちゃんと今日、君とお話しすることはお伝えしてある。先に君と私たちだけで話がしたいと言ったら、快く了承して下さったよ。なにも心配することはないよ。君は私たちに、ただついてきて、話を聞くだけでいいんだ」

うわあ。

リアン父の根回しの成果が、今ここに、ってか。

おそらく裏金が動いている。確実に。いわゆる山吹色の菓子が。ああ、これは古すぎるか。祖父ちゃんが好きでよく観てたからな。最後にじい様が印籠出すあ

の時代劇。

俺は頭を抱えたくなった。

「り、リアン様！　すごい！　さすがです！　カッコイイです！　うわあ、リアン様が、王都の騎士かあ……」

「わああ……す、すごいです～……！　王都……都会ですね～……」

「うわあ……素敵ですっ！　こ、今度、お話聞かせて下さいねっ!?」

三人組が目を輝かせて、無邪気にはしゃいでいる。

「ああ、席もすでに、設けてある。マティーナ・ラッフィナートホテルに。夕食でも食べながら、ゆっくり話をしようじゃないか。外に馬車も用意してある。……さあ」

いたれりつくせりですね。

マティーナ・ラッフィナートホテルといったら、この近辺では一番の最高級ホテルだ。

身分もしっかりしていて尚かつ正装でないと入れてももらえない、上流階級限定の最上級ホテル。その建物の意匠も美術館のように上品で美しく、おもてなしも素晴らしく、支配人を始め従業員全てが優雅で礼儀正しく申し分ない――と、ガイドブックにも書いてあるらしい。

王都の有名人もお忍びで来たりするらしいですよ、と三人組とクラスメイトが話をしていたのを小耳に挟んだこともある。

……ものすげえ大金が水面下で動いている。その金額を知りたいようで知りたくない。恐ろしすぎる。

俺は溜め息をついた。

これはもう、廊下の立ち話で断れるような雰囲気ではない。直接行って話をつけねばなるまい。俺自身で。リアン父が同席すると面倒なことになるが、幸い今回同席はしないようだ。きっぱりと断るなら、今がチャンスだ。

「……分かりました」

俺が了承の返事をすると、二人が笑みを浮かべた。

「ふふ。もの分かりのいい子は、私は大好きだよ……。さあ、行こうか」

俺は二人にエスコートされるまま、学校の門の前に停めてある豪華な馬車に向かって、気が重くなりながらも歩いた。

18話　冷たい雨の夜でしたが、一日の終わりは願わくば　前編

マティーナ・ラッフィナートホテルの広すぎるロビーの中央には、映画のセットにでも使えそうなくらいに広くて豪奢な大階段があり、ホテルの見所の一つとなっている。

緋色の絨毯（じゅうたん）が敷かれた高級感漂う大階段を上がって、更に中央のロビーが見下ろせる吹き抜けをぐるりと回り込むように作られた回廊を上っていった先には――このホテルで一番高くて一番豪華な部屋があった。


ホテルの最上階、四階の面積半分以上を占めるその広すぎる部屋は、思わず腰が引けるほどにリッチな部屋だった。

わざわざ部屋にコック長がやってきて、ディナーを給仕してくれた。豪華でおしゃれで、そして値段も恐ろしく高そうな料理の数々に、俺は緊張しすぎて、あまり咽を通らなかった。味もよく覚えていない。多分美味かったのだろうと思う。

座らされた革張りのソファも柔らかくて、沈み込みすぎるぐらいにフカフカしている。

テラス付きの大きな窓からは、町の夜景を一望できた。

この部屋、リビング、ダイニング、キッチンの他に、書斎やパーティ用の広間まであるらしい。そこここに飾られてる絵画や調度品も、王都からわざわざ取り寄せた名品なのだそうだ。コック長が給仕しながら自慢気に話してくれた。

絶対に美術品には近寄らないにしようと心に誓った。もし手でも当たって壊してしまった日には、怖すぎる。弁償とか、一体いくらになるのか考えるだけで恐ろしい。

そしてもう一つこの部屋がすごいところは、水道が部屋のバストイレ、洗面所、広間の全てに引かれていることだ。

この世界、魔法なんていうファンタジーな要素があるにもかかわらず、その辺りの設備にはファジーな要素は全くなく、思ったよりも物理的、現実的な造りをしている。

保存系の術式や魔動装置が施された町営の配水管が町の中にはあって、毎月お金を払えば、そこから管を

引いて使うことができる。お金を払いたくないなら、共同の公共配水場へ行くか、自前の井戸を使うしかない。

　故に全室に水道を設置するとなると、それなりの魔動式の大きな浄水配水設備が個別に必要となり、莫大な金がかかる。

　金銭的な問題で部屋に水道がついていない宿が多い中、このホテルは恐ろしく高額な使用料を毎月支払って、有料の町営配水管から一番太い管を引き込み、魔動式の高価な浄水配水設備を使って、全室に水道を引いて完備してあるのだ。

　俺の世界にある高級ホテルと比べても、泊まり心地はなんら遜色ない。……まあ、俺は高級ホテルになんて泊まったことがないから、想像と予想に基づいた比較でしかないのだけれども。

　要するになにが言いたいのかというと、ここは相当にすごい金持ちしか泊まれないセレブ御用達(ごようたし)のホテルであり、部屋だということ。

　そしてものすごく――

　お、落ち着かねえええええ……!!

　早く帰りたい。今すぐ帰りたい。話がすんだらすぐに帰ろう。そうしよう。

　高そうな彫刻が施されたローテーブルを挟んだ向かいのソファで、サーパンタイン隊長がテタール副隊長となにやら話し込んでいる。

　小声なのでなにを話しているのかは分からない。内輪の内緒話のようだ。内緒話なんか人の目の前ですんなよ。気になるだろうが。

　内緒話がようやく終わったのか、副隊長は溜め息をついて肩をすくめた後、席を立って奥のキッチンへと向かっていってしまった。

　しばらくして、副隊長は両手に一つずつティーカップを持って戻ってきた。どうやら副隊長はお茶を淹れに行ってくれていたようだ。

　もしかして、さっきの内緒話はその件だったのだろうか？

　どっちが茶を淹れに行くかとか。いやそんな馬鹿な。そんなの揉めるほどの内容ではない。そんなことで揉めてたら、大人としていかがなものかと思う。でも、もし万が一にもそうなら、俺に言ってくれたらよかったのに。

「す、すみません。言って下されば、僕が、」

「いやいや、別に気にしなくてもいいよ。……君は、今日のメインだからね」

副隊長は垂れ目を細めて笑みを浮かべてから、俺と隊長の前にティーカップを置いた。置き終えるとまた隊長の隣に座り直し、優雅に足を組んだ。

湯気の立つティーカップからは、芳醇で華やかな、アールグレイに似たお茶のいい香りがふわりと漂ってくる。さすが、町一番の高級ホテル。部屋に置いてある茶葉も、かなり上等なもののようだ。

隊長が俺に向かって、勧めるように掌を向けた。

「総料理長が話していたけど、今年最高級の茶葉らしいよ。さあ――どうぞ」

「そ、そうですか……」

俺は震えそうになる手をどうにかごまかしながら、ティーカップを口に運んだ。

一口飲んで。俺は内心、首を傾げた。

なんか……変な味がするような。気のせいかな。花のようないい香りはするけど。味は……微妙だ。なんか、やけに甘ったるくて、どこか、薬っぽいというか。

「……どうだい？」

「……個性的な、味ですね」

料理番組でよく使われる言葉を使わせてもらった。美味しくない時に使う常套句。

なんだろうか。茶葉の味を突き詰めていくと、常人には追いつけない域に達してしまうんだろうか。一般人の味覚レベルな俺にはよく分からないけど。

隊長は俺の述べた曖昧な感想に、笑みを浮かべただけだった。

「……君の試合を観させてもらったけど、君は、学生らしからぬ素晴らしい剣の腕前を持っているね。これから磨けば、もっと伸びていくことだろう」

「いえ、僕は……」

「いや、謙遜しなくてもいいよ。本当のことだ。先生方に聞いたところ、君は成績のほうも常に学年トップだったそうじゃないか」

それはアルフレドに負けないように、ライバルでい続けるために、寝る間も惜しんで必死で頑張ってたからだ。

それに俺は、これでも大学までは行っている。中身はな。

町立学校の一般教養の内容は、俺にはすでに習得ずみなのだ。ただ、魔法の術式授業だけは特殊で初めてで戸惑ったけど。それでも、仕組みはプログラミングの法則によく似ていたから、どうにかなった。意味を持つ特殊な言語を組み合わせて、術式を——プログラムを組み立てていくのだ。

まあなんにせよ、どうにか最後まで成績をキープすることができて、安堵している。

「他の隊長たちも君のことを気にしていたからね……。声を掛けられなかったかい？」

「い、いえ」

隊長が鋭い目つきを和らげて、嬉しそうに笑みを深くした。

「そうかいそうかい。それはよかった。私が一番最初に、君に声を掛けたってことだね。嬉しいよ。私は、君が、とても気に入ったんだ。どうだい。私の隊に——王宮騎士隊に入らないかい？」

「王宮、騎士隊……」

マジで、これ、スカウトだったのか。

王立騎士団は複数の隊によって構成されている。

王族の護衛をしている近衛騎士隊、王都内や王都周辺の警備をしている王都騎士隊、王城内の警備をしている王宮騎士隊。国境警備をしている国境騎士隊、国防騎士隊。

一番大変で皆が入りたがらないのは最後の二つの隊で、一番楽で皆が入りたがっているのが、王宮騎士隊だ。

国境騎士隊と国防騎士隊は、常に命の危険と隣り合わせの隊だから一番嫌がられている。

この二つの隊は、魔物が襲ってきたと聞けば討伐に向かい、どこかで争いやいざこざが起これば鎮圧に向かわねばならないからな。特別席に座っていた、顔面傷だらけの強面おっさんやスキンヘッドマッチョ男が、その隊のどちらかを率いている隊長だったはずだ。

それに対して王宮騎士隊の主な仕事といえば……一番安全で安心な、王城内の見回りぐらいだ。

最も仕事が楽で、尚かつ近衛騎士隊に次ぐ高給なのも、人気が高い理由となっている。

「王立騎士学校への推薦状は、私のほうで用意させていただくよ。君は、町の学校を卒業したら王都へ行って、騎士学校に入学してもらうことになる。ああ、住むところの心配はしなくてもいいからね。君はその間、私の屋敷に住んで、私の従卒となって学ぶといい。私が自ら、教えてあげよう……。それに、騎士学校は飛び級できる。君の実力なら、おそらく半年ぐらいで卒業できてしまうんじゃないかな。卒業した暁には、私の隊へ配属されることになっているから――」

うわやべえもうそんなところまで決まってんのか⁉

早く、早く断らなければ……！

「あ、あの！　お、お申し出は、誠にありがたいことなのですが！　僕は騎士になるのではなく、村で、えと、村に戻って、父や兄の手伝いをしたいと思っています！　父の治める領地をよりよくするために、地元に戻って頑張りたいのです！」

二人が目を見開いて俺を見た。

「な、なんだって？」

「え、な、なんで？　王都だよ？　しかも、王宮騎士隊だよ？　皆がうらやましがる、王城の騎士だよ？」

「はい。ですが、僕は村に戻って、領地の人々のために働きたい。僕の力を役立てたいと思っているのです」

馬車に乗ってからここに来るまで必死に考えていた、角が立たず、それでいてもっともらしく聞こえる断りの理由を俺は述べた。

これなら相手の気分も害さずに断れるだろうと自分でも納得の断り文句を口にしたというのに。隊長は不機嫌そうに鼻を鳴らし、鋭い目を更に鋭く細めてしまった。

なんでだろう。なにがいけなかったんだろう。分からない。俺は内心、動揺してしまった。どう言ったらよかったんだろう。

ローエンダールなら、もっといい理由を考えついてくれそうだけれど、今はあの頼りになる有能老執事は側にいない。

「村に戻る、だって……？　君は、私の誘いを断るというのかい？」

「す、すみません……。ですが、僕はもう、ずっと前からそうしたいと……そうしようと、決めていたのです。ですから、このお話はお断りさせていただきたく」

「リアン君。私の側にいれば、一生、楽な暮らしができるんだよ？」

俺は、不機嫌丸出しの表情をした隊長を見上げ、内心焦りまくりながらも、首を横に振った。

「いいえ。いいえ、これ以上なんて……僕は望みません。もう、十分です。僕は今の生活で、もう十分なのですから」

十分、いや、十分すぎるぐらいの暮らしをさせてもらっている。

灯りが常に灯っている屋敷に帰ればローエンダールたちがいるし、教会に行けば、マリエやチビたちがあたたかく迎えてくれる。友達もできた。村の中にもたくさんの知り合いができた。会えば笑顔で声を掛けてくれる。

――アルフレドも、いつだって、側にいる。

これ以上を望んだりなんかしたら、バチが当たりそうだ。

ここでの暮らしは、前の暮らしに比べたら、夢のようだ。誰かがいつも側にいて、いつも俺を、あたたかく迎えてくれる。俺はもう、ひとりじゃない。

俺にとってここは……あの村は、まるで夢のような場所だ。

隊長が不機嫌そうな顔のまま、息を吐いた。

「……私はね。君がとても、とても気に入ったんだ。その能力は素晴らしいいし、なによりその美しい銀色の髪。雪のように白い肌……君は、ヴィオレット家の血を色濃く受け継いでるようだね。君の母君は確か――ヴィオレット伯爵家のご令嬢だったかな？」

「そ、そう、ですが……」

リアン母は、王都生まれだ。

王都で名の知れた名門貴族である、ヴィオレット家の末娘。

リアン父が一目惚れして、頼み込んで拝み倒してお金もまき散らして、嫁いできてもらったらしい。

「ヴィオレットの血を濃く引く者だけが持つ、氷水晶の瞳をしているのも、とてもいい……。君の瞳の色は、特によく澄んでいて……曇りなく高潔すぎる感じがまた、すごくいいね。……そんなところも、あの人に本当によく似ていて……――汚してしまいたくなる」

最後のほうの言葉の意味が、理解できなかった。

いや、理解したくなくて、脳が勝手に拒絶したのかもしれない。

「リアン君。私の従卒になりなさい。そうしたら、それはもう、大事に、大事にしてあげるよ。行きたいところがあればどこへでも連れていってあげるし、欲しい物があれば、なんでも手に入れてあげよう」

黒茶色の髪の男がソファから立ち上がり、俺のすぐ隣に座ってきた。

　俺は横にずれて避けようとしたけど、どうしてだか、身体が思うように動かなかった。なんだか、身体が、重い感じがする。風邪を引いた時みたいな状態によく似ていた。意識は動けと命令してるのに、身体の反応はひどく、鈍い。

　それまで黙っていた垂れ目の騎士が、含むように小さく笑った。

「隊長は、君がいたくお気に召したみたいだよ。君を見た時から、初恋のヴィオレット伯爵に似てる似てるって言って、そりゃあもう煩(うるさ)くて」

「黙れ、サウラー」

「はい。黙りますよ。すみませんでした」

　隊長が非難するように名を呼ぶと、垂れ目がおどけたように肩をすくめてみせた。

「なあ、リアン君。私のもとへ来なさい。大事にするから。ね？」

　隊長が笑みを浮かべて、更に身を寄せてきた。

「い、いいえ、僕、は」

　なんだか、動悸がしてきた。さっきから極度に緊張しすぎていたからだろうか。胸も苦しい。

　目つきの悪い男が、笑みを浮かべながら俺の膝に手を置いてきた。少し湿った手が、生地越しでも気持ちが悪い。

「……リアン君。大丈夫かい？　気分でも悪い？」

「い、いえ……」

　俺は胸を片手で押さえた。

　いきなりどうしたんだろう。身体も、なんだか少し、熱くなってきた気がする。熱でも出てるのだろうか。息苦しさが、どんどん増してくる。

　整髪料の甘ったるい匂いが鼻をつく黒茶色の髪の男が、笑みを深めながら覗き込んできた。

「大丈夫かい？　少し、休んでいくかい？　今日は試合で疲れただろう？　大丈夫だよ。今夜はこのホテルに泊まっていくといい。気にせず、ゆっくりしていきなさい。ベッドに行くかい？」

　垂れ目がまた肩をすくめた。

「しらじらしいなあ……」

「煩いぞ、サウラー」

「はいはい。じゃあ、僕は出かけてきますね。どうぞ、ごゆっくり」

垂れ目はソファから立ち上がると、部屋の出口へ足を向けた。

俺の横を通り過ぎる時、なぜか可哀想な人を見るような目つきで俺を見下ろしてきて、笑みを浮かべた。

「君も、楽しんだら？　大事にしてくれるっておっしゃってるんだし、いいじゃないか。隊長のお気に入りになれば、一生遊んで暮らせるよ。……せいぜい可愛い声で鳴いて、可愛がってもらうといい」

そう言うと、部屋からさっさと出ていってしまった。

俺は冷や汗がどっと流れるのを感じた。

ごゆっくり、ってなんだ。可愛く鳴くといい、ってなんだ。どういう意味だ。

いや、分かってる。どういう意味で言われたかなんて。俺だって馬鹿じゃない。この状況が非常にマズいことぐらい、気づけている。自分の迂闊さも。

「……大丈夫かい？　立てる？」

にやけた笑みを浮かべた黒茶色の髪の男が、俺の肩を触ってきた。撫でるように。

全身に鳥肌が立った。ほんの僅かでも触られていたくなくて、俺はその手を叩き落とした。

「結構です。僕は、騎士学校にも行きませんし、貴方の従卒にもなりません！　申し訳ございませんが、このお話は、はっきり、お断りさせていただきます！」

「なんだって……？　どうしてだい。なにが不満なんだ？　大事にするって言っているだろう？」

笑みを歪ませた男が、俺の両手を摑んでソファに押し倒してきた。身体が思うように動かなくて、避け切れなかった。押し返そうにも、腕に力が上手く入らない。

これは明らかに、変だ。ありえない。

そういえば、さっきのお茶。変な味がした。目の前の男も、あの垂れ目の男も、一口も口にしなかった。

考えたくはない。考えたくはないけど。まさか――

俺は内心嫌な予感に焦りながらも、目の前の男を睨みつけた。

「お断りします！　僕は、帰ります！　離して下さい！」

「そうかい？　でも、そろそろ……気持ちよくなってきたんじゃないかな？」

俺は息を吞んだ。俺の、当たって欲しくない予感だけは、よく当たるのだ。嫌すぎる。

「なに、言って」

「最初はやっぱり気持ちよくなって欲しいからね。少しだけ、気分がよくなる薬を……ね。大丈夫だよ、サウラーが恋人に時々使っているものだし、身体には害のない一般的な軽いものだ。朝になったら抜けてるから」

「薬……」

「まあ……少し濃いめには、入れてもらったけどね。問題ないだろう」

問題大ありだ。マジか。最悪だ。薬盛りやがったのか。そういえばあのお茶、垂れ目がひとりで淹れて持ってきた。奥から。

なんで俺は飲んでしまったんだ。今更後悔しても遅いのは分かってるけど。

「なあ。君も、そう難しく考えることはない。素直になって、楽しんだらいいじゃないか。人生なんて楽しんだ者勝ちだよ。時々私の相手をするだけで、あとは自分の自由に、好きなようにしてくれていいんだよ？　私は、君を大事にしてあげるよ。隊長になりたいんなら、してあげるし、もし働きたくないのなら、ずっと養ってあげるし、ずっと私の屋敷にいたって構わない。私が君を、ずっと私の屋敷にいたって構わない。一生、遊んで暮らせるよ。なにが不満なんだい？」

「なに、言って――」

男が俺の足の間に割り込むように上に乗り上げてきて、俺の両手を片手で頭上に纏めて押さえ、片膝を使って俺の左足を押さえつけてきた。俺が逃げないように。

こんなクソみたいな奴でも、大人で騎士だ。子供の域をようやく出かかっている俺なんかよりずっと力が強くて、体格もいい。

おまけに薬のせいで、力が上手く入ってくれない。

吹き飛ばし系の魔法を使おうにも、術式の言葉を悠長に唱えていられるような余裕も時間もない。発動するまでには、そこそこ長い詠唱をしなければならない。今の状況では無理だ。唱え始めたら、必ず相手が邪魔をしてくるだろう。魔法の大敵はやっぱりこの世界でも《詠唱キャンセル》だ。

シャツの上から、胸を撫でられた。

ぞっとして、また鳥肌が立って、吐き気がした。

「やめろ！　離せ、このクソ変態野郎‼」

男が目を見開いた。

「意外に気が強い子だな……まあ、君みたいな反抗的な子を徹底的に教え込んで、従順な小猫みたいになるように躾けるのも悪くない。それも楽しそうだ」

いやらしく咽の奥で笑う男が、シャツを引き千切った。

じっとりした手が胸の上を撫でてくる。俺は胃液がじわりと込み上げてきて、気持ち悪すぎて、吐きそうになった。

「や、やめろこの野郎！　俺に触るな！」

「白くて綺麗な肌だ。気位の高そうなところも、あの人に、本当によく似ている……いいねえ……本当に、いい……。田舎の剣術大会に出席するなんて面倒だと思ってたけど、来てよかったよ……君みたいな子がいるなんてね」

汗ばんだ掌が、首から胸、腹を撫で回してくる。本当に、気持ち悪い。

「……ほら、力抜きなさいって。気持ちよくしてあげるから。楽しもうじゃないか。うんと優しくしてあげるから……」

男がのど仏を動かして、唇を舐めた。

それから鎖骨辺りを、じっとりと舐め上げられた。

気持ち悪くて、ぞっとして、腹が立って、怖くて。頭が一瞬、真っ白になった。

「ここで一回やってから、ベッド行こうか。ね、リアン君？」

なにをやるつもりだ。

いや、言われなくてもなんとなく分かってるけど。されることが分かるってこと自体がもう、最悪だ。

早く、早く逃げなければ。でもどうやって逃げよう。なにか、なにか方法は。

そうだ、剣術の師匠が教えてくれた技の中に護身術があった。手足を押さえ込まれた時にする対処法が。敵はひとり。思い出せ。

「……わ、分かりました」

俺は身体の力を抜いた。——相手を、少しでも油断させるために。

「大人しく、従います。だから……」

男が、笑みを深くした。

「いい子だ。最初から、そうしていればいいんだよ。すぐに、気持ちよくしてあげよう」

俺のズボンのホックを外し、腹や脇を撫で回していた大きな手が、ゆっくり入ってきた。俺は込み上げてくる吐き気を必死で堪えながら——相手が近づいてくるのを待った。

にやけた笑みを浮かべた男が、顔を近づけてくる。

俺は気づかれないように、ゆっくり息を吸い込みながら……腹筋に力をこめた。

おそらく俺に口付けようとでも思ったのだろう、少し顔を傾けながら寄せてきた男の、目と鼻の辺りに狙いを定めて——

勢いよく、額を思い切り打ち付けてやった。あのスパルタ師匠が教えてくれた通りに。

ゴツン、と、ものすごく、いい音がした。

「ぐあっ!?」

男が咄嗟に顔面を片手で押さえて身を引いた。俺の両腕を押さえていた手の力が僅かに緩み、そして浮いた。

その隙を逃さず、俺はすぐに勢いをつけて腕を下に引き抜いた。

即座に取り戻した両手を組み合わせ、相手の顎めがけ、全力で、肘鉄を打ち込む。

「ぶほあっ!」

男の身体が大きくのけ反った。すぐさまソファから自力で床に転がり落ち、そのまま更にテーブルの下まで転がり込み、更に転がって、テーブルを挟んだ反対側の隙間に出た。

転がっていた時の勢いと反動を利用して、素早く身を起こす。

自分に不利な戦場においては目の前にある障害物を有効活用せよ、さすればそれはただの邪魔な障害物ではなくなり己を助くる武器となる。そこに新たな勝機は生まれる、とスパルタ師匠は口を酸っぱくして言ってくれた。

長くて重い石造りのローテーブルが間にある分、男がいくら急いで手を伸ばしても、俺にはすぐに届かない。

ありがとう、ありがとうスパルタ師匠！　貴方の言ったこと、教えてくれたことは正しかった！

なんでか俺に、やたらと護身術も教え込んでくれて助かった。ありがとう、ありがとう師匠！　今度、師匠の好きな魚の干物と芋の蒸留酒をたくさん手土産に持ってお礼に行きます！

男が呻きながら立ち上がるのをテーブル越しに見ながら、俺は距離を取りつつ身を翻(ひるがえ)して部屋の出口へと走った。足の力が抜けそうになるのを叱咤しながら。

「こ。この……！　待て！」

待てるか！

俺は扉の取っ手を掴んで引き開け、廊下へと飛び出した。


こけながらも必死に立ち上がって、走って走って、廊下を走り抜けた先にあった長い階段を駆け下り、こけて、それでも立ち上がって無駄にだだっ広いホテルのロビーを走り抜けた。

通りすがりの従業員や警備員の制止の声も手も、全て振り切って、俺はホテルの玄関を飛び出した。

19話　冷たい雨の夜でしたが、一日の終わりは願わくば　後編

ホテルの外は、強い雨が降っていた。

昼間はあんなに天気がよく、雲一つない青空が広がっていたというのに。

でも俺にとっては、これは救いの雨だ。逃げるにはちょうどいい。月明かりどころか街灯の灯りすら強い雨で遮られ、町の中はいつもより暗い。視界は最悪だ。でもそれが逆に、いい目眩ましになってくれるから。

俺は町の大通りを少し走って、すぐに脇道へと駆け込んだ。

走ってる途中で、あの部屋に鞄と上着を忘れてきたことを思い出したが、もう戻れないから諦めた。お金もあの鞄の中だ。でも、今更、引き返すことはできない。

走りながら、これからどうしよう、と考えた。

とにかくこのまま走って、村まで帰ろうか。一晩中走り続ければ、夜明け前には屋敷に辿り着けるだろうか。

でも、途中で追いつかれそうな気がする。追いかけてきていれば。相手は大人で、俺は悲しいかな、まだ子供だ。どんなに頑張っても大人よりも速くは走れない。馬に乗って追って来られたら尚更だ。でも今は足を止めるわけにはいかない。追ってきてるかもしれないから。いや、きてるだろう。すげえ怒ってたから。

誰か。誰かに、助けを。でも、誰に……

金色頭が、脳裏に浮かんだ。

そうだ、アルフレド。

あいつ、今日、仕事だって言ってた。町にある酒場の。俺、知ってる。その酒場。

その店の名前は、確か、――《カナールの酒場》。

行きつけの菓子店に行く途中、その酒場の前を通るから、場所はよく知っているのだ。道も分かる。確か、この通りの先にある。

明日は土曜日だから、あいつは今日は遅くまで働いているはずだ。だから。まだきっと、店にいる。

俺はその酒場に向かって、全力で駆け出した。

遠くのほうから、楽しそうな笑い声や話し声が、地

面を叩く雨音に混じって微かに聞こえてきた。

目をこらすと、《カナールの酒場》と彫り込まれた木製の吊り看板の下、オレンジ色の柔らかい灯りが、建物のガラス窓から薄暗い通りを照らしているのが見える。俺は、思わず泣き出しそうになった。いた。

店の入り口の脇で、暗い中でもよく目立つ鮮やかな金髪頭をした背の高い奴が、空の酒瓶がいっぱい詰まった木箱を両手で抱え上げ、積み上げられた木箱の上に置こうとしていた。

アルフレドだ。

アルフレド、いた。よかった。

もう大丈夫だ。俺、助かった。俺は逃げ切った。逃げ切れたんだ。

「ある、あるふれ……アル、フレド……！」

寒さと震えで上手く動いてくれない咽から無理矢理声を絞り出すようにしてどうにか名を呼ぶと、金髪頭が重そうな木箱を軽々と持ち上げて積んだ後、顔を上げて、きょろきょろと周りを探るように見回し始めた。

「アルフレド！」

もう一回呼ぶと、こちらを向いて、青い目を丸くした。

「え？　……まさか、リアン？」

俺はなりふり構わず、抱きついた。

不思議そうな驚いた顔をしながらも、アルフレドは黙って抱き締めてくれた。

「リアン⁉　お前、なんでここに……ていうか、びしょ濡れじゃないか。こんなに、身体、冷たくして……一体――」

「た、たす、け、」

「助ける？　お前、――どうした、その格好……」

「たす……、て……ある、……、お、おねが、」

ちゃんとしゃべろうと思うのに、思うように口が動いてくれない。しっかりしろ、俺。落ち着くんだ。もう大丈夫だ。大丈夫。アルフレドが、ここにいるんだから。

「落ち着け。どうした」

俺は言葉に詰まった。どこから説明したらいいのか。

アルフレドは俺の言葉を数秒待っていたが、すぐに俺の身体を抱えるようにしてひょいと持ち上げてしまった。

「う、わ、」

「いい。話は後で聞く」

そう言うと、俺を抱えたまま店の入り口のほうへと歩き出した。

地面から足が離れてしまった俺は、目の前のアルフレドに慌ててしがみつくしかなかった。俺をひとり腕に抱えても、びくともせずに歩いている。相変わらずの規格外な馬鹿力だ。

「とりあえず、中に入ろう。ここは寒い」

「ごめ、ある、仕事、」

「いいから」


中に入ると、お酒と食べ物の匂いがした。

そして、とてもあたたかかった。

酒場の中はそこそこ広くて、四人掛けのテーブルも十個ぐらいあり、たくさんの人たちが楽しそうに騒いだり、酒を酌み交わしたり、談笑したりしていた。

奥に一段高く作られた小さなステージでは、楽器を奏でている人たちがいて、その前で赤いドレスの女の人が歌っている。軽快な歌を少しソウルフルに、楽しそうに身体を揺らしながら。

俺はアルフレドに抱き上げられたまま、奥の厨房のほうへと連れて、というか運ばれていった。途中、すれ違ったお客さんや店員みたいな女の人に好奇心いっぱいの目で見られて、向けられる好奇の視線にどうにも耐えられなくて、俺はずっと顔と目を伏せていた。

店内の照明が明るすぎなくて助かった。全員に注目されたりなんかしたら、俺は恥ずかしさに耐え切れずにアルフレドを殴ってから外へ逃げ出していたかもしれない。ていうか、いいかげん下ろして欲しい。俺は歩けるというのに。


アルフレドが厨房を覗き込んで、声を張り上げた。

「おやっさん！　おかみさん！」

「うーい」

「なにー？　ちょっと待ってー！」

厨房の奥で汗だくでフライパンを振っている、デニムっぽいエプロンをして頭に赤いバンダナを巻いた大男と、兎っぽい動物の刺繍が入ったエプロンをして首に巻いた赤いスカーフ姿が可愛らしい、小柄でふっくらした女の人が、同時に返事をしてきて振り返った。

厨房にいた見習い風の若い料理人二人も、同時に振り返った。

……なんだかものすごく見られている。嫌すぎる。

「おろ、下ろして、アルフレド……」

「大丈夫か？」

俺は頷いて、ようやく床に下ろしてもらえた。

「おや？　どうしたんだい、その子……」

「ああ、ええと……俺の行ってる学校の――友達。ごめん、上の部屋、一つ貸して欲しい。金は後で俺が支払うから。給料から引いてくれてもいい」

「そりゃ、構わないけど……」

ふっくらしたおかみさんが、俺を見るなり目を大きく見開いて、それから顔を思いっ切りしかめた。

「……ちょっと、あんた……？　その格好……。一体どうしたんだい？」

「え、あ、その……」

どこから説明したものか。

説明するには内容がひどすぎて、初対面の人に話す気にもなれなかった。簡単に流すにはどう言えばいいのか迷っていると、俺をじっと見ていたおかみさんは困ったような笑みを浮かべ、首を横に振った。

「ああ、いいよ、無理してすぐに話さなくてもね。……こんな寒い雨の中、ここまで逃げてきたのかい？怪我もしてるみたいだし……。ちょっとだけ、待てるかい？　すぐにお医者様呼んであげるからね。いや、それよりも連れていったほうが早いのかも……。ああでも、あんた、歩けるかい……？　無理そうなら、馬車を呼んで――」

「い、いいえ！　いいです！　……医者に診てもらうほどでは……ないですから」

「そうかい……？　本当に、いいのかい？　大丈夫かい？」

やけにしつこく聞かれて、俺は何度も頷いた。

それでも心配げに顔を覗き込まれて、どうにも落ち着かなくなって、俺は目をそらして下を向いた。その時、自分の姿が視界に入り……やけに心配されてしまった理由が、分かってしまった。

気が動転していたとはいえ、店に入る前にできる限り身なりを整えておけばよかった。

シャツは破られて半脱げ状態だし、ズボンの前も半分以上開いていた。恥ずかしすぎる。両手首には、掴まれた赤黒い痕までくっきり残っている。ずぶ濡れだし、何度もこけたから、あちこちすりむいて、汚れてもいる。あまりにもひどい有り様だった。

……これを見たら、いくらなんでも、誰でも分かる。分かってしまう。なにがあったか。なにから逃げてきたのか。

今更ながらに、俺は急いで濡れたシャツの前をかき合わせた。

「もしも必要なら、すぐにお言いよ?」

おかみさんがあたたかい手で、肩をそっと叩いてきた。絶対そうだと思われている。いや間違いでもないんだけれども、おかみさんが考えているまではされていない。訂正したいけどそれはそれで、いたたまれない。

俺は黙ったまま、ただ頷いた。

「そうかい。なら、いいんだけど……。二階の奥から二番目の部屋をお使い。あそこは今日、空いてるはずだから。待ってな、今すぐ、着替えも持ってきてあげるから。旦那の服だから、あんたにはちょっとばかし大きすぎるかもしれないけどね。我慢してね」

「い、いえ……」

おかみさんは厨房を出て、小走りに奥へと入っていった。

少し待っていると、木札がぶら下がった鍵と、服と、バスタオルを山のように両手に抱えて駆け戻ってきた。

「はい、これ! 部屋の鍵。それと服。それとタオル。足りないものがあったら言っておくれ」

「あ、ありが、とう、ございます」

差し出された物を受け取ろうと思うのに、自分の手と腕はまだ震えが収まらないままで、摑んでもすぐ落としそうになって、上手く抱えられなくて、自分で自分が情けなさすぎる。

「す、すみませ、……あ」

アルフレドが横から手を伸ばしてきて、片手で全部受け取ってしまった。礼を言うと、アルフレドは眉間に皺を寄せたまま、頷いた。

さっきからずっと黙り込んでいるし、なんだか微妙に、機嫌が悪い気がする。一番忙しい時に仕事場にやってこられて、やっぱり嫌だったのだろうか。本当に、申し訳ない。

「ご、ごめん、アル、フレド……」

「いい」

一言で返された。やっぱり機嫌が悪いみたいだ。

「そうだよ。無理しないで、アルに持ってもらいなよ。……なにか、他に欲しいものはあるかい?」

俺は首を横に振った。十分だ。

「そうかい。なにか欲しいものがあったら、すぐにお言いよ。……全く……どこのどいつが、こんなことしやがったんだい？」

俺はまた、視線を足下に向けてそらした。

相手が相手だけに、誰でも彼でもに、気軽に話せるようなことではない。話したことでどんな影響が出るのかをよく考えて話さないと、俺も、家の皆も、困ることになる。それだけは俺にも分かる。

おかみさんが慌てた様子で手を横に振った。

「ああ、ごめんよ。今すぐ話さなくていいから。落ち着いた後でいいから。ね？」

気遣うような笑顔を浮かべ、ふっくらしたあたたかい手で、俺の頭を撫でてくれた。

ああ、だめだ。今は優しいことをしないで欲しい。どうにも、よけいに気が弱ってしまう。情けない。なに弱ってんだ。男だろ。しっかりしろ。

「……おかみさん。悪い。ちょっと、店抜ける。抜けてた時間分、明日働くから」

「いいよいいよ、あんたはいつも真面目に働いてくれるからね。そんなことよりも、その子……見ておやり。……あ、そうだ。ちょっと待ってな」

おかみさんが厨房の中へ小走りに入っていって、おやっさんからオレンジ色の瓶を二本受け取ってから、また戻ってきた。

「これ、あげるよ。走って咽が渇いたろう？　お飲み。果実水。甘くて美味しいよ」

ああもう。優しさが目に染みすぎる。

咽の震えをどうにか堪えて、差し出されたオレンジ色の小瓶を受け取ろうと手を伸ばすと、それもまたアルフレドが横から手を出してきて、取っていってしまった。

「あ、あの。ありがとう、ございます……」

おかみさんが笑顔で頷き返してくれた。厨房の奥に目をやると、おやっさんがフライパンを振りながら笑みを浮かべてこちらを見ていたので、そちらにも礼を言った。

結局俺はまたアルフレドに片腕で抱き上げられて、移動するはめになった。

アルフレドは俺と受け取った物を抱えたまま、店内の壁際にある階段を上がっていった。俺はそんなに軽かっただろうか。いや、こいつの筋力がおかしいのだ。俺は軽くない。はずだ。

　二階に上がると、廊下の片側は窓、その反対側には部屋の扉が五つ並んでいた。

「部屋……たくさんある」

「ああ。ここ、二階から三階は宿してるから」

　宿屋兼酒場だったのか、ここ。

　アルフレドが器用に俺と荷物を抱えたまま片手で鍵を開けた。扉を開けると、少しひんやりした空気が部屋の中から流れ出てきた。

「悪い。安い宿だから、暖房はついてないんだ。でも、小さいけどバスルームはついてるから。トイレは、部屋出て、右の廊下の突き当たりにある。——待ってろ、今、下から水と湯をもらってくるから」

　アルフレドは俺を下ろしてから、抱えたタオルを数枚取って、俺の頭や身体にぐるぐると巻きつけた。

　それから部屋の机の上にあるオイルランプに火をつけ、残りの荷物を机に全部置いてから部屋を出ていってしまった。

　部屋の中は、とても静かだった。

　俺はなんだか気が抜けてしまい、力も抜けて、疲れも出てきて、冷たい床に座り込んでしまった。

　ぼんやりとした頭で、周りを見回してみた。

　こぢんまりとした部屋の中には小さな机と椅子が一つ。壁際にひとり用のベッドが備えつけられていた。部屋の右脇には、もう一つ出入り口があって、奥の小部屋へと続いていた。その奥の部屋の壁際には、ガラスの嵌め込まれた扉があるのが見えた。もしかしたら、あそこがバスルームなのかもしれない。

　少し狭いけど、木造の部屋はどこかあたたかみがあって、木の香りも仄かにしていて、居心地はよさそうだった。狭いとはいっても外国基準での狭さだ。日本の格安宿に比べたらはるかに広い。

　あたたかなオレンジ色のランプの灯りと、下から微かに漏れ聞こえてくる楽しげな笑い声と軽やかな歌声を聴いているうちに、気分が少しずつ落ち着いてくるのが自分でも分かった。

　誰かが立てる生活音は、好きだ。緩く、皆と繋がっているみたいで。ひとりじゃないという錯覚を、感じることができるから。

　呆然としている間にアルフレドが大きな樽に湯を入

れて部屋に戻ってきて、風呂の準備をしてくれた。相変わらずの馬鹿力だ。

アルフレドが側に寄ってきて、俺の腕を摑んだ。

「風呂、できた。ほら」

「う、あ、」

俺は摑まれた腕から震えが駆け上ってきて、思わず声を漏らしてしまった。

さっきから、身体が嫌な感じに熱い。特に……主に、下半身が。マジで、そっち系の薬を盛られたようだ。

どうにも我慢できない感じではないけど、触られるともうだめだ。感覚が過敏になっていて、少し触られただけでも、触られた場所がひどく熱くなったような感じがして、逃げ出したい気分になる。

今は、助かった安堵感から気が緩んでしまっていて、特にマズい。そっちへと意識が集中しすぎてしまって、さっきよりも身体がやけに反応してしまう。くそ。あの野郎。

たった一口、飲んだだけなのに。濃いめに淹れたとか言っていやがったからだろうか。お陰でまだ身体の熱が引いてくれない。

あの茶、全部飲んでたら……と思うと、ぞっとする。きっともう起き上がることすらできなくなってしまっていたかもしれない。おそらく、考えたくはないけど部屋から逃げ出すこともできず、あのまま、あの最低野郎にヤられてしまっていたのではないだろうか。

俺は震えた。恐ろしすぎる。あんなクソ野郎になんて、想像すらもしたくない。

「リアン……？」

「……だい、じょうぶ。だから、……」

俺は気を抜くと震え出しそうになるのをどうにか抑え込んで、アルフレドの手から自分の腕を静かに抜いた。

平気に見えるように、いつもの笑みを浮かべ、どうにか気力を振り絞って立ち上がった。

「僕は、大丈夫だから。ありがとう、アルフレド……もう、仕事に戻っていいから。ごめん。迷惑かけて」

「なに言ってんだ。迷惑なんて、」

「ここの部屋代も、僕が払うから。心配しなくていい」

「おい」

俺は逃げるように、アルフレドの横を早足で通り過ぎて脇の小部屋へ向かい、扉が開いたままになっていたバスルームに駆け込んで、すぐに後ろ手で扉を閉めた。

白い湯気が、狭いバスルームにうっすらとこもっている。ひとり用の小さな陶器製のバスタブにはお湯が溜められていて、モクモクとあたたかな湯気を立ち昇らせていた。

壁と床のタイルには、所々ピンクや水色や薄緑色の色タイルが混ぜられていて、どことなくあたたかで可愛らしい雰囲気がした。おかみさんの趣味だろうか。

なんで、こんなことになったんだか。いや、自業自得なのは、分かり切っているんだけれども。

俺は冷たいタイルの床にずるずると座り込んで、大きな溜め息を吐き出した。


本当に、最悪だ。

今日は最悪の日だ。

洗面台に置いてあった洗面用の小さい木桶で、お湯を汲んでは頭から被りながら、俺はバスタブにもたれかかってタイルの上に座り込み、疲労感と脱力感とやるせなさの入り交じる溜め息をついた。……排水溝に流れていくお湯と、自分の出した白いものを眺めながら。

だめだ。水。冷たい水が欲しい。それも氷水みたいなやつがいい。それを頭から被ったら、少しは、この熱も引いてくれるかもしれない。

「はぁ……」

一体どういう薬を飲まされたのだろう。ろくな薬ではないことだけは、確かだけど。まだ身体の熱が引く気配はない。朝になったら、本当に引くのだろうか。

どうにもこうにも収まらず、溜まり続ける身体の熱をどうにか逃がしたくて。俺は仕方なく、本当に仕方なく、自分の手で抜いた。

結局一回だけでは収まらなくて、二回、抜いた。それだけでもう俺は気力も体力も精神力も使い果たして、へとへとになった。

バスタブの縁に腕を置いてそれに頭を乗せ、目を閉じる。

疲れた。もう動けない。無理だ。濡れた服を脱ぐ気力すら残っていない。このままここで寝たら、風邪を引いてしまうだろうか。

ああでも、それは名案のような気がしてきた。もしかしたら風邪の熱が、この身体の熱を相殺してくれるかもしれない。いやきっとそうなるに違いない。そうするのが一番いいような気がしてきた。

考えているうちに、また兆してきて、俺は泣きたくなった。勘弁して欲しい。いい加減、俺を寝かせて欲しい。

無情にも簡単には寝させてくれそうにない熱をウンザリしながら持て余していると——コンコン、と扉を叩く音がした。

驚きに心臓が大きく跳ね、数秒呼吸が止まった。

「……リアン？　おい。大丈夫か」

アルフレドの声だった。

え!?

な、なんで!?　仕事に戻っていい、って言ったのに。ていうか、戻ってくれ。頼むから。こんな姿、情けなさすぎて見せられない。

俺は動揺を悟られないよう、平静な態度と声を作った。

「あ、アルフレド？　な、なんで……君、仕事に戻っていいって言っただろう。ていうか、戻れ」

「……なんだ。よかった。中で倒れてるんじゃなかったんだな」

「た、倒れてない。倒れてないから、もう、仕事に戻ってくれ」

頼むから。

俺の願いは届かず、無情にも、カチャリと扉が開く音がした。

「ばっ……!?　あ、開けんな！　閉めろ！」

ばれてしまう。

こんな姿。なにをやってたのか。

案の定、顔を覗かせたアルフレドが俺を見て、目を見開いた。それから、すぐに眉間に深い皺を寄せた。

「で、出てけ！　馬鹿！　いいから、早く出ろ！」

「……やっぱり、お前……」

靴と靴下を脱ぎ捨てて、アルフレドがバスルームにずかずかと入ってきた。俺は逃げようとしたけど力がすっかり抜けてしまっていて、足が立たず、動けなかった。

「なにやってんだお前は。せっかく湯を張ったんだから、中に入っ——」

「あっ、」

肩を摑まれて、俺は息を吞んだ。摑まれた場所が一瞬で熱くなって、震えが走る。

「……お前」

無理矢理引き起こされて、濡れた服が肌を擦るのすら刺激になってしまい、背筋の上から下まで震えが駆け抜けた。

「や、あっ」

抑え切れずに変な声が出てしまい、俺は口元を必死で押さえた。

アルフレドが息を呑む音がした。

気づかれてしまっただろうか。嫌すぎる。俺は目をそらしたまま、アルフレドの手を払った。いや、払おうとしたけど、払えなかった。しっかり掴まれていて。

「た、頼む、から……手を、離し……て、言ってる、のに、」

嫌だと言ったのに、濡れて張りついたシャツをアルフレドが掴んで、無理矢理脱がしてきた。

「お、おねが、」

「……濡れた服着たまんま、こんなとこ座ってんなよ。風呂入ってんのに、なんでこんなに身体冷やしてんだ。馬鹿か」

「う、うるさ、」

抵抗空（むな）しく結局、全部脱がされて、バスタブに放り込まれた。

俺を放り込んでから、眉間に皺を寄せたまま浴室を出ていき、しばらくしてから、やっぱりまだ眉間に皺を寄せたままバスタオルを数枚持って戻ってきた。

シャツの袖を捲り上げて俺をバスタブの中から引き上げ、バスタオルで頭や身体をぐるぐる巻きにしてからまた抱き上げて、バスルームを出た。

俺は本当にもう疲れ切っていて、予想通り、あたためられた身体の熱も上がってきてしまい、耐えるのに必死で、抵抗どころか、もう抗議の声すらも上げられなかった。

「うあっ」

ベッドの上に放り投げられた。

アルフレドも上がってきて、俺の上に覆い被さってくると同時に、バスタオルの端から手を突っ込んできた。

「あ、アル――」

内股を辿って、また立ちかけている俺を見つけて、ゆっくり握り込んでくる。

「……なんか、飲まされたのか。それとも、塗られた？」

不機嫌そうに聞かれて、熱い親指で下から上に擦られた。俺は意識が飛びそうになった。気持ちよすぎて。だめだ、これ。マズい。やばい。

触られるの、だめだ。これ。理性が、飛びそうになって――

「なあ。なんか、飲まされたのか」

「あっ、や、あ、やめっ……の、飲まされ、て、おねが、手、止め、……！」

アルフレドが動かしていた手を止めた。俺は荒い息をつきながら、動きが止まったことにほっとして、力が抜けた。

「……だ、出されたお茶に、入ってた、みたいで……一口、飲んで、……」

「誰に？　誰に、飲まされたんだ？」

「だれ……て、」

答えそうになって、俺は慌てて口を噤んだ。

こんなことは、本来、アルフレドが関わるようなことではないのだ。思わず助けを求めてしまったけど、これ以上は――

「……あっ、やっ、ああ！」

突然また指が動き出して、先端を強く擦られた。俺は喘いで、びくりと背中を跳ねさせた。

とろりと自分のが流れたのが、見えなくても分かった。

だめだ、頭が……

「……名前。分かるか？」

「な、なま、え……」

答えずにいると、また強く握られて、俺は震えた。

「や、やめ、」

「知ってる奴？　それとも、知らない奴？」

口を閉じていると、強く握られたまま、先を抉るように擦られた。声が漏れそうになって慌てて口を固く閉じると、アルフレドの眉間に更に皺が寄ったのが見えた。

「知ってる奴か？　知ってるなら、名前。言え」

言っても、いいのだろうか。

いや、だめだ。アルフレドには……未来の英雄には、全く関わりのない奴だ。

黙っていると、また、今度はさっきよりも強く擦られた。

「ひ、あっ」

目の奥が真っ赤になったり真っ白になったりして、刺激だけは強烈に感じて、意識が朦朧としてくる。苦痛に近いぐらいの強すぎる快楽が全身を駆け抜けて、頭の神経が焼き切れそうになった。

だめだ。本気だ。アルフレドの奴、これは、どうしても俺から聞き出すつもりだ。

「あっ、アル、も、もう、やめ……っ！　やめて、くれ！　い、言う、から……！　な、なま、え、……なまえ、サーパンタイン、って……！」

「サーパンタイン」

握る手が緩められて、俺はまた荒い息を必死に整えながら、ぐったりとシーツに身を沈めた。

「……あいつか」

アルフレドが小さく呟いて、舌打ちしたのが聞こえた。

「知って……？」

「……ああ。クラスの奴らが、話してたのを聞いた」

ああ、そうか。

俺の周りにいたクラスメイトたちも、言ってたから。アルフレドの周りにいた友達も、同じように話してたんだろう。あいつ、最悪だ。あの隊長が一番カッコイイ、って。騙されてる。あいつ、最悪だ。

「……あ、アル、手、はな、離して」

握られたままで、掌の体温すら刺激になって、また熱がこもってきた。このままだと、また――

「あいつと、いつ会ったんだ？　試合、終った後？」

「も、やだ、あっ、おねが、……手……はなっ……！」

「ちゃんと言うなら、離す」

アルフレドが、俺をじっと見た。隠すことは許さない、と言いたげな強い目が俺を見下ろしている。俺は荒い息を堪えながら……これ以上黙秘するのは、難しいことを悟った。

これはもう、逃げられないのは、逃がしてもらえないのは確定だろうし、それにこれ以上されたら俺の理性と精神が壊れそうだ。

快楽でぐちゃぐちゃになって訳が分からなくされてから聞き出されるよりは、まだ理性が残されてる今話すほうが、マシだ。

「わかっ、た……」

頷くと、アルフレドも頷いてから、ようやく手を離してくれた。

「試合終わった後、そいつに会ったのか？」

　頷くと、アルフレドも眉間に目いっぱい皺を刻んだまま、頷いた。

「それで？　その後、どうしたんだ？」

「話をしよう、って……ホテル……連れてかれて、」

「は⁉　馬鹿か、お前！」

　間近で大きな声で怒鳴られ、思わず俺は目を閉じて身をすくめてしまった。

「だ、だって！　スカウト、されて、俺、断ろうと、思って、でももう、席を設けてるからって言われて、馬車も、もう、学校の門のとこ、待ってて、……断ったら、すぐ帰ろうと、思って、父にも話してる、って言うから、皆も見てて、俺、俺行くしか、もう行くしか、なくて、」

　アルフレドが、小さく息を零した音が聞こえた。

　呆れられたのだろうか。

　それともまた怒られるのだろうかと恐る恐る見上げてみると、アルフレドは少しばつが悪そうな顔をして、俺を見下ろしていた。

「……分かった。いい。もう分かったから。怒鳴って悪かった。自分に、すげえ腹が立ってて……お前も、話そうとしないし。でも、ごめん。これは俺のほうが……悪い。悪かった。やりすぎた。すまない。俺が——」

「アル……？」

「いや……いいんだ。なんでもない。それで？」

「そ、それ、で……俺、王宮騎士隊に入れてくれるって話、断って。従卒になれっていうのも、断って。帰ります、って言ったら。そしたら——いきなり、押し、押し倒してきて。俺、俺必死で、逃げて、」

「あいつ……——殺してやろうか」

　アルフレドが目を細め、怖いことを、低い声でぼそりと呟いたのが聞こえた。瞼の奥、青い瞳の色合いが深くなって、金色の星みたいな粒が散っている。

　久しぶりに見る、小さな星々が散ったような、夜空の景色みたいな色。

　本気で怒った時にしか出ない、瞳の色だ。

　最後に見たのは、いつだったろうか。もう随分と、昔のことのような気がする。こんな馬鹿で情けない俺のことなんかで、本気で怒ってくれている、みたいだ。

「あいつに、触られたのか？　——ここ」

　ふいに強く擦られて、俺は驚いて、背をしならせながら震えた。

「あ、あっ、さわ、さわられて、な、」

「本当に？」

「っ、ゆ、指、ふれた、だけっ……」

「……こっちも？」

濡れた指が滑って後ろを辿り、窪みに触れた。他人になんて絶対に触られることのない場所を。俺は焦って必死に首を横に振って、身をよじった。

「やっ、やだ、そ、そこは、触られてない……！」

「そうか」

アルフレドの手が、ふっと俺から離れた。

予測不可能な動きをする手と熱が遠ざかり、やっと気がすんだのだろうか、とほっと力を抜いた途端、今度は俺を包んでいたバスタオルを剝（は）がしにきた。

「ふえっ⁉　な、なに⁉　や、やだ！」

「傷。見る」

「い、いらない！」

いらない、と言ったのに、膝を摑んで開くように押された。

「や、み、見るな……！」

「ここ。痣（あざ）になってる」

左内股のところを触られて痛くて目を向けると、大きな円形の青い痣ができかけていた。なんでできた痣なのかは、すぐに分かった。あいつが膝を乗せてきたところだ。

いいかげんに足を閉じたくて、内股に置かれた手を払おうとしたら、逆に手首を摑まれた。

「手首にも。手形ついてるし……」

「あ……」

手首の痣は少し腫れて、赤黒くなってしまっていた。俺も全力で抵抗してたから、手加減なしで力いっぱい握り込まれていたからかもしれない。

「あいつ。今、どこにいんの」

「……どこ、って……お前、きいて、も……」

なにかしに行く気なら、絶対に教えない。

こんなことで、アルフレドに迷惑をかけたり、まさかとは思うけど、なにか、後であいつに報復されたりするようなことがあったら。俺は絶対に嫌だ。

「……なにか、しに行く、つもりなら……言わない」

アルフレドが一度目を伏せて眉間に皺を寄せてから、俺に視線を向けてきた。

「……お前。鞄とか上着とか置いたまま、ここまで逃げてきたんだろ」

俺はビクリとしてしまった。

「後で、俺が取りに行ってやるから。……お前、取りに行けないだろ？　っつうか、俺が行かせないし。場所、言え。俺がお前の荷物、取ってきてやるから」

「……荷物、取ってくる、だけ？」

「ああ」

「本当に？」

「……ああ」

返答の前に、微妙に不穏な間が空いたのが分かった。

俺は、アルフレドの青い目を見上げた。

アルフレドも俺を見返してきた。

じっと探るように見ているうちに、最初は不穏に鋭かった目つきが少しずつ、少しずつ緩んできて——最後には、ものすごく不本意そうな顔をしながらも、渋々といった様子で小さく頷いた。

金色の星の粒みたいなのも、徐々に消えていっているのが見えた。頭に血が上っていたのも、ようやく少し鎮(しず)まってきたようだ。よかった。

「約束、」

俺は、あの夜にしてくれた約束を持ち出した。念を押しておかねば、安心できない。意外に喧嘩っ早いのを知っている。

「……ああ。分かってる。約束するから。……お前に、嘘はつかない」

アルフレドが不服そうな様子で眉をひそめながらも、仕方なさそうに肩の力を抜いた。

あの時の約束を覚えてくれている。そして、守ると言ってくれているようだ。

それなら、荷物を取ってきてくれるなら、非常に助かることは、助かる。情けないことに、俺は、あのホテルにもう一度戻るのが……怖い。

怖いのだ。当分は、近寄りたくない。でもあの鞄の中には、大事なものがいろいろ入っている。お金もだけれど、マリエやチビたちがくれたお守りも入っている。次はアルフレドに貸す約束をしている、図書館の本も。できれば、それだけでも取り戻したい。

言葉を待っているアルフレドを見上げ、俺は頷いた。

「……マティーナ・ラッフィナートホテル……」

「あそこか。分かった」

「……頼むから、荷物、取ってくるだけにして。いいから。俺は、もう、いいから。それより、なにか、お前に、もしなにかあったら――」

マリエも、チビたちも、チェダーさんたちも、困る。俺も、嫌だ。

アルフレドが俺を見て、呆れたように小さく息を吐いた。

「……俺のことより、自分のこと考えろ。全く、お前は、いつも……」

「アル、……？」

「いい。なんでもない。……ここも、痕ついてる」

「いっつ、」

胸についた引っ掻き傷を指で撫でられて、震えが走った。

「……リアン」

呼ばれて目を上げると、アルフレドがこちらをじっと見ていた。迷っているような、なにかを堪えているような目で、俺を見ている。

「な、に？」

「……俺が触るのは、平気？」

「え？　――あ、あっ」

胸の先端を掌で擦るように撫でられた。痺れて熱くなって、やっと収まりかけていた熱が、また腰の辺りに溜まっていくのを感じた。

「平気？」

平気というか……むしろ気持ちよすぎて、正気が保てなくなりそうで、怖くて、マズすぎる。

わざと強く擦られて、俺はやめて欲しくて頷いた。

「あ、へいき、だから、手、はなし、」

「……そうか」

アルフレドがゆっくり顔を近づけてきて、いつもの、見てると安心する、ゆったりした笑みを浮かべる。目の奥は、別の意味で少し不穏に、ゆらゆらしていたけれど。

「……あ、アル？」

「なあ。――上書き、してもいい？」

「上、書き？」

「そう。だから……他のことは全部、忘れちまえ」

唇が、首筋や頬や額に、降ってきた。――あの夜、みたいに。

アルフレドの手が、身体のあちこちを触っていく。時々唇を落としてきたり、舐めたりしながら。

上書きって。ああ……そういうことか。

それも、いいかもしれない、と頭の片隅で思ってしまって、俺は身体の力を抜いてしまった。

あんな奴に触られて、最悪な気分のまま今日が終わるよりは。アルフレドと一緒だったんだ、という記憶だけを持って……あったかい気分のまま、今日を終えられるほうが。そのほうが、ずっと何倍も、何十倍だっていい。

あたたかくて大きな両手が、俺の背中を持ち上げるように腰から首裏、肩にかけて、ゆっくり撫でていった。

「は……ふ……」

大きな腕と身体で、すっぽりと抱き込まれるみたいになる。なんだか妙に安心して、力が抜けていって、俺は目を閉じてしまった。

「……気持ちいい？　リアン」

耳元で聞かれて、俺は思わずこくりと頷いてしまった。だって、本当に気持ちよかったから。

こうやって、丸ごとすっぽり抱き締められるのは……俺、好きかもしれない。ものすごくあたたかいし、それに、ものすごく……安心する。自分でもそれは男としてどうなんだと思うから、絶対に、言わないけど。

頭の上で、アルフレドが嬉しそうに笑ったような気配がした。

唇に指で触れてから、アルフレドが唇を落としてきた。

「お前も、触っていいよ」

え、いいのか。

どうにも触ってみたい欲求に抗えず、俺も腕を伸ばしてアルフレドの頬に触れてみた。顎と、首と、肩も。思った通りに、あたたかかった。

「あった、かい」

思わず呟くと、アルフレドが小さく笑ってから、強く抱き締めてきた。

「あっ、う」

抱き締められた瞬間、中途半端に放置されて立ち上がりかけていたところが、相手の腹の辺りに当たって擦れて、俺は震えて、声を漏らしてしまった。

気づかれたくなくて逃げようと身をよじると、大きな手が下りてきて、触れたかと思うと緩く握り込んできて、俺は硬直した。

「や、やめ、――ふあ、あっ」

気をそらすみたいに、胸の先端を押さえつけるみたいに舐められた。背中に、熱と震えが駆け抜ける。俺

は焦った。なんでだ、そんなとこ、普段はなにも感じないはずなのに。なんで、こんなに。

「そ、そこ、舐めな——あうっ」

舐めるな、と言ったのに、アルフレドは笑みを浮かべて逆に強く舐めてきた。

同時に下のほうも強く握られて先端を何度も擦られて、俺は自分でも耳を塞ぎたくなるような声を上げてしまった。ああ、もう、だめだ。

気持ちよすぎて、おかしくなりそう。

「あ、アル、も、もう」

さんざん弄られて、擦られて、いけそうな感じになった時。その直前で、いきなり手を離された。

「——え、」

俺はびっくりして、顔を上げてしまった。

「……リアン」

細められた濃い藍色の瞳が、ゆらゆらと揺れている。少し荒くなった呼吸と、のど仏が動いたのが見えた。

俺は中途半端に手放された熱がどうにもならなくて、どうにかしたくて、どうしたらいいのか分からなくて、でも自分の手はアルフレドの身体に阻まれて、相手の腕を掴むことしかできなかった。

「あ、アル、……も、なん、とか」

もう、なんでもいいから、なんとかしてくれ！　これ、頭がおかしくなる！

「……なあ。俺のも、していい？」

言われた言葉の意味が一瞬分からず考えていると、相手もズボンの前立てを開けて取り出していた。俺よりも一回り大きくなってる相手のそれを見ていられなくて、慌てて俺は顔を横にして目をそらした。

ああ、もう、本当に、どうしよう。

「あ、あっ」

固くなって熱すぎる相手のものと自分のものを重ねられて、大きな手に握り込まれた。

粘着質な水音と、荒い呼吸音と、耳を塞ぎたくなるような喘ぎ声が、ひっきりなしに聞こえてくる。

声は、俺か。嘘。

ひときわ強く、熱すぎる相手のものに押さえつけられるみたいに擦られて、俺は背筋を震わせた。

「うあ、あ、ああっ」

とぷり、と俺のが弾けて。

次いで、相手が低く呻いて、相手側の熱すぎるそれからも、溢れて零れ落ちてきた。白いものが手の上を伝って、握られてる俺の上、それから、腹や足の上にも流れ落ちていく。

　流れ落ちていく熱いものが肌を辿っていく感触にさえ、身体が反応して、また背中から腰の奥のほうが熱くなってきそうになった。

　自分のなのかアルフレドのものなのか、もう分からないぐらいに混ざってしまっている、流れていく白いそれを目で追いながら。

　俺の意識は、そこでとうとう耐え切れず……ブラックアウトした。

20話　朝と青空のこと

「……あれ……？」

目が覚めるとそこは、知らない部屋だった。

とても簡素な、生活するには少しだけ狭く感じるかもしれないくらいの広さの。

自分の部屋でも、教会の客室でもない。俺の知らない部屋。

木と漆喰の壁に、小さなクローゼット。窓際には、ひとり用の木製テーブルと、椅子が一脚。両開きの窓には生成りのカーテンが引かれ、その隙間からは明るい日差しが差し込んでいる。

小さな机の上には、所狭しといろいろな物が置いてあった。オレンジ色の果実水の小瓶が二本と、水の入った大きな瓶が二本。その脇にはタオルが数枚。それから、陶器のコップとお皿。

椅子の座面には、サイズの大きそうな服が一式、畳んで置いてあった。

なんで俺、こんなところにいるんだろう。

昨日は、どうしていたんだっけ……？

記憶の中を探り始めてすぐに、俺は唐突に、全てを思い出した。昨日、学校が終わってからの、一連の……まるで嵐のような出来事を。

「……えええっ⁉」

怒濤のように押し寄せてくる問題のありすぎる記憶の波に俺は呑まれて動揺して、夢ではなかったことを証明するかのように置かれた品々から目をそらすように瞼を閉じて、慌てて上掛けを摑んで頭の上まで被って、埋まった。

俺はようやく、今の自分が置かれている状況を把握した。……身体の状態が、やけに開放的なことも。

見なくても、自分が素っ裸なのは分かった。分かってしまった。どうして自分は裸で寝てしまっていたのかを考え始めて、俺は急いで思考をシャットダウンした。

「……っ!!　……っ⁉」

ちょっと待ってくれ。

え？　ど、どど、どういうこと。どうしたらいいんだ、これは。なんでどうしてどこから、ああなった。

俺の名前を呼ぶ甘い声が聞こえてきたような錯覚がして、身をすくめて耳を塞いだ。荒い息と、全部溶けてしまうような熱。肌の上を優しく撫でていった、そして時折俺自身を煽っていった、あの大きくて熱い手を思い出しかけて――俺は慌てて頭の中から追い払った。

上書き、って。

言った。あいつ。だから――

心臓が煩く鳴り響き始めた。

落ち着け。落ち着くんだ、俺。違う。あれは、そう……そうだ、不可抗力だったんだ。変な薬、飲まされてたし。嫌な奴に触られたし。あいつも、そんな俺を可哀想に思って、しょうがなく、介抱してくれただけだ。そうだ。そういうことだ。

俺はなかなか落ち着いてくれない心臓の上を、静まれ落ち着けと念じて手で押さえながら、深呼吸した。

少し、動悸が収まってきた。

しばらく埋まってじっとしていたけど、小鳥のさえずりしか聞こえてこないことに気づいた。

耳を澄ましてみても、物音一つ聞こえてこない。静まり返っている。俺は首を傾げた。まるで、誰もいないみたいだ。

でも。もし……いたら？　どんな顔して、なにを言えばいいんだ。

俺は考えて、考えて、何度も脳内でシミュレーションして、最終的に――昨日はなにもなかった風にしよう、ということに決めた。

よし。それでいこう。それがベストな流し方だ。さらっといけ、さらっと。動揺したらそこで終わりだ。

俺は気合いを入れ、意を決して、顔を……上掛けから半分だけ、出してみた。

部屋の中に素早く視線を走らせる。奥の小部屋のほうまで目を走らせてみたけれど。目立つ金髪頭をした奴の姿は、どこにも見あたらなかった。

「……あれ？」

なんだか拍子抜けしてしまい、俺はもぞもぞと上掛けから頭を全て出して、部屋の中を見回してみた。

アルフレドは、いないみたいだった。

どこかに行ったのだろうか。こんなに朝早くに、一体どこへ？

広がった視界の端で、上掛けの上に置かれているものに気づいた。

コートだった。風を通さぬ厚手の生地で作られた、少し重たい、焦げ茶色の、サイズの大きなハーフコート。それが、俺の上に大きく広げられて掛けてあった。

「あ。これ……」

見覚えがある。アルフレドが冬に、いつも羽織っているやつだ。ポケットがやたらいっぱい付いていて、やたら頑丈そうで、やたら便利そうなコート。見た目より実用性重視のデザインの。ものすごく、あいつらしいといえばいえる。

そういえば……この部屋には暖房がないって、言っていた。だから、もしかしたら……気を遣って、掛けてくれたのかもしれない。

俺は手を伸ばして、固い生地の上着を摑んで、顔の近くまで引寄せてみた。

間違いない。アルフレドの上着だ。

でも、コートの持ち主たる本人は、ここにはいない。

……よかったのか、悪かったのか。

俺は無意識に詰めていた息を、ゆっくり吐き出した。

部屋にいないのなら、一階にでも行ったのだろうか？ でも、とりあえず。あいつがいない今のうちに、やっておくべきことがある。今この時に、速やかに。

服を、着てしまおう……!!

俺は上掛けをぐるぐると身体に巻きつけながら、半身を起こした。

「あ……」

布越しに感じる肌が、やけに、さらさらしていることに気づいた。濡れてるような感触も、身体のどこにもない。全体的にとても……すっきりさらさらとした状態だ。

俺はまた、首を傾げた。

おかしい。だって俺、あんなに昨日、何度も――だめだ。やめろ。やめるんだ俺。思い出すなっていっただろ。

上掛けを摑む自分の手首が視界に入って、その状態を見て。昨日のことが夢ではない証明の一つにもなるそれを、俺は少しだけいたたまれなくなりながら、見下ろした。

両手首に昨日まであったはずの、赤黒く腫れ上がっていた手形の痣が……綺麗さっぱり、消えている。

治してくれたのか。あいつ。もしかして……俺が、事あるごとにあいつに渡しまくっている回復薬でも使ったのだろうか。あいつのために渡してんのに、自分に使ってもらったら、なんのためにしているのか分からない。

俺はもう一つ、あることを思い出した。

そして静まりかけていた動悸が、また激しくなってきた。

確かめたくはない。そっとしておきたい。忘れておきたい。でも、やっぱり気になる。確認しておきたい。この、葛藤。

俺は迷って迷って、逡巡して、思い悩んで、葛藤しまくった末に。意を決して、上掛けを少しだけ上げて、中を覗き込んでみた。

予想した通りだった。

昨日、自分の内股にあった、青紫色に変色しかけていた大きな鬱血の痣も……まるで何事もなかったかのように、僅かな痕跡すら残らず、綺麗に消え去ってしまっていた。

俺は泣きそうになった。

「……ううう……」

恥ずかしすぎて、死にそう。

ちくしょう。もうあいつに見られてないところなんて、どこにもないな！　ああないとも。触られてないところもほとんどないぐらいの勢いだな！

俺は半泣きになりながらのろのろと腕を伸ばし、椅子に掛けられていた服を摑んだ。

おかみさんに貸してもらった服は、とても大きかった。シャツの袖とズボンの裾を四回ぐらい折った。これ、サイズいくつなんだ。ありえない。

服はしっかり着込んだものの、さすがに暖房がないと、部屋の中でも肌寒い。俺は腕を擦った。

……背に腹は代えられない。俺はしょうがなく、本当にしょうがなく、ベッドの上に置いてあったアルフレドのコートを羽織らせてもらうことにした。袖が長すぎて、指先が出なかった。分かってはいたけどなんだか複雑な気分になった。くそ。あの野郎。すくすくと成長しやがって。

洗面台と小さな流しはバスルームにあったので、置いてくれていた水で顔や口の中を洗い、簡単に身支度を整えた。

置いてあった果実水を飲みながら、しばらく部屋で待ってみたけれど。いつまで待っても、アルフレドは姿を現さなかった。本当に、どこ行ったんだ、あいつ。

ただじっと待っているのも、どうにも手持ち無沙汰すぎる。そして、恐ろしく暇だ。この部屋には、本どころか雑誌すらもない。

俺は腰掛けていたベッドから、ゆっくりと立ち上がった。

少し、お腹も空いてきたし、一階に下りてみようか。

俺はそう決めて、まだ乾き切っていない少し湿った革靴を履いて、部屋の出口へと向かった。


階段を下りると、昨日はあんなに賑やかだった店の中は、しんと静まり返っていた。あれだけいたお客さんも、今はひとりもいない。

どこからかは分からないけれど、遠くのほうから、物音や、話し声、足音、車輪の音——そういった心地いい生活音だけが、微かに聞こえてくるだけだった。

そんな静かな酒場の中、テーブルとテーブルの間を忙しそうに行ったり来たりしている人が、ひとりだけいた。

ふくよかなおばさんがひとり、布巾を片手に鼻歌を歌いながらテーブルを拭いていた。顔を見て、誰なのかはすぐに分かった。確か昨日、アルフレドが《おかみさん》って呼んでいた人だ。

酒場の中に足を踏み入れた俺に気づいて、おかみさんがテーブルを拭いていた手を止め、顔を上げた。

こちらを振り返って、エプロンに刺繡されている兎のように丸っこい赤茶色の瞳を細めて、笑顔を浮かべた。

「おや！　おはよう！　起きたのかい」

「お、おはようございます……」

おかみさんはテーブルとテーブルの間を縫って器用に駆け寄ってくると、丸い瞳で俺をじっと見て、それから俺の肩を軽く叩きながら、笑った。

「……うん。よかった！　元気になったようだね。顔色も随分とよくなったみたいだ。昨日ここに来た時は、そりゃもう倒れるんじゃないかってぐらい、真っ青だったからねえ……」

そうだったのか。

自分では、よく分からない。

「あ、あの……昨日は……どうも、すみませんでした。お仕事中の、一番忙しい時に……いろいろと、ご面倒をおかけいたしまして……大変申し訳なく……」

おかみさんはきょとんとした顔をして、そして次の瞬間、ふくふくしたお腹を揺らして笑い出した。

「あははっ！　なにそんなに畏（かしこ）まってんだい！　そんなに気にしなくても大丈夫だよ。別にこれくらい、面倒でもなんでもないさ」

　朗らかに、大きな口を開けて笑っている。そんなに俺の言い方は、おかしかったのだろうか。普通だと思う。まあ、楽しい気分になったのなら、それはそれで、別にいいけど。それくらい。

　とても福々しい顔で笑っているおかみさんを見ていたら、俺はなんだか気が抜けてきて、ようやく、自然に笑みを浮かべることができた。

「おかみさん。昨日は、ありがとうございました。本当に、助かりました」

　おかみさんはまた大きな声で笑いながら、俺の腕をバシバシと叩いた。

「いいっていいって！　あっ、そうだ。あんた、名前は？」

「俺？　あ、いえ、僕はリアンです。リアン・オーウェン」

　名前を告げた途端、おかみさんが目を丸くした。

「ええっ!?　そ、そうなのかい!?　驚いた……あんた、オーウェン領主様の息子様だったのかい!?」

　しまった。名乗らないほうが、よかったのだろうか。

　内心ものすごく焦っていると、おかみさんが俺を見て、笑みを浮かべた。

「そうかい……ふふ。うちの息子が言ってた通りの御方なんだねえ……」

「え!?」

　おかみさん、息子いたの!?

　その子って、誰なんだろう。同学年の生徒の中に、酒場の息子はいたっけ？　もしかしたら後輩？　それとも先輩？　あああ誰なんだ。思い出せない。

「な、なにを……」

　言われていたのか聞きたいようで聞きたくないが気になるから聞いておきたい気もする。ていうかそれ以前に今ここにそいつがいたら、ものすげえ困る。こんなこと、誰にも知られたくはない。

　おかみさんが、どこかいたずらっぽい顔をして口元にふっくらした短い指を添え、にっこりと笑みを浮かべた。

「うちの馬鹿息子がね……リアン様は、とってもとっても優しくて、とってもとっても綺麗な人なんだ、って、そりゃもう顔を赤くして力説してたよ」

「そ、そんなことはないです！」

「あははっ！　そうだ、あんた、お腹空いてないかい？　あっ、そうか。失礼いたしました。私は育ちが悪いもんだから、どうにも敬語っていうものが苦手でね。ええと、リアン様？　お腹は空かれておられませんか？」

俺は慌てて、両手と首を横に振った。

「い、いいです。敬語は……使わないで下さい。普通で構いません。僕はまだ、子供ですから。敬われるようなこともしていませんし……」

おかみさんが、また目を丸くした。ああもう、どうしたらいいんだ。なにを言っても驚かれてしまう。

「いいのかい？」

「は、はい。いいです。普通でお願いします……」

おかみさんが吹き出した。なんでだ。なんで笑われたんだろう。笑えるところなんてなかったはず。ああもう分からない。どうしたら普通に、領主の息子のリアンに見えるんだろう。頼む。誰か俺に教えてくれ。

「ふふっそうかい。じゃあ……お言葉に甘えて、そうさせてもらうよ。ありがとね」

「はい。……あの。それで……こ、このことは、誰にも言わないでもらえますか？　その、おかみさんの、息子さんにも……できれば、お願いしたく……」

妙な感じに噂が広まって、まかり間違ってリアン父の耳にでも入ったら、本当に面倒なことになる。早いところ、剣術の腕を褒められただけでしたとかなんとか言って、うやむやにしてしまわなければ。

王都の騎士隊への勧誘を蹴って逃げてきた、なんて知られたら……烈火のごとく怒るだろう。なんらかの罰も与えられるかもしれない。当分の間は自宅謹慎、おこづかいもカット、とか言われたりしたら本当に困る。やらないといけないことはいっぱいだし、そのための資金も必要だ。

おかみさんは俺を見上げ、こくりと頷いてくれた。

「ああ。分かったよ。あんたのことは、誰にも言わないでおくよ。うちの馬鹿息子にも言わないでおくから。それでいいかい？　……まあ、あんたもいろいろ、ややこしい立場だものね」

うんうん、と丸々しい腕を組んで頷いている。話の分かる人で助かった。

「す、すみません……。よろしくお願いします。そ、それで、あの、おかみさんの、息子さんは……」

「うちの馬鹿息子かい？　あいつは今、私の妹のとこに泊まりに行ってるよ。子守の手伝いしに行ってくるとか言ってさ。土日はたいていいないんだ。なんだかんだ言って、店でこき使われたくないからって逃げてんだよ、あの馬鹿」

「そ、そうなんですか」

　おかみさんには悪いけど、いないでくれて、助かった。鉢合わせするようなことにでもなったら、説明するのも面倒だ。したくもない。

「リアン様が店に来てたって知ったら、あの馬鹿、相当悔しがるだろうねえ……ああ、大丈夫だよ。心配しなさんな。言わないから」

「お願いします。それで、あの、そ、その――……あ、アルフレド、は」

　朝から、全く姿を見ない。どこへ行ったんだ。あいつ。

「アルかい？　アルは朝一番に、あんたの荷物を取りに出かけていったよ」

「え……えええ!?」

　マジか。

「そうそう。あんたが起きてきたら、ここで待ってろ、って伝えてくれって」

「そ、そう、なんですか……」

　……起こして、言ってくれたら、よかったのに。

　それにひとりで行っちゃって……大丈夫なのだろうか。

　なにか、騒ぎでも起こしてやしないだろうか。あいつ、意外に喧嘩っぱやいからな。まあ最近は随分と大人しくはなったみたいだけど。ていうかホテルの中に入れるのだろうか。あそこ、正装じゃないと宿泊客ですら摘(つま)み出される、セレブ限定一般人はお断りな超絶高級ホテルだぞ。

　俺、やっぱり行ってみたほうがいいんじゃないだろうか。

　ああでも、どうしよう。行けば、また……あの隊長と、会うことになる。

　怖い。でも、もしもアルフレドが捕まっていたり、困ったことになってたら。ましてや、傷つけられたりしたら。それも、怖い。嫌だ。どっちも怖いが、後者のほうが怖い。

だったらもう、ここは、行くしか――

俺をじっと見ていたおかみさんがなぜかまた吹き出して、俺の背中をバシバシと叩いた。

「ぶふふっ！　心配性なんだねえ、あんた！　そんなに綺麗な眉間に皺を寄せるぐらい考え込まなくたって、大丈夫だって！　そんなに心配しなさんな」

「で、でも」

「アルは大丈夫だよ。ほら、今、朝ご飯用意したげるから、食べながら待ってなって。そのうちひょっこり帰ってくるからさ」

「ひょっこり」

「そうそう。ほら、いいからいいから。そこ、座ってなよ。お腹空いたろう？　すぐに朝ご飯持ってきてあげるからね！」

おかみさんは布巾をテーブルに置いて、慌ただしく厨房へと駆けていってしまった。残された俺は、呆然と立ち尽くしたままそのふくよかな背を見送るしかなかった。

……

行ってしまった。ここで、待ってろって言ったって
待つのは、苦手だ。


とても苦手なのだ。

いろいろと……考えなくてもいいことまで、考えてしまうから。

丸めて置かれた布巾が目に留まり、気になったので、手に取って畳んでおいた。座って待ってろと言われたテーブルを見ると、トマトを使ったっぽい料理を零した痕が点々と残っている。

どうにも落ち着かないし、手持ち無沙汰でもあったし、気にもなったから。拭いておくことにした。それにトマト系は早く取らないと染みになるからな。

足下にあった木製のバケツには、綺麗な水が張られている。俺は汚れた布巾をバケツの中で洗った。

隣のテーブルも汚れていたのが目についたので、ついでに拭いておくことにした。

これはいい。なにか作業をしていたほうが、あれこれ考えなくてすむし。テーブルも綺麗になるし、一石二鳥だ。拭き終わって、次は隣のテーブルに移動しようとした、その時。


「……なにしてんの？」

「ふおわあ⁉」

　いきなり背後から声を掛けられて、俺は文字通り飛び上がった。

　テーブル拭きに集中しすぎて全く気配に気づけなかった。慌てて振り返ると、アルフレドが呆れた顔をして立っていた。

「なにしてんの？」

「な、な、なにって……み、見りゃ分かるだろう！　じっと待ってるのも暇だからな！　テーブル拭いてたんだよ！　悪いか！　お、お前こそ、――なんだ、その格好」

　アルフレドが珍しく、本当に珍しく、黒いフォーマルなスーツっぽい上下と、真っ白なシャツを着ていた。あまりにも見慣れなくて、俺は一瞬、顔のよく似た別人なのかもと思ってしまった。

「ああ、これか？　あのホテル、普通の服だと門前払いされるからな。仕事先の知り合い、叩き起こして服借りた」

「そ、そうか……」

　いつもの皺だらけのシャツとかダメージジーンズみたいな私服ではなく、きちんと正装した姿を見てると、ああこいつは主人公で――未来の英雄なんだな、と妙に納得してしまった。

　やけに堂々としてるから、どこぞの御曹司か、はたまたどこぞの王子様っぽくも見える。女子が見たら、きゃあきゃあ騒ぎそうだ。

　俺だって、俺だって……それくらい、着こなせるんだからな。なんでか、俺に用意される正装って、リボンタイ付きのふわふわしたドレスシャツとか、淡い色合いのヒラヒラした上下とかばっかりなんだよな。なんでなんだ。

　変態兄なんて、この間俺に似合うのを見つけたとか言って、レースや刺繍いっぱいの上下セットを贈ってきやがった。宝石のアクセサリ付きで。ふざけんな。綺麗に元通りに箱に収めて即日返品しておいた。

　俺だって、たまには黒のカッコイイスーツ系が着たい。今度、ローエンダールに主張してみよう。

　アルフレドは片手に抱えていた革鞄と紺のマフラーとベージュ色の起毛のコートを、テーブルに置いた。それは俺の鞄と、マフラーと、コートだった。

「お前の、これだけでよかったか？」

「う、うん……。これで、全部だ」

「そうか」

　おかみさんが言ってた通り、俺の荷物を取りに行ってくれていたのか。こんな、朝早くに。

「……あ、あの。アルフレド……ど、どうも、ありがとう……。で、でも、お前――」

　俺の言いたいことが分かったのか、アルフレドが苦笑した。

「そんなに心配そうな顔しなくても、なにもしてねぇよ。お前の荷物、取ってきただけだ」

「そ、そうか……」

　俺は安堵した。昨日の約束は、守ってくれたようだ。

「まあ……本当のこと言うと、あの野郎をぶっ殺――いや、半殺しにしてやりたかったんだけどな」

「は!? ばっ、馬鹿かお前!? なに考えてんだ！ アホ!! そ、そんなことしたら……！」

　そんなことしたら。

　俺は、俺を許せなくなってしまう。

　俺のせいでしなくてもいいことをさせて、喧嘩させて、買わなくてもいいよけいな恨みを買ってしまったって。

　アルフレドが俺を見て、呆れたように小さく溜め息をついた。

「落ち着けって。してないから。――約束も、したし。あいつの顔見て、再起不能になるぐらい殴ってやりたかったけど。……朝、起きて。やっと落ち着いて、もう泣いてない、眠ってるお前、思い出して……それ、したら……お前が、きっとまた怒って泣くだろうな、って。思って。どうにか我慢した」

「そうか……って、お前なあ！ お、俺は、泣かねぇよ！ 怒りはするだろうけれども！」

　我慢したのは、まあ、偉いとは思う。相手が誰であれ、無闇に傷つけるのはよくない。相手もだけれど、自分も、傷つくから。

　だが、俺が泣くと思われてたなんて、心外だ。俺はそこまで弱くはない。泣くなんて……泣くもんか。泣くはずがない。

「そうか？」

「そ、そうだ！」

「ふーん……」

　じっと疑いの気配が混じった視線を向けられて、俺は目をそらした。

「……そ、それで、どうしたんだ。その後」

俺は話題をそらし――いや、話の続きを促すことにした。

「その後？　その後は……この服、貸してくれた知り合い。そこそこ、いいホテルで働いててな」

「ふむ？」

「町から王都までは、馬を駆けさせてもその日のうちには帰れないだろう？　試合観に来てた騎士の奴らも、町で一泊してから翌日、王都へ戻るって先生たちと話してたのを聞いた。だから、他の騎士隊の隊長も、町のどっかのホテルに泊まってると思って」

「ふむ」

「どこに泊まってるか、聞いてみたんだ。知り合いに。そいつ、すげえ話し好きだし、ホテルで働いてるなら、それぐらいの情報は持ってるかと思って」

「ふむ……」

「そしたら、そいつが働いてるホテルに、王都の隊長が二人、泊まってるって聞いて。とりあえずそこ行って、フロントで部屋番号聞き出したんだが……」

「ふ……」

嫌な予感がする。まさか。

「どっちもなかなか出てこなくて困ったが、ドア殴り続けてたら、そのうち起きてきて。覚悟はできてんだろうな、っていうから、ああ、って――」

「……むああ!?　な、なにやってんだお前は!?」

寝てるところを叩き起こしたのか。

そしてめっちゃ怒らせてるじゃねえか。ああああもう。朝っぱらから、なんということをしてきやがったんだ。他の宿泊客の方々に、朝から騒いですみませんと頭を下げて回りたい気分だ。

俺は頭を抱えたくなった。

「隊長……って……」

「ああ。頭ツルツルのごつい奴と、真っ黒のでっけえ熊みたいな奴。試合の時、ど真ん中のテント張った特別席に座ってただろ？　あいつらが、そこに泊まってた」

「ああ……」

よりにもよって、一番強そうなごつくてマッチョでヤクザっぽ、いや、強面の、あの隊長二人組か。

あの二人は、明らかに、誰が見てもすげえ強そうだった。というか、顔が怖、いや、強面すぎて、戦場で出くわしたら迷わず逃げ出したくなるぐらいには相当に形相(ぎょうそう)が恐ろしく、そして強そうだった。お前、よく叩き起こせたな。俺だったら恐ろしくてできない。

「事情、話したら。そいつら、ものすげえ怒り出してさ。騎士の名折れだ、恥さらしだ、とか言い出して。俺が頼まなくても、一緒についてきてくれた」

「そ、そうか……。それはよかったな――って、えっ!? な、なに、なに話したんだお前……!?」

「なにって。そのまま。サーパンタインに生徒が一人連れてかれて、ヤバいエロ系の薬使われて、無理矢理襲われたって。荷物全部置いて逃げてきたから、今から殴、いや、荷物取りに行こうと思ってんだけどどって。言った」

「な、なに勝手にしゃべってんだ、お前はああああ!?」

俺はハッとして口を手で押さえて、周りを見回した。誰もいないことに、聞かれていないことに、心底安堵した。

こ、この野郎！　ありのまま言いすぎだろう！　もっとこう、オブラートに包めよ!!

俺が、いたたまれないだろ!?　ていうか、俺は襲われかけただけで、まだ襲われてはいない！　訂正、今すぐ訂正しに行きたい。

「だからさ。俺が半殺しにしなくても、そいつらが部屋に押し入るなり、ボコボコに殴り倒し始めちまったから。俺、なんか出る幕なくってな。……泣いて謝って逃げようとしたから、一、二発ぐらい殴って蹴りは入れたけど。それは、セーフだよな？」

「せ……！」

セーフなのか……？

「結局そいつ、その後、すぐに白目剝いて泡吹いて、起き上がんなくなっちまったから。そこで終わった」

……突撃メンバーを聞いた瞬間に、嫌な予感はしたのだ。やっぱりというか、案の定というか。確かに、荷物を取ってきただけ、というのは嘘ではない。嘘ではないが。

俺は脱力して、テーブルに手をついた。頭が痛い。

「そうだ。一緒に来てくれた隊長たちが、この件は騎士団総長に報告するって言ってた。一緒に来たつるっ禿げ隊長も、自分の隊に入れて一から根性を叩き直してやるってさ。いつの間にか部屋にいた副隊長も、お願いしますって頼んでた。なんか、よく分かんねえ奴だったな……。こっちから問う前に、薬盛ったこと、あっさりしゃべって認めたし」

「え……？」

あの垂れ目、なに考えてるんだろう。

「連帯責任ですから一緒に辺境行って見張りますよってさ。だから。あいつはもう、お前のところには来ないはずだ」

「そ、そうか……」

俺は、ほっと肩の力を抜いた。もう顔を合わせなくてすむのなら、それはそれで、ありがたい。できれば、もう一生会いたくない。

「……それでも。もしも、また懲りずに、お前のところに来るようなことがあったら——心配するな。俺が、なんとかしてやるから」

「アル……」

見上げると、笑みを浮かべて頷いてくれた。

あまりにも自信たっぷりな笑みに、その自信はどこから来るんだと、俺はなんだかおかしくなって、ほっとして。つられて、笑みを浮かべてしまった。

アルフレドがふいに、俺の顔を覗き込んできた。それから大きな手の甲で、俺の頬に、そっと触れた。

「わっ、あ」

突然前触れもなく触られて、俺はびっくりしてしまい。アルフレドの手を払い、逃げるように後ろに一歩下がってしまった。

アルフレドが目を見開いた。

「リアン」

「ち、ちがっ、これはっ……」

びっくりしてしまって。

怯えたんじゃないんだ。逃げたんじゃないんだ。心臓と身体が。いきなりで、びっくりしてしまったんだ。

俺が後ろに避けたことで宙ぶらりんに浮いてしまった手と腕を、アルフレドが所在なげに下ろした。なにかを言いかけては口を開きかけ、口を噤む仕草を何度か繰り返した後、瞼を伏せた。

「あ、アル、フレド……？」

「……身体。もう、大丈夫か？」

「か、」

昨日の晩の記憶が一気に蘇(よみがえ)ってきて、俺は硬直した。せっかく、人が記憶の底に沈めて蓋をしてしまおうとしてんのに、思い出させるなよこの野郎！

「だ、だい、大丈夫！　もう大丈夫だから！　もう！　き、昨日は……わる、悪かったな！　い、いろいろ、……せ、世話になって……」

俯いたままのアルフレドが、静かに首を横に振った。

「……いや。俺のほうも……悪かった。ごめん。どうにも、抑えが利かなくて……」

確かにな！

あれはちょっと、どうかと思う！　なんか怖かったし！　身体でかいから、上から見下ろされると威圧感半端ないし！

ていうかあれ、もうほとんどセッ——いやいやいや。違う。違うんだ。あれは、そうだ、触りっこだ。ちょっと行きすぎた、触りっこの範囲内だ。まだ。ぎりぎり。ぎりぎりなのか……？　いや、ぎりぎりセーフだ。

アルフレドが珍しく、躊躇うように、少しだけ不安そうな顔をして、俺を見つめてきた。

なんだかとても、弱々しい。叱られた子供みたいに、所在なげに立っている。

「……嫌いに、なった？」

不安そうに瞳を揺らしながら、恐る恐る聞いてきた。でかい図体を屈めて、小さくして。

なにが、嫌いになった？　だ。弱々しい声でなに言ってんだ。お前らしくない。そして俺はもう恥ずかしすぎて死にそうだ。

「……リアン」

「そ、そんなわけないだろ！　馬鹿が！　ちょ、ちょっとびっくりしただけだ！　それだけだ！」

「そうなのか？」

「そ、そうだ……」

アルフレドが、どこか遠慮がちな仕草で、また手を伸ばしてきて。もう一度確かめるように、俺の手首を軽く摑んできた。振り払えるぐらいの、力加減で。

俺は内心逃げ出したかったけど、その場に留まった。なぜか、逃げるのは憚られた。逃げたら……目の前の奴が傷ついて、よけいに暗くしょげ返るだろうことが、容易に想像できたから。

そっと腕を引かれて、囲うように抱き込まれた。

あまりに恐る恐る、怯えた子供みたいな手つきで触れてくるから。どうにも無下に振り払って逃げることが躊躇われて、俺は腕の中に収まったまま動けずにいた。

少しは、昨夜の、明らかにいきすぎてしまっているあれやこれやの件については、反省しているようだ。

全く。

　昨日は俺に好き放題、やりたい放題しやがって、この野郎。

　でも、まあ、俺のほうも……なにも言わないつもりで黙っていたのも、悪いのは、悪いんだけれども。だって、誰にも……俺のことなんかで、迷惑をかけたくなかったから。

「リアン……」

　耳元で、ひどく甘い声で名を呼ばれて、俺は、両耳を塞ぎたくなった。なんて声で、俺の名前を呼ぶんだよ。

　友人を気軽に呼ぶような声じゃない。どことなく熱のこもった、相手を誘うような、腰に直接響いてくる、甘い声。ああもうどうしよう。本当に、どうしたらいいんだ、これは。

　やけに近くに唇があって、吐息がかかった。

　逃げなければ、相手の胸を突き飛ばさなければ、と頭では思うのに、俺の身体は俺の意志に反抗して、動こうとしてくれなかった。

　されそうだな、と思った時には、唇を塞がれていた。

　最初は軽く、次には少し——深く。やめさせなければ、と思うのに。

「ん、……う」

　昨日みたいに優しい掌が背中を辿っていって、あまりに気持ちよくて、身体の力が抜けていくのを感じた。

「……リアン……——」

　耳元で、不意打ちに小さく囁かれた言葉に、俺はその場に、しゃがみ込みそうになった。そして逃げ出したくなった。

　言われて、心臓が震えるぐらいに嬉しいと思ってしまった自分も、どうしたらいいのか分からない。俺は目を固く閉じて、相手の胸にしがみついた。

　いきなり、さらっと、とんでもない、決定的な言葉を言いやがってこの野郎……！　どうしてくれるんだ。

　首筋に熱い唇が落とされて、震えが背中を抜けていった。マズい類いの震えが走る。俺は息を止めて、それを必死で堪えて、収まるのを待った。

　抱き締める力が強くなって、せっかくやり過ごしたはずの熱と震えが、すぐに戻ってきてしまった。なにに対するものなのか分からない――震えが、止まらない。

　耳たぶの下の、肌の薄い部分に、唇が落とされた。

「あ、」

「……なあ」

　低く甘い声が直に肌に響いて、俺はぞくりとして、思い切り身を震わせた。

「っ……あ、アル、」

「……なあ、リアン……。逃げないって、ことは――」

「……おや。あらまあ。……やっぱり、そういうことだったんだねえ」

「っ!!」

　おかみさんの声が聞こえて、俺は我に返った。

　俺は奴の胸を強く押して身体を離そうとした。やめろという意志をこめて力いっぱい押してるのに、腰に回った腕が外れなくて、焦る。

「お、おかみさん！　これは、ち、ちがっ」

　振り返ると、片手にパンが入った籠、片手に湯気の立つ卵料理とポットを器用に持っておかみさんが立っていた。

「ふふ。まあ、最初から、そうなんじゃないかなあ、とは思ってはいたんだけどね」

「えっ⁉」

　なんで⁉

　最初からってなに⁉　どこ見てそう思ったの⁉　ていうか、そういうことって、なに⁉

　聞きたいけど俺は動揺しすぎて、簡単な問いの言葉すら、すぐには組み立てられなかった。

「アル！　お帰り！　その様子なら、上手くいったみたいだね？」

「……ああ」

　アルフレドが深くて長い溜め息をついてから、顔を上げ、おかみさんに向かって頷いた。

「……まずは落ち着けって、おかみさんが引き止めてくれて……助かった。あのまま行ってたら、多分、なにもできなかった、と思う」

「だろうね。あのまま行ってても、あんた、門前払いされてるよ」

　アルフレドが、ばつが悪そうに顔をしかめ、おかみさんから目をそらした。

「……ああ。だから、まずは服、借りに行って――それから、他の隊長にも知らせておいたほうがいいかと思って、探して、話したら。頼まなくても勝手についてきてくれて。どうにか、なった」

「ははっ！　そうかいそうかい。上手くいったようでなによりだ！　ほらね！　喧嘩はねえ、最初に頭に血が上ったほうが負けなんだよ。まず最初に、無理矢理にでも自分を落ち着かせるのが大事だ。落ち着いたら、周りもちゃあんと見えるようになってきて、どうするべきか判断できるようになって、勝てるのさ。私も、何度も、何度も失敗したからねえ……まず最初にそうするようにしてからは、それからはもう全戦全勝さ」

　おかみさんが少し悪そうな顔で、ニヤリと口角を上げた。

　おかみさん……なんだかカッコイイけど、ちょっと怖いです。昔、やんちゃしてたとかそんな感じですか。若い頃、裾の長い上着を羽織って、背中に喧嘩上等とか夜露死苦とかいう刺繍が入っている感じですか。

　微妙になんだか似合いすぎて、そんな冗談なんか言っちゃってもう〜、とか笑い飛ばせない感じだ。

「さあ。まずはお食べよ。せっかくあたたかいのを作ったんだから、冷めちまわないうちに食べておくれ。ほら、座った座った！　ほら、アルも！　食べてないだろ？　あんたの分も持ってきてあげるから、一緒にお食べ！」

　俺はアルフレドの緩んだ腕から即抜け出し、おかみさんに促されるまま席に着いた。心の中で、おかみさんに感謝しながら。

　あのままだったらなにかとんでもないことをうっかり口走りそうで、ヤバかった。動揺しすぎて、自分で自分が分からなくなってた。助かった。本当に助かった。

　アルフレドはなにか言いたげに俺を見ていたけど、結局諦めて、また一つ溜め息をついてから、渋々といった様子で椅子に腰を下ろした。


　おかみさんが用意してくれた朝ご飯を一緒に食べてから、俺とアルフレドは、《カナールの酒場》を後にした。アルフレドのほうも、今日はチェダー牧場の仕事があるから村に帰らないといけないらしい。

　おかみさんにお礼を言うと、またおいで、と笑顔で見送ってくれた。厨房から出てきたおやっさんも笑顔で手を振ってくれた。

昨日聴こえてた歌と演奏はとてもよかったから、またいつか聴きに来れたらいいな、と思う。大衆酒場だから、堅苦しいテーブルマナーとか気にすることなく、自分の好きなように食べたり飲んだりできるし。まあ、お酒は大人になってからの話だけど。

積み上げられた安酒の、麦酒のラベルの瓶に、少しだけ……懐かしい気分になった。

「乗り合い馬車の停留所は、この近くにあるけど。どうする？　馬車、拾うか？」

聞かれて、俺は、すぐに首を横に振った。

「乗り合い馬車でいい」

あの狭い密室空間に二人きりとか、マズすぎるだろう。

いや、マズいってなんだ。いやでも、やっぱりマズいだろう。昨日の今日だ。いやなにが昨日の今日なんだ。とにかく、だめだ。今、二人きりは。

なんかすぐ変な雰囲気になりそうで……いやだから変な雰囲気ってなんだ。落ち着け、俺。なにを言っているんだ。

「そうか」

そんな俺の心の内に吹き荒れる嵐のような葛藤など知ってか知らずか、アルフレドがいつものゆったりとした笑みを浮かべて、俺の右手を掬ってきた。

軽く摑んで、ゆっくりと引かれる。

手はとてもあたたかくて、なんだかとても懐かしい気持ちになった。そして、少しだけ……ほんの少しだけ、どうしてだか、泣きたくなった。

最後に手を引かれて歩いたのは、いつの頃だったろうか。

記憶はとても曖昧で、はっきりとは思い出せない。ただ、隣にはとても、とても、首が痛くなるほどに背の高い大きな人がいたのだけはよく覚えている。それは子供から見た視点だから、当たり前なのだろうけれども。こんな風に、随分と大きな手だった。

俺は、俺の手を引きながら少し前を歩く奴を見上げた。

俺よりも、頭一つ分以上、大きくなった背。俺よりも、一回り近く、大きくなった手。

迷いのないしっかりとした足取りで、俺の前を歩いている。

時々、ふいに暗く翳り、冷めているくせに、どこか寂しそうに揺れていた目も……今ではもう、あまり見なくなった。

前までは、考えるよりも先に手が出るほどに喧嘩っ早い性格をしていたのに、今ではちゃんと、まず先に自分を落ち着かせることができるようにも、なってきたようだ。

剣の腕も、俺に勝って、俺よりも上になってしまった。

魔力も安定して、《魔力あたり》を起こすこともなくなった。

教えた術式も全て身につけて。――俺が教えるべきことは、とうとう、なくなってしまった。

俺は、ようやくそこで気がついた。いや、気づきたくなかったのかもしれない。

もう……寂しそうにしていれば手を引いて、泣きそうだったら抱き締めてやっていた子供は、いなくなってしまっていたことに。

もう、あの小さな、まだまだ手を引いてやらねばと思っていた幼いアルフレドはいないのだ。

目の前の子供は、もう俺の手は必要ないほどに、大きくなってしまった。それどころか俺の手を引いて、少し前を、先を歩けるぐらいに。

アルフレドが振り返って俺を見て、呆れたように息をつき、少し困ったような笑みを浮かべた。

「……お前な。今度はなに、泣いてんだよ」

俺ははっとして、慌てて目を擦った。少し濡れたけど、これは泣いているわけではない。生理的な水だ。

「今度はってなんだ。俺は泣いてなんかない。ただ、ちょっと、手を引かれるなんて……子供の頃以来で。ほんのちょっと、ちょっとだけセンチメンタルなというか……懐かしい気分に、なっただけだ」

「そうか」

アルフレドが俺の顔を覗き込んできた。俺は目をそらして俯いた。

「……お前さ。結構、泣くよな」

からかうような口調で言われ、そして笑われ、俺は隣の奴の腹を力いっぱい殴った。

だからなんで、時々お前のほうがいじめっ子みたいなんだよ！　それは俺の専売特許だって言っただろうが！

「う、煩い！　俺は泣いてないって言ってるだろ！」

　俺が力いっぱい殴ったのに相手はびくともしない。随分と頑丈になったものだと感心はしたけれど、それとこれは別で、非常に腹立たしい。

　目の前の奴は随分と楽しそうな声を上げて笑いながら、俺の手を離さないまま引いて、歩き出した。

「わ、」

　俺は手を引かれて、少し浮いて離れそうになった長い指を、思わず握り返してしまった。

　アルフレドが振り返って、見てるこっちが恥ずかしくなるぐらいの嬉しそうな顔で、笑みを深くした。ああもう。

　振り払わなければいけないのに、なんで握り返してしまったんだ、俺は。そんなことをしたら。

　俯いて見ないようにしてるのに、隣からは嬉しそうな気配が伝わってくる。もう、本当に、どうしよう。どうしたらいいんだ、これは。

　手を引かれて歩きながら、俺はぐるぐるして半分機能停止しかけている頭で考えて、考えて、迷って、迷った末に。


「あ、あの。あのな……お、俺は！　俺は、まだ、よく、分からない……から」

　先ほど不意打ちで告げられた言葉についての返答を、保留する旨を告げた。

　ああそうだとも。

　俺は返答を保留にした。

　逃げたのだ。

　いや、逃げてはいない。一時退避だ。保留なのだから、後で考えるのだから、これは情けなく逃げ出したわけではない。

　そうだ。それに、俺も、アルフレドも、まだまだ、子供の域にぎりぎり入っている。まだ、ぎりぎり。暴走しやすく、思い込みやすい時期でもある。だからそんなに慌てて答えを出さなくてもいい。今すぐ、決めてしまわなくても、いい。

　アルフレドだって、いつかは綺麗な女の子を好きになるかもしれない。そしてこの先、出会う――

　……《聖女様》を、好きに、なるかもしれない。

　先のことなんて、どうなるかなんて。俺にも。アルフレドにも、分からないのだから。

　アルフレドが立ち止まった。

振り返ってきたから、なにかしら言ってくるかと思って身構えたのに。すぐに返事が、返ってこなかった。

判決を待つ被告人のような、なんとも居心地の悪い沈黙だけが漂っている。もしかして、怒ってしまったのだろうか。

こいつは、ゴーイングマイウェイで他人に興味をあまり抱かない奴ではあるが、意外と、聡いところもある。俺が、時間の経過とともに気持ちが静まって薄れていくだろうと思っていることに。告げられた言葉や、昨日のことを、なかったことにしようとしていることに。……気づいてしまったのかもしれない。

微妙な沈黙に耐え切れず、俺は意を決して、奴を見上げてみた。

アルフレドは俺と目が合うと、澄んだ青空色の瞳を細めて微笑んだ。

「……いいよ。それでも。ゆっくり、やってくつもりだし。お前も、ゆっくり考えてくれたらいい。……飛んで逃げられたら、嫌だし」

「え？」

「なんでもない」

アルフレドが笑みを浮かべながら、いきなり屈んできて、俺の唇の上に、唇を落としてきた。

突然かすめとるようにされたそれに、俺はびっくりして、唇の熱に動揺して、条件反射的に相手の胸を叩くように押した。

押したけど、びくともしなかった。そして固い。

ちくしょう！　でかくなりすぎやがって！　そのあり余った筋肉と身長、俺にも少しはよこせってんだ！　ていうか、なにするんだいきなり。本当に、油断も隙もないな、この野郎……！

「そ、そう、そういうことはなあ！」

「……大人になってから？」

わざとらしく揶揄するように言われて、俺はどうにも落ち着かない気分になった。

「そ、そうだ！」

なんだかキスぐらいならもう今更って感じはするけれども、だめなものはだめだ。いや待て。今更ってなんだ。

ちょっと待て、俺。なんだか慣れてきてないか。キスぐらいならもう今更……ってなにを言ってるんだ俺は。大丈夫か。しっかりしてくれ。気をしっかり持つんだ。しっかりするんだ。

アルフレドがなにか含んだように笑みを浮かべて横目で俺を見て、また俺の手を引いて歩き出した。

な、なんだよ。くそ、余裕ぶりやがって、この野郎！　なんか腹立つな！　俺よりも年下なくせに！　まあ……それは、精神的にはの話ではあるのだけれども。それでもだ。なんで大人の俺のほうが、おたおたさせられてるんだ。ちくしょう。

俺は自分の手を握って離さない、大きな手に視線を落とした。

すぐにでも振り払って、走って逃げてしまいたいのに、それがどうしても、できない。

自分ですらどうにもならない、微妙な気分を持て余しながら。少しだけ俺の前を歩く、背の高い金髪頭を見上げて。

俺は、大きな溜め息をついた。

21話　突然の来訪者でした

年明けまで残り三日となった頃。

一週間前から王都へ年末恒例の挨拶行脚に行っていたリアン父が、帰ってきた。しかし今回はいつもと違い……青いマントと青い制服が目に眩しい騎士二人とともに。


机に座って必要品と必要資材のリストと予算計画表を作成していた俺は、自室の窓から、その一部始終を目撃してしまった。四頭立ての大きな馬車が屋敷の門から正面玄関前ポーチまで入ってきて止まり、中からリアン父が二人の騎士に挟まれて連行、いや、一緒に降りてくるのを。

リアン父の右側にいる青年騎士は、灰茶色のまっすぐな髪を首の後ろで結び、銀縁メガネをかけて神経質そうに眉間に皺を寄せている。

左側にいる若い騎士は、寝癖のように跳ねた明るい茶髪にやけに疲労の濃い顔をして何度も溜め息をついている。

そして間に挟まれたリアン父は、いつも元気よく上に跳ねている鼻ヒゲは力なく下を向き、いつも隙なくセットされた自慢の豊かな紅茶色の髪はぼさぼさに乱れ、思い詰めたような暗い顔でうな垂れて、背を丸めて肩を落として、とぼとぼと歩いている。

それを見て一番最初に思い浮かんだ俺の感想は……

いやでも待ってくれ。リアン父はやたら尊大で偉そうで、上には弱く、下には強い典型的な金持ちお貴族様であり、典型的な金持ちお貴族様らしく、難しいことは考えられない単純思考の持ち主だ。よくも悪くもシンプルイズベストな性格なのだ。そんなに大したことができるはずもない。

ということは……だ。

美味そうな話を持ちかけられてうっかり飛びつき意図せずしてなんらかの犯罪行為に巻き込まれてしまったか、違法な小ずるい行為が見つかって警察に、いや騎士団にしょっぴかれてしまったか。そんなところだろうか。

俺はペンを置き、ローエンダールに出迎えられている三人を眺めながら、溜め息を零すと同時に頬杖をついた。

予想した通り、ほどなくして俺は応接間に呼び出された。

刑事ドラマでよくある展開みたいに、事情聴取をされるのかもしれない。全く。このクソ忙しい年の瀬に面倒事を持って帰ってきやがって……リアン父め。

まあ、事ここに至ってはどうしようもない。しかし一体、なにをやらかしてきたんだか……話を聞く前からもう頭が痛い。


「……失礼します」

「あああ……リアン……」

俺が部屋に入るなり、青い顔をしたリアン父が革張りのソファからよろよろと立ち上がった。

そしてふらふらと俺の前まで歩いてきたかと思うと、がくりと床に膝をつき、俺の両腕をがしっと摑んできた。涙目になって見上げてくる。

「うう、リアン……リアン……私が、悪かった……まさか……まさか……こんなことになるなんて……」

「父様……」

やっぱりか。やっぱりなにかやらかして、騎士団にしょっぴかれてしまったようだ。

なにをやったんだリアン父。悪事の定番、賄賂か。違法献金か。ネズミ講的詐偽か。粉飾決算か。それともまさか、裏ルートで密輸とか……？

「私は……私は、ただ、よかれと思って……！　オーウェン家にとっても、お前にとっても、これ以上ないいい話だと思ったんだ……。先方も、悪いようにはしないから全部任せて欲しいと言ってくれたから、それならばとよろしくお願いしただけなんだ！　信じてくれ！　まさかあんな、あんなことになるなんて……私は知らなかったんだよおおお……！」

ああもう……詳しいことはまだよく分からないが、やっぱりなにか美味い話にでも引っかかってしまったようだ。俺は溜め息をついた。

ひとまず、なにをやって捕まったのか聞いてみなければ始まらない。内容によっては、今後の身の振り方を考えなければならないだろうし。大きなことに、ならなければいいんだが……

「……父様。一体、なにをされたのでしょうかね……？」

「ひいっ」

リアン父がさっきよりも更に青い顔になって、びくりと大きく肩を上下させ、がくがくと震え始めた。なんだかとても怖がられてしまった。……少し、態度と視線と声が冷たすぎたかもしれない。

「……ふん。まったくもって、おぞましい話です」

向かいのソファに足を組んで座っていた騎士が、銀縁メガネの位置を指で正しながら不機嫌そうに鼻を鳴らした。

細い目を更に細め、気難しげに眉根を寄せている。組み合わせた腕をいらいらと指で何度も叩きながら、こちらに視線を向けてきた。こちらというか、リアン父のほうに。とても冷たい目つきで。

「自らの欲のために、子供を売るなんて……屑（くず）の中の屑。ゴミ以下ですね」

「えっ!?」

な、なんだって!?

まさか、そんな……そんな外道（げどう）な犯罪に、リアン父は手を染めてしまったのか!?

人身売買なんて！　しかも子供を売るなんて、最低だ!!　最悪だ!!　確かに屑だ。屑の中の屑がする所業だ。

「父様……最低です……なんて、なんてことを……なさったのですか……」

「ち、違う！　違うんだリアン！　わ、私はそんなつもりではなかったんだ！　私はなにも知らなかったんだ！　信じてくれ……！」

なにが、そんなつもりでしたわけではない、だ。なにも知らなかっただ。この期（ご）に及んで言い訳までするなんて。最低すぎる。

リアン父は、ゲームや物語にちょっとだけ刺激を与える、悪役だけどなんだか憎めない、ちょっとした悪者ファミリーの父親役だと思っていたのに。確かにお金は大好きだけれど、さすがにそこまではしないと思っていた。

リアン父は苦労せず育ったおぼっちゃんらしく、思いつくことといえば、ありきたりなことばかりだ。ネゴするために高級店でこっそり接待したり、裏でお金をばらまいたり。そして気が弱く度胸もないから、大それた悪事はできない。そう、思っていたのに。

「そこまではなさらない方だと、信じていたのに……」

「り、リアン……！」

リアン父がショックを受けたように戦慄いて、目を大きく見開いた。

「ち、違うんだよ！　わ、私はお前のためを思って……！」

「僕の、ため……？」

「そ、そうだよ！　お前だって、こんな野暮ったい田舎ではなく、人の集まる王都で、もっとふぁっしょなぶるで最先端で贅沢な暮らしをしたいと思っているだろう!?」

俺は首を横に振った。

俺はどちらかというと、都会に行きたい派ではなく田舎に行きたい派だ。インドア派なので、外に遊びに行くよりも部屋の中で本を読んだり、テレビやネットを見たり、書き物をしたり、庭や家のことをしているほうが好きだ。騒がしい場所や人ごみも苦手だ。

「いいえ。僕は、今の生活が気に入っています。都会になど行かなくても、僕はこの村で十分満足しているのです。この村は穏やかで、景色も綺麗で、村人もどこかのんびりとしていて、優しく、とてもいいところです。これ以上の暮らしを僕は望みません」

「り、リアン……」

「ほう……？」

メガネ騎士が細めていた目を開いて俺を見て、それからまた細めて、リアン父を見下ろした。

「これはまた、意外ですね。貴方と違い、なんとも謙虚で良識のある、立派な息子さんではないですか。……それを、貴方は……」

「ち、違ううう！　違うんだリアン、私はこれでも、お前のことを思っているんだよ！　お前を愛しているんだ……！　そ、そりゃあ、今までは仕事にのめり込んで、あまり構ってやれなかったのは確かだ。それは謝る。先方の、お互いにイイ結果となった暁には、支援金を毎年そちらにお送りするようにいたしますよ、という話に目がくらんだのも確かだ。でも、ものすごい額だったんだ！　そんなの、誰だって飛びつくだろう？」

目先の金に目がくらんだのか。

メガネと疲れ顔と俺は、冷たい視線をリアン父に送った。

「あああっ！　なんだか視線が冷たくて痛い……！　でも、でも、信じてくれリアン！　お前は、私と愛する妻との間にできた子だ！　愛さないわけがない！　心から愛しているんだよ！　だから私は、お前の幸せと将来を考えて――」

「僕の幸せと将来は、僕が決めます。なんの相談もなく、勝手に決めないで下さい」

　勝手に俺の行き先を決められてしまったら、俺の立てた《ルエイス村防衛作戦計画》が予定通りにいかなくなってしまうじゃないか。それは困る。

　リアン父が俺の足下に、力なく、へなへなと座り込んだ。

「……そうか……そうだな……確かに、お前の意志を先に確認しなかったのは、すまなかった。悪かったと思うよ……」

「分かっていただけましたか？」

「ああ、リアン……分かったよ。今後は、ちゃんとお前に、先に相談をしてから決めるようにするよ……だから、私を……そんな冷たい目で見ないでおくれ……我が息子よ……うう……」

　俺はこめかみを揉んだ。本当に、頭が痛い。

　先に相談をしてからって、悪事の相談をされても困るんだけど。まあ考えようによっては、事前に悪事を働く予定を知らされて、リアン父が馬鹿なことをしでかす前に止めることができるという点においては、いいことではあるけれども。

　不安そうに見上げてくるリアン父を見下ろして、俺は深い溜め息をついた。

「……そうですね。今後はそうして下さい。ですが、父様。起こってしまった事実は、もう、消すことはできませんよ」

「り、リアン……！　ああ、ああ、分かっているとも！　それくらい、私も分かっているよ……。もう、手遅れではあるけれど……私にできる、精一杯のことはしよう……誠心誠意、償うから……だから……どうか。どうか私を、父を、許してはくれないだろうか……？　なんでもするから……どうか……」

　償いをすると言うなら、それは、するべきだと思う。

　それが道理ってもんだ。たとえ人が許しても、お天道様は許さない。祖父さんが毎週楽しみに観ていた時代劇の主役が決まったタイミングで悪者に言う定番セリフだが、俺も確かにそう思う。

「……父様。本当に、心から、反省しておられるのですか？」

「ああ、もちろんだとも！　心から反省している！　私の心は、後悔で張り裂けそうだ！」

　リアン父が俺の足にしがみつき、人目も憚らず声を上げて鼻水と汗と涙を流しながら、おいおいと泣き始めた。マジ泣きだ。……どうやら、反省はしているようだ。誠心誠意、償いもすると言っている。

　俺はメガネ騎士を見た。

　メガネ騎士は呆れた様子で溜め息をついてから肩をすくめ、銀縁メガネの位置を指で正し、静かに頷き返してくれた。

　犯人が罪を懺悔し、後悔し、深く反省していることだけは、分かってもらえたような感じだ。よかったな、リアン父。犯した罪は消えないけどな。

「……その言葉に、偽りはないですね？　もう二度と、こんな愚かなことはしないと。約束できますか？」

「ああ、ああ、もちろんだとも！　女神様に誓って、しない！」

「その言葉を決して忘れることなく……心に刻み、生きていってくださいね」

　リアン父が目を見開いて、唇を震わせ、俺を見上げてきた。

「お前は……私を、許してくれるというのか……？　こんなにも愚かで、取り返しのつかないことをしてしまった私を、お前は許してくれるというのか……？」

　許すも何も、償いはしていくしかないのだ。売られていった子供たちのためにも。

「……仕方ありません。僕は、貴方の息子なのですから」

　関係ないとつっぱねるには、気が引ける。同じ屋敷に住んでいたにもかかわらず、親の犯行に気づかず、止めることができなかったという負い目もある。

　今後は、不肖の父が大変なご迷惑をおかけいたしまして申し訳ございませんと、あちらこちらに頭を下げて回らねばならないのか……年の瀬から気分は重いし、気もめいる。

「り、リアンんんん……!!」

　リアン父が、大人げなく俺の膝にすがって、わんわんと泣いている。俺はすでに疲れ切っていて、情けなく丸められた父の背を、落ち着かせるために撫でるしかなかった。

「ううう～……な、なんて……感動的なシーンなんだ……」

疲れ顔の若い騎士が、いつの間に取り出したのか、両手でハンカチを握り締めて泣いていた。俺も泣きたい。とうとう身内に犯罪者が出てしまった。しかも父親だ。泣ける。

「……いたわりと慈愛に満ちていて……僕、僕、もう感動で、涙が止まりません……！」

……感動的なシーン？

感動どころか、犯罪を犯した父親を、息子が諭して叱って反省させるという、非常に恥ずかしくも情けないシーンだったように思う。

「……リアン様」

銀縁メガネの騎士がゆっくりとソファから立ち上がり、俺のほうに向き直った。

「……貴方は、それでいいのですか？」

「僕、ですか？」

いいもなにも、犯してしまった罪は償っていかないといけないだろう。

まずは売られていった子供たちを探し出さないといけない。そしてどうにかして助け出し、謝罪と、今後についての話をひとりひとりにしていかねばならない。

今後のことを考えると気が遠くなるが、やるしかない。

「そうですね……先ほど言ったように、してしまったことを消すことはもうできません。ですが……反省し、償っていくことはできますから」

終始不機嫌そうな様子だったメガネ騎士が、屋敷に来てから初めて嫌味っぽくない、とても紳士的で、どこか友好的にも見える笑みを口元に浮かべた。

「ご立派です。貴方のような素晴らしい心持ちの若者がいると知って、私は嬉しく、そして安堵いたしました。世の中、まだ捨てたものではないと思わせていただきました。ありがとうございます」

「いえ、礼を言われるほどのことでは……」

「いいえ。真実ですので。貴方のような聡明な方を汚すとは、万死に値する愚行ですね……やはり、辺境に左遷なんて生ぬるいことはせず、見せしめとして極刑に処したほうが」

「先輩!!　それは口に出したらマズいです！　口チャックです！　危険です！」

「極刑!?」

俺は泣き崩れるリアン父を見て、メガネ騎士を見た。

「そ、そこまでは、ご勘弁下さい！　どうか、どうか命だけは……！　死んでしまったら終わりです！　生きていてこそ、償いもできるのですから」

「貴方という方は……」

　メガネ騎士が呆れたような笑みを浮かべてから。片手を胸に当て、腰を折り、頭を下げる仕草をした。

「ゴミのような奴らにすら、慈悲と、もう一度やり直す機会を与えようとする、その潔く、慈悲深く、貴き精神……久しぶりに感服いたしました。貴方は素晴らしい御方です。あのゴミと、そこのゴミは許せませんが、貴方にお会いできたことは僥倖です」

「極刑だけは……どうか……」

「ええ。いたしませんよ」

　よかった。

　どうやらリアン父は、極刑だけは、どうにか免れたようだ。俺はほっと息を吐いた。

　軽蔑すべき犯罪を犯してしまった父ではあるが、やはり父は父であり、命は一度失ってしまったら取り返しがつかない。死んでしまったら、なにもかもが終わりなのだ。償うことすらもできなくなる。

　でも、辺境に左遷なのか……刑期はいつまでなんだろう……まあ、村や領地のことは、ローエンダールさえいてくれれば大丈夫だとは思うけど。

「ありがとうございます……」

「そんな、礼には及びませんよ。――ああ、名乗るのが遅れまして、大変申し訳ございません。あまりにも予想外な展開の連続でしたので、すっかり失念しておりました。私は、前の隊長と副隊長が辺境に異動となったため、繰り上がりで王宮騎士隊の隊長となったセアリアス・サジェスと申します。そして、こちらは――」

「うう……ずびっ……副隊長のシャルルー・シュリヒトです」

「え？」

　今、なんて言った？

「王宮……騎士隊？」

「そうです。私とシャルルーは、貴方のような素晴らしい御方に不埒を働いたゴミ――サーパンタイン元隊長の謝罪と不始末のお詫びに参りました」

「ええっ!?」

　サーパンタイン……？　謝罪？　お詫び？

　え。ちょっと待ってくれ。俺の理解が追いつかない。

　これ、リアン父が子供を人身売買して、ばれて、極刑になる寸前だったけど反省して償うと言うから辺境に左遷で勘弁してやろうって話じゃないの!?

　違った!?

　え、どこから!?　どこからそういう話だったの!?

　どこから俺間違ってた!?

　俺は泣き崩れるリアン父を見て、笑みを浮かべるメガネを見て、鼻水をかむ疲労顔を見て——

　思考が停止した。

　お前は慌てると、ちいとばかり早とちりなところがあるけえのお、人様の話を聞く時は、ようよう落ち着いて聞くんじゃぞ、という祖父さんの言葉が、ぼんやりと脳裏に浮かんだ。


　サジェス新隊長の話によると、アルフレドが言った通り、あの目つきの悪い元隊長と垂れ目元副隊長は処罰も兼ねて、辺境を守る国境騎士隊へ異動となったようだ。そしてなんと驚いたことに、サーパンタインは王族の末端に名を連ねる傍系の者だったらしい。

　それを聞いて、俺は納得した。

　それであの高級品が周りにいっぱいありすぎて気の休まらない超高級ホテルでも、あんなに平然としていたのか。王族ならセレブな場所にも扱いにも当然のごとく慣れ切ってるからな。道理で、あの副隊長もやけに従順すぎるぐらい従順だったわけだ。

　メガネ隊長——違った、サジェス隊長が、神経質そうに眉間に皺を寄せて、大きな溜め息をついた。

「……大変申し上げにくく、誠にお恥ずかしい話なのですが……。そういうわけで、この件はご内密にお願いしたいのです。上、からのお達しでしてね……反吐が出る話ではあるのですが、どうか、お願いできませんでしょうか」

「内密……？」

「はい。その代わりとして……貴方様の希望は可能な限りなんでも叶えてさしあげるようにと、仰せつかっております」

「希望……」

「はい。望みのものを、なんなりとおっしゃって下さいませ。できる限りのことはさせていただきます。ですから、どうか、お怒りを鎮めていただけますよう……心の内に収めて下さいますよう……何卒お願いしたく、こうして馳せ参じた次第です」

　俺は隣に座り込んでいるリアン父を見上げた。リアン父は、よじれたヒゲを直しながら、疲れた顔をして頷いた。

「……王都へ年末の挨拶と忘年会へ行ったところ、王立騎士団本部から呼び出しがあってね。何事かと思って行ってみたら……この話だったのだよ……」

「なるほど……。そうだったのですね」

リアン父は俺を見て、目を潤ませた。

「ああ、リアン……すまなかった……あそこまでひどい人だとは思わなかったのだ。あんな、異常な性癖を持っている人だったなんて……非合法な薬まで使われて、ボロ雑巾のようになるまでひどい暴行をされたんだって？」

「……は？」

今なんて言った。

「あの隊長はサディスティックで暴力を振るいながらヤるのが趣味の変態なんだと……垂れ目の元副隊長様が総長様に証言されていたんだ。なんて恐ろしいことだ……そんな異常な変態に、お前は、身も心もボロボロにされて……その……婿にも嫁にも行けない身体にされたと……」


おいいいい!?

ちょ、ちょっと待って!?

一体、どういう話になって伝わってるんだ!?

「そ、そりゃあ、上手くいって、お前が王宮騎士隊の隊長様のお気に入りになってくれたらいいなあ、とは思ったさ！　あの隊長様は見た目もそこそこいいし、血筋も申し分ないし、お金も持っている。だから、きっとお前も気に入るだろうと……それで、まあ、いい感じになって、そういうことになんかなったりしちゃったら……王族との繋ぎにもなってくれて、いいことずくめだなと——」

おいコラ。

この野郎……やっぱり裏でそういうこと考えてたのか。ふざけんな。

「やっぱり、ゴミですね」

「さ、最低です……！」

「ああっ！　騎士様たちまでそんな軽蔑した冷たい目で……！　でも、でも、そういう異常な変態だと知っていたら、大事な息子を任せはしなかった……！　私は、他人はどうでもいいが、家族だけは愛している！

本当だ！　信じてくれえええ」

リアン父が俺にすがって、また、おいおいと泣き出してしまった。俺は頭が痛くて眩暈がしてきた。……どうも、なにやら……あのホテル事件の話が、不穏すぎる伝わり方をしてしまっているようだ。

あいつか！

あいつだな！　あの金髪頭のせいか!!

間違いない、あの野郎のせいだ。だから俺は襲われかけただけで襲われてはいないって言ってんだろ！　俺の身体は綺麗なままだ！

どうも、人の口から口へ変な伝わり方をしていったようで、最終的になんだかとてもエグイ話になってしまっているようだ。なんだよボロ雑巾って！　婿にも嫁にも行けない身体ってなんだよ！　だからされてねえっつってんだろ！　でも、それを訂正するのもアンダー系のデリケートな話題すぎて恥ずかしすぎる!!　絶対、根掘り葉掘り聞かれて状況説明をさせられるに決まってる！

性的にどこまでされましたか、とか、挿入は、とか公開プレイ的に皆の前で質問責めにされて——うわ嫌だそんなの耐えられない！　俺のメンタルが確実に崩壊する！

だめだ。落ち着け、俺。

ここで動揺したら負けだ。落ち着くんだ。また変な思い込みをしてしまったら大変だ。

聞いた話を整理してみよう。

メガネ隊長の話によると、サーパンタインは王族の傍系の者だから、こういうスキャンダルは表沙汰にしたくない、ということのようだ。

そして目の前の二人の騎士は、内々に処理してくるようにと上司から命令され……示談をしにやってきたのだろう。口止めのお願いも兼ねて。

俺はようやく合点(がてん)がいき、溜め息とともに頷いた。

「……分かりました。あの件については、誰にもしゃべらなければいいのですね？」

メガネ隊長が眉間に皺を寄せながら、重々しく頷いた。

「そうですね。そうしていただけましたら……いろいろと助かります。個人的には、上のクソ野郎共を困らせてやりたいとは思っておりますがね」

「先輩……」

「貴方が話の分かる方でよかった。そして頭の回転も速く、理解も速い。うーん、いい人材だ……。――リアン様。どうでしょう？　うちに来ませんか？」

　俺はうんざりしながら、首を横に振った。

「いいえ。僕はここに残って、領地の方々のために働きたいと思っています。王都に行くつもりはありません。――いいでしょうか？　父様」

　ちょうどいいタイミングなので、リアン父にお願いしてみた。何度も首を縦に振ってくれた。これでまだ王都へとか世迷言を言いやがったら、さすがの俺もキレる。

「も、もちろんだとも！　王都になど行かなくてもいい。お前の好きなようにしなさい」

「ありがとう、父様」


　よっしゃあ！


　リアン父に俺の王都勤めを諦めさせ、尚かつ、村に残ることを納得させるにはどうするべきか、非常に頭の痛い問題ではあったが、こんなところであっさりと解決できた。よかった。

「そうですか……残念です。とても残念ではありますが、そのお志もまた、素晴らしい。貴方はきっと、いいご領主になられるでしょうね」

「いえ、領主になるのは兄です。僕は、表に立つよりも裏方で力を発揮するタイプですので」

　目立つことは苦手だ。メガネが俺をじっと見て、それから隣のリアン父を見て、笑みを浮かべた。

「……オーウェン殿。よい息子さんをお持ちですね。謙虚で慈悲深く、志も高く、そして頭もいい。そのことに感謝し、大事にせねば、女神様より天罰が下されますよ」

「は、はいっ！　重々、肝に銘じます！」

　メガネ隊長は満足げに大きく頷いてから、俺に視線を戻した。

「それでは。手っ取り早く、口止め料のお話をいたしましょうか」

「先輩いい!!　ストレートに言いすぎです！　もっとこう、真綿に包んで下さい……!!」

　疲れ顔の騎士が立ち上がり、声を裏返して叫んだ。

「包もうが包まなかろうか内容は同じです。そうでしょう、リアン様」

「そうですね」

「り、リアン様まで……！」
俺の希望、か。騎士にお願いできること……しても
らいたいこと……
「あ」
「どうしました、リアン様？」
そうだ。そうだよ。あるじゃないか。今お願いした
いこと。
騎士にしてもらえること。騎士にしかできないこと
が。
「……すみません。では、一つだけ……お願いを聞い
ていただいても、いいでしょうか？」
「はい。どうぞ」
俺の願いを、叶えてくれるというのなら。
「……ルエイス村の、警備を。日々の見回りを、お願
いしたいのです。特に西側の辺りを重点的にしてもら
えたら、とても助かります」
メガネと疲れ顔が、同時に目を見開いた。
どうだろうか。やっぱり、これは難しいだろうか。
騎士が見回ってくれるのなら。災厄の日に、何人か
でもいてくれたなら……きっとその分だけ、助かる村
人が増えるはずだ。
「見回り……ですか？　この、村の？」
「は、はい。ええと……そう、この村の——ずっと西
の森を抜けて、そのずっと先には、西の大きな国……
今も南の大国と戦争中の、ヴァルムカルドがあります。
近年は戦争も激化する一方で、いつかは……そう遠く
なく、多くの魔物や流れ者たちが西の向こう側から、
この村にやってくるでしょう」
そう。
二年後には……魔物の大群が、この村にやってくる。
「この村の人たちは、農作物などを育てながら日々穏
やかに暮らしており、まともに戦える者などひとりと
しておりません。ですから、戦うことのできる騎士様
たちにお願いしたいのです。気が早い、とお思いにな
るかもしれませんが……僕は、そう確信しております
し……なにより、心配なのです。この村は、とてもい
いところです。住民も穏やかで、優しい。ですから、
僕は、守りたいのです。無理、でしょうか？」
メガネと疲れ顔が、お互いに顔を見合わせた。
だめだろうか。

面倒な仕事だとは思う。労力も、時間も、人件費もかかる。もしかしたら派遣するための人員も、余分に雇わなければならなくなるかもしれない。

メガネ隊長が目を見開いたまま、俺を見た。

「そんなことで、いいのですか？　貴方は……」

「お願いします。どうでしょうか……難しい、でしょうか……？」

「……いえ。それは……できないことでは、ありませんが」

「そ、そうですか⁉」

やったー！　できるようだ！　なら、ぜひともお願いしたい。

「ふむ……そうですね。月単位の交代制で、数人ずつ、この村に騎士を派遣することは可能です。この村に駐留して、見回りや警備を。そういう感じでよろしいでしょうか？」

「はい！　それで十分です。お願いします！」

これで村の防衛力が更に向上した！　俺のストレスも少し緩和された！　ありがとう、ありがとうメガネ隊長！

「了解いたしました。では、他のご希望もお決まりでしたら、お伺いいたしますが——」

「いえ！　それで十分です‼」

「十分……えっ⁉　ま、待って下さい、リアン様。それだけで、いいのですか？」

「いいです。あっ、そうだ。村に派遣してくださる騎士は、ちゃんと戦える人でお願いしますね！」

魔物の群れを前にして逃げ出されても困るからな。そんな情けない、見た目だけの騎士はノーサンキューだ。

メガネ隊長が言葉に詰まった。難しい顔で、なにやら考え込んでいる。

やっぱり、さすがにそれは無理です、と言われてしまうだろうか。言われる気がするな……。自分で言うのもなんだが、結構な無茶振りだ。

返ってくるであろう断りの言葉に落胆しながら身構えていると。

メガネ隊長がいきなり吹き出した。

そして、大笑いをし始めた。

え、なんでだ。なんで笑ってんの。笑うところなんてどこにもなかったはず。

「うわっ先輩が笑うなんて珍しい……ていうか怖っ！

明日は百パーセントの確率で大雪にな――ぐえっ」

メガネ隊長が笑いながら、疲れ顔副隊長の頭を思い切り殴った。

「ふふっ……いいでしょう。貴方様のご希望、確かに承りました。ご安心下さい、リアン様。この私が責任持って厳選し、鍛え、ちゃんと戦える者を村へ派遣するようにいたしますから」

おおお!?

断られるかと覚悟してたのに、断られなかった！　引き受けてもらえるようだ！　やったー！　だめ元だったけど、言ってみるもんだな！

「はい。お願いします！　助かります！」

メガネ隊長は俺をじっと見て、目を細めて微笑んだ。

「な、なんですか？」

「……いえ、私が予測していた状況とは全く違ってしまって……こんなこともあるんだなと、面白く思いまして」

「す、すみません……結構、無茶振りをしてしまって……」

でも、俺と村人たちの生死がかかっているからな。できることは、思いついたことは全部やっておきたい。

「いえいえ。この村に派遣される騎士たちは、とても喜ぶでしょう。ちょっとしたご褒美出張となりますからね。お気になさらなくても結構ですよ」

「ご褒美出張……？」

疲れ顔が大きく頷いた。

「ですよっ！　静かで空気のいい田舎に出張なんて、休暇みたいなもんですからね！　それに、することといったら見回りしか仕事ないんですから！　あとは自由です！　楽勝です！　……ぼ、僕も、たまには、派遣されたいなあ、なんて……」

「だめです。君にはそんな暇ありませんよ。仕事は山積みですからね」

「そ、そんなあああああ……！　ひどい、鬼上司だ、パワハラだあああああ」

「誰が鬼上司ですか」

メガネ隊長が再び笑顔で、疲れ顔副隊長の頭を殴った。

その後、騎士出張の際の宿泊先などについて相談が始まった。オーウェン家所有の空家の一つを派出所兼宿泊所として使うことをリアン父が提案するのを聞いて、俺はもう一度メガネ隊長に礼を言ってから、応接間から退出することにした。

　去り際にメガネ隊長が、王都に立ち寄られた際にはぜひお声を掛けて下さいね、と俺に笑顔で話しかけてきた。よく使う社交辞令だから、そうですね、と俺も一応社交辞令で返しておいた。


　応接間に呼び出された時は、先行きのあまりの不穏さに暗澹たる気分になったが、なかなかどうして、箱を開けてみたらそうでもなかった。

　うむ。

　考えるたびに動悸がして胃が痛くなる例の日は確実に近づいてきてはいるけれど、諦めないで頑張り続けていれば、こうして少しずつだけれども、どうにかは、なっていくのだ。

　諦めないことが、信じて思い続けて頑張っていくことが、一番大事で肝要だ。そうすれば最後には、なんだかいい感じに収まるものなのだ。

　俺が弱気になった時、祖父さんが背中を叩きながらいつも言ってくれた言葉だ。俺も、その通りだと思う。

　だから、俺。頑張ってみるよ、祖父さん。

　最後まで、諦めずに。

　俺は空に向かって笑顔で一つ頷いて、やりかけの作業の続きをするべく、自分の部屋に戻った。

22話　年の終わりは

そんな出来事が先日あり、いろんな勘違いから落ち込んだり喜んだり、ひやひやしたり、ラッキー極まるいいこともあったりと、慌ただしい年の瀬だったけれども。

俺は当初からの予定通りに、町立学校を卒業したら村に戻り、領主である父の下で一緒に領地の管理業務をすることに決まった。

そして年末年始に怒濤のように押し寄せてくる親類縁者をもてなすパーティも、出たくなければ無理して出なくてもいいからね、とリアン父が言ってくれた。

これは、非常に嬉しい。

それは……作り物の笑顔を顔に貼りつけて、屋敷の者総出で、二十四時間連日勤務状態で、年末年始、延々と客を接待し続けねばならないという、倒れることすらも許されない……悪夢のような数日間なのだ。恐ろしい。

だが、今年は違う。

その悪夢から、俺だけは解放してもらえたのだ。やったー！　心の中でもやっとするものがないといえば嘘になるが、出ないですむのならそれは素直に嬉しい。

そういうわけで。

俺は今日、朝から教会にやってきている。

平日の金曜日だが問題はない。年末年始は前後一週間、学校も休みだからな。

そしてアルフレドの年末年始の予定を《アル兄仕事スケジュール調査表》で確認してみたところ、間のいいことに、今日は終日《カナールの酒場》での仕事が入っていた。

ちょっと可哀想な気がしないでもないが、それも仕方のないことだろう。年末は客も多く、酒場系は稼ぎ時だからな。いつもより長く、明け方近くまで営業している店ばかりだ。

仕事が終わってもルエイス村行き乗り合い馬車の最終時間には間に合わないから、今晩は酒場に泊まり、翌日帰ってくる予定となっているようだ。

よって奴は今日、教会にはいない。明日の昼までは帰ってこない。それはつまり、本日、アルフレドの部屋は空いている、ということだ。

それを確認して、今日、教会に泊まりに行くことに決めた。いない時は奴の部屋を自由に使ってもいいと、本人が言ってたからな。

しかも今日はリアン母の遠縁の親戚が五人、リアン兄の友人が三人、リアン父の同僚が四人、二泊三日で泊まりに来ている。屋敷の中でうっかりそいつらと遭遇してしまえば、捕まって離してもらえないのは確実だ。

そんな客人だらけの屋敷から退避すべく、教会に泊まりに行きたい、とリアン父に申し出てみたところ——リアン父は、目頭を押さえながら了承してくれた。了承してもらえたのは嬉しいが、なんで泣いてんだよ。

それに加えて、お前の心がそれで安らぐなら……と優しく肩も叩かれた。……俺は複雑な気分になった。

訂正したい。ものすごく訂正したい。俺の身体はボロ雑巾みたいにはなっていないし、婿にも行けるし、嫁……なんで嫁？　いやとにかくそんなことよりも、俺はまだ綺麗な身体のままなんだと声を大にして主張したい。したいけど……俺は、ぐっと我慢した。

例の件以降、リアン父は俺にやたらと優しくなり、俺の好きなようにさせてくれるようになったからだ。それにより格段に動きやすくなった。

今後のためにも、このままそっとしておくのが賢明だろう。それが賢明だとは思うけど……非常に、内心は複雑だ。

そしてこの件については、俺と父と、ローエンダールしか知らない。リアン母とリアン兄には知らせずにおきましょう、とローエンダールも人さし指を口元に当てて言っていた。俺もそのほうがいいと思う。なんだかそんな気がする。

ローエンダールにだけは本当のことを話しておきたかったが、目を合わせた時、俺に一瞬だけウインクをしてくれた。

……なんだか、言わなくてもすでに事件の全貌を知っているような気がした。そんな感じがした。さすがは有能執事。その情報収集能力は侮れない。

まあ、そういうわけで。今日の俺はオールフリー、自由の身なのだ。

誰の目も気にすることなく、気を遣う必要もなく、終日、自分の好きなことだけをしていられるのだ。今日の俺はフリーダムなのだ。全てのものから解き放たれているのだ。完全なる自由だ。自由万歳。

俺は意気揚々とお泊まりグッズを鞄に詰めて、足取りも軽く屋敷を後にした。


教会の研究開発室での作業を切りのいいところで終えて。

日暮れ前になったら調理場へ行き、マリエと一緒に夕飯の支度をした。本日は厚切りベーコン入りの野菜たっぷりホワイトシチューだ。

火にかけた寸胴鍋の中身をお玉で丁寧にかき混ぜていたマリエが、俺を見上げ、林檎色のほっぺを緩めて微笑んだ。

「ふふ。楽しそうですね、リアン様」

俺はサラダ用のキュウリを包丁で斜め切りにしながら、マリエに笑みを返した。

「はい！　今日は、俺の休息日にすることにしました！」

「それはいいことです。時々休みながらやっていかねば、途中で疲れて、倒れてしまいますからね。それでなくとも、リアン様は頑張りすぎるところがありますから」

「そ、そうですか？」

「そうですよ！　休める時には、ゆっくりお休みになって下さいませ！」

「は、はい。気をつけます……」

マリエが俺を見て、おかしそうに笑った。

「それにしても、リアン様は本当に手際がよろしいわ。とても慣れていらっしゃるのね」

「そ、そんなことはないと思いますけど……。慣れてるのは……家では、俺がほとんど食事を作っていましたから」

「あらあら。そうなんですの？」

「はい。両親も遅くまで働いていましたし、祖父さんは足が悪かったので……。まあ、自炊したほうが食費も浮きますからね。それに、俺、作るのは嫌いじゃないので」

自分が食べたいものを、好きなように作れるしな。

「そう……そうなのですか……。貴方様の世界では、そういう風に、過ごされていたのですね……」

マリエが笑みを浮かべた。

どこか心配そうに気を遣ってくれている気配がして、俺は苦笑した。別にいいのに、と思う。

マリエには、俺が、本当のリアンではなく――別の世界から女神様より呼ばれた《逢坂直（おうさかなお）》という別の人間であることは、すでに伝えてある。女神様のお手伝いとして、この世界に来ていることも。

最初に俺が話をした時、マリエはきょとんとしていたけれど。真剣な顔をして、信じます、と言ってくれた。

こんな突拍子もない話を、ただ静かに、時折頷きながら、俺が全てを話し終えるまで耳を傾け続けてくれたのだ。どれだけ、それに俺が救われたことか。

お寂しいでしょう、と聞かれて、俺にはもう身寄りがない天涯孤独の身ですから大丈夫です、と答えたら。ものすごく泣かれた。泣いてくれなくてもいい。本当に、俺は大丈夫なのだから。

それに、この世界で、この穏やかな村で過ごすうちに、俺が選ばれてよかったのかもしれないと思うようにもなった。他の人が選ばれなくてよかった、とさえも。

もしも……自分がいなくなったことを嘆き悲しむ人や、自分も離れ難（がた）いと思う人が、たくさん、たくさんいる人だったら。六年も遠く離れて、しかもいつ帰れるかも分からない異世界で、ひとりで生きていかないといけないなんてことは……とてつもなく辛いことだったろう。

残してきた相手も、そして自分も、辛すぎて。

会いたくて、寂しくて、苦しくて。きっと、耐え切れないのではないだろうか。

その点、俺は家族も、飼ってた愛犬もすでに亡くなっているし、もともと深く人と付き合うのが苦手な性格故、友人の数も少ない。俺がいなくなっても、戻ってきてと泣き叫んで苦しみ悲しむ人は――あの世界には、いないのだ。

だからこれで、よかったのかもしれない。

たとえ元の世界に戻れなくとも、俺だったら構いはしない。どちらで生きていこうとも、どうせひとりなのだから、どちらでも大差ない。

女神様の選択は、これ以上はないほどに的確だった。

「……マリエ様。俺、向こうの世界より、こっちの世界での知り合いのほうが多いんですよ」

「あらあら。そうなんですの？」

「はい。マリエ様や、チビたち。アルフレド。オーウェン家の家族、そこで働く人々。友人。剣術の師匠。村の人たち。行きつけの茶葉店のおじさんや、菓子屋のおばさん。他にも、たくさん。ですから、俺は。――この世界に残りたい、とさえ思うようになってしまいました」

「リアン様……」

俺はマリエに笑みを向けた。

本当に、そう思うのだ。ずっと、ここに、この村にいられたら。どんなにか幸せなことだろう。もしもまた女神様に会えることがあれば、そう、お願いしてみようとまで、実は思っている。

ここに、この世界に、ずっといられるように。だけど、そのためには。

――災厄の日を、どうにかして生き残り、乗り越えねばならないのだけれども。

マリエが林檎色の頬を赤くして、笑みを深くした。

「そうですか。貴方様は、今は……寂しくはないのですね……？」

「はい。マリエ様たちのお陰です」

「そうですか……そうなのですね……よかった……。本当に、よかった……」

マリエが両手を顔に当てて、泣き始めてしまった。

「ま、マリエ様。なにも泣かなくても……」

「いいえ。いいえ。だって、嬉しいんですもの。こんなに嬉しいことはありません。貴方様は……この世界を、私たちを、身勝手にも貴方様をこの世界に引き込み、全てを押しつけ、留め続けている私たちを許し、あまつさえ、愛して下さったのですもの……」

「そ、そんな大層なことでは」

マリエが泣きながら、笑みを浮かべ、首を横に振った。

「……優しき方。私たちを、ずっと、ずっと側で見守り、導き、護(まも)り続けて下さってありがとうございます。そして、アルフレドを――寂しいのだということさえも自分で気づけない、あの、憐れな子を……慈しんで、護って下さって、本当にありがとうございます……」

「マリエ様……それは、俺のほうこそ……」

「貴方様が側にいて下さるのなら、あの子も――」

少し焦げ臭い匂いが漂ってきた。

二人で顔を見合わせ、首を傾げながら匂いを追ってみると。シチューが、煮えたぎっていた。

「ま、マリエ様！　シチューが沸騰してます！」

「きゃあ！　大変！」

俺たちは慌てて鍋の火を消し、同時にほっと息をついた。

恐る恐る二人で確認してみたところ、ほんの少しだけ、焦げついてしまったみたいだった。ちょっとだけ香ばしいシチューになってしまったけど、これくらいなら、まあ、食べるには問題ない。

「……危なかったですね」

「ふう。そうですね。……おしゃべりしながらのお料理はとても楽しいですけど、気をつけなくちゃいけませんね」

「ええ……シチューが無事で、よかったです。チビたちに怒られるところでした」

「ですね」

俺とマリエは顔を見合わせて、笑った。

食堂で夕食をマリエとチビたちと一緒に食べてから、そのまま一緒に礼拝堂へ行き、夜の礼拝をした。

その後は幼いチビたちに絵本を読んでとねだられたので、小さい子たちが十人ほど寝ている大部屋へ行って絵本を読んであげた。村の学校へ通い始めた少し大きくなった子たちも、なんだか聞きたそうにしていたので呼んだら、恥ずかしそうに顔を赤くしながらもついてきた。

絵本の読み聞かせは、どこの世界でも子供たちに大人気だ。

ちょうど、旅の冒険家が悪い竜からお姫様を助け出したところで——小さい子たちが目を擦ったり、うつらうつらと船をこぎ出してしまったから。物語は一番の盛り上がりシーンに入っていたけど仕方がない。続きはまた今度、とお開きにして、俺も寝ることにした。

教会の就寝時間は早い。深夜近くまで起きている俺の乱れ切った生活リズムとは違い、早寝早起きが基本の、とても健康的で規則正しい生活をしている。

今日はとても寒いですからね、と金属製の楕円の入れ物にお湯を入れたものをマリエに渡された。火傷しないように、丁寧にタオルで包んである。湯たんぽだ。

俺が絵本を読んでいる途中、マリエがやってきてチビたちのベッドに入れていったものと同じもの。

俺の分も用意してくれていたみたいで、お礼を言って、ありがたく受け取った。

アルフレドの部屋は、あいかわらず物が少なくて、まるで客室みたいだった。

チビたちの部屋は落書きや飾りや物がいっぱいあって子供部屋といった感じだったのに、この落差。俺は思わず声を漏らして笑ってしまった。

ああでも今日は少しだけ、生活感を感じられる部屋になっている。机の上には、図書館で借りてきた本が積んであった。それと、俺が依頼している仕事の品々。

窓の外では、たくさんの星が瞬いている。

この部屋の主は、あの賑やかな酒場で、おかみさんたちにこき使われている頃だろうか。

俺は卓上ランプの灯を少し落としてから、もらった湯たんぽをベッドの足下に入れ、中に入った。ベッドのシーツと上掛けと毛布からは、陽の香りがした。ほっとする、俺の、好きな匂い。足下も、ほかほかとして心地好い。

俺は横になって、すぐに眠りに落ちてしまった。

誰かが、上掛けを捲った。急に冷気がベッドの中に入ってきて俺は目が覚め、軽く身震いした。

「……うわ、さむっ……」

この野郎、誰だよ。せっかく布団の中、あったまってたのに。

重い瞼を少し開けると、金髪のでかい男がベッドに乗り上がって、許可なく布団の中に入ろうとしているところだった。寝間着らしい、シンプルな藍色のズボンとシャツを着ている。

「……ある……？　……なん、で……」

不法侵入者は俺の問いに答えないまま、俺が先に入っているにもかかわらず、ベッドの中にでかい身体を滑り込ませて、無理矢理入ってきた。狭い。ものすごく狭い。

問答無用で奥へと押し込まれた俺は仕方なく、本当に仕方なく――身体を端に寄せて、ひとり分のスペースを空けてやった。

横に滑り込んできたでかい身体は、ほかほかとしていた。風呂にでも入ってきたのだろうか。なのに、身体からは仄かにお酒の香りがした。

「……お酒の、匂い……する」

「あー。やっぱ、まだ消えてないのか……。頭から、ぶっかけられたからな」

なんだそれ。

アルフレドが、やれやれといった感じで溜め息をついた。

「……ルエイス村の若い奴らが三人、酒場で忘年会しててさ。そいつら、もんのすげえ酔っ払って、店で働いてる女の人にちょっかい出すわ、他の客に絡むわ、ステージに上がって勝手に歌い出すわ、挙げ句の果てには注意した客と殴り合いの喧嘩まで始めやがって」

カオスだ。

「うわあ……なんて迷惑な……」

「全くだ。おかみさんが、他のお客さんの迷惑になるから村に連れて帰ってやってくれって。それでもう、今日はそのまま家に帰っていいって言われて。さっき三人、家に送り届けて、帰ってきた」

「そ、それは……ご苦労さんだったな」

「ああ。……お前は？　今日は、教会に泊まってたんだな」

それはお前が今日、帰ってこないって聞いたからな。せっかくこの部屋は今日一日、俺が独占していてもいい日だったのに。本当の主が帰ってきてしまったので、悠々自適なマイルーム時間が終了してしまったじゃねえか、この野郎。

「……悪いか。今日は俺の、いや、僕の休息日なんだ。全てのものから解放されてるんだ。自由になる日なんだ」

「ふーん」

アルフレドがいつもの適当返事をしてきた。この野郎。人の話、真面目に聞いてないな。

腰を引寄せられて、抱き込まれた。首筋に顔を寄せてきて、犬がするみたいに鼻を鳴らして嗅がれた。息が当たってくすぐったい。

「……いい匂いがする」

「それは、屋敷から持ってきた石鹸の……あ、」

舐められて、俺は震えた。

あったかい舌は顎も舐めてきて、マズい具合に唇が近いなと思った時には、唇を塞がれていた。

「つう……ん」

金髪頭を摑んで離そうと引っ張ったが、びくともしない。

何度も角度を変えてついばまれて、少し苦しくなってきて、息が弾んでくる。

「……はあ、……お、大人しく寝――……、っ」

ほかほかとした大きな手が、シャツの裾から入ってきて、肌を辿ってきた。慌てて見上げると、熱っぽい藍色の瞳と目が合って、俺はすぐに目をそらした。

「ば、馬鹿、なに、し――うあっ」

背中を下から上へと撫でられて、俺は思わず跳ねてしまった。

「あ、やだ、だ、だめ……！」

「リアン……」

「やだってば！　やめ……っ！　お、お前も、大人しく寝ろ！」

ていうか、寝て！　お願いだから！

アルフレドはじっと俺を見ていたけど、小さく溜め息をついて、元に位置に戻っていった。

「……分かった」

ものすごい不満そうにだけれど、分かってくれた、みたいだ。

だって、眠いのだ。それに、どうしていいかもまだよく分からない。どうしていいかって、なんだ。そんなものだめに決まってるだろう。なにを言ってるんだ俺は。

また抱き寄せられて、胸にすっぽりと抱き込まれた。

「これぐらいなら、いい？」

「……う……ま、まあ……これぐらい、なら……」

「そうか」

アルフレドが嬉しそうな声で言い、腕に力をこめてきた。力が強すぎて、痛くて、締めつけられて窒息しそうになる。

「く、苦しい……！　痛い！　この、馬鹿力！」

「あ、ごめん」

腕の力が緩んだ。

呼吸ができるようになって、俺は息をついた。全く。

アルフレドが上掛けと毛布を摑んで引き上げた。俺の首元が埋まるぐらいまで。ほかほかとして、ぬくくて、肌に当たる羊毛の毛布もふかふかとして柔らかくて、気持ちがいい。

身体全体が上掛けと毛布に包まれて、足下も横もぽかぽかとあったかいし、なんだかとても……とても、気が抜けてきた。寒いのは、苦手なのだ。ここでも俺は冷え性だ。そして、背に腹は代えられない。

頬に冷気が当たって、ひやりとした。

そんな些細な冷気も嫌で、更に完全なる暖を求めて、ホカホカとした相手の身体とあたたまったシーツと枕の狭間に顔をうずめて、ぴたりとくっついてみた。

そうしたら、完璧なほど冷気が入ってこなくなって。俺は達成感と満足感でいっぱいになった。

よし。これでもう、寒くない。

アルフレドの身体が一瞬だけびくりと動いたけど、その後はまた、動かなくなった。

ほどよいあたたかさと、少しだけ速いけど規則正しい心音が、あまりにも心地好い。やたらと安心してきてしまって、安心したら……睡魔が戻ってきた。

俺は堪え切れず、欠伸を漏らした。

眠い。もうだめだ。限界。意識が混濁してきて、保っていられない。

アルフレドが頭上で低く唸り、なにこれ拷問？　と訳の分からないことをぼそりと呟いたのが聞こえた。更に何事かぶつぶつと言っていたけど、声が遠くて上手く聞き取れない。

そしてそれを聞き返せないまま、俺は再び、眠りの淵（ふち）へと落ちていった。

閑話　春は多忙につき　アルフレド視点

今年も残すところ、あと数日となった。

……だというのに。

俺は連日連夜、朝から晩まで《カナールの酒場》で働いていた。

酒場は年の暮れから年始にかけては特別営業をしていて、朝日が昇るまで夜通し店を開けている。そして途切れることなく忘年会や送別会が開かれているため、常時満席、且つ、酒盛り宴会状態だ。リーズナブルな価格で酒と料理が楽しめる《カナールの酒場》は、猫の手も借りたいぐらいの忙しさが続いている。

朝日が昇れば店を閉め、少しだけ仮眠と休憩を取れるが……町の中央時計塔が十時の鐘を鳴らしたら、再び営業を開始する。

まるで体力と気力の限界に挑戦する耐久レースみたいな営業状態だが、飲み会を開く客が激増する今の時期、飲食店にとって一番の稼ぎ時でもあるから仕方がない。

それにこの時期、定時に店を閉めていると、客から「なんで定時に店閉めてんだ！　やる気あんのか！」と不条理に怒られたりもする。

客の不興を買えば悪い噂を広められかねないし、それで常連客が離れでもしたら店も大打撃なので、開けざるを得ないようだ。おかみさんが溜め息をつきながら愚痴を零していた。

そして、しがない雇われの身の俺にとっては、雇い主や同僚たちが殺気立って駆け回っている中、休むなんてことは絶対に許されない。

白い目で見られるだけならまだしも、最悪、明日からずっと来なくていいからね、と雇い主に言われてしまう可能性が高い。いや、言われる気がする。おかみさんを始め、皆笑顔を浮かべながら血走った目をして殺気立ってるから。

一方、リアンのほうは――年末年始の休みを満喫していたようだ。

教会に来てはチビたちと遊んだり、昼寝をしたり、本を読んだり、マリエとお茶を飲んだりしていたみたいだ。チビたちが嬉しそうに、たくさん遊んでくれるの！　と話してくれた。

　この間は、皆で裏山へピクニックに行ったようだ。チビたちが俺に、マリエ様とリアン様がいっぱいサンドイッチつくってくれたの、いろんなお味があって、とってもおいしかったの～！　と、はしゃぎながら話してくれた。

　手を繋いで散歩したり、だっこしてもらったり、膝枕してもらったりもしたらしい。おいなんだそれはすげえうらやまし――いや、楽しそうでなによりだ。

　別に、俺は、不貞腐れてなどいない。

　年末はずっと仕事みたいだったからと俺だけピクニックに誘われなかったこととか、膝枕で寝たことなんてないこととか、気にしてなどいない。

　ああないとも。


　その日の翌日。

　朝、いつものように教会を出たら。リアンと玄関前で会った。

　ちょうどよかったとリアンが言って、鞄から紙に包んだものを出して、俺に渡してきた。中を少し開けてみると――豆とナッツのペーストが間に塗られたサンドイッチが入っていた。

　昼飯作りすぎたから分けてやる、腹減ったら食えと、ほんのり頬を赤くして小さな声でぼそぼそ言った。

　なんだか無性に嬉しくなって、思わず抱き締めてしまったら。案の定真っ赤になって怒り出し、頭を殴られた。


　時間はあっという間に経ち、年末最後の土曜日がやってきた。

　その日は《カナールの酒場》で、朝日が昇るまで夜通し働くことになっていた。特別営業中でも、おかみさんが『学生の本分は勉強！』と言って夜半には帰してくれていたが、年末最後の土曜日だけは朝までお願い！　と頼まれたからだ。

　夜半近くになって、酔っ払った若い男が三人、女性の店員に、隣に座って酒を注げと絡み始めた。

　そのうちステージに勝手に上がって歌い出し、注意した客と殴り合いの喧嘩を始めたので、おかみさんと一緒に三人を捕獲し、店から摘み出した。

　顔に見覚えがあるなと思って聞いてみたところ、ルエイス村の林檎農家の息子と、小麦農家の息子と、葡萄(ぶどう)農家の息子だった。お互いの慰労と忘年会をしに酒場へ飲みに来たらしい。

　懲りずに酒場へ戻ると騒いで暴れ出したので、これはもう家に帰したほうがいいという話になり、俺が連れて帰ることになった。

　もう今日はそのまま帰っていいよと言われたので、酔っ払い息子共を送り届けてから、俺は教会に帰った。


　俺は酔っ払い共に酒を頭からぶっかけられていたから、さすがに酒の匂いを振りまきながら教会の中に入るわけにはいかず、マリエに寝間着を持ってきてもらい、先に風呂へと向かった。

　なんであいつら、盛り上がると頭に酒をかけ出すんだろうな。安い酒だが、酒は酒だ。もったいない。飲めよと思う。

　洗い流して、自分の部屋に戻って、さあ寝るかとベッドに向かうと。


　リアンが寝ていた。


ベッドの中で、すやすやと眠っている。

一瞬、心臓が止まりかけた。これは、どういうことだ。俺は自分でも気づかないぐらい疲れてしまっていて、とうとう幻を見てしまっているのか。それとも立ったまま夢を見ているのか。

　いや、俺は起きている。意識もはっきりしている、と思う。

　よくは分からないが……とりあえず、寝間着のままずっと立っているのも寒いので、ベッドに入ることにした。

　気づいて目を覚ましたリアンに聞いてみたところ、要領を得た答えは返ってこなかった。半分ぐらいは寝ぼけているようだった。なんでも今日はリアンの自由になる解放された日で、教会に泊まることにしたらしい。分からん。

　よくは分からんが俺がベッドに入っても、寒いと文句を言われはしたが、追い出したりはしてこなかった。それどころか——端に寄って、俺の分のスペースを空けてくれた。

　迎え入れてくれたことがたまらなく嬉しい反面、俺は軽く、動揺した。

お前、いいのかそれで。俺、お前に言ったよな？　あの日、カナールの酒場で。お前、聞いてたよな？　好きだって言ったの、お前ちゃんと聞いてたよな？

なのに、無防備に俺をベッドに招き入れていいのか。分かってんのかお前。

いや。もしかして……まさか。

まさかとは思うが……本気に取られてなかったのだろうか。あの時に言った言葉を。冗談だと思われているのだろうか。

いや待て。でも、赤くなって、もう少し待ってくれみたいなこと言ってたはずだ。逃げなかったし、キスもさせてくれたし、手も握ったままでいてくれた。あれはもう、俺の都合よく考えても、いいよな。いいんだよな？

まあ……返事は、まだもらえてないままだけど。

それでこれって、もういいよってことでいいのだろうか。二年待たずにもう食っていいってことで、いいのか。いいよな。そういうことだよな。俺は間違っていない。はずだ。

そう思って手を出したら……ものすごく怒られた。まだだめらしい。

なのに、これだけ側に寄っても嫌がらず、それどころかリアンのほうから身体を寄せてきた。どうも、俺の体温が高いから……暖を求めて寄ってきているようだった。こいつ、体温低いからな。手なんて、心配になるぐらい冷たい時がある。そして寒がりだ。

抱き寄せても、嫌がらない。まあ、寝ぼけていたからかもしれないけれど。俺の腕の中で安心し切った顔をして、寝息を立て始めた。

俺に身を寄せて安心して眠っている様子に心が浮き立つぐらい嬉しくなる反面――信用されすぎて迂闊に手が出せないという……いろんな意味で、辛い夜だった。

いつの間にか、年が明けていた。

気づいたら新しい年が始まっていて、そして三日も過ぎていた。

その日、俺は昼前から明け方まで酒場での仕事が入っていた。年明け最初の土曜も、新年を祝う酒飲み共が大量に押しかけてくるからだ。予想通り、その日の酒場は阿鼻叫喚(あびきょうかん)、いや、大盛況だった。

その日、夜半近くなって。

酔っ払った隣町の野郎共と、酔っ払ったこの町の野郎共が。店の前で殴り合いの喧嘩を始めやがった。

あんた喧嘩ばっかしてたから慣れてるだろちょっと行って止めてきて、とおかみさんに言われた。

なんだそれは。

別に俺は喧嘩ばっかりしていたわけではない。慣れてるだろってどういう意味だ。俺はそんなに慣れるほど喧嘩をしていたわけではない。はずだ。多分。

引っかかるところは多々あったが、とりあえず、止めには入った。

人数がそこそこいたので乱戦になって、目が合えばもれなくどいつもこいつも殴りかかってくるし、どっちが悪いのかも分からなかったので、とりあえず——全員、殴り倒しておいた。

喧嘩はどっちも悪いから両成敗だと、リアンがチビたちの喧嘩を収める時に言っていた。俺もその通りだと思う。

そのうち俺以外に立ってる奴はいなくなって、店の前は静かになった。

言われた通りに、喧嘩を収めた。なのに、おかみさんには、やりすぎだ！　と頭を殴られて叱られた。

あんたがいると面倒なことになるから自警団が来る前に村に帰りな、と言われた。微妙に納得がいかない。

これだと、なんだか俺が一番悪いみたいじゃないか。俺は喧嘩を止めたほうだというのに。

その日は朝まで働く予定だったのだが、おかみさんに、見つかる前に早く帰れと急き立てられ、追い立てられるように俺は村に帰ることになった。やっぱり、微妙に、納得がいかない。


もやもやしながら、ひとり、教会に帰ってきた。

酒瓶で頭を殴られた時に瓶が割れて、またしても頭から酒を被ってしまっていたので、教会の中にそのまま入るわけにはいかず、マリエが寝間着を持ってきてくれて、先に風呂へ向かった。

洗い流して、自分の部屋に戻って、仕方ない寝るかとベッドに向かうと。

俺のベッドに、またしても、リアンが寝ていた。


なんだこの状況は。

もしかして、ベッドで俺を待っていた……？

いや、それはないだろう。落ち着け、俺。冷静になれ。

リアンは俺が今日、帰ってこないことをマリエかチビたちから聞いて、俺の部屋が空くのを知って、教会に泊まることにでもしたのかもしれない。

先日、仕事に行く前に会った時、年末に泊まっていた理由を、そう言っていた。いない時は好きに部屋を使っていいって言っただろ、と顔を真っ赤にして怒りながら。

寒いのでとりあえずベッドに入ると、顔をしかめられはしたが追い出されることはなかった。

それどころか寝ぼけているらしく、ぬくい、と言ってぴったりと身を寄せてきて、胸にしがみついてきた。

時折、猫みたいに頬をすり寄せてきては、匂いを嗅いできたり、ふわりと笑みを浮かべたり、俺の寝間着を握り締めてきたりして——ものすごく、非常に可愛いかった。

頭を撫でると、気持ちよさそうに息を吐いてうっすら頬を染めるから、ものすごく、可愛いというか……艶っぽくて……腰にくるものがあった。

我慢できなくなって手を出すと、さすがに目を覚まして。毛を逆立てて、真っ赤になって、怒ってきた。

嫌がるのを無理矢理やれば、嫌われてしまうのは確実に分かっていたので、俺はギリギリのところでいろんなものを抑え込み、いろんなものを我慢した。

この流れ星は、一度でも飛んでいってしまったら……二度と、戻ってはこないらしいから。

そんなことになったら、嫌だ。そっちのほうが耐えられない。

その日も、俺は一晩、我慢を強いられた。

なんだこれ。

俺はなにかを試されているのか？

なんの試練なんだこれは。

次にリアンが俺のベッドで寝てたらさすがにもう限界かもしれない、と思った頃、学校が始まった。

それ以降は、予定が変わって教会に帰ってきても、リアンが俺のベッドで寝ていることはなかった。……ほっとしたような、残念なような。

＊　＊　＊

学校が始まり、いつも通りの日常が戻ってきた。

これで忙殺された日々ともおさらばかと思っていたが、なぜか……俺はまだ、多忙を極めていた。

チェダー牧場の牛たちが出産ラッシュを迎えたらしく、チェダー夫妻と臨時で雇った従業員二人では世話に手が回らず、空いてる時間があるなら手伝いに来て欲しい、と頼まれたからだ。

目の下に真っ黒な隈(くま)を作った夫妻を前にしたら、引き受けるしかない。夫妻が倒れてしまったら、牧場がたちゆかなくなる。

そういうわけで、俺はいつもの土日に加えて、図書館に行く日にしている月曜日の午後にもチェダー牧場に行って働くことにした。

しかし、図書館に行けなくなるのは、かなり辛いものがある。

そろそろ《シルクハット探偵シリーズ　4シーズン》の続きがでるはずだ。早めに借りて読みたい。

《探検家ゴルゴンドの冒険シリーズ》も、七巻目が来月に出ると新刊情報に載ってた。二足歩行の巨大大蜥蜴(おおとかげ)との死闘は、勝ったのか負けたのか。勝ってるならどうやって勝ったのか。すげえ気になる。

やはり、図書館に行く日だけは確保したい。

俺は休息日を確保するべく、学校帰りに平日の週三日行っていた建築現場の仕事を、週二日にすることに決めた。

それを頼みに事務所へ行ったところ。


てめえ俺らを殺す気か！　と親方に怒られた。


本日、新築二軒と店舗改装三軒の発注が同時に近い時間差で次々と入ってきたらしい。俺は話をしに来ただけなのに、手が空いてるなら手伝え！　と現場に連れていかれた。

建築現場で死んだ魚のような目をして無心に働いている先輩や同僚たちを見て――それ以上、俺はなにも言えなかった。

そんなこんなで連日連夜、夜遅くまで働いて、忙殺に忙殺を極めた日々だったが、それもようやく落ち着きを見せ始めた頃。

　気がつけばもう、二月も半ばだった。

　町立学校の卒業式が来てしまっていた。


　卒業式当日は、雲一つない晴天だった。

　学校長のやたら長くて眠くなる話がすんで、式が終わり、講堂の外に出ると。

　校舎から校門までの間は親や在校生、先生たちだけでなく、お祝いをしに来た人たちでいっぱいだった。

　その大混雑の中で、やたらと人が集まって大きな塊になっているその中心には、キラキラと光る銀色頭が見えた。リアンだ。たくさんの下級生や同級生に囲まれて、泣かれている。

　その中にはもちろんリアンにいつもくっついていた三人組もいて、涙と鼻水で顔をぐしゃぐしゃにしながら泣いている。同級生や下級生たちは、卒業しても会いに行ってもいいですか、遊びに行ってもいいですか、と泣きながら聞いていた。リアンは穏やかな笑みを浮かべながら、いつでもおいでと、優しい声で答えていた。

　最近は……強く見えるようにと無理して作っているような笑顔は、あまり見なくなった。

　落ち着いてきたのか、時には今みたいに自然な、柔らかい笑みを浮かべてみせるようにもなった。

　癒される、天使の微笑みだ、微笑んでもらえたら幸せになれるというジンクスが、などと言われているのを、本人は知っているのだろうか。

　微笑んでもらおうと、好意を向けてもらおうと思ってる奴等が校内にはたくさんいて、必死になって目の前でアピールしていたのを――知らないだろうな。あの様子では気づいてもいないだろう。

　あいつ、自分のことに関しては恐ろしく鈍いからな。特に、自分に向けられる好意には異常なほどに疎(うと)い。

　三人組や生徒たちがリアンを囲んで、顔を真っ赤にして涙を流しながらも笑い合って、リアンに話しかけている。リアンも笑みを浮べて耳を傾けている。

　……なんだか俺は面白くなくて、今すぐリアンの側へ行って、周りにいる奴らを片っ端から追い払いたくなった。

　調子に乗った下級生たちが、握手を求めているのが見えた。リアンは少し困った顔をしながらも、それに応じていた。わざと長く手を握ってる野郎がいて、リアンも困っている感じだったから、追い払ってやろうかと思って行こうとしたが――やたらと人が多くて、かき分けていこうとしても次々と間に入ってきて、どうにも進めない。しかもやたらと俺に話しかけてくる奴も多くて、鬱陶しいことこの上ない。

身動きが取れないほどの人の多さにイライラしながらリアンのほうに視線を向けてみると、いつの間にか、向こうもこちらを見ていた。

俺と目が合った途端、眉間に皺が寄り、薄氷色の瞳が不機嫌そうに細められた。

なんでだ。

とにかく、ここにいたら話をすることもできない。俺は早々に立ち去ることにした。どうせこの後、リアンとは図書館で会う約束をしているのだ。

卒業後は土日、それから牧場の仕事の合間に都合が合う日には、リアンのところで働くことになっている。

仕事内容にはリアンの護衛も含まれているからと、俺用の剣と防具を買ってくれるらしい。本人が選んだほうがいいし、できるだけ早いほうがいいと言うから、それならばと今日の午後、買いに行く約束をした。それに元々図書館に行くことにしていたから、仕事も入れてないし、ちょうどいい。

先に行くという意味をこめて軽く手を振ると、リアンはまだ眉間に皺を寄せたまま、頷いた。

帰り際、同級や下級生の女の子たちが俺に、卒業しても会いに行ってもいいですかと聞いてきたので、断っておいた。下宿先で仕事先でもある牧場に大勢押しかけてこられても困る。迷惑だ。

代表っぽい女の子が泣きながら、たとえリアン様と一緒になられたとしても私たちの想いは変わりません、お邪魔はしませんから、と微妙によく分からないことを言ってきた。

今邪魔してるだろ、と思わず言い返しそうになって、俺は言葉をどうにか飲み込んだ。

とにかく、絶対に来るなとだけは言っておいた。チェダーさんたちにはこれから世話になるのだし、迷惑をかけるわけにはいかない。

図書館で本を読んで待っていると、リアンがやってきた。

まだ少し、不機嫌そうな顔をしながら。

「……悪い。待たせたな、アルフレド。じゃあ、行こうか。シュリオを――馬車を、外で待たせてある」

悪いと謝りながら、眉間には皺が寄せられ、眉尻は上がっている。

「ああ。……なあ。お前さ」

「なんだい」

「なに、怒ってんの？」

「っ！　お、怒ってない！」

リアンが赤い顔をして言い返してきた。いや怒ってるだろ。どう見ても。

「俺。なんかしたか？」

身に覚えはないが、気づかないうちに怒らせている可能性もないとは言えなかったので、とりあえず聞いてみることにした。

「したっていうか、し、してないけど！　お前が、あんまりにもデレデレしてるから！　そ、そうだ、情けなく思っただけだ。女の子にものすげえ、いっぱい囲まれてて……」

デレデレしてただろうか？

してないと思う。どっちかというと、イライラしてた気がする。それを言うなら。

「……お前こそ、皆に、笑ってたじゃないかよ」

ふんわりとした、自然で、気を許した時にしかしない柔らかな笑みで。俺だってあんまり見ないのに。大盤振る舞いしやがって。

リアンがきょとんと目を丸くした。

「笑って、て……笑ってなにが悪いんだ。普通だろう？」

「……まあ……そうだけど」

それはそうなんだが、そうでもないのだ。

ないのだが、それを説明する言葉が自分でも上手く見つけられない。考え込んでいると、リアンも微妙な顔をして、言葉に詰まっているようだった。

……今思えば、そこまでイラついて怒るようなことでも、なかったような気がする。

「……ええと……うん。……行こうか」

「……ああ」

リアンが小さく溜め息をついてから、俺の腕を引っ張った。

最初に、町の武器屋に連れていかれた。

タワシみたいな頭に赤いバンダナを巻いて、硬い刷毛みたいなヒゲの店主が出てきて、俺に、手に取ってビンビンきた得物を選べ！　と、分かるような分からないようなアドバイスをくれた。

一通り店の中の武器を手に取って、振ってみたり、試し斬り用の藁を巻いた棒を斬ってみたりしてみた後。握りやすくて一番頑丈そうな剣を選んだ。

俺の身長の三分の二ぐらいの長さがあって、重さもそこそこある。これなら脱輪した馬車を起こすテコ代わりにも使えそうだし、刀身が太いから木を切り倒す斧代わりにも使える。固い鱗や角、大きな牙をもった魔物でも、これなら十分に叩き壊せそうだ。刀身が長い分、腰には下げられないが、背中に背負えば問題ない。

「に、兄ちゃん。それ、両手剣で一番重いやつだけど……大丈夫なのか？」

「あ、アルフレド。それ、重くないのか……？」

振ってみたけど、言われるほど重くはなく、片手で十分扱えた。長めの柄も、俺の手の大きさにはちょうどよく馴染む。扱いやすそうだ。

「大丈夫だ。軽いし」

「軽いだとお!?　マジか……す、すげえ兄ちゃんだな……それ、片手で振れる奴、初めて見たぜ……」

「はは……こいつ、規格外の馬鹿力ですからね……」

サブ武器と短剣も選べ、とリアンが言ったので、サブ武器には小回りの利く長さの長剣と、短剣は分厚くて頑丈そうなものを選んだ。

肩当て、金属製のガントレット、足用の装備も一通り選んでから。俺たちは店を出た。

買った装備には後加工で守護系の術式やオーウェン家の紋を彫り込んでもらうから、屋敷に届いたら連絡するよ、とリアンがなぜか疲れたような、呆れたような顔で俺に言った。


武器屋を出た後は、魔法の発動を楽にするための《魔導媒体》を買いに、町に唯一ある魔道具屋に寄った。

店員は裾の長い真っ黒なローブを身に纏い、フードを目深に被っているので、その顔はよく見えない。

細身で、男か女かもよく分からない。

その容姿は……どこか、あの黒い女を思い起こさせて、薄気味悪く、少しだけ……嫌な気分になった。

指輪や腕輪の形をした媒体は、魔法発動のための決まった始まりの術式と、安定させるための術式などが彫り込まれている。

持っていれば《魔導媒体》を要にして魔力の集中がしやすくなり、呪文も短縮できる。

高価なものなら、走りながら高威力の魔法を発動できるようにもなるらしい。ただ、目玉が飛び出そうな値段がついているけれども。

火風水雷地木の六属性があり、基本一つの媒体には一属性ずつ術式が仕込まれている。

中には全属性が一緒になったオールインワンの代物もあるにはあるが、一生遊んで暮らせそうな値段がついている。それがぼったくり価格なのか適正価格なのかは、俺には分からない。

なんにせよ、普通に暮らしている分には、全く必要のない品だ。

魔法の素質がなければ持っていても無駄だし、一属性付与の媒体ですら、給料の三ヶ月分位はする。

旅をする人や、俺のように戦うことが仕事内容に入っている職業の者、魔法関連の仕事を生業としている術者ぐらいしか、買う人はいない。

様々な魔法用の媒体が並ぶケースの中で、リアンは火と風の二属性がついた腕輪を選んだ。

いいのかと聞いたら、こういう要所はケチったらだめなんだ、永く使う物は高くてもいい物を買っておくんだぞ、安物買いの銭失いっていうからな覚えとけよ、と言った。

リアンは時々、マリエやおかみさんみたいなことを言う。

その後は、仕立屋にも連れていかれた。

リアンと仕事をするにあたり、オーウェン家の護衛として制服を着用しなければならないらしい。仕事中に汚れることもあるから替え用に何着かあったほうがいいと、連れていかれた。

色とりどりの生地や服、装飾品が所狭しと置いてある店の奥から、赤いメガネに赤い格子柄の上下のスーツに渦巻き柄の青いシャツ、やたら光沢のある白い靴の男が出てきた。髪は黄色と緑色に染めている。見てると目が痛くなった。

やたらと細かく採寸された。足の指の長さまで測られた。

細かすぎだろう。なんに使うんだそれ。

さすがにそれはどうかと思いリアンを見たら、腕は町一番だから耐えろと言われた。

身長が半年前の身体測定の時より、更に三センチほど伸びていた。

それを聞いたリアンが、もうお前には必要ないだろうよこせ！　と、また無茶を言い出した。

僕だってこの間測ったら五ミリ伸びてたんだからなと言ってきたので、よかったなと返したら、なぜか腹を殴られた。別に、からかって言ったわけではなかったんだが。それに、これぱかりはしょうがないだろう。身長が伸びないのはお前のせいで、俺のせいでは全くない。

頼んだ服も、出来上がり次第、リアンの屋敷に届くらしい。

仕立屋を出ると、もう陽が沈みかけていた。

店から少し離れた、通りの脇に停めてある馬車に戻る途中、屋台から香ばしい、美味そうな匂いがした。

リアンもそれに気づいて、腹が減ったと言うから、一緒に立ち寄ることにした。

通りの端では、赤と白のストライプ柄に染められた簡易な布の屋根の下、同じ柄のエプロンとバンダナをした男が、鼻歌交じりに鉄板の上で丸いパンと具材を焼いていた。

どこにでもある、焼きサンドの屋台だ。

蒸して焼いた丸パンの間に、いろんな種類の具材を、頼めば好きなだけ詰めてくれる。

俺は、焼いた肉と厚切りハムと野菜を詰めてもらい、リアンは煮たら甘くなる豆と蜂蜜でからめた木の実を詰めてもらっていた。

俺は吹き出しそうになるのを、どうにか気力で堪えた。リアンは意外と甘党だ。絶対それを選ぶと思った。言うと怒るから、言わないけど。

仕事で使うものとはいえ、いろいろと買わせてしまったので、これは俺がおごることにした。リアンがシュリオの分も欲しいというので、俺と同じものを余分に買って、持ち帰り用に包んでもらった。

リアンは、いつも……誰かの分まで、余分に買おうとする。

それは俺であったり、マリエやチビたちであったり、友人であったり、屋敷で待つ人たちであったり、その時々によって、相手は様々だけれども。

　炭酸水で割った果実水の小瓶も二本買って、店の脇に並べてある簡易ベンチが空いていたので、座って食べることにした。

「……屋台で買い食いなんて、久しぶりだ」

　リアンが少し弾んだ声で、どこか懐かしそうな顔をして、呟いた。

「そうなのか？」

「うん。だって……なんか、ひとりだと……食べにくい、だろ？」

　別に、ひとりでも構いはしないと思うが。リアンには恥ずかしいことのようだ。

「それに、こういうところで買って食べるような人も、いなかったし……」

「そうか？　だってお前の側には、いつも三人組がべったりくっついてたじゃないか」

「うーん……。あいつらは、こういうところでは、あまり……買って食べたりは、しないからなあ」

　ああ……そうか。

　あいつらはあれでいて金持ちの子供だから、こういう庶民的な、道端の屋台で安く売ってるようなものは、好まないのかもしれない。

「食べたいなら、俺がついていってやるし。言え」

「ほ、本当か⁉」

　頷くと、リアンが嬉しそうな顔をして身を乗り出してきた。

「ああ」

「そ、そうか……あ、あり、がとう……」

　身を乗り出したことが恥ずかしかったのか、少し頬を染めながら、はにかむように微笑んだ。これは、俺だけしか知らない顔だ。あいつらも知らないはずの笑み。俺だけの。

　無性に触りたくなって、どうにも我慢し切れなくて唇を落としてしまったら、顔を真っ赤にして怒られた。

　誰か見てたらどうするんだ、と言って。

　別にそれでもいいと思ったけど、余計に怒るだろうから言わずにおいた。

　リアンを狙っている奴は、学校にいっぱい、いたから。女も、野郎も。諦めさせるのにはちょうどいいとさえ思う。

本人は、三人組や周りのガードが鉄壁すぎて、それに気づくことすらなく、学校を出てしまったけれど。

他に要るものは後で思いついたら追々揃えていくことにして、俺たちは村に帰ることにした。

馬車の中で、リアンに頼まれていた中型の《魔源石》が二十五個分できたという話をしたら、送るついでにもらって帰ると言い、俺たちは教会へと向かった。


教会に帰ると、食堂ではちょうどマリエとチビたちが夕食をとっていた。

マリエが笑みを浮かべながらリアンに、豆のシチューですけど食べて帰られませんか？　と聞いたところ、嬉しそうに食べて帰りますと即答した。お前、豆系、本当に好きだよな。

御者様の分もご用意いたしますねとマリエが言うなり、では呼んできますね、と身体を反転させ、門へと駆けていってしまう。

その背を見送って、俺とマリエは思わず顔を見合わせてしまった。


上流階級の奴らは、普通、御者となど一緒に食べたりはしない。御者もその辺りは弁(わきま)えているから、主人の見ていないところで食べるようにしている。マリエも、後で呼ぶか、持っていくつもりで言ったのだろう。

俺と目を合わせたマリエは、林檎色の頬を緩め――穏やかに微笑んだ。

呼ばれてやってきたシュリオは、どこかそわそわと落ち着きなく、おっかなびっくりな様子だった。

しかもリアンが隣に座るように指示するから、断ることもできずに泣きそうな顔をして恐る恐る腰を下ろしていた。真っ赤な顔で汗を滝のように流し、身を小さくしてカチコチに固まっている。

気持ちは分かる。とても分かる。ありえないからな。

給仕よりも下の身分である御者が領主の息子と一緒のテーブルで食べる、なんて。ましてや、隣り合ってなど。

教えたほうが、いいのだろうか。

いや、でも――ここは全ての生きとし生ける者が、女神の下、平等でいられる教会だ。

リアンも、とても楽しそうに笑っている。

マリエも微笑みながら見守っている。

だから俺も……そのまま、言わずにおいた。

シュリオも俺たちと同じように思ったのだろう。にこにこしながらシチューを食べるリアンを見て、俺とマリエと目を合わせて、非常に困った顔をしながらも、ぎこちない笑みを浮かべてから。小さく頷いて、なにも言わずに食べ始めた。

大皿に盛られたサラダから、シュリオにと小皿へ取り分けてやっているリアンを微笑ましく思いながら……ああ、やはりそうなのか、と確信する。そしてなんとも言えない、焦りにも似た、落ち着かない気分になった。

リアンは領主の息子という、この辺りでは一番身分の高い立場だというのに、誰にでも分け隔てなく接する。

マリエやチビたちや俺、シュリオに対してですら、これだ。

上流階級らしく振る舞おうとしていることもあるが、ただ、そう見せかけようとしているだけだ。全くといっていいほど、身分的なものを気にしない。

本当は、優しい、優しすぎるぐらいの奴なのだ。

それも一つの理由ではあるが、こういった——元より知らなかったのでは、と思わせるような行動を、たまにする時がある。

このことが、もしリアンの父親の耳にでも入ったら。シュリオがひどい罰を受けるということも、もしかしたら……知らないのかもしれない。

いや、知らないのだと思う。知ってたら、リアンのことだ。呼びに行ったりなどしないだろう。

別にそれが、悪いということではない。

優しいリアンが見せる、身分など関係ないという、優しい行動の一つだと思えば、微笑ましいものだ。

俺たちが黙っていればいい話だし、それに困るような事態になりそうなら、後でさり気なく教えてやればいい。

ただ、ここでなにが問題なのかというと。それが……

リアンが、あの黒い星読みの女が言ったように。

——別の宙(そら)から飛んできた《流星》なのだという証明にも、なってしまうことだ。

異なる宙から来た星。

巡らぬ星。

優しき小星。

女神が呼び寄せ、俺たちの宙に放り込んだ小さな星。

まるで星読みの言葉を裏づけるみたいに、時折、リアンが見せる行動と言葉。

それをこうして見たり、聞いたりするたびに、俺はいつも、どうにもこうにも気が焦って落ち着かなくなって……リアンを、無性に摑んでおきたい気分になる。

ここから飛んでいって、しまわないように。


食事がすんで、シュリオは馬車に戻り、リアンは俺の部屋についてきた。

机の上に散らばった充塡済みの石を数えては袋に入れながら、リアンが俯いて、小さく溜め息をついたのが聞こえた。

「どうした？　数、合わないか？」

「い、いやっ！　数はちゃんと合ってたよ。二十五個。ありがとう」

リアンは大事そうに袋の口を紐で括ってから、机の上に置き、俺を見上げてきた。なにか言いたそうに口を開きかけては、閉じ、目を伏せて、また俯く。

じっと言葉を待っていると、意を決したような様子でまた顔を上げて、口を開いた。

「……お前……いつ、引っ越すんだ？」

そのことか。

「そうだな……荷物を纏めて、って言っても、別に大した量じゃないけどな。今週末には、チェダーさんとこに引っ越す予定にしてる」

「そ、そうか……」

俺は首を傾げた。いつもの、背筋を伸ばしたやたらと強気なリアンらしくなく、どこか弱々しい。なんだか置いていかれる子供みたいに、少し不安そうに、所在なげに立っている。

もしかして――

寂しい、のだろうか。

俺が教会を出て、ここからいなくなってしまうことが。

いかがなものかと自分でも思うが、そうだったら嬉しい、と思ってしまった。

そしてそれは、あながち外れてもいないような気がするのだ。気がするから、俺は安心させるために、前と同じことを言って聞かせてやることにした。

「あのな、リアン。だから、寝る場所が変わるだけで他はなにも変わらないって。前にも言っただろう？」

「そ、そうだけど……それは分かってるんだけど、」

しどろもどろに言葉を繋ぐリアンを見ながら、俺は、ようやくリアンの不安の原因に気づいた。

……ああ、そうなのか。

学校を出てしまえば。今までのように、毎日顔を合わせることは、なくなってしまう。

リアンが雇ってくれたから土日と都合が合う日には一緒に仕事をするのだし、俺もマリエたちが気になるから週に何度かは覗きに寄るだろう。タイミングがよければそこでも会える。でも今までのようには……会えなくなるのだ。

それでも、全く会えなくなるわけではない。

ならばと俺は考え、対策案を提示してみた。

「……別に、来たくなったら、来たらいいじゃないか。いつだって俺は構いやしない。それに、チェダーさんとこはマジで部屋余ってるからな。お前も部屋が欲しかったら、頼めば貸してくれると思う」

「え……？　そ、そうなのか？」

チェダー夫妻のことだ。喜んで貸してくれそうだ。空き部屋って嫌なのよね、と夫人も言っていたし。

「ああ。……俺も、会いたくなったら会いに行くし。お前が雇ってくれてるんだから、いつ行ったって、おかしくはないだろ」

リアンが気づいたような顔をして目を開き、ようやく少しだけ、笑みを浮かべた。

「そうか……そう、だったな」

「そうだ。それに毎朝、チェダー牧場から屋敷の厨房へ、牛乳とか配達してるだろ？」

「え？　そ、そうなのか？」

「ああ。知らなかったのか？　だから、これからはチェダーさんと一緒に、俺も配達に行くことになる。お前が早起きするんなら、そこでも会えるだろ」

「そ、そうか……毎朝……屋敷に、来るのか……」

不安そうに青白くなっていたリアンの顔に、少しずつ赤味が差してきた。

よかった。

ようやく、少しは安心して、落ち着いてきたみたいだ。

緩く手首を摑んで引っ張ると、抵抗なく、腕の中に収まった。抱き締めたらびっくりして逃げ出しそうな気がしたので、腰の後ろで緩く手を組む。

「もし部屋が借りれなかった時は……今までみたいに、俺の部屋を好きに使ってくれていい。泊まりたくなったら、泊まっていけばいいし」

リアンの顔が真っ赤になった。

「い、嫌だよ」

「なんでだ」

「だって、お前……いたら……すぐ、変なこと……しようとするし」

「変なこと？」

聞き返すと、赤い顔をして睨んできた。

そして俺の質問には答えないまま、目をそらして俯いてしまう。薄い紅色に染まった項が、あまりに綺麗で、かぶりつきたくなった。

俺も大概……溜まってるな、とは、自分でも思う。でも我慢続きだったのだ。そして忙殺された日々でもあったし。

少しぐらいなら、触れても、許されるだろうか。

首筋に顔を寄せると、びくりと身体が跳ねた。

ふわりと、肌からいい匂いがした。

どうにも我慢できなくなって軽く唇で触れると、震えはしたけど、いつもみたいにすぐに暴れて逃げはしなかった。

まだ、腕の中で大人しくしている。

もう少しぐらいは触ってもいいようだと自己解釈して、頰にも唇を落としてみた。

驚いたリアンが急に顔を上げたので、唇がものすごく近くにあって、思わずかぶりついてしまう。

リアンがなにか言いかけて口を開いた時に、舌先同士が触れた。追いかけて舐めると、ビクリと震えて、舌を引っ込めた。

逃げた舌を更に追いかけようとしたら、胸を何度も叩き始めたので、仕方なく唇を離した。

「……ほ、ほら！　する、だろ」

リアンが、肩を上下させながら、赤い顔で睨んできた。

「……だって、それはしょうがないだろ」

「な、なにがしょうがないんだよ！」

「俺、お前のこと、好きだし。触りたくなるのは、仕方ないじゃないか」

「す……」

リアンが真っ赤になって、眉間に皺を少し寄せ、下を向いてしまった。

俺は内心、溜め息をついた。

……思うに、嫌われてはいないと思うのだ。

あの夜だって、俺に、ずっと側にいて、と言った。口付けて、抱き締めて、好きだと告げた時も……逃げなかったし、その後も今までと変わらず、こうして側にいてくれる。

今だって、俺とあまり会えなくなるからと、寂しそうに、不安そうにしている。

それを考えると、好かれていると思っても、俺の思い違いではないような気が、するんだけど。

だけど……告げた言葉への返事はくれないままだ。

なんだろうか。

リアンは、なにかを……怖がっているような気がする。

それがなにかは、俺には、まだ分からない。

リアンを不安にさせているなにかを、取り除けたら。

あの時の返事をもらえるのだろうか。

「……リアン。なにが怖い？」

びくりと大きく身体が震えた。

微かに震える白い手で、俺の服を握り締めてきた。

「……なに、言ってんだ。別に、俺は、怖くなんて、」

「じゃあ、なんでそんなに不安そうにしてるんだ。俺はお前の嫌がることは、しない。大事にするし、お前が哀しくなるようなことは、絶対にしないと誓う」

返事は返ってこなかった。

「……俺が、嫌い？」

リアンが慌てて顔を上げて、首を横に振った。

「そ、そんなわけないだろ！」

「じゃあ、好き？」

「そ……」

リアンの瞳が、泣きそうに揺らいだ。

「……だって、お前は……」

「俺？」

「……お前には――……」

なにかを言いかけて、リアンは口を閉じてしまった。

どこか哀しそうに瞳を揺らしたまま、平気だと見せかけようとするかのように、どこかぎこちない笑みを浮かべて、首を横に振った。

「……アルフレド。落ち着いて、もう一度、よく考え直せ。それに、この先きっと……お前には、俺なんか比べ物にもならないくらいに……素敵な人、が。お前の前に現れるよ」

　返事どころか、そんなことを言ってきた。

「お前も、きっと、その人のことが好きになる。……俺、なんかよりも」

「なにを言ってる」

「お前を幸せにしてくれる人が、必ず、現れるから。だから……俺なんか、やめておけ。そのほうが、お前のためにな――」

「リアン！」

　どうにも腹が立って思わず怒鳴ってしまったら、リアンがびっくりして身体を強張らせた。でも、聞き捨てならなかった。

「だからなんだ。なに勝手なことを言ってるんだ」

「アルフレド」

「なんでそんなことを言う？　先のことなんて、誰にも分からないのに」

　まるで、あの星読みの女みたいなことを。

　リアンが、どこか辛そうに目を細めた。

「だって……俺は……」

「俺がその顔も知らない奴を好きになるって？　馬鹿を言うな。そんなわけないだろう」

「アル、」

「お前は、俺を信用していないって言うのか。俺の、言った言葉も」

「そんなことは」

「なら、なんでそんなことを言うんだ」

　リアンが目を伏せた。

「リアン」

「……だって、仕方ないじゃないか」

　声が、震えていた。

「仕方ないじゃないか！　もう、決まってるんだ。そうなることが、決まってるのなら、どうしたって……」

「なにが決まってるんだ。決まってなんかないだろう。未来は変えていけるんだって言ったのは、お前じゃないか。星読みの言葉だって、それは未来の一つで確定じゃないって」

　リアンが見上げてきた。泣きそうな顔で。

「お前が言ったんだろ。俺に」

「変える……変えても、いいのかな……」

　いつになく弱気な様子で、頼りなげに瞳を揺らしている。

　なにがそんなに、お前を不安にさせてるんだ。

「いいだろ。好きなように変えたらいい。先のことなんて、まだなにも決まってないんだから」

「いい、のかな……」

「いいに決まってる」

「変え、られるのかな……」

「変えられるだろ。変えようと思えば。お前が望む未来になるように」

　リアンが言葉を詰まらせて、瞳を揺らした。

「それに。俺のことは、俺が一番よく分かってるし、俺が決める。お前が決めるな。だから……お前のことは、お前がしたいように、お前が決めたらいいじゃないか。お前のことなんだから。——お前は、どうしたいんだ？」

　リアンが目を見開いた。

「俺……？」

「どうしたい？」

「俺……おれ、は……」

　アイスブルーの瞳が、大きく揺らいだ。

　口を開きかけて、閉じる。そしてまた開きかけて——閉じてしまった。まるで、手を伸ばしかけてはみたけど、やっぱり無理だと、諦めるかのように。

　俺は息を吐いた。

　どうもリアンは、人になんでも与えようとはするけど、誰かを押しのけてまでなにかを手に入れようとすることは、あまり、というかほとんどない。

　求めている人が他にいるなら、どうぞ、と譲ってしまうところがある。

　あまりに謙虚すぎて、それは逆に、執着心がないようにも、最初からもう諦めているようにも見える。

「お前は、どうしたいんだ？」

　そんな何事も強く求めることをしないお前が、もしも、俺を求めてくれるのなら。

　駆け回りたくなるほど嬉しいし、どんな手を使ってでも、俺は応えようと思うのだ。

「おれは……」

「まだ、お前は俺に、側にいて欲しいと思う？」

言葉は返ってこなかったけど、シャツの胸元を強く摑まれた。返事をするみたいに。

覗き込むと、揺れる瞳のまま、見上げてきた。

顔を近づけると、ゆっくりと目を閉じた。そのまま口付けても、逃げなかった。抱き締めて、更に唇にかぶりついても、微かに震えてはいたけど、俺の腕の中にいる。

これはもう、あの時の返事だと受け取ってもいいのだろうか。

そんな気は、するのだが。

だけど……事ここに至っても、未だ返事をしてこないのはどういうわけだろう。

返せない理由が、リアンの中に、あるのだろうか。

それがなんなのかを聞き出したいけど、聞き出そうとしたら、二度と見つけ出せない遠いどこかへ逃げてしまう気がして、聞くこともできない。

角度を深くして舌を絡めても、一度だけびくりと身体を跳ねさせたけど、あとは大人しく、目を閉じて俺にしがみついていた。

「……なあ。俺に、どうして欲しい？」

リアンがゆっくり目を開いて、俺を見上げてきた。迷うように、不安そうに、アイスブルーの瞳が揺れている。

「リアン」

「……そばに、……いて……」

聞き逃しそうなくらいに小さな震える声で、返事が返ってきた。

リアンが俯いて、俺の胸にしがみつき、声を殺して、静かに泣き出した。あの時みたいに。

「……分かった。約束する。ずっとお前の側にいるから。……リアン。俺のこと、好きか？」

だめ元で、もう一度だけ聞いてみた。

やっぱり、返事の言葉は返ってこなかったけれど
——

意図して顔を寄せると、顔を少し上げ、涙を零しながら目を閉じて、口付けを受けてくれた。震える手と腕が、俺の背中に回ってくる。恐る恐る、といった様子で。

言葉の代わりのように返された、細やかすぎる仕草。

好かれているとは、思うのだ。気のせいでも、間違いでもなく。それは確信に近く、そう思うのだけれど。

頭の片隅にじわりと、リアンが言った言葉と、星読みに言われた言葉が浮かんでくる。

そんなことはありえないだろう馬鹿馬鹿しいと思いながらも、そうなのではないかと思っている自分がいる。

お前は、もしかしたら……知っているのではないだろうか。あの、星読みの女のように。

——この先にある、いずれ来るという……出来事を。

分からない。確かめる術は、今の俺にはない。

でも、もしもそれが本当だというのなら。それがリアンの、なんらかの枷になっているのだとしたら。それを、どうにかして取り除くことができたなら。

お前は俺に、はっきりとした言葉で答えてくれるのだろうか。

その時まで待てというのなら、俺はいくらでも、待つけれど。それまでは——

「……俺の側に、ずっといてくれる？」

リアンが目を見開いて、俺を見つめてきた。

「ずっと側にいてやるから。お前も、ずっと俺の側にいろ」

リアンが瞳を揺らして、涙を零した。

それから困ったように眉尻を下げて、それでもどこか嬉しそうに、小さく微笑んだ。

「…………お前が、そう望む限りは」

あまりにもリアンらしい、強く求めることをしない、控えめすぎる言葉が返ってきた。

いつも一緒にいた三人組を見習えとは言わないけれど、もう少し、強く欲しがることを覚えてもいいと思う。

「望む、限り……」

お前が、俺の望むだけ側にいてくれる、というのなら。

「……じゃあ、一生だ」

「は？　お、お前な……い、いっしょう、て……」

「一生、俺の側にいて」

一生、俺の近くで、回っていて欲しい。

俺を想って、俺の側を回ってくれている、俺だけの星だというのなら。


「ずっと――俺が終わる、その時まで。俺の側にいて」

俺はもう一度口付けて、腕の中にある、俺よりも随分と小さく細くなってしまった身体を抱き締めた。やっぱり、返事の言葉は返ってこなかったけど。


震える腕を俺の背中に回しながら、身を寄せてきた。

これは、返事だと取ってもいいのだろうか。

いいと思っても、間違いではないような気はするのだけれども。

俺は小さく溜め息をついて、震える身体を強く抱き込んだ。

＊　＊　＊

嵐のような多忙な日々は、ひとまず収束した。

飲み会ラッシュと出産ラッシュと新築改装ラッシュもようやく落ち着きを見せ始めたので、俺は永く世話になった酒場と建築業社にそれぞれ赴き、仕事を辞める話を、おやっさんと親方にした。

どちらも泣いたり宥められたりして、考え直してくれないかと引き止められた。だが、これればかりはどうしようもない。


俺は今後、チェダー牧場の仕事とリアンの仕事の二つだけに絞ることにしたのだ。おそらく、他の仕事をしている余裕はないだろう。

時々は顔を見せに来るよと言ったら、時間が空きそうならまた働きに来てくれと言われた。

どちらも身体が資本の忙しい職場だからな。人手は慢性的に、いつも足りていない感じだ。あまりに悲壮な様子で言ってくるので、まあ時間に空きがあれば、と答えておいた。

おかみさんだけは、時々はリアン様と飲みにおいで、と笑って俺の背中を叩いて見送ってくれた。


日曜日が来た。

今日は、チェダー牧場に引っ越しをする日だ。

部屋の片づけもあるし、教会の壁の修理も残っていたし、切りもいいしで、チェダーさんにもそう伝え、日曜に引っ越すことにしたのだ。

昼前に、教会にチェダー夫妻が荷馬車で迎えに来てくれた。

荷馬車を貸してもらえたら、自分で自分の荷物ぐらいは運ぶからと言ったのだが、手が空いてるからと手伝いに来てくれた。

来てくれたのはありがたいが、本当に、夫妻に手伝ってもらうほどの荷物はない。

服と、いくつかの日用品や道具、リアンやマリエ、チビたち、村の剣術の先生、知り合いからもらった物が少しあるぐらいだ。

どちらかというと俺の私物よりも、もらい物のほうが多いかもしれない。家具は全て、教会から借りていたものだし。

「……これだけ？　本当に？」

腕捲りして手伝いに来てくれたリアンが荷台を覗き込みながら、呆れたように呟いた。

「ああ」

乗せた物が動かないように布とロープで縛りながら、ほとんど物の乗っていない荷台を見て、我ながら少ないなと思った。

マリエと話をしていたチェダー夫妻が、話し終わったのか挨拶を交わして、御者席へと戻っていった。

教会の門の外まで歩いてきたマリエが、立ち止まり、俺のほうを向いて、林檎色の頬を緩めて微笑んだ。

「アル。行ってらっしゃい。女神様の御光(おひかり)が、貴方を守り、貴方の行く先を明るく照らして下さるよう、いつも祈っています」

「ありがとう、マリエ。今まで、本当に……世話になった」

「ふふ。こちらこそよ。ありがとう、アル。また、いつでもいらっしゃいな」

「ああ。時々は様子を見に来るよ」

「ありがとう。お茶を淹れて待っているわ」

頷くと、マリエがにっこりと嬉しそうに目を細め、笑みを浮かべて小さな手を振った。

荷物を縛り終えて顔を上げると、リアンがまだ荷台の側に立っていた。泣くのを堪えているような顔で、立ち尽くしている。

全く。

ただ寝る場所が変わるだけだと、あれほど言って聞かせたというのに。

側に寄ると、いつもは穏やかに澄んでいるアイスブルーの瞳を不安そうに翳らせ、俺を見上げてきた。顔色も、いつもより青い。

そんな顔をされたら、心配で置いていけないいじゃないか。

「リアン」

「……なに」

「お前さ。手が空いてるなら、手伝いに来てくれるか？　やっぱひとりだと、荷物を部屋に運び込むのも、大変だしな」

リアンがきょとんとして、何度も瞬きした。

「来る？」

「……い、行っても、いいのか……？」

「いいよ」

両腕を伸ばすと、俺の手を見て、俺の顔を見てから。おずおずと、手を伸ばしてきた。

「……なら、……俺も、い、いく――……い、いや、行ってやっても、いいぞ」

「そうか」

明らかに強がりだと分かる上から目線の言葉に、少し笑ってしまった。

脇に腕を差し込んで抱えて、荷台に引っ張り上げてやった。荷台に足を下ろしたリアンが、よほどびっくりしたのか、目をこれ以上ないほどに丸くしている。

「ば、馬鹿力だなあいかわらず……」

「お前、軽いからな」

「はあ!?　お、俺、いや、ぼ、僕は軽くない！　普通だ！」

「ぼっちゃん！　一緒にお行きなさるんでしたら、牧場のほうへ、夕方ぐらいに迎えに上がったらいいですかい？」

マリエの脇で見ていた、最近はよくリアンの送り迎えをするようになったシュリオが声を掛けてきた。

「なんなら今日は……俺の部屋に、泊まっていってもいいぞ？」

リアンが赤い顔で俺を横目で睨んでから、シュリオに視線を向けた。

「夕方で！」

……帰るらしい。

ものすごく残念だ。

御者席のチェダー夫妻が、笑いながら振り返った。

「じゃあそろそろいいか？　行くぞー、アル」

「ああ」

荷馬車が走り出し、教会の前に立っているマリエとチビたちに手を振ると、マリエが涙目で笑んで手を振り、チビたちが泣きながらも手を振り返してくれた。

そして赤黄緑の目をした三チビが――鼻水垂らして泣きながら、怒った様子で追いかけてくるのが見えた。

「うわあああん！　りあんしゃ！　やだー！　アルにいちゃ、とったー！」

「やあだあー！　とっちゃ、やあー！　りあんしゃ、かえすのー！　どろぼー！」

「わあああんー！　ちゅかまえてー！　やー！　どろぴょーなのー！」

おい。誰が泥棒だ。

持ってはいくが、盗ってはいない。ものすごい言いがかりを、ものすごい大声でつけられている。しかも路上で。やめてくれ。

「あはっ、ど、泥棒……」

隣に座ってる銀髪頭の奴が、口元を片手で押さえて、肩を震わせて笑っている。

言いがかりだ。お前も黙ってないで、訂正してくれよ。

俺を泥棒と叫びながらしつこく追いかけてくる三チビたちの後を、マリエたちが慌てて追いかけてきている。隣では、リアンが楽しそうに手を振って、笑っている。

……まあ、いいか。

さっきみたいに、不安そうな顔をして立ち尽くしているよりは。

今みたいに、笑っていて、くれるなら。

俺はそう思い直し、隣で楽しそうに笑っているリアンを見て、釣られて笑いながら、荷台の枠に背を預けた。

遠い国のお菓子にまつわるお祭りは

今日は金曜日。

少し遅めの夕食を食べて食堂を出ると、階段下のエントランスで、王都帰りのリアン兄と遭遇してしまった。後ろに控えている従者は、前が見えないくらいの大きな紙袋を両手で抱えている。


「リアン～！　ただいま～！」

「おかえりなさい、兄様」

両手を大きく広げて近づいてきやがったので、俺はさり気なく横に移動して避けた。リアン兄が眉尻を下げてなんとも言えない顔をしたが、小首を傾げて笑みを返しておいた。危なかった。うっかり避け切れなかったりすると、どさくさに紛れてほっぺにチューとかしてこようとするから油断がならない。


「兄様。なんだか、すごく大きな荷物ですね」

「ああ、これかい？　ふふふ。今、王都ではね～、《世界のスイーツ祭り》っていう催しをしていてね。友人たちに誘われて行ってみたんだけど、これがまあ、ご婦人方に大人気みたいで。ものすごい人出だったよ！」

「へえ……それは確かに、ご婦人方が好きそうなイベントですね」

セレブたちのセレブたちによる贅を尽くした祭典か。この国では砂糖は高いからな。

思わず少し半目になって声も低音になってしまったのは仕方ない。

ていうか、そんなイベントに誘う友人たちって……十中八九、女性な気がするな。

まあ、きちんと節度あるお付き合いをして、ちゃんと王都の上司に報告とサインをもらう仕事をしてきてくれてるなら、別になにをしていようと構わないけど。

「そこではね、スイーツにまつわるお祭りをいろいろ紹介してるんだよ～。お菓子で作ったクマの等身大置き物とか、すごい迫力あったな～！」

「お菓子で作ったクマ」

なにそれ等身大ってすごいな。食べるのも大変そうだ。お金もすごくかかってそうだ。

「それでね！　はるか遠く北西のほうの小さな国では、

二月の終わり頃に、恋人や家族にお菓子を贈るお祭りがあるんだって！」

「お菓子を贈るお祭り、ですか」

ふむ。それはなんだか、兄の話にしては、ちょっと興味を引かれる話題ではある。


「贈るお菓子によって、いろんな意味があるらしくてね。特に想い人に渡すお菓子には、特別でスペシャルな意味をこめて贈るんだって！　それを真似するのが今、王都のご婦人方の間でものすごく流行ってるんだよ。贈って、もしも、想い人がそのお菓子を受け取ってくれたのなら——その恋は成就する。受け取ってもらえなかったら、残念。その恋は終わり。なかなかおしゃれで、ドキドキハラハラする催しだよね～！」


「ふむ……」

話を聞いているうちになんだか既視感を感じた俺の頭の中には、とあるイベントが思い浮かんだ。

二月にある、お菓子を贈るイベントといえば。

あれだ。

あれだろう。あれしかない。

あの、一定数の人たちには悲喜こもごものお祭りイベント。義理でも、茶色くて甘い菓子をもらえたらなんだかちょっぴり誇らしくて仄かに嬉しい、あれだ。

セント・バレンタインデー。


どうやらはるか北西の見知らぬ国では、その亜種みたいなお祭りイベントが毎年二月に催されているらしい。


「というわけで、はい！　リアンには、僕から、これをあげるよ～！」

従者の持つ大きな紙袋の中から、兄が赤いリボンで綺麗にラッピングされた掌サイズの白い小箱を取り出して渡してきた。いそいそと、頬を赤く染めて、小さな小箱を両手で持って。

俺は受け取りかけて、手を止めた。

いや、ちょっと待てよ。

さっき、受け取ったら……受け取ってしまったら……恋が成就する、とか不穏なことをのたまっていなかったか。

「……ちなみに、兄様。その手に持ってる箱の中のお菓子は、なんなのですか？」

「《マロン・グラッセ》さ！　栗を丸ごと一粒、砂糖と蜂蜜と香りのいいお酒で煮詰めた、とっても甘いお菓子だよ！」

「……なるほど。それで、その意味は？」

「《永遠の愛を誓う》！」

俺は眉間を揉みつつ、息を静かに吐いた。

全くいいかげん、もういい年なんだからブラコンを卒業しろよ、兄。

ていうか、重い。想いが重すぎて引くレベルだ。

「……ちなみに、家族に贈る時のお菓子はなんなのですか？」

「家族？　ええとね～、確か、《キャラメル》だったかな！　牛乳とバターと砂糖を煮詰めて固めたお菓子」

「そうなのですか。それで、その意味は？」

「《一緒にいると安心する》。ん～、口に入れると、ミルクの優しい甘さが広がって、ホッとするからかなあ？」

「じゃあ、それを下さい」

「ええ～!!　リアン～！　なんでだよ～!?」

なんでもクソもあるか。

俺は従者にキャラメルを所望して、従者は疲れた顔に同情の色を滲ませながらも深く頷いて、キャラメルが数個入った小箱を渡してくれた。俺はありがとうとご苦労様の意味をこめて笑みを浮かべ、頭を下げて礼を伝えた。

「兄様。お菓子、ありがとうございました。じゃあ、僕はそろそろ休みますね。兄様も、お仕事お疲れ様でした。おやすみなさい」

「えっ、ちょっ、リアン!?　待っ――」

俺は笑みを浮かべながら兄と従者に手を振って、兄が引き止める言葉を口に出す前に身を翻して、階段を足早に駆け上がった。

＊　＊　＊

「……ということがありまして」

日曜日。いつものように教会に行って、食後の休憩時間にマリエにそのことを話すと、マリエは小さな目をくりくりとさせて、少女のように頬を染めて笑みを浮かべた。

ちなみに今日のお茶請けは、リアン兄がスイーツイベントで買いまくってきた大量のお菓子のお土産だ。ちょっと……でもないけどいただいてきた。もちろんチビたちにはすでにばらまきずみである。

木製の丸みを帯びた皿の上には、キャラメル、マドレーヌ、チョコのようなもの、いろんな形をしたクッキーやミニパイが山盛りになっている。別のお皿には、薄い生地をくるくると綺麗(きれい)に巻いた大きなバームクーヘン。

「あらあら。まあまあ。ふふ、お菓子で想いを伝えるなんて。とっても甘くて、素敵なお祭りね！」

「え〜。そうでしょうか……？」

まあ、直接言葉で断られるよりも遠回しにお菓子で断られたほうが、心に優しい気はするけれども。

祭りの由来は、戦地へと旅立つ兵士に、無事の帰還を祈り待つ旨と愛を綴(つづ)った手紙を、祈りと想いを込めた一粒の小さな焼き菓子を添えて渡した愛と涙の物語らしいとか、なんとか。

図書館で調べたところによると、本場では、菓子には女神ローサを表す花の紋を描くらしい。その国では花と愛を司(つかさど)る女神ローサを特に信仰しているので人々の間に広まったのだろう。

「そのお祭りを模(も)したやりとりが、今、王都の女の子たちの間では流行ってるそうですよ」

「あらあら。素敵ね！　でも、流行るのも分かる気がしますわ。いつの時代も、甘くてロマンチックな恋の物語は、女の子たちに大人気ですもの！」

「まあ……そう言われれば……そうですけど……」

なんたって女の子たちが好みそうな要素が盛りだくさん、てんこ盛りに盛られたお祭りだ。流行るのも分からないでもないが。

「それに、気持ちを言葉にしてお相手にお伝えするのは、とってもとっても勇気がいることですから。甘いお菓子でなら、お伝えしやすいもの」

「それは、……」

確かにマリエの言う通り、言葉にして相手に気持ちを伝えるのは、とても勇気がいることだ。

それに……一度でも口に出してしまったら、もう……元には戻せないし、言う前には戻れないから。

言葉という形にしなければ、それは、ただの夢みたいな、幻みたいな、形のない、残らないもののままでいられる。

もしもだめでも、お菓子ごと食べてしまえば、後にはなにも残らない。

……よくも悪くも、お互いに。

ふわふわとした綿菓子みたいな想いと傷が、口の中で溶けて、消えるだけ。

そんな風に曖昧で、うやむやにして、傷すらもなかったことにできそうな感じの気軽さも、流行った要因の一つなのかもしれない。

「……まあ、確かに。それだと、比較的……想いを、伝えやすいかもしれませんね」

ナッツを混ぜ込んだ丸いクッキーを一つ摘んで、サクリとかじる。

思いのほか柔らかかったそれは、口の中で、ほろほろと甘く溶けて、崩れていった。

「ええ！　ということは……今、テーブルの上には、いろんなお菓子がいっぱいですから、いろんな甘い想いがいっぱいってことですわね！　ふふ、とっても幸せね？」

マリエがキラキラとした目で、両手を組み合わせて、林檎ほっぺを赤く染めて、楽しそうに、嬉しそうに微笑んだ。

俺は思わず吹き出してしまった。その発想はなかった。

目の前には、甘い、色とりどりのお菓子の山。

「うん、確かにこれはこれで、いっぱいあって、幸せですね」

「ええ、とっても！　見たことのないお菓子もあって、どれもすごく美味しそうで。ふふ、このくるくる巻いた切り株みたいなとっても大きなお菓子は、明日、切り分けて皆で食べましょう」

「はい。そうしましょう」

「じゃあ、アルたちの分は今切り分けておきますね。リアン様、この後牧場へ行かれるのでしょう？　渡して下さるかしら？」

「気を遣われなくても大丈夫ですよ、マリエ様。アルたちの分も別に持ってきていますから。これは、マリエ様たちで食べてください」

「あら。アルたちへのお菓子の中には、同じものがあるのかしら？」

「ああ、いえ、それはないですけど……」

一つしか残ってなかったし、あまりにも大きいから、じゃあ教会にと持ってきたのだ。

「なら、分けなくっちゃ！」

マリエが楽しそうに果物用の小さなナイフを手に取って、切り分け始めた。

「え、マリエ様！　いいんですよ、アルたちの分のお菓子も、十分持ってきていますから――」

切り分けるマリエを止めようと声を掛けると、マリエが俺を見上げて、それから笑みを浮かべた。

「リアン様。幸せな想いのおすそ分けって、とっても素敵ではない？」

「幸せな想いの、おすそ分け……？」

綺麗に切り分けられたそれが丁寧に紙に包まれていくのを見て、もう一度マリエを見ると、柔らかく微笑まれた。

それから、紙に包まれたそれの一つを、俺に差し出してきた。

「はい。これは、リアン様の分」

「え、でも、僕は」

明日、皆で切り分けて食べましょうと言っていた。

問うように見ると、マリエがいたずらっぽく小首を傾げて、笑みを浮かべた。

「いいのよ。こんなにたくさんあるんだもの。皆で分け合っていただきましょう」

小さな手から受け取った小さな紙包みからは、ほんのりと甘い香りがしてくる。

掌に収まるほどの、小さな、一切れのお菓子。

見てると無性に懐かしいような、それでいて、なんだかじんわりと嬉しい気分にもなってきて、微妙に照れくさくもあって、よく分からない気分になってしまった俺は、下を向いて礼を言った。

「……どうも、ありがとうございます、マリエ様」

「ふふ。どういたしまして！　ねえ、リアン様。このくるくる丸くて可愛いお菓子の意味は、遠い異国ではどういう風におっしゃるの？」

「え？　ええと、確か——」

生地が幾重にも、幾重にも重なっていくことから

——

「……《幸せが続きますように》」

マリエが目を細めて林檎色の頬をゆるりと上げて染めながら、おすそ分けするにはぴったりのお菓子ね、と言って頷いた。

教会を早めに出て、チェダー牧場に着いた時、家の脇の井戸の側でアルフレドが農具を洗っていた。シャツの袖を捲り、ポンプで汲み上げた水を手で掬っては、腕や顔を洗っている。なんとも大雑把だけれど、とても気持ちよさそうだ。

馬車を降りてそちらへ向かうと、気づいたアルフレドが顔を上げて振り返り、笑みを浮かべた。

「リアン」

「……アルフレド。お疲れ様。仕事してたのかい？」

「いや、草刈り。早めにやっといたら後が楽だからな」

俺は小さく息を零した。

……働き者で、ものすごく偉いけれども、休みぐらいゆっくりしたらいいのに。

アルフレドはタオルで顔や首を拭きながら俺のほうへ歩いてきた。ちゃんと拭けていない髪からは、ぽたぽたと水が滴り落ちてシャツを濡らしている。全く。ちゃんと拭かないと風邪引くだろうが。今日は比較的あたたかい日だったけど、まだまだ冬の寒さが残る二月なんだから。

俺はタオルの端を摑んで、耳の上辺りの髪を拭いてやった。

「お前は？　教会？」

「うん。今、帰り。……ええと、今日寄ったのはな、おすそ分けにと思って」

「おすそ分け？」

「そう。兄が先日、王都から帰ってきたんだけど、お菓子をいっぱい買ってきてね。あまりにもいっぱいあるから、皆に配って回ってるんだ」

「そうか」

「馬車に乗せてるから、ちょっと運ぶの手伝ってくれるかい？」

アルフレドが笑みを浮かべながら頷いて、俺の隣に立って歩き出した。

見上げながら、なんだかまた少し背が伸びたような気がして、ちょっとだけ面白くない。なんでお前はそんなにすくすく背が伸びてんだよ。まあ、すくすく成長するのはいいことではあるんだけれども。

差が開いていくたび、こう、なんともいえない気分になるじゃないか。

なんというか、なんか、こう……面白くないのだ。お前はこれからどんどん大きくなって、どんどん強くなっていくのに。

俺だけが。

身長もあまり伸びなくなってきてるし、剣の腕も追い越されてしまったし……俺だけ、変わらないまま。

なんとなく、そんなことはないとは、分かっているのだけれど。

なんだか……置いていかれてしまうような、そんな気がしてしまって。

「なに？」

「……別に。お前、また、背伸びた？」

「んー。どうだろ。自分じゃよく分からん。伸びてるか？」

「……さあな！」

俺は少し足を速めてアルフレドを追い越して、馬車へと駆け寄った。御者席のシュリオが顔に乗せていた帽子を取って挨拶(あいさつ)をしてから、また顔に乗せて寝る態勢に戻った。

扉を開けると、ビロード張りの座席の上には、お菓子の詰まった紙袋が置かれている。

そのお菓子の山の一番上には、丸みを帯びた可愛らしいガラス瓶が一つ。

瓶の中には、色とりどりの丸いあめ玉が目いっぱい詰め込まれている。

あめ玉というだけでも十分甘いのに、その上から更に甘いザラメがまぶされている。見た目だけでも十分に甘いと分かる、あめ玉の瓶詰め。


俺はそれを手に取って蓋を開けると、中から一粒、指で摘んで取り出した。淡い黄色のあめ玉。


「アルフレド」

俺に追いついたアルフレドが背後から覗き込んできたので、振り返って見上げる。

「ん？」

「口開けろ」

「口？」

「ほら、あーん」

アルフレドが素直に口を開けた。子供みたいになんの疑いもなく、言われた通りに、大きく。

俺はその中に、ザラメをまぶした黄色いあめ玉を放り込んだ。

びっくりして口を閉じたその頬の片方が、ぷくりと丸く膨らむ。

「何味だ？」

「……ん……レモン……？　でも……甘……ものすげえ甘い」

「あはっ。レモンなのに、ものすごい甘いんだ？」

口の中でコロコロ転がしているらしいアルフレドが、こくりと頷いた。それから馬車の座席の上の紙袋を見て、目を見開いた。

「すげえ、菓子がいっぱいあるな」

「だろ？　王都で、《世界のスイーツ祭り》っていう催しがあったんだってさ。大盛況で、来場者向けの売り場もすごくたくさんお菓子を売ってて、そこであれもこれもといっぱい買ってきちゃったらしい」

「ふーん」

アルフレドがあめ玉を口の中で転がしながら、なにやら考えるように顎に手をやって二、三度撫でてから、俺を見下ろしてきた。

無言で青空色の瞳にじっと見下ろされて、なんだか微妙に居心地が悪くなる。

「な、なんだよ？」

いぶかしげに睨むように見上げると、金髪頭は目を細めて、口角を上げた。

微妙に、ちょっと意地悪そうな、というか、からかうような、嫌な感じに。

「――そういえば。配達先の、町の焼き菓子屋の主人がさ」

いきなりで予想外な話の切り出しに、俺は内心戸惑って首を傾げた。なんだ？　いきなり。配達先で、なにかあったのだろうか。

「言ってたんだよ。先週は菓子の大量注文が入って忙しかったんだって」

「へえ……それは、……まあ、大変だったな」

「なんでも、王都で大きなスイーツイベントがあって、それ用に、ものすげえ数の焼き菓子やらケーキやら作ったらしい」

「そうなんだ」

まあ、大きなイベントだったみたいだからな。ローエンダールから聞いた話によると、王族関係者も出資してたようだから、コネと金で、あらゆる菓子屋を総動員して作らせていたのかもしれない。

「そいつの友達のあめ屋も、すげえ忙しかったらしくてな。夜通し、あめ玉作ってたらしい。儲かるのはいいことだけど、もう二度としたくないって、目の下に真っ黒な隈作って溜め息混じりに言ってたってさ」

「あめ屋……」

「催事会場の売り場担当者から、値段は高いけど、おそらく飛ぶように売れるからって、すげえ数の注文が入ってたらしいぞ。なんたって――」

この国では、砂糖はそこそこ高級品だ。

それをふんだんに使ったあめも、なかなかのお値段になる。

アルフレドが馬車の扉の上端を片手で掴んで身を屈めてきた。俺は思わず足を後ろに引いたが、すぐに背中に扉が当たってしまい、それ以上後ろに下がれなくなってしまった。

顔がゆっくりと近づいてくる。鼻同士が触れる直前で動きは止まり――

「――本命用の菓子だからって」

囁くように言われた言葉に、俺の心臓が大きく跳ねた。

「う、ええっ⁉」

な、なんでお前がそれ、知ってんの⁉

絶対知らねえって思ったのに‼　だって、王都の話だし、アルフレドは全く興味なさそうな話だし、ってって……

はっ！　配達先って、今言ったか⁉

牛乳やチーズの配達先に、菓子屋は……あああ、あるか……あるのか……っ！

盲点だった……！

それと、それに付随するアルフレドの交友関係の広さと、無愛想なのに根が優しいから妙に人に好かれやすいのも……失念していた‼

あああ、もう、俺の馬鹿……‼

「ち、ちがっ……！　違う！　そういう意味で、お前に、それを、やったんじゃないっ！」

「ふーん……。違うのか？」

「違う！」

「顔、真っ赤」

「ふえっ⁉　なっ、う、煩いっ！　馬鹿！　あと、顔近い！」

必死で押し返そうとしたけど、悲しいかな、体格も力も差が開きすぎていて、微動だにしない。

アルフレドが笑みを浮かべながら、耳元に唇を近づけてきた。

「意味は、確か――《あなたが好き》？」

ああああおおおお、それまで知ってるのか！

知りすぎだろう！

それは口の中で、甘さが長く、長く続くから。

願わくば、甘い時間を一緒に、長く、長く過ごせますようにと――

「違っ――」

見上げると、吸い込まれそうなほどの青空色と目が合った。

「違うのか？」

さっきのからかうような笑いを含んだ声音ではなく、静かな声で問われて。俺は言葉を飲み込んだ。

「なあ。……リアン」

顔が更に、近づいてくる。

息が、俺の唇にもかかるくらいに。


ああもう。


俺は相手の目を見ていられなくて、目を閉じて、小さく息を吐いた。

言葉にする前に唇を塞がれて、甘すぎるあめ玉の味を舌に感じながら。

押し返すことも、逃げることもできなくなって、どうしようもなくなった俺は、身体の力を抜いた。

「死にたくないので英雄様を育てる事にします
～田舎暮らしは未来の英雄と胃痛と共に」に続く

『死にたくないので英雄様を育てる事にします 〜女神様に放り込まれた先は始まりの村でした』をお買い上げいただきありがとうございます。
この本を読んでのご意見、ご感想など下記住所「編集部」宛までお寄せください。

アンケート受付中
リブレ公式サイト https://libre-inc.co.jp
TOPページの「アンケート」からお入りください。

初出 死にたくないので英雄様を育てる事にします 〜女神様に放り込まれた先は始まりの村でした
＊上記の作品は「ムーンライトノベルズ」(https://mnlt.syosetu.com/) 掲載の「死にたくないので英雄様を育てる事にします」を加筆修正したものです。
(「ムーンライトノベルズ」は「株式会社ナイトランタン」の登録商標です)

遠い国のお菓子にまつわるお祭りは ……… 書き下ろし

死にたくないので英雄様を育てる事にします
〜女神様に放り込まれた先は始まりの村でした

著者名 ヨモギノ
©Yomogino 2021

発行日 2021年11月19日　第1刷発行

発行者 太田歳子

発行所 株式会社リブレ
〒162-0825 東京都新宿区神楽坂6-46 ローベル神楽坂ビル
電話　03-3235-7405（営業）　03-3235-0317（編集）
FAX　03-3235-0342（営業）

印刷所 株式会社光邦
装丁・本文デザイン ウチカワデザイン

Printed in Japan
ISBN978-4-7997-5496-2